W0381467

hänssler

Siegfried Wittwer

Im Visier der Mafia

Nach einer wahren Geschichte

Siegfried Wittwer, Jahrgang 1950, nach Abitur und theologischem Studium Pastor in Göttingen, Hannover und Braunschweig, Abteilungsleiter für Jugend-, Pfadfinder- und Gesundheitsarbeit in Hamburg, Schleswig-Holstein und Mecklenburg-Vorpommern, zur Zeit Leiter des Internationalen Bibelstudien-Instituts in Darmstadt.

Hänssler
Bestell-Nr. 394.279
ISBN 3-7751-4279-7

© Copyright 2005 by Hänssler Verlag, D-71087 Holzgerlingen
Internet: www.haenssler.de
E-Mail: info@haenssler.de
Neuauflage von »Wer ohne Schuld ist«
Umschlaggestaltung: Jens Vogelsang, Aachen
Titelbilder: CORBIS (»Geld«),
GettyImages (»Älterer Mafiosi«, »Verfolgung«)
Satz: Vaihinger Satz & Druck, Vaihingen/Enz
Druck und Bindung: Ebner & Spiegel, Ulm
Printed in Germany

ecpa International Member of the Evangelical Christian Publishers Association

Und Jesus sagte zu ihnen:
»Wer von euch ohne Sünde ist,
der soll den ersten Stein auf sie werfen.«
Johannes 8,7

Vorwort

Ich traf Johnny und Harry, als ich etwa siebzehn Jahre alt war. Wahrscheinlich waren es Johnnys packende Bibelstunden über die Offenbarung, die mich bewegten, später Theologie zu studieren. Schon bald verlor ich die beiden aus den Augen, aber immer wieder begegnete ich ihren Spuren: in Berichten ihrer Freunde, in Gerüchten, in Nachrichten oder auch in Fernsehreportagen.

Natürlich heißen sie nicht Johnny und Harry. Auch die Namen der Orte, in denen sie lebten, sind verändert worden. Ihre unglaubliche Lebensgeschichte wurde mit anderen wahren und erfundenen Ereignissen vermischt, sodass ein Roman entstand. Ein Roman über zwei Männer, die Höhen und Tiefen erleben, Schuld und Vergebung, Hoffnungslosigkeit und Frieden.

Manche Leute sagten, Johnny und sein Zwillingsbruder Harry seien ein wenig verrückt. Andere meinten, man hätte ihnen im Boxring das Hirn weich geprügelt. Johnny aber glaubte, ihr Leben wäre nur deshalb eine Achterbahn, weil ihre Großmutter eine Hexe sei und die beiden Jungen bösen Mächten geweiht hätte.

Der Gottesdienst hatte feierlich begonnen und niemand ahnte, mit welchem Entsetzen er enden würde. Pfarrer Johannes Maurer predigte gewaltig – wie jede Woche. Die Einwohner von Neuhof drängten sich in den Kirchenbänken und lauschten seinen Worten. Sogar in den Seitenschiffen lehnten Gottesdienstbesucher an Säulen und Wänden und hingen wie gebannt an den Lippen des Predigers.

Pfarrer Johannes Maurer musste man gehört haben. Er war ein Apostel, ein Evangelist, ein Prophet, der wusste, was die Zukunft bringen würde.

»Unsere Erde windet sich im Todeskampf!« Die Stimme des Predigers füllte das Kirchenschiff auch ohne Lautsprecheranlage. »Wir haben sie ausgeplündert, verwüstet, vergiftet. Unsere Ichsucht und Gier hat sie zerfressen, unsere Gedankenlosigkeit sie dem Tod geweiht. Wir haben ihr den Dolch in den Rücken gestoßen.

Nun, da sie sich ein letztes Mal aufbäumt und in ihren Todeszuckungen um sich schlägt, sind wir entsetzt, von Panik erfüllt. Und langsam dämmert uns die Erkenntnis: Es ist alles unsere Schuld! Deine und meine!«

Ein Schauer lief den Zuhörern über den Rücken. Sie wussten, wovon der Prediger sprach. Nach einem heißen und trockenen Sommer zogen nun sintflutartige Regenstürme über das Land. Wassermassen und Schlammlawinen wälzten sich durch die Straßen von Städten und Dörfern. Was nicht in die Erde zementiert war, rissen sie mit sich fort, als wäre es Kinderspielzeug. – Der Prediger hatte Recht. Die Natur begann sich zu rächen.

»Dabei haben wir es gewusst. Wir alle haben es gewusst! Wir haben die Deiche abgetragen, die uns vor der Katastrophe schützten. Wir wurden gewarnt, aber wir haben nur gelacht und gesagt: Nach uns die Sintflut! Doch nun ist uns das Lachen vergangen. Die Flut ist früher gekommen, als wir dachten.«

»Ja, es ist alles unsere Schuld«, hörte Bischof Krusius die von Gicht gekrümmte Frau hinter ihm flüstern. Auch er war aufgewühlt und er wunderte sich darüber.

Krusius war ein nüchterner Denker und nicht leicht zu erschüttern. Aber Pfarrer Johannes Maurer hatte es geschafft, etwas in ihm zum Schwingen zu bringen, das sich seit seiner Studienzeit nicht mehr geregt hatte. Er konnte sich dies nicht erklären. Es waren nicht die rhetorischen Fähigkeiten dieses Mannes. Es war nicht das Thema der Predigt. Es war auch nicht die Weltuntergangsstimmung der Gottesdienstbesucher.

Es musste in der Persönlichkeit von Pfarrer Maurer liegen. Er besaß die Gabe, Menschen anzusprechen und für sich und seine Ideen zu begeistern.

Ein alter Freund aus den Philippinen hatte ihm diesen Mann empfohlen. Professor José Imada war Leiter einer theologischen Hochschule. Bei ihm hatte Johannes Maurer studiert und mit glänzenden Noten abgeschlossen. Imada hatte seinem deutschen Freund vor einigen Monaten geschrieben: »Wenn Sie einen Pfarrer gebrauchen können, der nicht die Karteikarten seiner Kirche hütet, sondern die Gemeinde zu neuem Leben erweckt, dann kann ich ihnen einen Absolventen unserer Hochschule empfehlen. Er heißt Johannes Maurer ...«

Bischof Krusius hatte nicht lange gezögert und diesen Mann eingeladen, im Odenwald ein frei gewordene Pfarrstelle zu übernehmen. Als Johannes Maurer dann sein Büro betreten hatte, war er ihm wie die Erhörung eines Gebetes erschienen. Von Anfang an fand er ihn sympathisch. Er strahlte irgendetwas aus, das man nicht mit einfachen Worten beschreiben kann und Krusius wusste, Johannes Maurer würde tatsächlich die Kirche neu beleben. Der alte Pfarrer von Neuhof hatte schon vor Wochen den Dienst quittiert. Bischof Krusius hatte keine Lösung gefunden, wie er diese Lücke füllen sollte. Immer weniger Jugendliche interessierten sich für ein Theologiestudium und den Pfarrdienst.

Krusius war sofort klar gewesen, dass er mit Johannes Maurer einen ausgezeichneten Mitarbeiter bekommen würde, und sein Gefühl hatte ihn nicht getäuscht. Maurer hielt sogar mehr, als seine Zeugnisse versprachen. Er war ein echter Hirte seiner Gemeinde. Aber er war nicht wie andere Pfarrer. Er predigte grundsätzlich nicht von der Kanzel und trug auch keinen Talar, weil er den Menschen nahe sein wollte. Und er hatte Erfolg damit. Seine Gemeindeglieder liebten ihn. Sogar die Nichtchristen des Ortes achteten ihn und besuchten seine Seminare.

Das Portal öffnete sich, und drei Männer betraten die Kirche. Sie trugen schwarze Mäntel und Hüte, die sie tief in die Stirn gezogen hatten. Ihre Augen waren wie in amerikanischen Krimis hinter Sonnenbrillen versteckt. Mit schweren Schritten gingen sie das Kirchenschiff hinunter, die Hände in den Manteltaschen vergraben. Zehn Schritt vor dem Altar blieben sie stehen.

Pfarrer Maurer beachtete sie nicht und predigte weiter.

»Die Flut ist früher gekommen, als wir dachten. Doch diese Katastrophen sind nur Warnzeichen des Endes, nicht das Ende selbst. So sagt es uns die Schrift. Sie wollen uns aufrütteln aus unserem Schlaf der Selbstgerechtigkeit. Sie wollen uns aufrütteln aus unserem Konsumwahn und unserer Lethargie. Uns soll klar werden: Das Gericht Gottes kommt! Ja, es kommt – aber es gibt Gnade für uns.«

Johannes Maurer machte eine Pause. In der Stille räusperte sich einer der Männer und trat vor.

»Du irrst dich!« Er zog langsam seine Hand aus der Manteltasche. »Du irrst dich, Johnny. Das Gericht Gottes *kommt* nicht, es ist da! Und es gibt keine Gnade für dich!«

Er hob seinen Revolver.

»Keine Gnade, Johnny!«

Totenstille breitete sich im Kirchenschiff aus. Es schien, als hätten die Menschen aufgehört zu atmen.

Eigentlich konnte man sie nicht als Hexe bezeichnen. Sie war eine warmherzige Frau, deren Haar wie Perlmutt glänzte. Trotz ihrer achtzig Jahre trug sie noch keine Brille – auch nicht zum Lesen – und sie ging aufrecht wie ein Gardeoffizier. Ein Lächeln spielte oft um ihren Mund, als wüsste sie um das Schicksal ihrer Mitmenschen. Leid und Freude hatten Spuren durch ihr Gesicht gezogen, die sie reif und lebenserfahren erscheinen ließen. Nur manchmal blitzte in ihren Augen ein Feuer auf, das Johnny erschauern ließ.

Anna Maurer hatte ihre beiden Enkel Harald und Johannes aufgenommen, nachdem deren Eltern durch einen Autounfall ums Leben gekommen waren. Ein Lastwagen war auf der Gefällstrecke der A 7 bei Hannoversch Münden ins Schleudern geraten – gerade in dem Augenblick, als Günter Maurer zum Überholen angesetzt hatte. Der Passat wurde vom Anhänger des Lastwagens in die Leitplanken geschleudert, als wäre er ein Pingpongball. Günter Maurer und seine Frau Vera waren auf der Stelle tot.

Als ein Polizeibeamter zwei Stunden später an der Wohnungstür von Familie Maurer klingelte, öffnete ihm ein verstörter Blondschopf von etwa neun Jahren. Hinter ihm lächelte sein Zwillingsbruder den Beamten mit großen blauen Augen an. Sie konnten beide nicht verstehen, dass Papi und Mami nie wieder nach Hause kommen würden.

Anna Maurer bereute es nicht, die beiden Waisen aufgenommen zu haben. Harry war eine Sportlernatur und außerdem nachdenklich und fleißig. Nach dem Mittagessen setzte er sich an den Küchentisch und machte selbstständig seine Schularbeiten. Wenn er etwas nicht verstand, studierte er so lange seine Bücher, bis er das Thema mit eigenen Worten wiedergeben konnte. Harry ging gern zur Schule. Schon als Zehnjähriger wollte er Lehrer werden. Jede Mutter wäre stolz auf ihn gewesen. Nur manchmal gingen mit ihm die Pferde durch, besonders wenn man ihn wütend machte. Dann konnte Harry richtig ausrasten. Doch mit den Jahren lernte er, seinen Jähzorn zu kontrollieren. Mit elf Jahren wurde er regelrecht lesehungrig. Oft vergrub er sich tagelang in seine Bücher und vergaß alles um sich herum.

Johnny dagegen hatte für das Lesen und Lernen nicht viel übrig. Er streifte lieber durch die Straßen des Stadtviertels, bändelte mit älteren Jungen an oder ließ sich von Rentnern Kriegsgeschichten erzählen. Was sein Bruder sich hart erarbeiten musste, fiel Johnny in den Schoß. Er las ein Gedicht nur dreimal durch, um es aufsagen zu können. In den meisten Schulfächern brauchte er den Unterricht nur mit halber Aufmerksamkeit zu verfolgen, um seinen guten Notendurchschnitt zu halten. Johannes war ein Sonnyboy, fröhlich, aufgeweckt und immer zu Späßen aufgelegt. Man musste ihn einfach gern haben, wenn er einen mit seinen blauen Augen anstrahlte.

Anna Maurer wohnte mit ihren Enkeln in einer Mietwohnung in Frankfurt-Bornheim. Sie wollte ihnen nicht nur eine gute Schulbildung vermitteln, sondern sie auch auf das Leben vorbereiten. Deshalb versuchte sie, den beiden Jungen ihre esoterischen Lebensweisheiten zu vermitteln. Sie glaubte, eine auserwählte Frau des Neuen Zeitalters zu sein und wollte deshalb ihre Enkel den Mächten des Lichts weihen, deren Stimmen sie tief in ihrem Inneren zu vernehmen glaubte.

Eines Tages nahm sie Harry und Johnny zu einem geistigen Heiler mit. Sie verehrte diesen Mann von ganzem Herzen, weil er mit dem Jenseits in direkter Verbindung stand. Er sollte die beiden Jungen segnen und ihnen Glück, Gesundheit und ein langes Leben zusprechen.

Als sie das abgedunkelte Sprechzimmer des Heilers betraten, erschauerten Johnny und Harry. Der Mann saß mit verschränkten Beinen in einem magischen Kreis und meditierte vor einer roten Kerze. Er hatte schwarze Haare, einen Kinnbart und trug ein weißes Gewand. Der Duft von Weihrauch erfüllte die Luft. Johnny hielt den Atem an und schaute sich mit großen Augen um. An den Wänden hingen Kreuze, Pentagramme, Runen und andere magische Symbole. Er verstand nicht, was diese Zeichen bedeuteten, aber er mochte sie nicht. Er konnte auch nicht den meditierenden Mann leiden, obwohl dieser lächelte. Alles in ihm sträubte sich gegen das, was ihn erwartete, auch wenn er als Kind nicht verstand, was hier geschehen sollte.

Johnny blickte verstohlen zur Seite. Harry trat von einem Fuß auf den anderen. Auch er schien nicht gerade begeistert zu sein, dass er hier war.

Seine Großmutter kniete vor dem Heiler nieder, verbeugte sich dreimal und wartete, bis der Mann sie zum Reden aufforderte. Johnny hörte nicht, was seine Oma sagte, sah aber, wie der Heiler nickte.

Der Mann winkte die beiden Jungen heran.

»Kniet nieder«, befahl er, aber seine Stimme war freundlich.

Johnny gehorchte ihm, aber Harry blieb stehen.

»Ich will nicht!«, trotzte er.

»Komm, Harald.« Seine Großmutter zog ihn sanft zu sich. »Der Mann will dich doch nur segnen.«

»Was ist segnen?«, fragte Johnny.

»Segnen bedeutet, dem anderen etwas Gutes wünschen«, antwortete ihm Anna Maurer.

»Ich will aber nicht, dass der Mann da mir was Gutes wünscht!« Harry blieb stehen.

»Warum willst du das nicht, mein Junge?«, wollte der Heiler wissen.

»Ich bin nicht dein Junge«, schüttelte Harry finster den Kopf, »und du bist nicht mein Vater.«

»Ich will auch nicht!«, rief Johnny und sprang auf.

Anna Maurer seufzte und schaute den Heiler fragend an. Der nickte nur, als hätte er ihr eine telepathische Botschaft übermittelt.

»Hör mal, Harald«, fragte sie ihren Enkel, »was wünschst du dir am meisten?«

»Ein Rennrad!«, kam es ohne Zögern.

»Und ich will ein Crossrad«, rief Johnny und sprang in die Höhe, »ein Crossrad will ich.«

»Wenn euch dieser gute Mann segnet, dann werden eure Wünsche sich erfüllen. Ihr werdet es sehen!«

Harry stand zögernd im Zimmer, während ihn sein Bruder abwartend beobachtete.

»Na gut«, sagte er schließlich und ging in die Knie. Johnny folgte ihm und hockte sich neben ihn. Erwartungsvoll schauten sie den Mann an.

Der Heiler schloss die Augen und bewegte seine Lippen in leisen Beschwörungsformeln. Dann legte er seine Hände segnend auf die beiden Blondschöpfe. Doch kaum hatte er sie berührt, zuckte er zurück, als hätte er sich verbrannt!

»Was ist?«, wollte Anna Maurer wissen.

Der Heiler öffnete die Augen. Sein Blick flackerte.

»Ich habe über diese Kinder keine Macht!«, brach es aus ihm heraus.

Anna Maurer blickte ihn verwirrt an.

»Keine Macht?«, fragte sie.

»Ich habe über diese Kinder keine Macht«, wiederholte er heiser. Dann erhob er sich und eilte aus dem Raum.

Anna Maurer blickte schweigend auf die beiden Jungen. Schließlich stand sie auf und sagte: »Kommt, wir gehen.«

»Bekommen wir nun kein Crossrad und kein Rennrad?«, wollte Johnny wissen.

»Doch, ich werde euren Wunsch erfüllen«, erwiderte sie, »ich habe es euch versprochen und ich werde mein Wort halten.«

»Das ist toll!« Johnny strahlte über das ganze Gesicht und auch Harry begann wieder zu lächeln.

Obwohl sie damals noch Kinder waren, vergaßen die beiden Brüder dieses Erlebnis nicht. Jedes Mal, wenn sie später durch die Hölle gingen oder an einem Abgrund standen, tauchten die Bilder von damals auf. Dann spürten sie die Hand des Heilers, spürten die fremde Macht, die von ihm ausging und sie erschauerten innerlich, als wäre es erst gestern gewesen.

Als sie vierzehn Jahre alt waren, wurde Harry Mitglied eines Boxsport-Vereins. Seit ihrem Erlebnis mit dem Heiler war er aggressiver und widerspenstiger geworden. Anna Maurer schob es auf die Pubertät des Jungen und hielt es für richtig, dass Harry seine Aggressionen am Sandsack abreagierte.

Der Junge bekam im BSG-Bornheim einen guten Trainer. Nick Allen, ein US-Amerikaner, der nach dem Krieg in Frankfurt hängen geblieben war, sah sofort Harrys Boxtalent und nahm den Jungen unter seine Fittiche. Er hatte kurzgeschorene blonde Haare und Schultern wie ein Möbelpacker. In seiner Jugendzeit hatte er selbst aktiv geboxt.

Stundenlang übte er mit Harry, bis dieser auch schnellen Schlägen ausweichen konnte. Er trainierte die Kondition des Jungen, brachte ihm die Beinarbeit bei und zeigte ihm, wie er blitzschnelle Jabs, Haken und Uppercuts schlagen konnte.

»Der Jab wird nur aus dem Arm geschlagen. Er muss so schnell nach vorne schießen, dass der Gegner keine Zeit zum Ausweichen oder Decken hat«, erklärte er seinem Schüler. »Die Kraft der Geraden kommt dagegen aus dem hinteren Bein.«

Nick zeigte ihm den Schlag mehrmals.

»Du musst dein ganzes Körpergewicht in den Schlag legen. So. Schau noch mal auf meine Hüftbewegung und auf die Schulter. Siehst du, dann kommt Power in den Schlag.«

Harry übte die Gerade am Sandsack, bis ihm Knöchel und Handgelenke schmerzten. Doch Nick war noch nicht zufrieden.

»Mit dem Jab beschäftigst du deinen Gegner. Du verwirrst ihn. Du zerschlägst seine Deckung. Aber mit der Geraden haust du ihn k.o., verstanden?«

Harry nickte.

»Schau dir ein paar Boxkämpfe im Fernsehen an, mein Junge.« Nick klopfte ihm auf die Schulter. »Du wirst sehen, viele Boxer arbeiten die meiste Zeit nur mit der Linken und vergessen die hart geschlagene Gerade, und weißt du warum?«

Harry schüttelte den Kopf.

»Sie haben Angst, einen Treffer einzustecken, wenn sie ihr Körpergewicht und damit auch ihren Kopf nach vorne werfen. Dabei brauchen sie nur ihren linken Arm zur Deckung hochzuziehen und nach der Geraden sofort wieder einen linken Jab nach vorne schießen zu lassen.« Nick machte eine Pause. Dann lächelte er: »Ja, ich weiß, das ist leicht gesagt. Aber im Ring sieht alles ganz anders aus.«

Harry trainierte hart am Sandsack Schlagkombinationen und besonders die Gerade. Durch intensives Hantel- und Schnellkrafttraining wurden seine Muskeln stark und schnell. Auch schwere Sandsäcke flogen bald zur Seite, wenn er einen Punch landete.

Nick zeigte ihm Schlagkombinationen, die auch geübte Boxer aus dem Gleichgewicht warfen. Außerdem brachte er ihm die Tricks der psychologischen Kampfführung bei.

»Ich weiß nicht genau, warum ich dich so intensiv trainiere«, sagte er eines Tages zu ihm, »aber ich sehe, du hast großes Talent.«

Als Harry dann seinen ersten Kampf bei den Jugendmeisterschaften zu bestehen hatte, stieg er gut gerüstet in den Ring und siegte in der dritten Runde durch K.o. – sein Gegner lief ihm direkt in einen rechten Aufwärtshaken.

Nick war stolz auf seinen Schützling, dämpfte aber dessen Begeisterung.

»Es wird nicht jedes Mal so laufen, mein Junge. Du wirst mit gefährlicheren Gegnern kämpfen müssen, mit kühlen Taktikern, mit eisernen Fightern oder wild angreifenden Schlägern. Also, sei nicht selbstsicher oder eingebildet, weil du heute einen guten Kampf geliefert hast. Du musst noch viel lernen und trainieren.«

Harry nickte. Er fühlte sich nach seinem Sieg, als hätte er im Lotto gewonnen. Am liebsten wäre er durch die Straßen Frankfurts gelaufen, um jedem zuzurufen: »Ich habe gewonnen. Ich habe durch k.o. gewonnen!«

Auf der anderen Seite wusste er, dass manche ihn für verrückt erklären, während andere gelangweilt fragen würden: »Na und?«

Er stand erst auf der untersten Sprosse der Erfolgsleiter und es würde noch einige Jahren Tränen und Schweiß kosten, bis er oben sein würde.

Als er spät am Abend nach Hause kam, stand sein Rennrad nicht im Fahrradständer.

Jemand hat mein Rad gestohlen!, schoss es ihm durch den Kopf.

Er rannte die Treppe hinauf, stieß die angelehnte Wohnungstür auf und rief: »Oma, weißt du, wer mein Rennrad hat? Oma, wo steckst du?«

»Hier, in der Küche. Was hast du gefragt?«

»Mein Fahrrad ist weg!« Harry atmete heftig. »Jemand hat mein Rad gestohlen!«

»Dein Rad gestohlen?«

»Ja, es ist weg!«

Harry rannte wie ein eingesperrter Tiger auf und ab und ballte die Fäuste.

»Na warte, wenn ich den Kerl erwische. Den hau ich zu Kleinholz.«

Dann stürmte er aus der Wohnung.

Er lief die Straßen hinunter, schaute in Höfe und Toreinfahrten und fixierte jeden Radler, der ihm begegnete. Sein Sieg war vergessen. Nur Wut beherrschte sein Denken. Seine Arme zitterten und das Blut pochte ihm in den Schläfen.

Inzwischen war es dunkel geworden. Die Straßenlaternen flackerten auf und warfen ihr trübes Licht auf den Asphalt. Eine Katze strich über die Straße. Ihre Augen leuchteten grün auf, als wären sie Reflektoren. Harry schoss eine leere Coladose nach ihr.

»Verschwinde, du Katzenvieh!«, schrie er ihr zu.

Das Tier schreckte zusammen und verschwand mit einem Satz unter einem Auto.

Ein unbeleuchtetes Rad tauchte an der Straßenkreuzung auf, bog ab und kam direkt auf Harry zu. Der Fahrer hing tief gebeugt über den Lenker. Wie elektrisiert schaute Harry auf. Nun konnte er es im Licht der Laternen erkennen. Es war ein weißes Rennrad. Es war sein Rennrad!

Der Fahrer zog die Bremsen und blickte auf. Es war Johnny.

»Hallo, ich ...«

Weiter kam er nicht. Harry schoss nach vorn und landete einen Schwinger mitten in das Gesicht seines Bruders. Johnny stürzte vom Rad und kugelte über die Straße. Zusammengekrümmt blieb er am Rinnstein liegen, die Hände wimmernd vor das Gesicht geschlagen.

»Johnny!«, schrie Harry auf. Alle Wut war verflogen. Entsetzt sah er, wie Blut zwischen Johnnys Fingern hervorquoll. Ihm wurde schlecht. Was hatte er nur getan? Wie konnte er so ausrasten und seinen Zwillingsbruder niederschlagen? Was hatte ihn dazu getrieben?

Schwer atmend kniete er neben seinen Bruder nieder. »Johnny, das habe ich nicht gewollt. Glaub mir, das habe ich wirklich nicht gewollt.« Er streichelte den Kopf des wimmernden Jungen. »Bitte verzeih mir! Verzeih mir, Johnny!«

Verzweiflung erfasste ihn. Was sollte er nur machen? Doch dann riss er sich zusammen. Behutsam nahm er seinen Bruder auf den Arm und trug ihn die Straße hinunter. Er ließ sein Rennrad auf der Straße liegen. Es hatte keine Bedeutung mehr für ihn.

Dr. Kamradt blinzelte ihn mit seinen kurzsichtigen Augen verständnislos an, als er mit Johnny auf dem Arm vor der Wohnungstür stand. Doch dann kam Leben in den alten Arzt.

»Los, trag den Jungen in die Küche. Ich hole meinen Notfallkoffer«, winkte er Harry herein. »Ruth, hilf dem Jungen bitte. Ich bin gleich wieder da.«

Der Frau des Arztes eilte aus dem Wohnzimmer und führte Harry in die Küche.

»Was ist geschehen?«, wollte sie wissen.

»Ich habe meinem Bruder ins Gesicht geschlagen«, bekannte Harry kleinlaut. Tränen standen ihm in den Augen. »Ich war so wütend über ihn, weil er mein Rad gestohlen hatte.«

Ruth Kamradt verstand sofort. Sie verstand sowieso immer alles. Deshalb schwieg sie und streichelte Harry über die Schultern. Vorhaltungen würden dem Jungen nicht helfen. Er litt sowieso schon mehr als genug unter seinen Schuldgefühlen.

Behutsam setzte Harry seinen Bruder auf einen Küchenstuhl. Johnny weinte still vor sich hin. Tränen und Blut flossen zwischen den Fingern hervor, die er immer noch vor das Gesicht geschlagen hatte. Dr. Kamradt tauchte mit seinem Arztkoffer in der Tür auf. Beruhigend sprach er auf den Jungen ein. Endlich konnte er Johnny bewegen, die Hände vom Gesicht zu nehmen.

»Du hast ihm das Nasenbein gebrochen«, sagte er zu Harry.

Der Junge wurde bleich.

»Das Nasenbein gebrochen?«, flüsterte er.

»Ja, es ist gebrochen.« Dr. Kamradt schaute Harry prüfend an. »Ich werde versuchen, die Nase zu richten, aber sie wird nie wieder so aussehen, wie sie früher war.«

Harry stand mit hängenden Schultern im Raum und schwieg.

»Komm«, sagte Ruth Kamradt zu ihm, »geh solange in das Wohnzimmer. Ich glaube, das hier ist nichts für dich.« Sie führte den Jungen aus der

Küche. »Setz dich hier in den Sessel. Es wird noch eine Weile dauern.« Dann kehrte sie zurück, um ihrem Mann zu helfen.

Harry hörte seinen Bruder in der Küche wimmern. Sicherlich tat das Richten des Nasenbeins fürchterlich weh. Deshalb wunderte er sich, dass Johnny nicht laut schrie. Er hatte einen tapferen Bruder! Nie wieder würde er auf ihn böse sein oder ihn schlagen! Das schwor er sich jetzt. Er würde in Zukunft alles tun, um ihn zu beschützen oder ihm zu helfen. Er würde für immer in seiner Schuld stehen.

Ruth Kamradt kehrte ins Wohnzimmer zurück.

»So, mein Mann hat deinen Bruder verarztet«, sagte sie. »Er ist wirklich ein tapferer Junge!« Sie öffnete eine Tür des Wohnzimmerschrankes und nahm eine große Tafel Schokolade heraus. Dann ging sie in die Küche zurück. Harry folgte ihr.

Johnny saß noch auf dem Küchenstuhl. Seine Nase war rot und geschwollen. In seinen Augen standen Tränen, aber sein Mund lächelte schon wieder.

»Ich habe die Blutung gestillt und versucht die Nase zu richten«, sagte Dr. Kamradt. »Man wird aber später sehen, dass das Nasenbein gebrochen war. Die Augen werden in den nächsten Tagen grün und blau anlaufen und es wird etwas dauern, bis der Bruch geheilt ist. Deshalb Vorsicht! Am besten er bleibt Morgen im Bett und bekommt nur weiche Nahrung. Deine Großmutter kann mich ja heute Abend noch anrufen. Und übermorgen soll dein Bruder zu mir in die Praxis zur Nachuntersuchung kommen.«

Ruth Kamradt reichte Johnny die Tafel Schokolade.

»Hier, Johnny, weil du so tapfer warst.«

Die Augen des Jungen begannen zu strahlen. »Die teile ich mit Harry«, sagte er.

»Aber Harry hat dir doch das Nasenbein gebrochen«, wandte die Frau des Arztes ein.

Der Junge schaute fast trotzig auf.

»Er ist dennoch mein Bruder!«, sagte er, als dulde er keinen Widerspruch.

Einen Monat später schillerte Johnnys Gesicht nicht mehr grün und blau, aber sein Nasenbein war ein wenig eingedrückt. Johnny störte sich nicht daran. Es machte sein Gesicht interessant und irgendwie liebenswert. Wenn er die Menschen mit seinen blauen Augen anstrahlte, lächelten sie meistens zurück und vergaßen für kurze Momente ihre Sorgen und Probleme.

Nachdem Dr. Kamradt ihm bestätigt hatte, dass er wieder Sport treiben dürfte, trat Johnny in den BSG-Bornheim ein, um das Boxen zu lernen. Er wollte wie sein Bruder Harry kämpfen und sich verteidigen können. Nick Allen trainierte auch ihn, musste aber feststellen, dass Johnny nicht den gleichen Kampfgeist wie sein Bruder hatte. Er war schnell und kräftig, doch er betrachtete das Boxen mehr als Spiel. So errang er zwar im Ring ein paar kleine Siege, aber Nick wusste, dass Johnny es nicht bis zur Meisterschaft bringen würde.

Harry dagegen kämpfte sich hoch. Während seiner Ausbildung zum Tischler nutzte er jede freie Zeit, um im Verein zu trainieren. Mit zwanzig war er schließlich Stadtmeister und bereitete sich auf die Hessenmeisterschaft vor.

Johnny erhielt zwar ein gutes Abschlusszeugnis der Hauptschule, hatte aber keine Lust, auf die Realschule überzuwechseln. Er begann eine Lehre zum Dreher, brach sie aber mit siebzehn ab, weil der Beruf ihn langweilte. Er nahm verschiedene Arbeiten an, jobbte drei Jahre an Tankstellen, als Gärtner und in Fabriken. Aber richtige Lust zum Arbeiten verspürte er nicht. Oft war er den ganzen Tag unterwegs und kehrte auch nachts erst spät heim. Niemand wusste, wo er sich die ganze Zeit herumtrieb. Seinem Bruder erzählte er erst ein Jahr später, dass er in einem Nachtklub des Frankfurter Rotlichtviertels als Rausschmeißer arbeitete. Sein »Beruf« war zwar kein Traumjob, aber er machte ihm Spaß.

Man sah ihm seine Jugend nicht an. Johnny war kräftig gebaut und hatte durchtrainierte Muskeln. Auch ließ sein eingedrücktes Nasenbein ihn älter erscheinen, als er in Wirklichkeit war. Der Klubbesitzer war auf ihn aufmerksam geworden, als ihn zwei Rocker vor dem Lokal fertig machen wollten. Johnny hatte die beiden Schläger in wenigen Sekunden zu Boden geschickt. Als ihn daraufhin der Klubbesitzer als Rausschmeißer einstellen wollte, hatte er sofort zugesagt.

Er machte seine Aufgabe ausgezeichnet. Wurde ein Kunde des Klubs durch Alkoholgenuss aggressiv, brachte Johnny ihn gewöhnlich schnell zur Raison, ohne Gewalt anzuwenden. Meistens verwickelte er ihn in ein Gespräch, das freundschaftlich endete. Manchmal erzählten ihm die Randalierer dabei mit Tränen in den Augen von ihren familiären oder beruflichen Sorgen. Nur selten musste Johnny seine Fäuste gebrauchen, um Ordnung zu schaffen.

Johnny machte sich keine Gedanken um seine Zukunft. Er hörte auch nicht auf Harry, der ihn bat, einen krisensicheren und ungefährlichen

Beruf zu suchen. Sein Bruder plante, sich in der Abendschule weiterzubilden und er wollte Johnny überreden, mit ihm noch einmal die Schulbank zu drücken. Doch für diese Gedanken hatte Johnny nichts übrig. Er wollte sich weder unterordnen noch lernen oder hart arbeiten. Er wollte einfach nur in den Tag hinein leben.

Zwei Jahre später aber änderte sich alles, und sein Bruder gab ihm dafür den Anstoß.

Harry schlenderte gerade die Fußgängerzone der Frankfurter Innenstadt entlang, als er eine Gruppe Jugendlicher sah, die Passanten eine Pantomime vorspielte. Er schob sich zwischen die Zuschauer und beobachtete die Spieler. Irgendwie verstand er nicht, was die Jugendlichen darstellten, wahrscheinlich, weil er den Anfang nicht mitbekommen hatte. Er wollte schon wieder gehen, als einer der Pantomimen vortrat und zu sprechen begann.

»Es war zur Zeit des Zweiten Weltkrieges. Granaten heulten über das Schlachtfeld, detonierten mit lautem Krachen, pflügten durch die schwarze Erde, um alles Leben herauszuwerfen, das sich im Boden festkrallte. Zwei Jungen lagen im Schützengraben, die Köpfe in ihren Armen vergraben. Sie waren Brüder. Man hatte sie von der Schulbank geholt, um die Heimat in der letzten Stunde vor den Amerikanern zu verteidigen. Man hatte ihnen keine Waffen gegeben, nur zwei Feldspaten. Sie hatten sich in die Erde gewühlt aus Angst vor dem Tod, der um sie herum reiche Ernte hielt.

Endlich schwiegen die Geschütze. Kein Laut war zu hören. Nur der Wind strich leise durch die Grasbüschel oben am Rand des Grabens. Der jüngere der Brüder richtete sich auf. Er war erst sechzehn Jahre und wollte einmal Krankenpfleger werden. Vorsichtig schob er seinen Kopf über den Rand und versuchte zum Feind hinüberzuspähen.«

Harry hörte gespannt zu. Die Geschichte hatte ihn gepackt. Er spürte: Das, was der Jugendliche sagen wollte, hatte mit ihm zu tun, mit seinem Leben.

»Plötzlich zerriss ein Schuss die Stille. Der Junge fiel in den Graben zurück und sackte zusammen. Blut floss ihm über die Stirn und dann die Wange hinunter. Entsetzt starrte sein Bruder ihn an. ‚Nein', schrie er, ‚nein, Michi, nicht du!' Weinend warf er sich über den toten Jungen.

Ein Schatten tauchte am Rand des Grabens auf. Der Junge blickte auf. Ein amerikanischer Soldat stand oben und zielte mit seinem Sturmgewehr auf ihn. Doch plötzlich schien der Mann zu begreifen. Er warf seine Waffe zu Boden und rief: ‚Forgive me! Vergib mir!' Er sprang in den Graben, riss die Hände des Jungen an seine Brust und rief verzweifelt: ‚Forgive me! Vergib mir!'«

Schauer rieselten Harry den Rücken hinunter.

»Schuld vergiftet unser Leben«, fuhr der Jugendliche fort, »sie raubt uns den inneren Frieden, die Nachtruhe, die Kraft für die Sorgen des Tages. Wir alle werden immer wieder schuldig, auch wenn wir es nicht wahrhaben wollen, wenn wir die bohrenden Gedanken vergessen, verdrängen, verscheuchen wollen. Unsere Schuld bleibt. Kein Philosoph, kein Religionsstifter hat eine Antwort auf die Fragen gefunden: ‚Wohin mit meiner Schuld? Wie kann ich frei werden von den Anklagen des Gewissens, die mich nicht in Ruhe lassen?' Am Abgrund der Schuld müssen sie alle passen. Doch es gibt einen Ausweg. Jesus Christus, der Sohn Gottes kam zu uns auf die Erde. Er hat für unsere Schuld gebüßt. Er will sie uns abnehmen, wenn wir ...«

Harry wandte sich zum Gehen. Jetzt kam die übliche religiöse Leier. Er kannte sie aus dem Religionsunterricht. Er hatte anderes erwartet. Eigentlich hätte er es wissen müssen, dass die Pantomimengruppe aus jungen Christen bestand, die ihre Botschaft verkaufen wollten. Straßentheatergruppen erzählten keine Geschichten von Granaten, Krieg und Tod. Die heiterten die Passanten nur mit ihren Späßen auf.

Eine Jugendliche der Gruppe reichte ihm ein Faltblatt. Er steckte es in seine Hosentasche, um das Mädchen nicht zu entmutigen. Plötzlich hörte er eine erregte Stimme. Harry blickte zurück. Ein grauhaariger Mann schrie den Redner an: »Gott, Gott, immer nur Gott! Habt ihr keine besseren Antworten? Sag mir, wo ist denn euer Gott? Kannst du mir das sagen? Wo ist er?«

Der Jugendliche lächelte den Erregten freundlich an und antwortete spontan: »Wenn Sie mir sagen können, wo das Weltall zu Ende ist und was dahinter kommt, dann werde ich Ihnen sagen, wo unser Gott ist.«

Der Mann starrte den Jugendlichen an, als sei er vom Blitz getroffen worden. Dann machte er auf dem Absatz kehrt und rannte die Fußgängerzone hinunter, als würde er von einem bissigen Hund gehetzt.

Harry musste lächeln. Gar nicht so schlecht, dachte er, der Junge weiß zu antworten. Vielleicht hat er noch mehr zu sagen.

Er zog den Handzettel aus der Hosentasche und faltete ihn auseinander. »Love is Life«, las er, »Einladung zur Jugendaktionswoche. Musik, Anspiele, Diskussionen bei Tee, Kerzenlicht und Keksen. Für alle, die nicht zufrieden sind mit Essen, Arbeiten und Schlafen.«

Nein, er war nicht zufrieden mit seinem Leben. Irgendwie hatte er es immer gewusst, dass ihm etwas fehlte. Jetzt aber, wo er diese Sätze las, wurde es Harry bewusst. Er war innerlich leer und hohl. Seine Zukunft war vorgezeichnet: Weiterbildung, Beruf, vielleicht Heirat, Kinder, Ärger, ein wenig Spaß. Dann das Alter: Freunde und Angehörige tot. Man wird einsamer, schwächer. Und man weiß: Nichts wird besser; es wird alles nur noch schlechter. Schließlich der Tod, das dunkle Loch, das Nichts, durch das man fällt, immer nur fällt, das Ende von Freude, Hoffnung und Liebe.

Harry zitterte, als ihm diese Gedankenfetzen durch den Kopf wirbelten. Nein, er wollte leben! Bloß nicht an Tod und Sterben denken. Heute leben, jetzt leben, das Leben genießen! – Aber wenn das Morgen kommt, die letzte Stunde? Seine Stunde? Ist dann alles aus?

Am Abend saß Harry im Jugendraum der christlichen Gruppe, die am Nachmittag zur Jugendaktionswoche eingeladen hatte. Er fühlte sich nicht wohl. Die meisten Jugendlichen schienen sich zu kennen. Er dagegen war ein Fremder, obwohl er sich von ihnen äußerlich nicht unterschied. Ein Mädchen setzte sich neben ihn und grüßte ihn mit einem freundlichen »Hi«.

Dann begann der Abend. Zuerst wurde gemeinsam gesungen. Eine Band begleitete die Lieder. Sie machten ihre Sache gut, aber Harry sang nicht mit. Dann kam ein Anspiel. Es war kein professionelles Theaterstück. Das hatte Harry auch nicht erwartet. Aber es warf Fragen nach dem Sinn des Lebens auf, die auch ihn beschäftigten.

Nachdem ein Jugendchor ein Lied vorgetragen hatte, trat der Sprecher vom Nachmittag ans Mikrofon. Er sprach von Schuld und von der Verdrängung von Schuldgefühlen und zeigte die Lösung durch Vergebung und Befreiung.

Am Ende der Veranstaltung wandte sich das Mädchen ihm zu.

»Na, wie hat dir der Abend gefallen?«

»Hm, ich weiß nicht so recht«, erwiderte Harry, »irgendwie befriedigt mich die angebotene Lösung nicht. Ein Gott stirbt für meine Schuld; deshalb darf ich leben.«

»Glaubst du nicht an Gott?«, wollte das Mädchen wissen.

»Nein.«

»Und warum nicht?«

Harry stutzte. Ja, warum nicht? Darüber hatte er noch nie nachgedacht. Schließlich antwortete er: »Weiß nicht. Vielleicht, weil ich ihn noch nie gesehen habe.«

»Glaubst du immer nur an das, was du siehst?« Das Mädchen lächelte ihn an. Es hatte blaue Augen wie er.

Harry schüttelte den Kopf. »Natürlich nicht. Aber die Kirche hat in der Vergangenheit so viel Mist gebaut, dass es wirklich schwer ist, an Gott zu glauben: Hexenverbrennung, Ketzerverfolgung, Inquisition, heilige Kriege ...«

»Kann man einen Flugkapitän verantwortlich machen, wenn das Bodenpersonal Fehler macht?«

Harry musste lächeln. Dann aber warf er ein: »Wenn Gott wirklich existierte, dürfte es kein Leid auf der Welt geben.«

Das Mädchen schaute ihn schweigend an. Schließlich erwiderte sie: »Über diese Frage müssten wir ausführlicher sprechen. Aber, um es kurz zu machen, ein Vergleich: Wenn der Bundeskanzler nicht die Steuern senkt, gibt es ihn dann nicht?«

Harry zog erstaunt seine rechte Augenbraue hoch. Er hatte immer gedacht, Christen würden nur kindlich glauben. Dieses Mädchen aber hatte über ihren Glauben nachgedacht. – Ihre Diskussion ging bis spät in die Nacht. Andere Jugendliche gesellten sich zu ihnen und brachten sich in das Gespräch ein. Es war schon nach Mitternacht, als Harry mit mehr Fragen nach Hause ging, als er vorher hatte.

Es war ein Tag wie jeder andere, aber Johnny fand ihn besonders öde. Gelangweilt lehnte er an der Bar des Nachtklubs und beobachtete die Gäste. Sie unterhielten sich im Dunst des Zigarettenqualms wie jeden Abend über die Tagespolitik, über Sportereignisse und persönliche Probleme. Es waren immer die gleichen Themen: Schwierigkeiten mit Arbeitskollegen oder Vorgesetzten, Krach mit der Ehefrau, Erziehungsprobleme. Im Alkohol suchten sie Trost und Erleichterung und unter den Tischgenossen verständnisvolle Zuhörer. Zwei Stunden später würden sie unter dem Einfluss des Alkohols sich nur noch wiederholen und zum zwanzigsten Mal ihren Kummer erzählen und ihre Zuhörer würden zum zwanzigsten Mal zustimmend nicken und sagen: »Wie gemein.«

Freude durch Alkohol, dachte Johnny, ein paar derbe Witze und ein wenig Spaß, wenn Susi ihr Tanzbein schwingt – mehr bleibt ihnen nicht. Morgen beginnt der Tag dann mit einem schweren Kopf und dem gleichen täglichen Ärger wie all die Jahre zuvor. Das ist ihr Leben. Und was ist mein Leben?

Der Vorhang öffnete sich und Musik ertönte aus den Lautsprecherboxen. Susi schwang sich auf die Bühne, um zu tanzen. Es waren jeden Abend die gleichen rhythmischen Verrenkungen. Trotzdem begannen die Gäste die vierzigjährige Hausfrau anzustarren, als wäre sie ein berühmter Star. Johnny gähnte gelangweilt und bestellte sich beim Barkeeper ein Bier. Es war wirklich nichts los heute Abend.

Plötzlich begann einer der Männer an der Bar-Theke zu schimpfen. Johnny schaute auf. Vielleicht wurde der Abend doch noch interessant. Der Mann hatte seinen Nachbarn an der Jacke gepackt und schüttelte ihn wie eine Stoffpuppe.

»Schau dir meine Hose an. Du hast sie vollkommen versaut!«, schrie er mit vor Wut gerötetem Gesicht. »Kannst du nicht aufpassen, wo du dein Bier hinkippst?«

Der Angegriffene starrte ihn mit angstgeweiteten Augen an. Er war ein schmächtiges Männchen, der gegen seinen muskelbepackten Gegner keine Chance hatte.

»Hat es dir die Sprache verschlagen oder warum antwortest du mir nicht?«, brüllte dieser nun und hob seine Faust.

Johnny wusste: Jetzt wurde es Zeit, dass er eingriff. Er schlenderte betont lässig zu den beiden hinüber, klopfte dem Angriffslustigen auf die Schulter und fragte: »Kann man das nicht anders regeln, Kollege?«

Der Mann wirbelte herum.

»Fass mich nicht an!«, schrie er, »und nenn mich nicht Kollege!«

Johnny wich einen Schritt zurück und hob abwehrend die Hände.

»Schon gut, schon gut. Beruhig dich doch. Ist doch nicht viel passiert.«

»Nicht viel passiert?«, brüllte der andere, »nicht viel passiert? Du bist wohl bekloppt, du Idiot. Meine ganze Hose stinkt nach Bier! Da soll ich mich nicht aufregen.«

»Das ist schon ärgerlich«, lenkte Johnny ein, um den Mann zu beruhigen, »aber deshalb muss man doch keinen Krieg vom Zaun brechen. Das lässt sich doch regeln.«

»Ich will aber 'nen Krieg!« Die Augen des Schreiers funkelten böse. Seine Fäuste waren geballt und der Körper wie zum Sprung geduckt.

»Das wollen wir aber hier nicht«, antwortete ihm Johnny ruhig. »Wenn Sie sich schlagen wollen, muss ich Sie bitten, das Lokal zu verlassen.«

»Willst du mich etwa rausschmeißen, du Milchgesicht«, höhnte der Mann herausfordernd, »dann versuch's doch mal.«

Er wandte sich um und schlug dem Schmächtigen mitten ins Gesicht. Der torkelte zurück, stolperte über einen Barhocker und fiel wie ein nasser Sack zu Boden. Die Musik hatte aufgehört zu spielen und alle Gäste starrten sensationslüstern zur Bar.

Johnny schnellte mit erhobenen Fäusten nach vorn. Wenn er jetzt den Randalierer nicht ausknockte, würde er noch mehr Schaden anrichten. Doch der Mann wich ihm geschmeidig aus.

»Was? Du willst Streit?«, zischte er, »du sollst ihn haben.«

Ein Butterfly-Messer blitzte in seiner Hand auf. Er ließ das Messer auf- und zuschnappen, wirbelte es im Handgelenk, wechselte blitzschnell die Griffpositionen.

»Ich werde dich aufschlitzen wie ein Schwein! Ich werde dich in Hackfleisch verwandeln, ehe du es begreifst.«

Dann stieß er zu.

Johnny glitt zurück und schlug reaktionsschnell den angreifenden Arm zur Seite. Doch der Messerkämpfer zog die Klinge unerwartet in einem Halbkreis nach außen. Johnny spürte zuerst keinen Schmerz, dann aber schoss Blut aus dem tiefen Schnitt im Unterarm. Er stöhnte auf. Seine Knie wurden weich und in seinen Ohren dröhnte es.

»Ich schneide dir deine elenden Gedärme heraus«, höhnte der Mann und wechselte das Messer in die andere Hand.

Panik ließ Johnny keuchen. Er wich zwischen die Tische zurück. Doch der Mann folgte ihm mit dem auf- und zuklappenden Butterfly.

»Ich werde ...« – weiter kam er nicht. Eine volle Whiskey-Flasche zersplitterte auf seinem Kopf. Ohne einen Laut sank er zu Boden und fiel auf sein Gesicht. Das Messer schlitterte über das Parkett und verschwand unter einer Jukebox.

»Nichts wirst du!« Der Barkeeper wischte sich die Whiskeyspritzer vom Jackett und winkte zwei Kellner herbei. »Schmeißt den Kerl raus, aber nicht zu sanft.«

Die Männer packten den Bewusstlosen, schliffen ihn zum Ausgang und warfen ihn die Treppe hinunter. Inzwischen war der Barkeeper zu Johnny geeilt. Er wickelte ihm ein Handtuch fest um den Unterarm und drückte ihn auf einen Stuhl.

»Setz dich, sonst kippst du noch aus den Latschen«, sagte er wie ein routinierter Notarzt, »und halt deinen Arm hoch. Wir müssen dir einen Druckverband anlegen. Wahrscheinlich hat der Kerl dir eine Ader aufgeschlitzt. Du blutest ja wirklich wie ein Schwein.«

Er eilte hinter die Bar und kam mit einem Verbandskoffer zurück. Das Handtuch war inzwischen schon durchgeblutet. Er wickelte es nicht ab, sondern legte fachmännisch einen Druckverband darüber an. Die Musik hatte wieder zu spielen begonnen und die Gäste schauten Susi bei ihren Tanzversuchen zu. Für sie war das Ganze nur ein kleines Intermezzo in der abendlichen Unterhaltung gewesen.

»So, jetzt schaffen wir dich erst einmal ins Krankenhaus«, klopfte der Barkeeper Johnny auf die Schulter. »Die Wunde muss sofort genäht werden. Die nächste Zeit bist du krank geschrieben. Kurier dich also aus. Wenn die Fäden gezogen sind, meldest du dich wieder zum Dienst. Bis jetzt hast du deine Sache gut gemacht, Johnny. Ich denke, wir werden dir aber eine kleine Ausbildung verschaffen, wie du dich bei Messerstechern zu verhalten hast.«

Doch dazu sollte es nicht mehr kommen.

»Na, da bist du ja noch einmal mit einem blauen Auge davongekommen, Johnny.« Die Stimme seines Bruders hallte in der Werkstatt merkwürdig laut. Sie hockten auf einer alten Gartenbank zwischen Öltonnen, Farbdosen, zerlegten Motorrollern und verstreut liegendem Werkzeug und beobachteten Michael, den neuen Freund von Harry, wie er einen Motor auseinander nahm. Michael war ein Vespa-Freak. Er restaurierte in seiner Freizeit alte Motorroller, tunte ihre Motoren und verzierte sie mit Paintbrush-Bildern. So manche verrostete Vespa, die Michael in einem Schuppen oder einer Scheune entdeckt hatte, war unter seiner Hand zu einem Edel-Roller geworden, für den Kenner einen hohen Preis zahlten. Harry hatte ihn in der Jugendgruppe kennen gelernt, zu der er jetzt regelmäßig ging.

»Bei einer zweiten Attacke hätte dir der Mann das Gesicht zerschnitten oder den Bauch aufgeschlitzt. Mit solchen Typen ist nicht zu spaßen. Die geben nichts auf ein Menschenleben. Sei froh, dass der Barkeeper ihn im letzten Augenblick niedergeschlagen hat.«

Johnny nickte. Sein Arm war im Krankenhaus sofort genäht werden. Glücklicherweise hatte die Klinge keine größeren Blutgefäße durchtrennt. Aber die Wunde schmerzte und brannte immer noch unter dem dicken Verband. Bisher hatte er sich immer als cooler Typ gefühlt, als »King«, der mit allen Problemen spielend fertig wird. Aber der Kampf im Nachtclub hatte ihm seine Grenzen gezeigt. In diesen Sekunden war ihm bewusst geworden, wie gefährlich sein Job dort war. Schon am nächsten Tag hatte er seinen Chef angerufen und gekündigt. Das Leben und seine Gesundheit waren ihm auf einmal wichtiger als die leicht verdiente Mark.

»Ich glaube, du brauchst einen neuen Freundeskreis«, fuhr Harry fort, »komm doch mit zu unserer Truppe. Wir haben immer eine Menge Spaß.«

»Was soll ich denn bei deinen Betschwestern und frommen Brüdern?«, wehrte Johnny ab, »da bin ich bestimmt fehl am Platz.«

Michael schaute zu ihnen hinüber.

»Warum?«, wollte er wissen. »Warum solltest du bei uns fehl am Platz sein?«

»Nun, erstens glaube ich nicht an Gott, und zweitens habe ich keine Lust, nur noch Choräle singen und in der Bibel lesen zu müssen. Das ist mir einfach zu öde.«

Michael und Harry lachten.

»Singt Michi etwa nur noch Choräle?«, wollte Harry wissen. »Ich glaube, du hast ein paar falsche Vorstellungen von unserer Gruppe.«

»Okay«, gab Johnny zu, »aber was soll ich bei euch Christen, wenn Gott für mich nur ein frommes Märchen ist.«

»Wenn Gott für dich nur ein frommes Märchen ist, wie stellst du dir dann die Entstehung der Welt mit ihrer Vielfalt an Leben vor?«, schaute Michael ihn herausfordernd an.

»Das hat sich doch alles entwickelt«, antwortete Johnny, »so haben wir es im Biologieunterricht gelernt. So schreiben es die Zeitungen und so sagen es die Reportsendungen im Fernsehen.«

»Und das glaubst du alles?«, bohrte Michael weiter.

»Natürlich, wenn die Wissenschaftler dies herausgefunden haben, dann wird es wohl stimmen.«

»Hast du denn einmal nachgeprüft, was diese Naturwissenschaftler sagen?«

»Glaubst du denn, die lügen?« Johnny schaute den Vespa-Fan kritisch an. Doch Michael antwortete nicht. Er ging zu einem Regal, nahm einen Karton heraus, kam zu den beiden Brüdern herüber und stellte den Karton auf den Boden. Johnny blickte hinein und sah Zahnräder, Zylinder und Kolben, verschiedene ihm unbekannte Metallstücke und eine Unmenge von Kleinteilen.

»Das ist ein Vespa-Motor. Ein recht einfach aufgebauter Zweitakter für einen Motorroller«, erklärte Michael. »Bau ihn zusammen, Johnny.«

»Aber ich weiß doch nicht, wo was hingehört und wie es zusammengeschraubt wird. Da brauche ich wenigstens ein Werkstatthandbuch.«

»Das kann ich dir nicht geben. Bau ihn einfach zusammen. Du hast so viel Zeit, wie du brauchst. Spiele einfach mit den Teilen herum, probiere aus, bis der Motor läuft. Wie gesagt, er ist ziemlich simpel gegenüber einem Viertakter-Automotor mit sechzehn Ventilen. Also, versuch dein Glück.«

Johnny schüttelte den Kopf.

»Nee, das bring ich nicht fertig. Von Motoren hab ich keine Ahnung. Aber was hat das mit Gott zu tun.«

Michael schaute ihn nur schweigend an.

»Na, sag schon. Was soll das Ganze?«, wollte Johnny wissen.

»Rat mal«, antwortete ihm Harry.

Plötzlich fiel bei Johnny der Groschen. Es klingelte bei ihm so laut, dass er aufsprang.

»Ihr wollt also damit sagen: Ich als Mensch mit Verstand und Intelligenz kann noch nicht einmal einen simplen Zweitakter zusammenbauen. Wie soll dann der dumme Zufall ein viel komplizierteres Lebewesen wie eine Biene, einen Hund oder einen Menschen zusammenbauen können?«

»Genau«, hörte er Harry sagen.

»Aber, ist es nicht doch möglich, wenn man nur genügend Zeit ansetzt?«

»Hier, nimm den Karton und spiele den Zufall«, antwortete ihm Michael.

Johnny sank auf die Bank zurück und überlegte. Dann blickte er wieder siegessicher auf.

»Also, ihr habt mich ganz schön gelinkt. Der Vespa-Motor besteht nur aus Eisen. Lebewesen aber bestehen aus chemischen Stoffen, die zusammenfließen und vermischt werden können und dabei miteinander reagieren.«

»Gut, jeder Vergleich hinkt«, gab Michael zu, »aber ich kann dir auch Chemikalien und ein paar Laborgeräte besorgen und du baust mir daraus einen primitiven Regenwurm zusammen.«

»Du spinnst!«, rief Johnny, »ich kann doch kein Leben erschaffen! Kein Mensch kann das.«

»Richtig!«, warf Harry ein, »aber die Frage ist: Warum nicht? Wir wissen doch heute genau, wie eine Zelle aufgebaut ist und funktioniert. Uns stehen alle technischen Möglichkeiten zur Verfügung. Trotzdem können wir kein einfaches Lebewesen erschaffen, dass sich fortpflanzen kann. Wie aber, mein Lieber, wie aber konnte dann der Zufall aus toter Materie Leben erschaffen und alle diese komplizierten Lebensformen und Organe wie unser Gehirn? – Siehst du Johnny, deshalb glaube ich an Gott.«

»Und woher kommt dann Gott?«, fragte Johnny herausfordernd.

»Gott ist ewig. Er hat keinen Anfang«, antwortete ihm Michael.

»Wie kann das aber sein: Man geht immer weiter in die Vergangenheit zurück und Gott ist immer da? Ich kann mir das einfach nicht vorstellen.«

»Das ist wirklich schwierig«, gab Michael zu, »wir sind nämlich in Raum und Zeit gefangen und können uns nicht vorstellen, dass es etwas oder jemanden gibt, der diese Grenzen sprengt. Aber wenn du jetzt mit einem Raumschiff mit Hyperlichtgeschwindigkeit immer geradeaus in den Weltraum fliegen würdest, wo kämst du dann hin, Johnny?«

»An das Ende des Weltalls?«, fragte dieser unsicher.

»Und was käme danach?«

»Nichts!«

»Und wenn du weiter durch das Nichts fliegen würdest, was käme dahinter?«

»Nichts, immer nur nichts.«

Bei Johnny fiel ein zweites Mal der Groschen.

»Aha, du meinst, wie es sich mit dem Weltraum verhält, ist es auch mit der Zeit Gottes? Beide sind grenzenlos. Wenn es vorstellbar ist, dass das Universum keinen Anfang und kein Ende hat, dann ist es auch möglich, dass Gott keinen Anfang und kein Ende hat.«

»Genau, Johnny!«, klopfte ihm sein Bruder auf die Schulter, »du siehst also, Glaube ist nicht nur etwas für Kinder und alte Frauen. Glauben ist auch etwas für Leute, die denken.«

Sie diskutierten bis spät in die Nacht über Fragen der Weltanschauung und Johnny wusste, dass er nach diesem Abend nicht mehr der Gleiche sein würde.

Als Johnny und Harry sich drei Monate später taufen ließen und sich offen zum christlichen Glauben bekannten, brach für ihre Großmutter eine Welt zusammen. Sie konnte nicht begreifen, dass alle Versuche, ihre Enkel zu Esoterikern zu erziehen, gescheitert waren. Seitdem hatte sie fast keinen Kontakt mehr zu ihnen, denn schon wenige Wochen später meldeten sie sich auf einer christlichen Privatschule an, um ihr Abitur nachzumachen. Harry wollte immer noch Lehrer werden, und Johnny entschloss sich, Theologie zu studieren. Um sein Schulgeld zu verdienen verkaufte er in den Dörfern des Odenwaldes christliche Literatur von Tür zu Tür. Dabei entwickelte er Verkaufsideen, die die verschlossenen und zurückhaltenden Bewohner der Dörfer immer wieder verblüfften. Als eine Frau nach dem Klingelzeichen beispielsweise aus dem Fenster im obersten Stock rief, was er wolle, antwortete Johnny ihr, er sei der Lichtmann. Daraufhin drückte die Frau den Türöffner. Johnny stieg die Treppe hinauf und bot ihr eine christliche Zeitschrift an. Natürlich war die Frau völlig verblüfft und fragte: »Ich denke, Sie sind der Lichtmann?«

»Na klar, bin ich auch«, strahlte Johnny sie an, wobei seine blauen Augen schelmisch funkelten. »Ich bringe Ihnen das himmlische Licht.« Die Frau kaufte die Zeitschrift.

Wenn Johnny nicht Englischvokabeln paukte, studierte er die Bibel. Was er dabei erkannte, konnte er nicht für sich behalten. Deshalb gründete er einen Gesprächskreis für Jugendliche. Wenn er den Teenagern die Bibel erklärte, hingen sie ihm wie gebannt an den Lippen. Johnny Maurer musste man einfach gehört haben. Darin waren sich die Jugendlichen einig. Dieser junge Mann sprühte vor Feuer, und was er zu sagen hatte, begeisterte sie. Noch Jahre später erinnerten sie sich an diese Gesprächskreise mit ihm.

Bei Sport und Spiel aber war Johnny ausgelassen wie ein Kind. Für Späße war er immer zu haben. Dabei konnte er auch schon einmal über die Stränge schlagen. Er war eben ein großer Junge und er würde es wohl immer bleiben. Darin waren sich auch viele seiner Lehrer einig und schauten über manche Sprüche hinweg, mit denen er die Klassenkameraden erheiterte.

Nach dem Abitur begann Harry Mathematik und Physik zu studieren. Er wurde Lehrer und erhielt eine Stelle in einer hessischen Kleinstadt. Zwei Jahre später heiratete er Marlis, die er während des Studiums kennen gelernt hatte. Johnny dagegen hatte nach dem Abitur vom Lernen erst einmal genug und bummelte durch die Welt, um das Leben zu genießen. Theologie konnte er ja später noch studieren.

Manchmal wusste Harry monatelang nicht, wo sein Zwillingsbruder sich aufhielt. Aber er machte sich keine Sorgen um ihn. Johnny war ein Sonnyboy. Das Glück war bisher immer auf seiner Seite gewesen. Und so würde es wohl immer bleiben.

Der schwarze BMW mit dem Hamburger Kennzeichen schlingerte, als er Johnny auf der schmalen Landstraße zwischen Lyon und Ambérieu überholte. Es war Anfang Oktober 1987. Die Straße war durch die Regenschauer der vergangenen Nacht glatt und schmierig geworden. Der Fahrer des Wagens hatte es offensichtlich eilig. Er fuhr, als würde er von tausend Teufeln gehetzt. Schon im Rückspiegel seines R 5 hatte Johnny beobachten können, wie das Fahrzeug mit überhöhter Geschwindigkeit die Straße entlangschoss und die Kurven gefährlich eng nahm.

»Das geht diesmal schief, mein Lieber«, murmelte Johnny und bremste den R 5 vorsichtig ab. Er hatte Recht damit. Der BMW stellte sich plötzlich quer. Seine Reifen radierten über den nassen Asphalt. Dann brach der Wagen durch die Heckenrosen am linken Straßenrand. Johnny sah noch einmal die Scheinwerfer zwischen Büschen und Blättern aufblitzen. Dann erloschen sie. Der BMW war verschwunden, als hätte ihn der Erdboden verschluckt. Nur zwei dünne Reifenspuren deuteten auf den Unfall hin. Weil der Straßenrand steinig war, konnte man sie von einem vorbeifahrenden Auto jedoch kaum erkennen.

Johnny lenkte seinen R 5 auf den Seitenstreifen und hielt an. Alles war so schnell gegangen, dass er glaubte, den Unfall nur geträumt zu haben. Er fühlte sich wie gelähmt. Doch dann riss er sich zusammen. Der Fahrer des BMW war sicherlich schwer verletzt. Er musste ihm helfen! Steifbeinig von der langen Fahrt stieg Johnny aus und überquerte die Fahrbahn.

Die zähen, dornigen Heckenrosen hatten sich wieder aufgerichtet, als wäre nichts geschehen. Johnny versuchte, über sie hinwegzublicken, aber die Büsche waren mannshoch und verdeckten den Blick auf den am Abhang liegenden Pinienwald. Er suchte noch nach einem Weg durch dieses Gestrüpp, als ein weißer Mercedes mit italienischem Kennzeichen an ihm vorbeischoss. Der Wagen war schon in der nächsten Kurve verschwunden, bevor Johnny ihm ein Handzeichen geben konnte.

Zwei schnelle und teure Autos auf dieser einsamen Landstraße in Frankreich. Das war bestimmt kein Zufall! Sicherlich jagte der Mercedes hinter dem BMW-Fahrer her. Johnny konnte eine Wette darauf abschließen, dass dies kein privates Rennen war.

Er suchte eine Stelle, an der er die Dornenbüsche überwinden konnte. Aber sie standen wie der Stacheldraht eines Gefangenenlagers zwischen ihm und dem verschwundenen BMW.

Er kehrte zu seinem Auto zurück und holte seinen Reisekoffer. Wie einen Schutzschild hielt er ihn vor Gesicht und Oberkörper, während er sich durch das Gestrüpp schob. Trotzdem rissen die Dornen ihm die Haut auf, zerfetzten seine Hose und die Ärmel seiner Jacke. Er achtete nicht darauf. Als läge er im Clinch mit einem unbarmherzigen Gegner, kämpfte Johnny sich durch das Gestrüpp von Heckenrosen. Nach zwei Metern wichen die Büsche zurück und machten jungen Pinien Platz, die schließlich in einen dichten Wald übergingen.

Johnny sah nun im weichen Boden deutlich die Spuren des BMWs. Der Wagen war gegen einen Felsbrocken geprallt, auf die Seite geschleudert worden und zwischen Pinien und Büschen verschwunden. Johnny stellte seinen Reisekoffer ab und kletterte dem verunglückten Auto über Steine und umgestürzte Baumstämme hinterher. Zwanzig Meter weiter fand er das Fahrzeug. Es war gegen einen alten Pinienstamm geprallt und lag auf der Seite. Der Kofferraum war aufgesprungen. Glassplitter bedeckten den Moosboden und funkelten wie Eisstücke. Kühlwasser zischte aus der hochgebeulten Motorhaube.

Johnny blickte durch die zerborstene Frontscheibe. Ein Mann mit einer braunen Nappalederjacke hing im Fahrersitz. Sein Gesicht war blau angelaufen. Blut rann ihm von der Stirn und aus dem Mundwinkel und seine

Augen starrten ins Leere. Er war tot. Das Lenkrad war abgebrochen und die Steuersäule hatte ihm die Brust durchbohrt.

Johnny richtete sich auf. Er war kein weicher Typ. Die letzten Jahre hatten ihn außerdem noch härter gemacht. Aber bis jetzt hatte er kein Unfallopfer gesehen, das durch Autotrümmer zerquetscht worden war. Er musste tief durchatmen, um das bittere Gefühl im Mund und die aufsteigende Übelkeit zu unterdrücken. Er konnte dem Mann nicht mehr helfen. Ihm blieb nur noch die Aufgabe, den Unfall der Gendarmerie zu melden und ihnen die Stelle zu zeigen, denn weder von der Straße noch aus der Luft konnte man den Wagen sehen. Es war auch unwahrscheinlich, dass ein Wanderer oder Waldarbeiter sich in dieses Unterholz verirrte. Es war ein beinah undurchdringlicher Urwald.

Er beugte sich noch einmal in den Wagen. Das Mobiltelefon des Autos war zersplittert. Er musste also zur nächsten Gendarmerie fahren, um den Unfall zu melden. Es würde der Polizei sicherlich nützen, wenn er den Ausweis des Mannes fand. Johnny schob seine Hand in die Brusttasche des Toten und zog eine Brieftasche heraus. Sie enthielt eine EC-Karte, eine BahnCard der Deutschen Bundesbahn, ein paar Geldscheine und einen Personalausweis, ausgestellt auf den Namen *Malte Hansen*, wohnhaft in Hamburg, Wandsbeker Chaussee 73.

Johnny schaute in den Kofferraum. Ein flacher Hartschalenkoffer mit einigen Wäschestücken und zwei Paar Schuhen. Offensichtlich war sein Besitzer kein Urlauber, sondern nur auf einer kurzen Geschäftsreise in Frankreich gewesen. Aber dann müsste Malte Hansen auch einen Aktenkoffer mit seinen Geschäftsunterlagen haben, überlegte er.

Er blickte noch einmal in das Wageninnere. Nichts zu sehen. Was machte ein Mann in Frankreich, wenn er kein Urlauber und kein Geschäftsmann war? Was hatte ihn hierher geführt und warum war er so riskant gefahren? Fühlte er sich etwa verfolgt? Saßen ihm die Insassen des weißen Mercedes auf den Fersen? Wer war dieser Malte Hansen aus Hamburg überhaupt?

Johnny schaute sich im Wald um. Vielleicht war etwas aus dem Wagen herausgeschleudert worden. Etwas, das er bisher übersehen hatte, das ihm Aufschluss über den Toten geben konnte. Dann sah er ihn. Es war ein mittelgroßer, schwarzer Samsonite-Koffer. Er hob ihn auf. Der Koffer war schwer. Die roten Initialen *H. K.* standen neben dem Griff des Samsonite. Der Koffer gehörte also nicht Malte Hansen. Wer war dieser *H. K.*? War er etwa der Fahrer des Mercedes?

Johnny schüttelte den Koffer, konnte aber nichts hören, was Rückschlüsse auf seinen Inhalt zuließ. Er versuchte ihn zu öffnen, aber das Zahlenschloss war verstellt. Neugier packte ihn, Neugier und Abenteuerlust. Schon als Junge hatte er versucht, Zahlenschlösser zu knacken. Obwohl ein solches Schloss viele tausend Möglichkeiten von Zahlenkombinationen besaß, hatte er schnell herausgefunden, dass ein leises Knacken zu hören war, wenn man eine richtige Zahl gefunden hatte. Er hielt also sein Ohr an das Zahlenschloss und drehte vorsichtig die Rändelschrauben.

Richtig, auch beim Samsonite klappte es. Zwar nicht so einfach wie bei Fahrradschlössern, aber es knackte auch leise, wenn er eine richtige Zahl einstellte. Nach fünf Minuten hatte er die richtige Kombination gefunden. Johnny richtete sich auf, ließ die Verschlussriegel aufklappen und hob den Deckel.

Sein Atem stockte. Vor ihm lagen Tausenddollarscheine, sauber in kleine Päckchen gebündelt und in Plastikfolie eingeschweißt. Sie füllten den Koffer bis zum Rand. Mit zitternden Händen öffnete er eines der Päckchen und zählte die Scheine. Es waren hundert Scheine. Hundert Eintausenddollarnoten! Das waren hunderttausend Dollar in einem Päckchen! Hastig überflogen seine Finger die Päckchen im Koffer. Er zählte noch einmal. Tatsächlich, es waren zehn Päckchen. Vor ihm lag eine Million Dollar!

Johnny wurde es warm, sehr warm. Schweiß trat ihm auf die Stirn und lief die Schläfen hinunter. Er blickte auf. War der Mercedesfahrer zurückgekehrt? Wurde er von jemandem beobachtet? Stand sein Leben nicht in Gefahr, wenn man ihn hier mit einer solchen Menge Geld entdeckte?

Er horchte angestrengt in den Wald hinein. Aber außer dem Summen von Mücken und dem Tock-tock eines Spechtes war nichts zu hören. Auch auf der Straße war alles ruhig.

Er griff in das Deckelfach des Koffers. Seine Finger fühlten etwas Kaltes, Hartes und zwei Plastikbeutel. Er zog sie heraus. Johnny brauchte nicht lange zu raten. Die Plastikbeutel enthielten weißes Pulver. Es war zweifellos Rauschgift. Der kalte, harte Gegenstand war eine Beretta, eine italienische Pistole, Kaliber 38.

Auch wenn der Boden nach dem Regen völlig aufgeweicht war, ließ Johnny sich in das Moos fallen und überlegte. Gedankenfetzen und Fragen wirbelten ihm durch den Kopf. Wer war dieser Malte Hansen? Ein Dealer? Ein Undercoveragent? Und wer war dieser *H. K.*? War er der Eigentümer des Geldes? Hatte Hansen ihn darum betrogen und war dieser Mann deshalb mit überhöhter Geschwindigkeit vor seinem Verfolger geflüchtet? Wer saß in dem weißen Mercedes?

Johnny wusste, wie die Antworten auch ausfallen würden, sein Leben war keinen Pfifferling wert, wenn man ihn mit diesem Koffer entdeckte. Auf der anderen Seite reizte es ihn, das Geld mitzunehmen. Eine Million Dollar! Eine solche Menge Geld hatte er noch nie auf einem Haufen gesehen. Was könnte er alles damit anfangen! Die nächsten Jahre hätte er ausgesorgt, wenn er sparsam damit umging. Er spürte, wie er weich wurde.

Auf der anderen Seite hatte das Geld einen Besitzer, auch wenn dieser nun tot war. Es war Diebstahl, wenn er es mitnahm. Johnny hatte sich ja vor einigen Jahren entschieden, als Christ zu leben. Er wollte damals sogar Pastor werden. Es hatte sich irgendwie zerschlagen und die letzte Zeit war sein Leben nicht immer moralisch einwandfrei gewesen. Um seine knappe Reisekasse aufzubessern, hatte er beispielsweise immer wieder Reiseschecks von seiner Bank in Deutschland angefordert, ohne sie einzulösen. Eines Tages war er dann in verschiedene Banken in Bordeaux gegangen und hatte sie alle zusammen eingelöst. Sein Kontostand betrug damals nur 2.000 DM. Mit den Reiseschecks wurde es um 50.000 DM überzogen. Aber er hatte dieses Geld gebraucht, um Schulden bei seinen französischen »Freunden« zu bezahlen. Ihre Drohungen waren sehr deutlich gewesen.

Anfangs hatten Schuldgefühle ihm den Schlaf geraubt. Schließlich aber war ihm »klar geworden«, dass er die Bank nicht bestohlen, sondern nur sein Konto überzogen hatte. Eines Tages würde er seine Schulden begleichen. – Dieser Tag war nun in greifbare Nähe gerückt. Zwar suchte man ihn inzwischen in Deutschland wegen Bankbetrugs, aber mit einem neuen Pass, den ihn ein Bekannter aus Hamburg besorgt hatte, war er untergetaucht. Jetzt aber hatte er die Möglichkeit, sein Konto auszugleichen und dann würde man sicherlich nicht länger nach ihm fahnden.

Auch wenn die Dollarnoten im Koffer nicht sein Geld waren, es gehörte sicherlich auch nicht Malte Hansen. Sonst hätte er es nicht so eilig gehabt. Das stand fest. Es gehörte bestimmt auch nicht diesem H. K. Dieses Geld war schmutziges Geld. Es stammte zweifellos aus dem Rauschgiftgeschäft. Es war das Eigentum der Süchtigen und Abhängigen, die durch Drogendealer Ausgebeuteten und die hatten es sicherlich auch wieder anderen abgenommen durch Diebstahl, Prostitution oder Betrug.

Nein, Hansen und dieser H. K. hatten kein größeres Anrecht auf dieses Geld als er. Er hatte es gefunden wie den vergrabenen Schatz eines Raubritters des Mittelalters. Ein solcher Schatz gehörte immer dem Finder.

Johnny spürte, wie das Blut ihm in seinen Ohren dröhnte. Diese Chance würde ihm das Leben kein zweites Mal bieten. Er fühlte sich hin- und hergerissen. Er sah die Chancen und Risiken. Die Dealer konnten herausfinden, dass er das Geld genommen hatte. Dann stand es schlecht um ihn. Aber wie sollten sie das herausfinden? Woher sollten sie wissen, dass Malte Hansen mit seinem BMW hier im Wald lag und dass er, Johannes Maurer, den Koffer an sich genommen hatte? Wenn er jetzt das Geld mitnahm und damit nicht in der Öffentlichkeit herumprotzte, würde niemand herausfinden, wo es geblieben war. Schließlich konnte es Hansen schon lange vorher einem Kontaktmann gegeben haben, der es für ihn aufbewahren sollte. Der Koffer würde einfach verschwinden und nie wieder auftauchen.

Schließlich stand sein Entschluss fest. Er nahm die beiden Beutel mit dem Rauschgift, wischte mit einem Papiertaschentuch sorgfältig seine Fingerabdrücke fort und warf sie in den Kofferraum des BMW. Auch wenn er die Beretta zu seinem Schutz gebrauchen könnte, sie war für ihn eine »heiße« Waffe. Wenn sein Besitzer mit ihr jemanden getötet hatte, würde man ihn als Mörder verdächtigen, wenn man die Waffe bei ihm fände. Johnny säuberte auch die Beretta von seinen Fingerabdrücken und legte die Waffe ins Handschuhfach des BMW. Die Ausweise steckte er dem Toten wieder in die Brusttasche der Lederjacke und entfernte auch alle anderen Fingerabdrücke vom Auto und dem Hartschalenkoffer. Dann nahm er den Samsonite und kehrte zur Straße zurück.

Auch diesmal hielt er seinen Reisekoffer und auch den Samsonite schützend vor seinen Körper. Trotzdem zerkratzten ihm die Dornen Gesicht und Hände. Aber die Erregung ließ ihn nicht darauf achten. Bevor er die Straße überquerte, spähte er nach rechts und links. Kein Auto war zu sehen. Hastig rannte er zu seinem Wagen, warf die beiden Koffer hinter die Heckklappe, schloss sie ab und setzte sich wieder hinter das Steuer.

Plötzlich schoss ihm ein Gedanke durch den Kopf. Die Reifenspuren am Straßenrand! Wenn der Mercedes zurückkehrte, konnten die Insassen vielleicht die Spuren des Unfalls entdecken, sich an den R 5 erinnern und an den blonden Mann am Straßenrand. Dann würden sie ihm auf den Fersen sein. Der Mercedes hatte ein italienisches Nummernschild gehabt. Vielleicht hatte die Mafia die Hand im Spiel und bei einer Million Dollar verstand die Mafia bestimmt keinen Spaß. Sie würden alle Hebel in Bewegung setzen, um das Geld zurückzubekommen.

Johnny sprang aus dem Wagen, eilte zu den Reifenspuren und versuchte sie mit den Füßen auszuwischen. Es gelang ihm leidlich. Er warf noch ein paar Hände Kies über die Stelle und betrachtete kurz sein Werk. Von einem fahrenden Auto aus würde man die Spuren nicht mehr entdecken können. Der

Regen würde den Rest besorgen. Zufrieden sprang Johnny in den R 5, startete den Motor, wendete und fuhr in Richtung Lyon zurück. Zehn Kilometer weiter bog er auf einen Waldweg ein, um seine Kratzer zu verarzten. Nachdem seine Erregung abgeklungen war, brannten die Verletzungen wie Feuer. Glücklicherweise hatte er eine gut ausgestattete Reiseapotheke im Wagen.

Nachdem er die wenigen Kratzer im Gesicht verarztet und mit einem Abdeckstift kaschiert hatte, wechselte er auch seine Kleidung. Sie war nass und schmutzig. Er wollte gerade noch einmal in den Geldkoffer schauen, als ein Bauer mit seinem Traktor den Waldweg entlangkam. Johnny tat so, als müsste er austreten und verschwand kurz hinter den Bäumen. Nachdem der Traktor auf die Straße abgebogen war, leerte Johnny seine Reisetasche und packte das Geld aus dem Samsonite dort hinein. Dabei schaute er immer wieder um sich. Er wollte nicht zufällig beobachtet werden. Über die Dollarnoten legte er einen Teil seiner Wäsche. Er musste den Koffer unbedingt verschwinden lassen.

Für den Notfall hatte er immer einen Klappspaten im Kofferraum seines Autos. Mit ihm grub er in einer flachen Sandkuhle im Wald ein Loch, warf den Samsonite hinein, schaufelte es zu und streute Piniennadeln und Äste über die Stelle. Zum Schluss holte er noch einen trockenen Baum und tarnte damit das Versteck. Dann erst setzte er sich wieder in seinen Wagen und fuhr bis Lyon. Dort stieg er in einem einfachen Hotel ab. Den R 5 aber parkte er in einer kleinen Gasse, sodass er nicht mit dem Wagen in Verbindung gebracht werden konnte. Er war sich zwar nicht sicher, ob die Insassen des Mercedes etwas mit Malte Hansen und dem Geld zu tun hatten, aber er wollte kein Risiko eingehen. Menschen wurden schon für weniger als ein gefülltes Portemonaie umgebracht.

In einem Lederwarengeschäft kaufte er einen blauen Hartschalenkoffer. Er verstaute darin das Geld, verriegelte die Schlösser und legte den Koffer in ein Schließfach des Hotels. In sein Zimmer zurückgekehrt, ließ er sich erschöpft in einen Sessel fallen. Er atmete tief durch, um sich zu entspannen. Eine halbe Stunde später ging er ins Bad und duschte ausgiebig und heiß. Danach versorgte noch einmal seine Verletzungen. Obwohl er hundemüde war, konnte er nicht einschlafen. Zu viele Gedanken schossen ihm durch den Kopf.

Was sollte er mit dem Geld anfangen? Wie sollte er sich in den nächsten Tagen verhalten? Welches Risiko war er eingegangen, als er den Samsonite-Koffer mitgenommen hatte? War er beobachtet worden? Hätte er nicht besser den Unfall melden sollen, wenn auch anonym? Hansen hatte doch sicherlich Verwandte. Sie würden sich Sorgen machen. Sollte er sie nicht mit einer kurzen Notiz informieren, wenn er sich in Sicherheit gebracht hatte? Vor wem war Hansen auf der Flucht gewesen? Wem gehörte das Geld?

Schließlich fiel Johnny in einen unruhigen Schlaf. Er träumte von schwarz gekleideten Männern, die ihn durch einen versumpften Wald jagten. Er schleppte den Samsonite-Koffer mit sich. Er war schwer wie Blei. Seine Füße sanken tief in den Morast ein, sodass er nur langsam vorwärts kam. Seine Verfolger aber holten auf, kamen näher und näher. Panik erfasste ihn und lähmte seine Beine. Es war, als klebte er am Boden fest.

Schweißgebadet schreckte er aus dem Traum hoch. Er stieg aus dem Bett und öffnete das Fenster, um frische Luft zu atmen. Obwohl der Sommer schon lange vorbei war, schien ihm das Zimmer stickig und heiß. Außerdem rochen Möbel, Vorhänge und Tapeten nach kaltem abgestandenen Rauch und nichts hasste Johnny mehr als kalten Zigarettenqualm.

Er steckte den Kopf aus dem Fenster. Als er auf die Straße hinunterschaute, blieb ihm das Herz stehen. Auf der anderen Straßenseite parkte ein weißer Mercedes mit einem italienischen Kennzeichen! Das Seitenfenster auf der Fahrerseite war geöffnet. Deutlich konnte Johnny das Glimmen einer Zigarette erkennen.

Instinktiv zog er sich hinter den Vorhang zurück. Sie hatten ihn entdeckt! Gleich würden sie seine Tür eintreten und ihm eine schallgedämpfte Walter PPK an die Schläfe setzen und nachdem er mit zittriger Stimme gebeichtet hatte, würden sie abdrückten und sein Gehirn ... Er wagte nicht weiterzudenken. Sein Herz raste. Schweiß trat ihm auf die Stirn. Eine sonderbare Schwäche ließ seine Glieder bleischwer werden – wie im Traum. Der Albtraum wurde Wirklichkeit!

Johnny lehnte sich an die Wand und keuchte. Hätte er sich bloß nicht dieses Geld unter den Nagel gerissen, sondern die Gendarmerie alarmiert! Aber jetzt konnte er seine Entscheidung nicht mehr rückgängig machen. Obwohl er schon eine Menge Lebenserfahrung gesammelt hatte, verhielt er sich immer noch wie ein pubertärer Teenager. Wann würde er endlich lernen, die Folgen seines Handelns zu durchdenken, um vernünftige und tragfähige Entscheidungen treffen zu können?

Zwei Männer traten aus dem Hotel. Sie waren dunkel gekleidet. Johnny versuchte ihre Gesichter zu erkennen, aber der Schein der Laternen war zu schwach. Sie stiegen in den Mercedes und schlugen die Türen zu. Kurz danach startete der Fahrer den Motor. Der Wagen rollte die Straße hinunter und bog in eine Nebenstraße ab.

Johnny atmete hörbar aus. Er war noch einmal davongekommen! Man hatte ihn nicht entdeckt. Noch nicht! Vielleicht aber suchten die Männer nicht ihn, sondern Malte Hansen. Woher sollten sie wissen, dass dieser Mann seit gestern Nachmittag tot in seinem Wagen lag und ein anderer das Geld hatte? Im Vorbeifahren konnte niemand den Unfallort entdecken. Johnny hatte nun keine Zweifel mehr, dass die drei Männer dem BMW-Fahrer an den Kragen wollten. Es war ihm auch klar, dass die italienische Drogenmafia ihre Hände im Spiel hatte und mit der war nicht gut Kirschen essen!

Johnny hockte sich auf sein Bett und überlegte fieberhaft. Mit Einkauf und Verkauf von Drogen hatten die Banken in der Vergangenheit viel Geld verdient. Schon die indischen Bauern waren von den Holländern gezwungen worden, für sie Opium anzubauen. Mit dem Verkauf des Rauschgifts hatte die Kolonialmacht dann den Widerstand der Indonesier gegen das holländische Plantagensystem gebrochen. Auch die britische Ostindiengesellschaft war durch Opiumhandel reich geworden. Die englischen Banken hatten dieses Geschäft vollständig kontrolliert. Die Briten hatten sogar 1842 den chinesischen Kaiser mit Waffengewalt gezwungen, die uneingeschränkte Einfuhr von Opium durch die Ostindiengesellschaft zu legalisieren. Zwanzig Jahre später war die Macht der britischen Händler und Banken durch den zweiten Opiumkrieg ausgebaut worden. Bis Anfang des zwanzigsten Jahrhunderts war das Opium- und Heroingeschäft eine wichtige Stütze des Bankgeschäfts gewesen. Das alles hatte Johnny in einem Buch über die Geschichte des Rauschgifts gelesen. Aber er konnte sich nur schwach daran erinnern. Es war schon ein paar Jahre her.

Was sprach eigentlich dagegen, dass die Banken heute immer noch im Rauschgiftgeschäft waren? Nicht alle natürlich. Aber hatte nicht auch die römisch-katholische »Bank des Heiligen Geistes« vor einigen Jahren in Zusammenarbeit mit der Freimaurerloge P 2 Drogengelder gewaschen? Konnte er einer Bank überhaupt trauen? Waren die europäischen Finanzinstitute nicht schon längst durch die Mafia angewiesen worden, jeden sofort zu melden, der eine größere Menge von Hundertdollarnoten einwechseln oder deponieren wollte? Mit anderen Worten: War das Geld nicht im Prinzip wertlos? Wozu hatte er sich aber dann in Gefahr gebracht?

Johnny stützte seinen Kopf in die Hände. Vor seinen Augen flimmerte es. Was sollte er tun? Sollte er den Geldkoffer in ein Schließfach am Bahnhof stecken und den Schlüssel in einen Gully werfen, um dann aus Frankreich zu verschwinden?

Er verwarf diesen Gedanken sofort wieder. Dafür war das Geld ihm wieder zu schade. Gab es nicht andere Möglichkeiten, es doch noch verwenden zu können? In Amerika würde er mit den Dollarscheinen nicht auffallen! Ja, er musste in die USA fliegen, um dort zu leben oder das Geld in andere Währungen zu tauschen. Er müsste es nur eine gewisse Zeit verstecken. Vielleicht könnte er aber auch einige der Scheine auf »alt« trimmen, um sie in Deutschland in verschiedenen Sparkassen einzuwechseln, die in der Nähe von US-Kasernen lagen. Ja, so konnte es gehen. Dann bestand keine Gefahr, dass er entdeckt wurde. Außerdem konnte er mit dem eingewechselten Geld endlich sein »überzogenes« Konto ausgleichen. Die Deutsche Bank würde es ihm danken und sein Gewissen auch.

Dann aber kamen ihm Zweifel. War dieses Geld wirklich Drogengeld? Konnte es nicht sein, dass Malte Hansen ein ganz normaler Geschäftsmann war, der seinen Gewinn vor dem deutschen Steuerrecht in Sicherheit bringen wollte? Er wäre mit Sicherheit kein Einzelfall. Nahmen nicht auch manche reichen Yuppies Rauschgift, weil ihnen das Geldverdienen und -ausgeben keinen richtigen »Kick« mehr gab? Zwei Päckchen Heroin machten einen Mann doch nicht zum Dealer. Gehörte das Geld vielleicht doch dem Toten und seiner Familie? Waren die Buchstaben H. K. vielleicht nur die Initialen eines nahen Verwandten?

Er hatte diese Möglichkeit bisher nicht bedacht. Wenn das Geld aber Hansen wirklich gehörte, dann war es Diebstahl, wenn er es behielt. Johnny war zwar nicht immer ganz ehrlich, aber er meinte trotzdem Christ zu sein, wenn auch ein schlechter Christ. Gehörte das Geld also Hansen, würde ihm sein Gewissen keine ruhige Minute mehr lassen. Das wusste er. Der Drogenmafia schmutzig erworbenes Geld abzunehmen, machte ihm nichts aus. Dabei fühlte er sich ein wenig wie Robin Hood, der die Reichen seiner Zeit um ihr unrechtmäßig erworbenes Geld erleichtert hatte. Johnny wusste genau, dass er die Million nicht allein für sich ausgeben würde. Bisher hatte er immer ein Herz für Arme, Notleidende und christlich-soziale Einrichtungen gehabt. Dafür hatte er auch schon einmal seine letzte Mark geopfert.

Er richtete sich auf. Sein Entschluss stand fest: Morgen früh würde er sich auf die Reise nach Hamburg machen. Dort würde er herausfinden, wer dieser Malte Hansen wirklich war. Gehörte ihm das Geld rechtmäßig, würde er es seiner Familie zukommen lassen, ohne seine Identität preiszugeben. War er aber ein Dealer, würde er es behalten.

Erleichtert legte sich Johnny wieder ins Bett. Diesmal fielen ihm seine Augen bald zu. Tief und fest schlief er bis zum nächsten Morgen.

»Im Scheidungsverfahren Harald Maurer und Marlis Maurer, geborene Reinhold, ergeht folgendes Urteil ...«

Die Stimme der Richterin riss Harry zurück in die Wirklichkeit. Wie in einem Film waren die Ereignisse der letzten Jahre und Monate vor seinem inneren Augen in Sekundenschnelle vorbeigezogen: die ersten glücklichen Ehejahre mit Marlis, die Geburt von Kai und Jenny, sein beruflicher Erfolg – und dann der Ehebruch seiner Frau. Er war von einer schulischen Fortbildung während der Osterferien früher nach Hause gekommen als geplant. Spät am Abend wollte er Marlis mit einem großen Rosenstrauß überraschen. Aber als er leise ins Schlafzimmer trat, um sie mit einem Kuss zu wecken, lag ein fremder Mann neben ihr. Sie fuhren beide erschrocken hoch, wollten etwas sagen, erklären. Aber Harry warf nur den Rosenstrauß auf das Bett und stürmte aus der Wohnung. Die ganze Nacht irrte er durch die Straßen des Städtchens, verwirrt, voll bitterer Gefühle und unfähig einen klaren Gedanken zu fassen.

Als er am nächsten Tag in die Wohnung zurückkehrte, waren Marlis und die Kinder verschwunden. Nur ein Zettel lag neben den verwelkten Rosen auf dem Bett: »Ich bin zu Herbert gezogen. Es war nett mit dir, aber ich empfinde nichts mehr für dich. Marlis.«

Wie im Krampf zerknüllte Harry den Zettel in seiner Faust. Tränen schossen ihm in die Augen, liefen ihm die Wangen hinunter. Warum?, schrie es in ihm. Warum hat sie das getan? Es lief doch gut mit uns. Was war denn verkehrt? Wut stieg in ihm auf, so wie früher, als er noch jung und voller Aggressionen war. Er schlug mit seinen Fäusten gegen die Schranktür, als wäre sie ein unsichtbarer Gegner. Er spürte nicht, wie die Haut an den Knöcheln aufplatzte. Er hörte nicht das Splittern des Holzes, als die Tür unter der Wucht seiner Schläge zerbrach.

Ein Jahr lang hatte er um Marlis gekämpft, aber sie war nicht bereit gewesen, zu ihm zurückzukehren. Herbert war ihr Traummann, ihre große Liebe. Sie wollte ihn um keinen Preis der Welt aufgeben, auch nicht um der Kinder willen. So hatte sie es ihm unverblümt gesagt. Deshalb standen sie heute vor der Scheidungsrichterin.

Harry wusste, was jetzt kommen würde. Sein Anwalt hatte es ihm gesagt, aber auch Johnny, der letzte Woche plötzlich hereingeschneit war. Er war in Frankreich gewesen und wirkte seltsam aufgedreht. Irgendetwas beschäftigte ihn, wühlte ihn auf. Aber Johnny wollte nicht darüber reden, noch nicht, wie er sagte.

Harry hatte ihn nicht weiter bedrängt. Schließlich wusste er, dass sie beide typische Zwillinge waren: Er war der ruhige, etwas melancholische Typ, während Johnny der fröhlich-unbeschwerte und manchmal etwas leichtsinnige Bruder war. Sie gehörten beide zusammen, bildeten eine Einheit. Ohne den anderen fehlte ihnen immer genau das, was den Bruder ausmachte. So war das oft bei Zwillingen.

Er hörte noch, wie Johnny ihm an diesem Abend seine Zukunft prophezeit hatte: »Sie wird dich durch ihren Anwalt auspressen wie einen Schwamm. Wenn man ihr die Kinder zuspricht, hast du nichts mehr zu lachen. Sei froh, wenn du dann noch deine Brötchen und ein kleines Zimmer unterm Dach bezahlen kannst.«

»Aber Unterhalt kann sie doch nicht von mir fordern«, erwiderte ihm Harry. »Sie lebt mit diesem Kerl zusammen und der hat ein ganzes Haus.«

»Ob sie mit ihm zusammenlebt oder nicht, das hat gar nichts zu sagen«, winkte Johnny ab, »das werden sie schon drehen. Du weißt doch, wie man das macht. Die richten unterm Dachboden eine so genannte Mietwohnung ein, in der Marlis angeblich mit den Kindern lebt. Kommt jemand kontrollieren, wird er ein Klingelschild mit ihrem Namen und eine separate Wohnung finden. In Wirklichkeit aber schläft sie zusammen mit ihrem Liebhaber in einem Bett. Dessen Wohnung kann aber niemand ohne richterliche Anweisung betreten. So wird das gemacht. Du zahlst bis an dein Lebensende den Unterhalt für sie, obwohl sie in ehelicher Gemeinschaft mit ihrem Herbert wohnt. Da kannst du nichts machen.«

»Nichts machen?«, fuhr Harry auf. »Doch ich kann was machen. Ich kann alles hinschmeißen und abhauen. Irgendwohin, wo mich keiner kennt, wo man mich nicht sucht. Ich bin noch nicht zu alt, um noch einmal von vorne anzufangen.«

»Mach doch.«

»Mach ich auch!« Harry ballte die Fäuste, dann aber ließ er die Arme fallen. »Aber was ist mit Kai und Jenny? Ich kann sie doch nicht bei Marlis lassen. Immer wieder werden sie nach mir fragen und jedes Mal wird ihre Mutter ihnen Lügen über mich auftischen. Nein, ich möchte meine Kinder nicht verlieren!«

»Nimm sie doch einfach mit«, riet Johnny ihm.

»Sie mitnehmen?«

»Ja, sie sind doch jung genug. Sie werden sich schnell an neue Lebenssituationen und andere Länder gewöhnen.«

»Aber das ist gar nicht so einfach. Wir brauchen Pässe, Unterkunft, Geld.«

»Kein Problem, Harry, lass mich das nur machen. Ich besorge dir Pässe, wenn du willst. Gib mir nur drei Passbilder, denk dir ein paar hübsche Namen aus, und nächste Woche hast du neue Ausweise für dich und deine Kinder.«

Harry schaute ihn verblüfft an.

»Wie willst du das machen?«

»Ich habe so meine Beziehungen. Von damals, weißt du, als ich noch Rausschmeißer im Nachtklub war. Der Mann wohnt jetzt in Hamburg. Er heißt Klaus Wehrmann. Ist mir noch eine Gefälligkeit schuldig, der Junge. Also, willst du? Es kostet dich keinen Pfennig.«

Harry schwieg. Er musste nachdenken. Diese Entscheidung hatte schwerwiegende Folgen. Sein ganzes Leben würde auf den Kopf gestellt werden. Er wäre nicht mehr Harald Maurer, Lehrer am Gymnasium für Mathematik und Physik. Seine Zukunft wäre ungewiss. Es würde bestimmt kein Spaziergang werden. Aber sah die Zukunft denn anders aus, wenn er hier blieb und sein ganzes Leben für diese Ehebrecherin schuftete, ohne jemals wieder auf einen grünen Zweig zu gelangen? – Schließlich nickte er zögernd. »Gut, gehen wir die Sache an. Wo soll ich aber mit den Kindern hin?«

»Kauf dir einen Wohnwagen und komm mit mir nach Frankreich. Dort melden wir die Fahrzeuge über einen guten Freund um. Dann machst du erst einmal mit den Kindern Urlaub, bis du einen passenden Job findest, mit dem du dich über Wasser halten kannst. Mit einem französischen Ausweis und einem französischen Auto findet dich deine Exfrau nicht mehr. Dann kann sie sehen, wo sie ihr Geld herkriegt.«

Der Gedanke gefiel Harry. Marlis würde sehen, ob Herbert wirklich ihr Traummann war, wenn das Geld ausblieb. In den nächsten Tagen löste er sein Bankkonto auf, kaufte einen Wohnwagen, ließ eine Anhängerkupplung an seinen Peugeot montieren und holte die Kinder zu sich, um von ihnen Abschied zu nehmen, wie er Marlis erklärte. Damit ließ er sie in dem Glauben, dass man ihr Kai und Jenny zusprechen würde.

Gestern war Johnny aus Hamburg zurückgekommen. Er hatte einen französischen Ausweis für ihn mitgebracht und zwei Kinderpässe. Auch die Geburtsurkunden hatte er nicht vergessen. Die Vornamen waren geblieben. Johnny hatte nur die Nachnamen verändern lassen, um die Kinder nicht zu verwirren. Sie hießen jetzt Pierot und kamen aus Elsass-Lothringen. Sie waren deutschstämmige Franzosen.

Johnny hatte sich angeboten, während der Verhandlung auf die Kinder aufzupassen. Er wartete mit ihnen und dem voll gepackten Wohnwagen auf dem Rastplatz Wetterau an der A 7. Dort wollten sie sich nach der Urteilsverkündung treffen.

»Die Scheidung ist hiermit rechtsgültig«, hörte Harry die Richterin sagen. »Die Kinder werden der Mutter zugesprochen, weil sie nicht berufstätig ist und sich deshalb besser um ihre Erziehung kümmern kann. Der monatliche Unterhalt, den Harald Maurer für seine geschiedene Frau und die Kinder zu zahlen hat, beträgt 2.600,- DM ...«

Harry spürte, wie Wut in ihm emporstieg, obwohl er gewusst hatte, dass es darauf hinauslaufen würde. Er sprang von seinem Stuhl auf.

»Wie soll ich denn mit 1.200,- DM auskommen? Das reicht weder zum Leben noch zum Sterben. Das ist Unrecht! Ich habe doch nicht die Ehe gebrochen. Man kann mir nichts vorwerfen. Warum werde ich dann bestraft?«

Er sah, wie die Richterin nach Luft schnappte, als wäre sie ein Fisch, den man ans Land geworfen hatte. Sein Anwalt bedeutete ihm, sich wieder zu setzen und zu schweigen, aber er achtete nicht darauf. Er wandte sich Marlis und ihrem Anwalt zu. Sie blickte zur Seite, während der Anwalt ihn geringschätzig und siegessicher anlächelte.

»Sie hat unsere Ehe zerstört. Dafür soll sie nun auch noch belohnt werden?! Sie tut so, als wäre sie eine allein stehende Frau, die das Recht auf Unterhalt, auf mein sauer verdientes Geld hätte. In Wirklichkeit kriecht sie mit ihrem Herbert ins Bett und lacht sich eins ins Fäustchen.«

»Woher wollen Sie das wissen?« Marlis' Anwalt war aufgesprungen und starrte Harry frech ins Gesicht. »Wenn Sie wollen, können wir Ihnen noch eine Verleumdungsklage anhängen. Also, halten Sie Ihren Mund und setzen Sie sich.«

Harry stieß dem Anwalt seinen Zeigefinger so heftig in die Brust, dass dieser zurücktorkelte und auf den Stuhl fiel. Eine Klingel schellte. Harry hörte sie nur mit halbem Ohr.

»Sie Rechtsverdreher«, zischte er ihn an, »Ihnen geht es doch nicht um Wahrheit und Gesetz. Ihnen geht es doch nur um Ihren Gewinn! Sie leben von den Leichen verwesender Ehen und stoßen sich gesund an dem Unglück Ihrer Mitmenschen. Sie können sich mit Ihrem Porsche und Ihrer Villa ja nicht vorstellen, wie jemand empfindet, der von einem Tag zum anderen mit tausend Mark sein Leben fristen muss!«

»Ich werde Ihnen eine Klage wegen Körperverletzung und Ehrbeleidung anhängen!«, drohte ihm der Anwalt.

Harry hob seine rechte Faust, als wollte er dem Mann mitten ins Gesicht schlagen. Unwillkürlich zuckte dieser zurück, verlor das Gleichgewicht und stürzte mit seinem Stuhl zu Boden.

»Nichts wirst du tun, du Gartenzwerg!« Dann rauschte Harry aus der Tür des Sitzungszimmers. Zwei Polizisten kamen ihm entgegen.

»Was ist passiert?«, fragte ihn der eine.

»Nichts Besonderes«, antwortete Harry ihm im Vorbeigehen, »der Anwalt von Frau Maurer hat nur wieder einen seiner Anfälle. Er sollte endlich einmal einen Therapeuten aufsuchen.«

Die Polizisten schauten ihm verständnislos nach und traten in den Sitzungsraum. Kaum hatte sich die Tür hinter ihnen geschlossen, spurtete Harry los. Er sprang die Treppen hinunter, eilte zum Ausgang und verschwand in einer Nebenstraße. Fünfzig Meter weiter parkte Johnnys R 5. Er startete den Motor und verließ die Stadt, als wäre er ein Geschäftsmann, der einen dringenden Termin wahrnehmen musste.

Johnny und die Kinder warteten schon auf ihn. Nachdem Harry sich von seinem Bruder verabschiedet hatte, stieg er in den Peugeot.

»Wo will Onkel Johnny hin?«, wollte Kai wissen.

»Er fährt nach Hamburg«, antworte ihm Harry. »Er hat dort einiges zu erledigen.«

»Wo ist Mami?«, fragte nun Jenny.

»Sie hat Wichtiges zu tun, deshalb kommt sie nicht mit.«

»Und wo fahren wir hin?«

»Wir fahren in den Urlaub nach Frankreich. Es wird ein ganz langer Urlaub werden. Das verspreche ich euch.«

Johnny parkte in der Wandsbeker Chaussee. Er hatte sich bei Hertz einen dunkelblauen Golf gemietet. Damit würde er nicht auffallen, denn in Hamburg war ein dunkelblauer Golf ein Allerweltswagen. Unterkunft hatte er in einer kleinen Pension in Hamburg-Schnelsen gefunden, weit genug von Wandsbek entfernt, um schnell untertauchen zu können, wenn es brenzlig wurde. Das Geld lagerte in dem Schließfach einer Bank. In Frankreich hatte er einen gebrauchten Mercedes für umgerechnet 60.000,- DM gekauft und mit den Dollarscheinen bezahlt. Zwei Tage später ging der Mercedes in einer anderen Stadt an einen Gebrauchtwagenhändler für 50.000,- DM. Diesen Betrag hatte Johnny dann auf sein Konto bei der Deutschen Bank eingezahlt, um es auszugleichen.

Außerdem hatte er fünf Eintausenddollarscheine in drei verschiedenen

Städten eingetauscht, jedes Mal in einer Sparkasse, die in der Nähe einer US-Base lag. Dabei hatte er sich wie ein typischer Amerikaner gekleidet und ein gebrochenes Deutsch gesprochen, mit amerikanischem Slang gemischt.

Seine Mission war nicht ungefährlich. Zwar wusste er nicht, was ihn erwartete, trotzdem war Johnny klar gewesen, dass er sich tarnen musste. In den vergangenen Tagen hatte er sich einen kurzen Bart wachsen lassen. Haare, Augenbrauen und Bart waren nun schwarzbraun getönt. Diese Farbe passte gut zu seiner sonnengebräunten Haut und ließ sich leicht wieder auswaschen. Außerdem trug er eine dieser 29,-DM-Brillen aus einem Kaufhaus mit der Sehstärke 0,5. Er sah nun wie ein typischer Südländer aus, wäre nicht seine Augenfarbe gewesen. Doch die wurde größtenteils durch die Brille verdeckt.

Noch am gleichen Tag nach seiner Ankunft in Hamburg war er an dem Haus Nr. 73 in der Wandsbeker Chaussee vorbeispaziert. Es war einer dieser typischen norddeutschen Ziegelbauten mit Toreinfahrt zu einer Garage, eingepasst in die Häuserfront der Straße. Ein weißes Schild hing neben der Tür: »Malte Hansen, Import, Export, Bürozeiten: Montag bis Freitag 10.00 - 16.00 Uhr«. Daneben war ein Klingelschild mit zwei Knöpfen angebracht: »Privat« und »Büroräume«. Offensichtlich gehörte das ganze Haus diesem Hansen.

Johnny beobachtete es schon zwei Tage, aber niemand hatte bisher das Haus betreten oder verlassen. Es war natürlich möglich, dass in seiner Abwesenheit Besucher gekommen waren. Er konnte das Haus ja nicht rund um die Uhr beobachten. Seltsam war es aber schon, dass während der normalen Bürozeiten keine Angestellten oder Kunden die Büroräume aufsuchten. War Hansens Import-, Exportgesellschaft etwa eine Scheinfirma? Ging es doch um Drogen?

Am dritten Tag des vergeblichen Wartens suchte Johnny in einer öffentlichen Fernsprechzelle die Privatnummer Malte Hansens im Telefonbuch. Er fand keinen Eintrag. In den Gelben Seiten dagegen war die Firmennummer abgedruckt. Es war eine unter vielen. Johnny warf ein paar Münzen in den Apparat und wählte. Es ertönte ein Freizeichen. Dann knackte es in der Leitung. Eine Männerstimme meldete sich: »Hansen, Import, Export.«

»Müller«, meldete sich Johnny mit tiefer Stimme. Ein besserer Name fiel ihm im Augenblick nicht ein. »Drogerie Müller. Ich wollte Herrn Malte Hansen sprechen.«

»Ist am Apparat. Was kann ich für Sie tun?«

Johnny schnappte nach Luft. Malte Hansen? Der Mann war tot. Er lag in seinem Wagen mit durchbohrter Brust in einem Pinienwald in Südfrankreich. Wer war dieser Mann?

»Hallo, hören Sie? Was kann ich für Sie tun?« Die Stimme des Mannes klang sympathisch.

»Sind Sie Malte Hansen?«, fragte Johnny nach.

»Wie schon gesagt, ja.«

»Ich wollte Ihnen nur mitteilen, dass Ihre Lieferung angekommen ist.«

»Welche Lieferung?«, wollte der Mann am anderen Ende der Leitung wissen.

»Na, Ihre Bestellung.«

»Ich habe nichts bei Ihnen bestellt, Herr Müller.«

»Warten Sie mal. Ich schaue mir noch einmal den Lieferschein an.« Johnny raschelte mit den Seiten des Telefonbuchs. »Ja, hier steht's. Hanssen, Malte. Zehn Pakete Multibionta. Ich weiß zwar nicht, wofür Sie so viel Vitamine brauchen, aber hier steht's.«

»Wie schon gesagt, ich habe nichts bei Ihnen bestellt, schon gar keine Vitamine.«

»Sagen Sie mal ...«, Johnny spielte den Verwirrten. »Ach, das könnte es sein. Werden Sie mit einem oder zwei ‚S' geschrieben, Herr Hanssen?«

»Mit einem ‚S'«, antwortete der Mann geduldig.

»Entschuldigen Sie bitte. Da ist mir dann ein Fehler unterlaufen. Ich habe die falsche Nummer aus dem Telefonbuch herausgesucht. Dieser Hanssen wird mit Doppel-S geschrieben. Tut mir Leid. Entschuldigen Sie die Störung.«

»Keine Ursache, Hansen ist ja auch in Hamburg ein Allerweltsname.« Der Mann legte auf.

Johnny hängte den Hörer ein und wischte sich den Schweiß von der Stirn. In der Fernsprechzelle war es plötzlich unerträglich heiß geworden. Wer war dieser Mann, der sich wie selbstverständlich für jemand ausgab, der in Wirklichkeit tot war? Welche Geschäfte machte die Firma, die dieser Mann betrieb? Was importierte und exportierte sie wirklich?

Er wollte am Ball bleiben. Bisher kannte er Kriminalfälle nur aus Büchern und Filmen. Hier aber erlebte er den Krimi persönlich und er musste zugeben, dass er selbst darin schon tief verwickelt war. Johnny fühlte sich wie ein Sensationsreporter, der einem Komplott auf die Spur gekommen war. Er hatte das Ende eines Fadens in der Hand und wollte nun wissen, wohin dieser führte.

Am nächsten Morgen parkte Johnny wieder in der Wandsbeker Chaussee und beobachtete von seinem Golf aus das Haus Nr. 73. Er hatte die Scheibe heruntergedreht und freute sich über die warme Oktobersonne. Passanten hasteten vorbei, ohne ihn zu beachten. Ihre ganze Aufmerksamkeit galt den Geschäften des Wandsbeker Marktes. Johnny nahm eine Hamburger Morgenpost vom Rücksitz und überflog ihre Zeilen. In Wirklichkeit war er mit seinen Gedanken woanders. Ihn störte nicht der Lärm des vorbeirauschenden Verkehrs – dieses Grundgeräusch aller Großstädte, das an den Nerven ihrer Bewohner zerrt, ohne dass es ihnen bewusst wird. Er fragte sich nur, welches Geheimnis sich mit Malte Hansen verband.

Wie jeden Tag aß er mittags zwei Fischbrötchen und trank einen Becher Sprite, ehe er zum Auto zurückkehrte. Die Verkäuferin in der Bude erkannte ihn auch diesmal nicht wieder. Wie alle Verkäufer der Großstädte hatte sie aufgehört, ihre Kunden zu registrieren.

Es war inzwischen Abend geworden. Die Sonne stand tief am Horizont und färbte den Himmel über den Häusern gelborange. Johnny wollte gerade den Motor starten, als ein weißer Mercedes vor Haus Nr. 73 anhielt. Er hatte ein italienisches Kennzeichen. Ein Mann stieg aus. Johnny setzte die Brille ab, hob sein Fernglas und beobachtete, wie er die Klingel betätigte. Er war sonnengebräunt, groß und hager, hatte schwarze Haare und einen feinen Oberlippenbart. Der Mann sagte etwas in die Sprechanlage und stieg in den Wagen zurück. Kurz darauf öffnete sich die Garagentür und der Mercedes verschwand in der Einfahrt.

Johnny spürte, wie sein Puls vor Erregung raste. Sie waren nicht hinter ihm her. Sie suchten Malte Hansen. Jetzt glaubte er nicht mehr, dass es sich bei den Dollar um legales Eigentum handelte. Sein Gefühl hatte ihn nicht betrogen. Hier ging es um Rauschgift, um den Import und Export von Drogen. Um nichts anderes!

Wenn sie aber hinter Hansen her waren, warum hatte er bereitwillig geöffnet? Die Männer schienen eher Geschäftsfreunde des Firmeninhabers zu sein als Killer. Johnny verstand gar nichts mehr. Hansen war tot. Trotzdem lebte er. Er wurde von der Mafia gejagt. Dennoch hatte er sie wie alte Bekannte in sein Haus gelassen. Er musste herausfinden, was es mit diesem Mann auf sich hatte.

Knapp eine Viertelstunde später tauchte der Mercedes wieder aus der Garageneinfahrt auf. Der Fahrer bog, ohne zu Blinken, auf die Chaussee ein und schoss mit quietschenden Reifen davon. Die Garageneinfahrt blieb offen. Kein Zweifel, die Männer hatten es eilig, sehr eilig. Was hatte sich im

Haus abgespielt? Eine dunkle Ahnung beschlich ihn. Es war etwas passiert, das mit ihm zu tun hatte, mit seiner Entscheidung, das Geld an sich zu nehmen.

Er stieg aus dem Wagen und eilte zu einer fünfzig Meter entfernt liegenden Telefonzelle. Hastig wählte er Hansens Nummer. Niemand hob ab. Johnny ließ das Telefon so lange klingeln, bis die Anlage zurückschaltete. Er versuchte es noch zweimal. Aber Hansen ging nicht an den Apparat. Vielleicht konnte er es auch nicht mehr.

Kurz entschlossen kehrte Johnny zu seinem Golf zurück, zog Mantel und Handschuhe an und nahm einige christliche Bücher aus dem Kofferraum, von denen er immer einige Exemplare bei sich hatte. Auch wenn er nicht immer wie ein Christ lebte, begann er doch oft mit wildfremden Menschen Gespräche über Lebensfragen. Waren sie interessiert, schenkte er ihnen ein Buch über Prophetie und Weltende oder andere christliche Literatur.

Um unauffällig in Hansens Haus zu kommen, wollte er nun einen missionsfreudigen Christen spielen, der von Tür zu Tür geht, um mit den Bewohnern über Glaubensfragen zu sprechen. Er überquerte die Straße und klingelte beim Firmenbüro. Niemand öffnete. Er versuchte es bei Hansens Privatklingel. Der Türsummer blieb stumm.

Johnny trat in die offene Garage. Es musste hier einen Durchgang zum Haus geben. Tatsächlich fand er auf der rechten Seite eine Tür. Sie war nur angelehnt. Das war schon merkwürdig. Er öffnete sie ganz, betrat das Haus und zog sie ins Schloss. Er wollte keine unliebsamen Überraschungen. Vielleicht kehrten die Italiener ja zurück, weil sie etwas vergessen hatten. Man kann nie wissen.

»Hallo, ist hier jemand?«, rief er, als suchte er einen Hausbewohner.

Niemand antwortete. Johnny stieg die Treppe empor. Die Tür im ersten Stock stand sperrangelweit offen.

»Ist hier jemand?«, rief er ein zweites Mal. Dann betrat er die Räume. Es war offensichtlich Hansens Büro, aber es sah aus, als hätten Attilas Horden hier gewütet. Die Schranktüren und Schreibtischschubladen waren aufgerissen. Papiere lagen über den Boden zerstreut. Zwei Sessel lagen umgekippt auf dem Boden. Ihr Bezugsstoff war aufgeschlitzt. Das Telefonkabel war aus der Wand gerissen.

Dann sah er ihn. Er lag hinter dem Schreibtisch, als würde er schlafen. Aber aus einem kleinen Loch an seiner Schläfe sickerte Blut und färbte den cremefarbenen Teppich um seinen Kopf rot. Es war Malte Hansen.

Johnny stand wie erstarrt, als er den Mann sah. Er hatte es irgendwie gewusst. Jetzt aber war alles klar. Der Mann war Malte Hansen senior. Der Vater des toten BMW-Fahrers. Der Mann mit der sympathischen Stimme. Er war tot, erschossen von den Mazieri, den Killern der Mafia, weil er seinen Sohn schützen wollte. Und er, Johnny Maurer, war schuld daran. Hätte er nicht das Geld genommen, könnte Hansen senior noch am Leben sein ...

Er wusste nicht, wie lange er gedankenverloren im Raum stand, doch ein hupendes Auto weckte ihn aus seiner Erstarrung. Vorsichtig spähte er durch die Lamellen des Rollos auf die Straße. Draußen hatte inzwischen die Dämmerung eingesetzt. Bald würde es ganz dunkel sein. Nur wenige Passanten schlenderten noch an den geschlossenen Geschäften vorbei. Johnnys Gedanken arbeiteten wieder auf Hochtouren.

Sollte er die Polizei rufen? Nein, das ging nicht. Wie sollte er sonst seine Anwesenheit im Büro erklären? Da wurden einfach zu viele Fragen gestellt. Er stand sicherlich noch auf der Fahndungsliste, auch wenn er inzwischen seine Schulden bei der Deutschen Bank beglichen hatte. Bei einem Mordfall ging die Polizei besonders gründlich vor. Sein verändertes Aussehen machte ihn erst recht verdächtig. Außerdem wollte er jetzt wissen, warum Hansen sterben musste. Es war nicht nur Neugier, die ihn dazu trieb, an dieser mysteriösen Geschichte dranzubleiben. Er war es dem alten Mann einfach schuldig, die Mörder zu entlarven und für Gerechtigkeit zu sorgen. Auch wenn er damit Hansen nicht wieder zum Leben erweckte. Es war seine Pflicht, nein, seine Schuld, die er begleichen musste. Das fühlte er tief in seinem Inneren.

Die Mazieri der Mafia hatten etwas gesucht. Es konnte nicht nur das Geld gewesen sein. Sonst hätten sie nicht die Polster der Sessel aufgeschlitzt. Johnny schaute sich im Raum um. Sicherlich hatten die Leute gründliche Arbeit geleistet und nichts übersehen, was wichtig sein konnte. Sie waren Profis. Dennoch blätterte er, ohne die Handschuhe auszuziehen, durch die Akten. Das meiste davon hatte mit Buchhaltung zu tun. Davon verstand er so gut wie nichts. Trotzdem wurde ihm etwas klar: Malte Hansens Firma bestand nur noch auf dem Papier. Vor zehn Jahren waren die letzten Geschäfte abgewickelt worden. Damals musste Hansen Rentner geworden sein. Wahrscheinlich hing er so sehr an seiner Firma, dass er sie für sich weiterleben ließ. Sie hatte die Jahre davor keinen großen Profit abgeworfen. Deshalb war sie für seinen Sohn nicht interessant gewesen. Aber für seine dunklen Geschäfte hatte dieser wahrscheinlich den alten Firmennamen trotzdem benutzt. Ob sein Vater davon wusste, wagte Johnny zu bezweifeln.

Es gab hier nichts mehr zu tun. Malte Hansen war für die dunklen

Geschäfte seines Sohnes gestorben. Es war ein sinnloser Tod, denn er hatte nichts gewusst. Die Suche der Mafiosi nach dem Geld und wichtigen Unterlagen war vergeblich gewesen.

Als Johnny in den Nebenraum blickte, entdeckte er einen Computertisch mit einem Siemens PD 20. Die Diskettenbox stand offen, und die Datenträger lagen zerstreut neben der Tastatur des Computers. Das Gerät war eingeschaltet. Neugierig trat Johnny näher. Technik faszinierte ihn, besonders Computer. Die Mörder Hansens hatten auch hier nach Informationen gesucht.

Er tippte den Befehl DIR/W ein, um ein Inhaltsverzeichnis der Festplatte des Computers zu erhalten. Es war nichts Besonderes zu entdecken. Kein Verzeichnis und keine Datei, die Interessantes versprach. Aber wenn Hansen junior hier eine wichtige Datei gespeichert hatte, würde er sie natürlich vor neugierigen Augen verstecken. Er tippte den Befehl attrib-h ein und pfiff durch die Zähne. Eine Datei erschien auf dem Bildschirm. Sie hieß »Gesetz.M15«. Er ließ die Datei ausdrucken. Während der Epson-Drucker arbeitete, kopierte er die Datei auf eine der herumliegenden Disketten. Dann zog er das DIN-A4-Blatt aus dem Drucker und begann zu lesen.

Nachdem er die ersten Zeilen überflogen hatte, wusste Johnny, dass er sofort verschwinden musste. Das Papier war heiß. So heiß, dass man besser nicht seinen Inhalt kannte, wenn man noch einige Jahre leben wollte.

Hastig faltete er den Bogen zusammen und steckte ihn mit der Diskette in die Manteltasche. Dann stürmte er die Treppe hinunter. Siedendheiß fiel ihm ein, dass er seine Bücher auf dem Computertisch vergessen hatte. Wenn er die Tür zugeschlagen hätte, ohne sie zu holen, wäre sein Schicksal besiegelt gewesen. Bücher mit seinen Fingerabdrücken neben einer Leiche! Er hatte sich auf ein Spiel eingelassen, das nicht weniger gefährlich war als russisches Roulett. Ein Revolver zielte auf seine Schläfe, ohne dass er wusste, in welcher Kammer der Trommel die Patrone steckte.

Bevor er auf die Straße trat, spähte er durch den Türspalt. Die Nacht zog schon über den Himmel und tauchte den Eingang in dunkle Schatten. Johnny schlüpfte aus der Tür und schlenderte die Chaussee entlang, als wäre er einer der späten Schaufensterbummler. Eine Viertelstunde später stieg er in seinen Wagen und fuhr nach Schnelsen zurück. Von einer Telefonzelle aus meldete er der Polizei anonym und mit knappen Worten den Mordfall Hansen. Dabei erwähnte er auch den weißen Mercedes mit dem italienischen Kennzeichen. Als sie begannen, Fragen zu stellen, hängte er einfach auf. Er hätte sich sonst verraten können.

In seinem Zimmer nahm Johnny sich Zeit, das Dokument M 15 sorgfältig zu lesen. Es war ein detaillierter Plan der Mafia, Gewinne aus dem Drogenverkauf zu legalisieren. Das Geld sollte über eine bundesweite Pizzakette gewaschen werden. Die Restaurants sollten in allen größeren deutschen Städten einheitlich eingerichtet werden und sich auch im Menüplan gleichen, ähnlich der amerikanischen Fastfood-Ketten.

Das Entscheidende aber war der nachfolgende Gesetzesvorschlag, den die Lobby der Mafia im Bundestag durchsetzen wollte. Die Regierung sollte den Restaurants erlauben, größere Geldbeträge ohne Herkunftsnachweis auf ihre Bankkonten einzuzahlen. Ein ähnliches Gesetz hatte in den vergangenen Jahren auch der American Connection geholfen, ihre Drogengelder zu waschen.

Dann folgte eine Liste mit Namen von Abgeordneten des Bundestages, die man schon für das Gesetz gewonnen hatte, darunter auch die Namen dreier Minister der Regierung. Abgeordnete, die der German Connection angehörten, waren mit einem Sternchen gekennzeichnet. Johnny zählte fünf prominente Namen. Auch einer der Minister war mit einem Sternchen gekennzeichnet. Der Vorschlag stammte von dem Vorsitzenden des Aufsichtsrates einer bedeutenden Bank, die ihre Geschäfte europaweit ausgedehnt hatte.

Johnny ließ das Blatt sinken. Wenn dieses Dokument stimmte, würde man ihn zerquetschen wie eine Kellerassel, sollten die Drahtzieher herausbekommen, das er alles wusste.

Diese Nacht konnte Johnny nicht schlafen. Er durchlebte ein Wechselbad von Angst- und Schuldgefühlen. Immer wieder klagte ihn sein Gewissen an, dass der Mord an Malte Hansen senior auf sein Konto ging. Hätte er den Unfall sofort der Gendarmerie gemeldet, könnte der Mann mit der sympathischen Stimme noch am Leben sein. Jedes Mal versuchte er sich damit reinzuwaschen, dass die Mazieri, die Schläger der Mafia, ihn so oder so umgebracht hätten. Sie suchten ein wichtiges Dokument. Ein Dokument, das ihre Pläne enthielt und die Namen ihrer Mittelsmänner. Aber Hansen hatte nichts davon gewusst. Trotzdem musste er sterben. Das zeigte, wie heiß die Sache war. Wer davon erfuhr, war seines Lebens nicht mehr sicher.

Johnny wurde wieder von Panik erfasst. Man könnte entdecken, dass er von den Plänen der Mafiabarone wusste. Dann würden die Mazieri auch ihn jagen! Angst ließ sein Herz rasen. Es war eine höllische Angst, denn Johnny lebte gerne.

Gott fiel ihm ein. Warum überließ er nicht einfach die ganze Angelegenheit Gott? Zweifel stiegen in ihm auf. Er hatte in den letzten Jahren die Beziehung zu Gott verloren. Er hatte gut angefangen, aber irgendetwas war schief gelaufen. Die erste Liebe war abgekühlt. Was war eigentlich die Ursache dafür? Er konnte es nicht sagen. Es musste etwas mit schuldhaftem Verhalten zu tun haben. Mit leichtsinnigen, aber bewusst begangenen Fehlern. Oder war es der Einfluss des Magiers, der ihn nach unten zog? Immer wieder nach unten?

Die gestörte Beziehung zu Gott hinderte ihn nicht, anderen von den Chancen des Glaubens zu erzählen. Wenn er sich auch verloren fühlte, wollte er anderen doch Hoffnung machen. Dass diese Hoffnung auch ihm galt, dass nicht die sittlich-moralisch Perfekten Erlösung brauchen, sondern die von Schuldgefühlen Zerrissenen, das hatte er irgendwie aus den Augen verloren. So blieben ihm in dieser Nacht nur quälende Schuldgefühle, Selbstrechtfertigungsversuche und Angst. Nackte Angst.

Die ersten Sonnenstrahlen hatten wieder einen warmen Oktobertag angekündigt, aber inzwischen schob sich eine schwarze Wolkenwand von Nordwesten über den Himmel. Johnny schaute aus dem Fenster der Pension, während er frühstückte. Es gab Hamburger Rundstücke, Aprikosenmarmelade und Kaffee. Er ließ es sich schmecken. Obwohl er die ganze Nacht kein Auge zugetan hatte, fühlte er sich frisch und unternehmungslustig. Entweder hatte sein sanguinisches Temperament wieder die Oberhand gewonnen oder die durchwachte Nacht hatte zu einem Umschwung in der Körperchemie geführt. Er wusste, dass man eine beginnende Depression durch einen Schlafentzug von sechsunddreißig Stunden stoppen konnte. Vielleicht war das auch der Grund, dass es ihm heute Morgen wieder besser ging.

Die Pensionsinhaberin Frau Meier war eine sympathische Dame von etwa fünfzig Jahren. Sie brachte ihm die Morgenpost. Johnny blätterte die Zeitung neugierig durch. Kein Wort über den Mordfall Hansen. Das war ungewöhnlich. Für eine Sensationsmeldung hatten die Zeitungsleute immer Platz. Ein undurchsichtiger Mordfall, ein durchwühltes Büro und ein verschwundener Sohn machten sonst immer Schlagzeilen auf der ersten Seite. Dafür warfen die Zeitungsmacher auch manchmal kurzfristig ein Layout über den Haufen. Diesmal aber stand kein Wort darüber in der Morgenpost. Zeit für die Umsetzung der Meldung aber hätten sie gehabt. Johnny runzelte die Stirn. Was ging hier vor? Warum wurde der Mord verschwiegen? Wer hatte Interesse daran, dass der Tod von Malte Hansen verschwiegen wurde?

Johnny schwang sich in den Leihwagen und kehrte nach Wandsbek zurück. Er parkte in einer Nebenstraße und schlenderte scheinbar gedankenverloren die vierspurige Einkaufsstraße hinunter. In Wirklichkeit aber war er hellwach. Gegenüber von Haus Nr. 73 betrachtete er halbinteressiert die Auslagen eines Geschäftes. Ihm war nicht einmal bewusst, was im Schaufenster ausgestellt war. Er beobachtete vielmehr in der spiegelnden Scheibe das gegenüberliegende Kontor Hansens. Ein Opel Rekord parkte in der Einfahrt. Sicherlich ein Dienstfahrzeug der Kripo, dachte Johnny. Die fahren doch oft dieses Modell. Ein Mann trat aus der Eingangstür, gefolgt von einem Polizeibeamten. Er sah aus wie Kojak: Glatze, dunkler Mantel und graue Hosen. Er gab dem Beamten offensichtlich ein paar Anweisungen, stieg in den Rekord und fuhr die Chaussee hinunter, während der Polizist wieder im Haus verschwand.

Sie haben Hansen also gefunden, aber nicht die Presse informiert, dachte Johnny nach. Warum nur? Wollten sie die Mörder in Sicherheit wiegen? Ging es ihnen um die Zerschlagung eines ganzen Rauschgiftrings? Oder war Hansen junior ein Undercover-Agent, den sie in die Szene eingeschleust hatten? Oder konnte es sein, dass die Geheimhaltung etwas mit dem Geldwäsche-Plan der Mafiabosse zu tun hatte?

Wenn sie die Datei auf dem Computer gelesen hatten, und sie mussten sie gelesen haben, denn Johnny hatte ihn nicht ausgeschaltet, dann würden in den nächsten Tagen Köpfe rollen, bis in die obersten Kreise der Regierung. Würde nichts geschehen, wäre für ihn klar, dass die German Connection mächtiger und einflussreicher war, als er bisher geglaubt hatte. Dann aber würden sie nach einem Mann suchen, der die Datei gefunden und den Computer nicht ausgeschaltet hatte. Und sie würden alles daransetzen, dass dieser Mann für immer zum Schweigen gebracht würde, ehe er etwas ausplaudern konnte.

Johnny schwitzte, obwohl der Himmel inzwischen wolkenverhangen war und ein kühler Wind durch die Straßen fegte. Er stellte den Mantelkragen hoch und schlenderte zum Wagen zurück. Hinter den Wischerblättern des Golfs steckte ein Flugblatt. Johnny wollte es schon zerknüllen und in einen Papierkorb am Straßenrand werfen, als er die Überschrift las:

»Krieg dem Rauschgift! Zerschlagt das Drogenkartell!«

Er öffnete die Wagentür und ließ sich auf den Fahrersitz fallen. War dieser Zettel Zufall oder Fügung? Mit brennenden Augen las er den Text des

Flugblattes: »Die Drogen-AG ist ein weltweites, gigantisches Kartell. Wie ein multinationaler Konzern hat sie Produktionsziele und Vermarktungsstrategien, die auf gründlichen Marktanalysen beruhen. Sie wählt sich Bevölkerungsgruppen aus, die sie werbemäßig bearbeitet. Um ihre Geschäfte auszudehnen, arbeitet die Drogen-AG mit Politikern zusammen, die sich mit den Zielen der Firma identifizieren. Sie unterhält ein weltweites Netzwerk mit Anbaugebieten, Raffinerien, Transportketten, Großhändlern, Zwischenhändlern, Bankverbindungen und Privatarmeen. Dabei setzt sie 600 Milliarden bis 1 Billion Dollar jährlich um – steuerfrei! Ganze Generationen von Jugendlichen werden vom Drogenkartell versklavt, ausgebeutet und in den physischen und psychischen Ruin getrieben. Die Drogen-AG will die Kontrolle über die ganze Welt. Rauschgift ist ihre Waffe, mit der sie die Menschheit versklaven und die Zivilisation zerstören will.

Überall in den Städten Europas liegen ihre Opfer in Bahnhofstoiletten und auf Parkbänken: An Körper und Geist zerstörte Menschen, Süchtige, die sich mit Prostitution und Diebstahl den täglichen Schuss verdienen, Tote mit der Heroinspritze im Arm. Warum schweigen unsere Politiker? Warum hat unsere Polizei nur Teilerfolge? Warum mobilisieren die Staaten nicht gemeinsam einen massiven Schlag gegen das Rauschgift-Kartell? Wie weit reichen die Fäden dieser Verbrecher? – Wir wollen nicht länger schweigen und tatenlos zusehen! Wir wollen uns nicht von den Kokainbossen versklaven lassen! Deshalb: Kampf den Drogen!«

Johnny ließ das Blatt sinken. Er war erschüttert. Bisher hatte er immer geglaubt, dass der Drogenhandel von einer kleinen Gruppe Krimineller organisiert wird. Dieses Flugblatt behauptete, dass es sich um ein Kartell handelte, um eine riesenhafte Organisation, die wie eine Krake die ganze Welt umklammerte, um die Menschen auszubeuten, auszupressen und zu versklaven. Er konnte nicht glauben, dass dies stimmte. Es klang zu unwahrscheinlich.

Aber warum war dann der Mord an Hansen verschleiert worden? Bewies nicht das Dokument auf Hansens Computer, dass der Schreiber des Flugblattes Recht hatte? War es denn so unwahrscheinlich, dass die Banken das profitable Opiumgeschäft der Vergangenheit über Tarnorganisationen bis heute weitergeführt hatten? Weshalb sollten sie auch plötzlich eines ihrer Gewinn bringenden Geschäfte fallen lassen? Aus Menschenfreundlichkeit bestimmt nicht, sonst würden sie auch nicht mit der Rüstungsindustrie zusammenarbeiten.

Johnny dachte nach. Er war auf jeden Fall nicht allein. Es gab Menschen, die den Kampf gegen die Drogenbosse aufnehmen wollten. Die nicht durch die seichten Unterhaltungen der Massenmedien und den Konsumrausch der Wohlstandsgesellschaft eingelullt worden waren. Aber wie viel Erfolg hatten sie bei ihrem Kampf? Betrachtete der Mann auf der Straße diese Idealisten nicht als Spinner? Waren sie nicht für die Drahtzieher und Einflussreichen nur lästiges, aber nicht gefährliches Ungeziefer, das sie mit einem Daumendruck zerquetschen konnten?

Johnny steckte das Flugblatt in seine Brusttasche zu dem Mafiadokument. Sie gehörten zusammen wie die beiden elektrischen Pole. Dann startete er den Golf und fuhr zu den Landungsbrücken. Er wanderte den ganzen Tag an der Elbe entlang und grübelte darüber nach, wie er sich weiter verhalten sollte. Er fand keine Antwort. Am Nachmittag aß er in einem Restaurant in Blankenese gebratene Scholle mit Kartoffelsalat. Es schmeckte ihm ausgezeichnet und lenkte ihn vom Grübeln ab. Als er danach noch ein Stück Kirschtorte bestellte und einen Kaffee, hatte er den Eindruck, als wären die Erlebnisse der letzten Zeit nur ein böser Traum gewesen. Wenn nicht der kleine Schlüssel von seinem Bankschließfach wäre und das Dokument in seiner Brusttasche. Er machte sich wieder auf den Rückweg und freute sich über den kühlen Herbstwind, der über den Fluss zog. Er machte seinen Kopf klar.

Dämmerung legte sich schon über die Stadt, als er wieder die Landungsbrücken erreichte. Er stand allein am Elbufer. Die Spaziergänger waren nach Hause zurückgekehrt, um den Abend mit Essen und Fernsehen zu verbringen. Oberhalb der Landungsbrücken, im Gebiet der Reeperbahn, begannen die Neonlichter der Lokale, Bars und Kinos zu flimmern. Johnny war nicht neugierig darauf. Er kannte diese Art von Vergnügung aus seiner Jugendzeit zur Genüge, als dass sie ihn reizen konnten. Er hatte das Angebot von Sex und Spaß als hohle, schmuddelige Fassade kennen gelernt, deren Angebote den Menschen doch nur innerlich leer zurückließen.

Die Lichter des Hafens auf dem anderen Elbufer spiegelten sich in den Wellen des Stromes. Ein Kutter tuckerte vorbei. Seine grünen und roten Positionslichter verschwanden in einer der Hafeneinfahrten. Die Schlepper und Ausflugsboote am Landesteg dümpelten leicht, als die Bugwellen des Kutters sie erreichten. Es war ein Bild des Friedens.

Ein Geräusch hinter seinem Rücken riss Johnny aus den Träumen. Er drehte sich um. Auf der anderen Straßenseite sprühte ein Jugendlicher mit roter Farbe einen Satz an die Häuserfront. Dabei schaute er immer wieder die Straße entlang, um nicht überrascht zu werden. Den stillen Beobachter im Halbschatten der Brücke sah er dabei nicht.

Buchstabe für Buchstabe entzifferte Johnny den Satz. »Krieg ... dem ... R.a.u.s.c.h.g.i.f.t!« Das war sein Mann! Als der Satz fertig war, eilte der Jugendliche die Straße hinunter in Richtung City. Johnny folgte ihm auf der anderen Straßenseite. Es hatte keinen Zweck, den Jugendlichen jetzt anzusprechen. Er würde nur in Panik davonstürmen. Das war abzusehen. Der junge Mann überquerte die Ost-West-Straße. Jetzt konnte Johnny ihn im Licht der Straßenlaternen und Neonreklame richtig sehen. Er mochte zwanzig Jahre alt sein, hatte kurze, braune Haare und war mit Jeans und Globetrotter-Jacke bekleidet. In der Hand hielt er eine Einkaufstüte von Aldi. Wahrscheinlich hatte er darin seine Farbendose. Johnny folgte ihm bis zu McDonalds in der Innenstadt. Sie betraten das Restaurant nacheinander. Johnny bestellte sich einen Milchshake und setzte sich mit der rhetorischen Frage »Darf ich?« zu dem Jugendlichen an den Tisch.

Sein Gegenüber aß mit gesenktem Blick einen Fisch-Mäc und trank dazu eine Cola. Sein Gesicht war ein wenig blass, aber trotz seiner Jugend männlich markant. Johnny holte wie selbstverständlich das Flugblatt aus seiner Brusttasche und tat so, als würde er es lesen. Er merkte, wie der Jugendliche plötzlich aufschaute und sein Brötchen auf das Tablett legte.

»Schweinerei!«, ließ Johnny sich vernehmen.

Der Jugendliche rührte sich nicht.

»Wenn das stimmt, dann ist das die größte Schweinerei, von der ich gehört habe!«

Der Jugendliche räusperte sich, öffnete halb den Mund, schwieg aber trotzdem.

»Man müsste was unternehmen, um sie zu stoppen«, murmelte Johnny.

»Man müsste?« Die klare Stimme seines Gegenübers ließ ihn aufschauen. »Man müsste? Nein, man muss!«

»Kennen Sie dieses Flugblatt?« Johnny schob den Zettel auf die andere Tischseite.

»Ja, ich kenne seinen Inhalt. Ich habe ...« Der junge Mann brach ab, als hätte er zu viel gesagt.

»Ich habe ihn heute morgen an der Windschutzscheibe meines Wagens gefunden und ihn eingesteckt, weil ich keine Zeit zum Lesen hatte«, log Johnny halb, um den Jugendlichen aus der Reserve zu locken. »Was halten Sie von der Sache?«

Sein Gegenüber schaute ihn mit hellbraunen Augen an. Man merkte, wie er mit sich kämpfte. Er schien unsicher zu sein, wie weit er sich offenbaren sollte. Johnny machte es ihm leicht.

»Ich finde, dass endlich etwas getan werden muss. Ein Mädchen aus meiner Jugendgruppe hat vor einigen Jahren Herion angeboten bekommen. Sie hat das Zeug probiert. So rein aus Neugierde, sagte sie. Sie war dabei hoch geflogen, so hoch ...«

Johnny machte eine Pause. Jetzt fiel ihm alles wieder ein. Die Gespräche mit dem Mädchen, die Tränen der allein erziehenden Mutter, die Warnungen des Jugendpfarrers. »Es war alles vergeblich gewesen. Sie hörte nicht mehr auf uns. Der Stoff machte sie glücklich, auch wenn er ihre Zukunft raubte. Das war ihr egal. Heute high sein, war für sie wichtiger als die Zukunft. Diana nannte sie sich, ja, Diana, die Königin des Heroins. Sie war ein schönes Mädchen ... und klug. Sie hatte viele Chancen. Aber das Heroin wurde ihr Leben ...«

»... und ihr Tod«, ergänzte der Jugendliche.

»Ja, du hast Recht, und ihr Tod. Schon wenige Monate später setzte sie sich den Goldenen Schuss. Auf einem öffentlichen Klo. Man fand sie mit einer Spritze im Arm.«

»Es ist immer die gleiche Geschichte«, bestätigte ihn der Jugendliche mit den hellbraunen Augen. »Erst sind sie glücklich, dann können sie ohne das Zeug nicht mehr leben. Ein inneres Feuer verzehrt sie. Höllenqualen leiden sie ohne die tägliche Spritze. Dann sterben sie, ohne Hoffnung, ohne Trost, einsam und anonym ... So war es auch bei Birgit, meiner Freundin. Ich habe um sie gekämpft. Vergeblich. Meine Liebe hat sie nicht retten können. Das Teufelszeug war stärker. Man fand sie letzten Winter, hier drüben, auf einem Lüftungsschacht von Karstadt, wo sie noch einmal ein wenig Wärme verspürte. Auch sie mit der Nadel im Arm.«

Der Junge brach ab und schluckte.

Johnny fühlte mit ihm. Er schwieg. Er musste schweigen. Jetzt war nicht die Zeit zum Reden, Zeit für billigen Trost.

Der Jugendliche schob sein Tablett zur Seite.

»Ich heiße Mike, eigentlich Michael. Aber alle nennen mich Mike.« Er reichte Johnny die Hand.

»Hi, Mike. Ich heiße Johnny. Schätze, wir haben beide gleiche Interessen. *Kampf dem Rauschgift*, wie es hier steht.«

»Es ist aber kein ungefährlicher Kampf«, antwortete Mike ihm, »denn im Drogengeschäft geht es um Geld, viel Geld.«

»Ich hab das auf dem Flugblatt gelesen. Aber ist das wirklich so viel? Woher will man das wissen?«

»Die Zollbehörden und Drogenfahnder gehen davon aus, dass sie etwa ein Zehntel des Rauschgifts beschlagnahmen, das in die Bundesrepublik geschleust wird. Letztes Jahr waren es 708 kg Heroin, die beschlagnahmt wurden. So kann man davon ausgehen, dass die Drogenbarone 7.000 kg Heroin in Deutschland abgesetzt haben. Bei einem Marktpreis von 125 bis 260 DM wären das zwischen 885 Millionen und 1,8 Milliarden DM.«

Johnny pfiff durch die Zähne.

»Du hast Recht. Das ist ein Riesengeschäft. Und alles steuerfrei.«

Mike nickte eifrig.

»Ja, und diese Zahlen beziehen sich ja nur auf Heroin. Dazu kommen noch die anderen Drogen: Hasch, Kokain, Amphetamin, LSD, Crack, Speed, Ecstasy ... Die Deutschen geben jedes Jahr etwa 4 bis 7,5 Milliarden DM für ihre Sucht aus. Davon bekommen die Großhändler 2 bis 4,5 Milliarden DM. Den Rest teilen sich die Dealer.«

Johnny machte große Augen. Die Zahlen überraschten ihn, aber auch das Wissen des Jugendlichen. Mike war ein Insider. Er kannte sich in der Szene aus. War es nur Zufall, dass er ihm begegnet war? Vielleicht konnte er ihm weiterhelfen.

»Woher weißt du das alles?«, fragte er ihn.

Mike schwieg einen Augenblick. Dann sagte er zögernd: »Nun, nach dem Tod von Birgit habe ich mich über das Rauschgiftgeschäft schlau gemacht.«

»Hast du deine Informationen von den Leuten, die dieses Flugblatt verfasst haben?«

Der Jugendliche schaute um sich, als fürchtete er belauscht zu werden. Er schien auch unsicher zu sein, ob er Johnny ganz trauen durfte.

»Du brauchst keine Angst zu haben. Ich steh auf deiner Seite.«

Johnnys Augen waren ehrlich. Jeder konnte das sehen. Er war außerdem jemand, der schnell das Vertrauen seiner Mitmenschen gewann. Das war schon immer so gewesen. Auch Mike fasste nun Vertrauen und begann sich zu öffnen. Vorher aber schaute er noch einmal nach rechts und links, beugte sich über den Tisch und senkte seine Stimme. Er wollte sicher gehen, dass er nicht am Nachbartisch gehört werden konnte.

»Ich habe mich einer Anti-Drogen-Koalition angeschlossen. Wir bekämpfen das Drogenkartell überall, wo wir es antreffen. Aber hier ist nicht der Ort, wo wir darüber sprechen können.«

Johnny nickte. Er kannte die Furcht. Er kannte sie zur Genüge. Auch er hatte Angst vor der Drogenmafia. Wie er gestern erlebt hatte, ging sie über Leichen, um ihre Interessen durchzusetzen. Und er wollte keine Leiche werden. Jedenfalls nicht vorzeitig.

Sie verließen das Restaurant und schlenderten die Straße hinunter zum Elbufer. Dort setzten sie sich auf eine Bank und blickten auf die Hafenlichter.

»Warum greifen die Staaten eigentlich nicht mit voller Härte durch?«, wollte Johnny wissen. »Man kennt doch die Anbaugebiete. Vor den hochempfindlichen Kameras der Satelliten kann sich kein Opiumbauer verstecken, weder in Kolumbien, Peru, Bolivien, Jamaika, der Türkei noch im Goldenen Dreieck Asiens.«

»Sie greifen nicht durch, weil es das Geschäft ruinieren würde. Für die Ruhigstellung des Volkes lässt man hier und da einige kleine Fische ins Netz gehen. Aber was sind schon zehn Prozent Verlust für die Großhändler, wenn neunzig Prozent der Drogen Gewinn bringen!« Mike drehte sich Johnny zu. »Weißt du überhaupt wie groß die Gewinnspanne ist?«

Johnny schüttelte den Kopf.

»Keine Ahnung.«

»Ein Opiumbauer erhält etwa 200 Dollar pro Kilogramm Rohopium. Das ist für die meisten von ihnen viel Geld. Nach der Verarbeitung kann es bis zum 4.000fachen dieses Wertes verkauft werden. Von der Ernte bis zum Straßenverkauf kann sich der Preis von Kokain pro Gramm um bis zu 12.000 Prozent erhöhen!«

Johnny staunte nicht schlecht.

»12.000 Prozent? Aber das bekommen doch nicht die Staaten, sondern die Drogenbarone. Also, welchen Nutzen hat der Staat davon? Er hat doch nur Nachteile durch die Zerrüttung seiner Gesellschaft, durch den sozialen Abstieg der Drogensüchtigen, das ganze Elend.«

»Ist es denn bei den legalen Drogen anders?«, fragte Mike zurück.

»Welche legalen Drogen?«

»Alkohol und Tabak. Wusstest du, dass fünfmal so viel Menschen durch eine Überdosis Alkohol sterben als an einer Überdosis Rauschgift?«

Johnny schüttelte den Kopf.

»Und niemand protestiert!«, ereiferte sich Mike. »Niemand erhebt ernsthaften Einspruch. Weshalb? Weil es das große Geschäft ist, auch für den Staat. Milliardengewinne durch die Alkoholsteuer. Es ist ein einträgliches Geschäft mit der Sucht, denn die Zahl der Problemtrinker ist höher als die Einwohnerschaft Nordrhein-Westfalens. Die brauchen täglich ihren Stoff! Und die Alkohol-Bosse machen Profit, und der Staat kassiert die Steuern. Alle sind zufrieden. Nur nicht die Ehepartner und Kinder der Betroffenen. Aber welche Bedeutung haben die schon. Mit den sozialen Aussteigern hat der Staat auch wenig Ärger. Fünfzehn Jahre gibt er ihnen durchschnittlich.

Dann sind sie unter der Erde und brauchen keine Rentenzahlungen mehr. Und die Abgeordneten können sich mit gutem Gewissen ihre Diäten erhöhen.«

Mike hatte sich richtig in Fahrt geredet.

»Mit den Zigaretten verhält es sich nicht anders. ‚Der Bundesgesundheitsminister warnt, Rauchen gefährdet Ihre Gesundheit.' Dass ich nicht lache! Das ist doch Feigenblatt-Politik! Wenn der Staat wirklich Interesse an der Gesundheit seiner Bürger hätte, würde er zuerst jegliche Werbung für dieses Zeug verbieten. Aber die Steuerkasse muss klingeln. Man kann doch auf diese Milliardengewinne nicht verzichten. Die Folgen für die Gesundheit kümmern den Staat nicht besonders. Dafür müssen ja die Krankenkassen aufkommen.«

»Das Geschäft mit der Sucht.« Johnny nickte. Er konnte Mike folgen. »Das Geschäft auf Kosten der Gesundheit von Menschen. Und du meinst, dass dies bei den anderen Drogen genauso läuft, Mike?«

»Aber ja doch! Was tun mit den vielen arbeitslosen Jugendlichen? Gebt ihnen Hasch, Crack, Speed oder Alkohol, damit sie ihre Gehirne betäuben. Damit sie nicht aufmüpfig werden. Damit sie bald die Radieschen von unten wachsen sehen und die sozialen Mittel des Staates nicht länger belasten.« Mike wurde bitter. »Je länger ein Jugendlicher arbeitslos ist, desto geringer wird auch später seine Rente ausfallen. So löst man die Probleme Jugendarbeitslosigkeit und leere Rentenkassen. Man muss die Leute nur einlullen, damit sie dieses abgekartete Spiel nicht merken. Im antiken Rom waren es Brot und Spiele. Heute betäubt man die Bürger mit Alkohol und Drogen.«

»Aber der Staat erhält doch keine Steuergelder von Dealern und Großhändlern, Mike?«

»Direkt natürlich nicht. Aber indirekt durch die Geldwäsche. Jedes Geschäft, jede Bank, die Drogengelder wäscht, sorgt auch für den Profit des Staates. Dann die großzügigen Parteispenden, steuerlich absetzbar natürlich. Nicht zu schweigen von Schmiergeldern an korrupte Politiker. Da gehen Millionenbeträge von einer Hand in die andere.«

Sie schwiegen beide. Aus dem Dunkeln tauchte ein Pärchen auf, das die Uferpromenade entlangschlenderte. Sie schienen sehr verliebt zu sein und beachteten die beiden Männer auf der Bank mit keinem Blick. Als sie außer Hörweite waren, setzte Mike fort:

»Kennst du das Buch *Schöne neue Welt* von Aldous Huxley, Johnny?«

Johnny schüttelte mit dem Kopf.

»Ich habe davon gehört, aber es noch nicht gelesen.«

»Solltest du aber mal, Johnny. Es wird dir die Augen öffnen.«

»Um was geht es in diesem Buch?«

»Es soll eine politische Satire sein, die sich gegen das totalitäre kommunistische Herrschaftssystem richtet. So sagt man. Aber das ist weit von der Wahrheit entfernt. Es beschreibt vielmehr die Gesellschaft der Zukunft, an der die Politiker arbeiten! Eine Gesellschaft, in der die Menschen durch eine mysteriöse Droge mit Namen *Soma* kontrolliert werden.«

»Aber das ist doch nur ein Roman«, wandte Johnny ein, »und Romane schildern nicht die Wirklichkeit. Sie greifen natürlich Fakten, Tatsachen oder Ereignisse auf. Aber das meiste in ihnen ist reine Fiktion. Um den Leser zu packen und zum Weiterlesen zu motivieren, brauchen sie Spannung, Intrigen, Verschwörungen. Aber das ist doch nur den Köpfen der Autoren entsprungen. Bei Huxley war das doch sicherlich nicht anders.«

Mike schüttelte heftig den Kopf.

»Da bist du auf dem Holzweg, Johnny. Gut in den meisten Romanen ist das so. Manche Schriftsteller wollen jedoch keine Sensationen verkaufen, sondern ihre Ideen und Programme. So war das jedenfalls bei Aldous Huxley. In einem Vortrag an der Medizinischen Fakultät der California University hielt Huxley einen Vortrag, in dem er ausführte: In der nächsten oder übernächsten Generation werde es eine pharmakologische Methode geben, um die Menschen dahin zu bringen, dass sie freiwillig unter einer Diktatur leben möchten. Man werde den Menschen ihre Freiheiten nehmen, aber sie würden sich über ihren Zustand freuen, weil – und jetzt pass auf Johnny – weil ihnen jeder Wunsch genommen wird durch Propaganda und eine Gehirnwäsche mit Hilfe pharmakologischer Methoden. Man werde den Menschen eine euphorische Droge verabreichen, die dann beispielsweise in jeder Coca-Cola-Flasche enthalten ist und die harmloser, aber weit wirkungsvoller als Alkohol sein wird. – Na, was sagst du nun dazu?«

Mike machte ein triumphierendes Gesicht. Johnny nickte nachdenklich.

»Weißt du Mike, ich glaube, ich beginne etwas zu verstehen. Unsere Welt steht am Abgrund. Die ökologische Krise wird sich bald zur ökologischen Katastrophe ausweiten. Rohstoffe, die jetzt Grundlage unseres Lebensstandards sind, werden versiegen. Die Nahrungsmittelproduktion wird von der Bevölkerungsexplosion überrollt. Viele Politiker, besonders in den Entwicklungsländern, denken noch wie mittelalterliche Herrscher europäischer Kleinstaaten. Manche Völker sind in ihrem Denken sogar noch weiter zurück. Krieg und Terror bestimmen die Tagesereignisse.«

Man spürte, Johnny war bei seinem Lieblingsthema. Ein Thema, das er schon mit vielen diskutiert hatte. Aber diesmal erregte ihn eine neue Idee, eine Idee, die Mike ihm vermittelt hatte.

»Die Menschheit steht also am Abgrund und alle schauen in die Luft und tun so, als ginge das Leben immer so weiter. Wir brauchen die Einheit aller Völker!, fordern einsichtige Politiker immer lauter, damit wir den Untergang der Menschheit in einer gemeinsamen Anstrengung verhindern können.

Aber wer soll diese Einheit schaffen? Die Soldaten der UNO? Sie werden die Unruheherde der Welt nicht befrieden. Jedes Mal, wenn sie einen Brand gelöscht haben, wird in einem anderen Land ein anderer aufflammen. Sie können die Funken des Widerspruchs und der Rebellion nicht endgültig austreten.

Kann die Religion diese Einheit schaffen? Vielleicht mit einem starken Mann, wie der Papst, als geistlichen Führer an der Spitze? Es wäre eine Möglichkeit, besonders wenn Kirche und Staaten sich wieder verbinden wie im Mittelalter. Natürlich ist eine Einheit aller Religionen nur auf Kosten der Wahrheit möglich. Wie aber will man fundamentalistische Moslems und ultrakonservative Christen in einer Religion vereinen, ohne dass es Mord und Totschlag gibt? Ohne dass bald alles wieder auseinander fällt? Und wenn es durch Übernatürliches, durch Wunder und Erscheinungen bewirkt werden könnte, kann man den Geist der Aufklärung, das selbstständige und unabhängige Denken für alle Zeiten wieder beerdigen? Wird nicht immer neuer Widerspruch in den Köpfen der Menschen auftauchen? Die Sehnsucht nach Freiheit und Unabhängigkeit kann nicht für alle Zeiten erstickt werden. Sogar die ersten Menschen zogen die negativen Folgen der Freiheit den paradiesischen Zuständen ihres Lebens vor.«

Diesmal lauschte Mike gebannt. Was Johnny erklärte, beantwortete Fragen, die er sich selbst schon oft gestellt hatte.

»Und jetzt kommt die Lösung, Mike. Du hast mich darauf gestoßen. Huxley hatte Recht. Um die Völker der Welt zu einigen, zu befrieden und zu kontrollieren genügt nicht nur staatliche Gewalt, politische Ideologie und eine einheitliche Religion als Opium des Volkes. Die Herrscher der Zukunft brauchen eine harmlose, aber wirkungsvolle Droge, die in den Grundnahrungsmitteln enthalten sein muss. Eine Droge, die alle glücklich und zufrieden macht – und zu willenlosen Sklaven ihrer Tyrannen. Dann kann die Menschheit vor dem Untergang gerettet werden.«

»Bist du etwa auch dieser Meinung?« Mike schaute jetzt misstrauisch.

»Nein, natürlich nicht, Mike. Aber weißt du, ich glaube, dass die Bibel die Wahrheit sagt. In ihrem letzten Buch, in der Apokalypse, schildert sie, dass die Mächtigen der Welt, die politischen und religiösen Führer also, alle Menschen vereinen werden und der Macht eines Einzigen unterstellen werden.«

»Dem Antichristen, nicht wahr?«

»Genau, dem Antichristen. Ich sehe, du kennst dich aus.«

»Kaum, aber ich habe vor einiger Zeit mit Jugendlichen auf der Straße darüber diskutiert.«

»Ich sehe diese religiösen und politischen Entwicklungen schon anlaufen. Und ich weiß jetzt, dass die Drogenbosse daran mitarbeiten, wenn vielleicht auch nicht bewusst. Aber sie sind Wegbereiter für die Versklavung der ganzen Menschheit zu ihrem eigenen Wohl. Nur eine kleine Gruppe wird sich dagegen wehren. Sie wird sich nicht gleichschalten lassen, weil sie sich allein Gott und ihrem Gewissen verpflichtet fühlt, weil sie keine Einheit auf Kosten der Wahrheit will und Drogen und Suchtmittel in jeglicher Form ablehnt.«

»Und du gehörst zu ihnen?«, wollte Mike wissen.

Johnny sackte sichtbar zusammen. Plötzlich schien er alle Energie verloren zu haben.

»Ich hoffe es«, murmelte er leise, »ich wünsche es mir. Aber manchmal stehe ich mir selbst im Wege. Ich bin manchmal sehr schwach.«

»Aber ist dein Gott nicht auf die Erde gekommen, um gerade den Schwachen zu helfen?«

»Das ist er, Mike. Das ist er. Aber ich weiß nicht, ob ich zu denen gehöre, die sich helfen lassen wollen.«

Er brach ab. Dann aber richtete er sich wie unter Zwang auf.

»Mike?«

»Ja, Johnny.«

»Mike, ich glaube, ich habe etwas, das dir und deinen Freunden im Kampf gegen die Drogen-AG helfen kann.«

»Was ist das?« Der junge Mann schaute interessiert auf.

»Ich weiß nicht, ob ich es dir sagen soll. Es hängt zu viel davon ab. Es ist gefährlich, lebensgefährlich.« Er schwieg einen Augenblick. »Lass uns morgen weitersprechen. Ich muss noch mal darüber nachdenken. Außerdem möchte ich einen klaren Kopf haben, wenn ich dir alles erkläre. Es ist inzwischen schon spät geworden und ich bin hundemüde, weil ich letzte Nacht nicht geschlafen habe.«

»Okay, verabreden wir uns für morgen. Was hältst du davon, wenn du zu mir kommst. Ich wohne im Langeweg 6. Du musst bei Walter klingeln. Das ist mein Familienname.«

Johnny notierte sich die Adresse. Dann verabschiedete er sich. Während Mike in die S-Bahn stieg, kehrte er zu seinem Wagen zurück. Er bemerkte nicht, dass sich auf der andern Straßenseite ein Mann aus dem Schatten der Häuser löste und ihm folgte. Er beschattete ihn, seitdem er Mike Walter beim Besprühen der Häuserwand beobachtet hatte. Während er Johnny im gehörigen Abstand nachging, setzte er einen Kopfhörer ab und steckte es zu dem Richtmikrofon in die Manteltasche, das wie ein normaler Walkman aussah.

Der Mann ging zu einem Münztelefon und wählte. Er hatte dünne Lippen, wässrigblaue Augen und rote, kurz geschnittene Haare. Am anderen Ende knackte es in der Leitung.

»Ja, bitte?« Die Stimme klang hart und kalt.

»Hans hier, Mr. K. Bin ihm gefolgt. Keine besonderen Vorkommnisse am Nachmittag. Hat am Abend nur wieder eine Häuserwand beschmiert mit seinen Sprüchen. Wird langsam lästig, der Kerl. Am Abend aber habe ich einen interessanten Fisch gefangen. Einen gewissen Johnny.«

»Was ist mit diesem Johnny?«, fragte der Mann am anderen Ende der Leitung ungeduldig.

»Er hat unser Früchtchen beim Sprühen beobachtet, ist ihm gefolgt und hat Kontakt mit ihm aufgenommen. Unterhielt sich mit ihm über die Ziele des Kartells. Ist nah dran an der Wahrheit, der Junge. Verdammt nah dran.«

»Könnte er ein Fahnder sein, den wir noch nicht kennen?«

»Bestimmt nicht, dafür quatscht er manchmal zu viel dummes Zeug.«

»Was für dummes Zeug?«, wollte der Mann wissen.

»Bibelkram.«

»Könnte er gefährlich werden?«

»Weiß nicht. Er will morgen diesem Mike etwas mitteilen, was ihm gegen uns helfen könnte. Es sei aber gefährlich für sie, wenn sie davon wüssten.«

»Hat er noch mehr darüber gesagt?«

»Nein, er will morgen darüber sprechen.«

»Konnten Sie etwas über ihn rauskriegen, vollständigen Name, Adresse, Beruf?«

»Noch nicht. Er stieg in ein Auto, während ich zu Fuß war. Habe mir die Nummer notiert. Ist ein dunkelblauer Golf, Mietwagen von Hertz. Morgen habe ich ihn. Spätestens, wenn er sich mit unserem Freund trifft.«

»Dann bleiben Sie dran an ihm. Nicht aus den Augen verlieren!«

»Keine Sorge. Ich aktiviere Klaus. Wir kleben ihm wie Kletten an den Fersen.«

»Stellen Sie fest, ob er eine Verbindung zu Hansen hat. Vielleicht hat unser Mann geplaudert, bevor er mit dem Geld verschwunden ist.«

»Meinen Sie, da besteht ein Zusammenhang, Mr. K.?«

»Wir müssen alle Möglichkeiten in Betracht ziehen.«

Der Mann am anderen Ende der Leitung hängte auf.

Kojak trommelte nervös mit seinen Fingern auf die Schreibtischplatte und starrte das Telefon an.

Warum meldet sich der Kerl nicht?, dachte er verärgert. Dabei ist die Sache so wichtig für ihn, so lebenswichtig.

Eigentlich hieß er nicht Kojak, sondern Bernhard Schulz. Er war Kommissar bei der Hamburger Kripo, Morddezernat. Aber weil er mit seiner Glatze dem Filmstar so ähnlich sah, nannten ihn alle Kojak. Natürlich nur, wenn er es nicht hörte.

Bisher hatte er seinen Dienst immer nach Vorschrift verrichten können. Er war ein zuverlässiger Beamter. Der Mordfall Hansen aber hatte ihm Kopfzerbrechen gemacht. Hinter dieser Sache steckte mehr als nur ein Raubüberfall. Der Sohn war verschwunden, der Vater tot, das Büro durchwühlt. Und dann noch diese Datei auf dem Siemens. Er hatte sie gelesen und den Computer sofort ausgeschaltet und beschlagnahmt, bevor einer seiner Kollegen den Text lesen konnte. Das Dokument konnte Schaden anrichten, großen Schaden. Deshalb hatte er diesen Fall sofort übernommen.

Heute Morgen hatte er den Minister mit dem Sternchen angerufen. Es sei dringend, hatte er seiner Sekretärin gesagt, eine Angelegenheit von äußerster Wichtigkeit. Deshalb solle der Herr Minister umgehend mit ihm Kontakt aufnehmen. Aber die Sekretärin hatte ihn nur vertröstet. Sie werde es ihrem Chef mitteilen. Er werde zurückrufen, sobald er aus der Sitzung mit dem Kanzler käme.

Nun wartete Schulz schon vier Stunden auf den Rückruf. Das Warten machte ihn nervös. Diese feinen Herrn, dachte er verbittert, da will man ihnen helfen, und sie behandeln einen wie den letzten Dreck. Dabei sind sie nicht mehr wert als jeder andere auch. In der Sauna sehen sie alle gleich aus. Aber manchmal vergessen sie das und fühlen sich als etwas Besonderes.

Das Telefon schrillte. Er stürzte sich auf den Hörer wie eine Katze auf eine Feldmaus.

»Schulz.«

»Haben Sie schon Fortschritte erzielt im Mordfall Hansen?« Es war sein Vorgesetzter.

»Noch nicht. Wir tappen noch im Dunkeln. Sein Sohn kann damit nichts zu tun haben. Der ist vor zwei Wochen nach Frankreich gefahren und bisher nicht wieder aufgetaucht. Soll auch ein gutes Verhältnis zu seinem Alten gehabt haben, sagen die Nachbarn, besonders nach dem Tod der Mutter. Raubüberfall scheidet aus. Der alte Hansen hatte so gut wie kein Geld. Nur die üblichen Rücklagen für die Altersversorgung. Das meiste Kapital hat er in die Aufrechterhaltung seiner Firma gesteckt. Konnte sich nicht von ihr trennen.«

»Armer Hund, geht vielen Rentnern so. Ich hoffe, wir sind anders, wenn wir in Ruhestand gehen.«

Schulz lachte auf.

»Ich werde auf keinen Fall Dienstmarke und Waffe vermissen. Lieber lege ich mich in Mallorca an den Strand und schaue den hübschen Mädchen nach.«

»Das glaub ich Ihnen gerne«, antwortete ihm sein Vorgesetzter, »also bleiben Sie dran an der Sache Hansen.«

Schulz legte auf. Von der Datei auf dem Computer hatte er ihm nichts erzählt. Er wollte das persönlich klären. Besser, niemand wusste davon. Eine Regierungskrise konnte der Staat jetzt nicht gebrauchen.

Das Telefon läutete erneut. Diesmal war der Minister am Apparat. Schulz stellte sich ihm kurz vor und erzählte dem Mann mit knappen Worten vom Inhalt der Datei, die er auf Hansens Computer gefunden hatte. Minister hatten selten Zeit.

»Und Sie glauben diesen Quatsch?« Die Stimme des Ministers war verärgert.

»Ich weiß nicht, was ich davon halten soll. Deshalb wollte ich mit Ihnen darüber persönlich sprechen.«

»Das sind doch alles nur üble Machenschaften der Opposition. Dass ich nicht lache! Geheimpapier der Mafia, von namhaften Politikern unterstützt. Wieder einmal die alte Weltverschwörungstheorie. Kalter Kaffee, sage ich Ihnen. Werfen Sie den Wisch in den Papierkorb und vergessen Sie das Ganze.«

»Auf dem Papier stehen aber auch Namen der Oppositionspartei.«

Der Minister am anderen Ende der Leitung holte hörbar Luft.

»Mann, dann handelt es sich eben um eine Verleumdungskampagne der RAF oder der Rechtsradikalen. Deren Leute schrecken vor Lüge, Verleumdung und Mord nicht zurück, um den Staat zu zerrütten und die Bevölkerung gegen die Demokraten aufzuhetzen. Das ist alles nur politisches Ränkespiel. Ein sehr übles Ränkespiel! Vernichten Sie den Mist und dann Schwamm drüber.«

Der Minister schwieg einige Sekunden. Dann sagte er wieder freundlicher: »Schulz?«

»Ja, Herr Minister.«

»Danke, dass Sie mich informiert haben. Wer weiß noch davon?«

»Niemand. Ich wollte erst mit Ihnen sprechen, ehe ich etwas unternehme.«

»Das haben Sie gut gemacht! Wissen Sie, jede Woche werden wir mit Dreck beworfen: Verleumdungen, Anklagen, Verdächtigungen. Manchmal wird mir das alles zu viel. Es macht heute wirklich keinen Spaß mehr, sich für das Wohlergehen des Volkes einzusetzen. Können Sie das verstehen, Herr Schulz?«

»Ich kann das verstehen, Herr Minister. Uns Polizisten geht es oft ganz ähnlich.«

»Ja, ja. Das Volk ist nicht immer dankbar für unseren Einsatz. Wie heißt es doch so schön in der Bibel? *Undank ist der Welt Lohn.* Das Buch hat Recht. Nun gut. Ich habe gleich ein wichtiges Gespräch. – Dann bitte ich Sie nur noch um äußerste Diskretion. Wenn solche Verleumdungen von den Boulevardblättern aufgegriffen würden, könnten wir das politische Tagesgeschäft vergessen. Und wir haben Wichtigeres zu tun, als uns um solches Gezänk zu kümmern. Also, noch einmal, herzlichen Dank für Ihre Kooperation, Herr Schulz.«

»Nichts zu danken, Herr Minister.«

Er legte den Hörer zurück. Jetzt, nach diesem Gespräch, schien ihm das ganze Dokument tatsächlich sehr fragwürdig. Es roch nach einem fingierten Spiel der Ultrarechten oder -linken. Die Mazieros der Mafia würden doch nicht wie Anfänger das Wichtigste vergessen: Sie würden keinen Mord für ein Geheimpapier begehen und dann vergessen, die Datei auf dem Computer zu löschen. Es war einfach zu plump gemacht. Der Mann, der die Datei auf dem Bildschirm des Siemens stehen gelassen hatte, wollte die Polizei bewusst auf dieses Dokument stoßen. Und dann hatte dieser Kerl sie auch noch angerufen und den Mord gemeldet. Weißer Mercedes mit italienischem Kennzeichen. Schulz schüttelte den Kopf. Es war wie im Groschenroman.

Ruckartig erhob er sich, ging zu einem Tisch, auf dem der beschlagnahmte Siemens-Computer stand. Er schaltete ihn ein und wartete, bis das System hochgefahren war. Dann schrieb er ‚del GESETZ.M15'. Er bestätigte den Befehl mit J und ENTER. Damit war die Datei aus dem Inhaltsverzeichnis der Festplatte gelöscht. Niemand würde vermuten, dass ein Gesetzentwurf auf diesem Computer gespeichert war, der die Wäsche von Drogengeldern in Deutschland legalisieren sollte. Niemand würde die Löschung der Datei durch den Befehl UNDELETE rückgängig machen, weil keiner etwas davon ahnte. Außer Schulz.

Der Kommissar lehnte sich zufrieden in seinen Sessel zurück. Es war ein gutes Gefühl, der Regierung geholfen zu haben. Welcher Polizeibeamte hatte schon das Vorrecht, von einem Minister gelobt zu werden. Was Schulz nicht wusste, war, dass der Minister mit dem Sternchen hinter dem Namen kurz nach dem Auflegen des Hörers erneut zum Telefon griff und ein wichtiges Gespräch mit einem Mann namens Herbert Kajun führte.

Als Johnny am nächsten Morgen beim Frühstück die Zeitung durchblätterte, fand er auch diesmal keinen Hinweis auf den Mordfall Hansen. Er fand nur eine kurze Notiz über einen Verkehrsunfall. Ein Beamter der Kriminalpolizei war von einem Auto angefahren worden, als er die Straße überqueren wollte. Der Kommissar war auf dem Weg ins Krankenhaus seinen Verletzungen erlegen. Der Fahrer des Unfallautos – es war ein VW-Bus gewesen – hatte Fahrerflucht begangen. Neben dem knappen Text war ein kleine Foto des Verunglückten abgebildet. Der Mann sah aus wie Kojak und hieß Bernhard Schulz.

Johnny faltete die Zeitung zusammen und saß reglos auf seinem Stuhl. Erst Hansen, dann Schulz, dann ... Er wagte nicht weiterzudenken. Es war bestimmt kein Zufall, dass Schulz, der von dem Dokument M 15 wissen musste, durch einen Verkehrsunfall ums Leben gekommen war. Diese Leute machten gründliche Arbeit. Sehr gründliche Arbeit! Ein Glück, dass sie noch nicht wussten, dass er das Dokument besaß.

Er richtete sich auf. Eins stand fest: Mike Walter und seine Freunde durften es nicht kennen lernen. Sonst stand auch ihr Leben in Gefahr. Hätte er die Datei sofort gelöscht, wäre Schulz noch am Leben. Wieder begann sein Gewissen zu bohren. Er war schuld am Tod des Polizeibeamten, weil er eine Verschwörung aufdecken wollte. Er hatte Angst, es selbst zu tun. Andere sollten dabei ihr Leben riskieren. Er wollte im Hintergrund bleiben. Nachdem der Beamte offensichtlich die Sache unter den Teppich gekehrt und dafür mit seinem Leben bezahlt hatte, wollte Johnny nun Mike und seine Freunde einspannen. Es war im Grunde genommen feige von ihm. Warum wandte er sich nicht selbst an die Öffentlichkeit? Weil er leben wollte! Das war die Antwort. Wollten Mike und seine Freunde etwa nicht leben?

Für Johnny stand es nun fest. Er musste sein Geheimnis für sich behalten, um nicht andere zu gefährden. Er durfte Mike nichts erzählen. Außerdem musste er etwas für seine eigene Sicherheit tun, und zwar schnellstens. Er stürzte seinen Kaffee hinunter, warf das Morgenblatt auf den Tisch und eilte in sein Zimmer.

Dort setzte einen kurzen Brief mit folgendem Inhalt auf.

»Sehr geehrte Damen und Herren!

Durch Zufall geriet ich an ein hochbrisantes Dokument. Zwei Menschen mussten schon mit ihrem Leben bezahlen, weil sie seinen Inhalt kannten. Um mich selbst zu schützen, habe ich es mehrfach kopiert und bei verschiedenen Anwälten hinterlegt. Wenn Sie es heute erhalten, dann nur, weil ich durch die Drogen-Mafia umgebracht worden bin. Sie werden die Tragweite dieses Dokumentes sofort begreifen, wenn Sie es gelesen haben. Ich bitte Sie dringend, es zu veröffentlichen, um unser Land vor dem Zugriff des Drogen-Kartells zu schützen. Auch andere Zeitungen und Sender haben es erhalten, damit seine Veröffentlichung nicht verhindert werden kann.

Hamburg, den 21. Oktober 1987

Johannes Maurer.«

Nachdem er den Brief und das Dokument samt der Diskette eingesteckt hatte, warf er seinen Mantel über und stürmte aus der Pension. Frau Meier sah ihm nur kopfschüttelnd nach. Dieser Mann hatte es immer eilig, wenn er das Haus verließ. Er gehörte sicherlich zu denen, die immer bis zur letzten Minute warten und dann regelmäßig zu ihren Terminen zu spät erscheinen.

In einem Schreibwarenladen kaufte Johnny einen Stoß Briefumschläge und drei gepolsterte Versandtaschen. Dann suchte er einen Copyshop auf und kopierte das Dokument M 15 und seinen Brief dreißigmal. Er faltete die Bögen und steckte sie in die Briefumschläge. Danach beschriftete er die Umschläge mit den Anschriften der bekannten Politmagazine, Tages- und Wochenzeitungen und der Rundfunk- und Fernsehsender. Schließlich verteilte er sie in die drei Versandtaschen. Die Diskette und das Original seines Briefes und des Dokumentes steckte er in einen Briefumschlag, den er wieder in seine Brusttasche schob.

Im Laufe des Vormittags suchte Johnny drei Anwälte auf und überreichte ihnen jeweils eine der Versandtaschen mit dem Auftrag, die Briefe sofort zu verschicken, wenn er sich nicht am Ende eines jeden Monats bei ihnen telefonisch gemeldet hätte. Alle drei Anwälte schauten ihn ein wenig seltsam an, als er ihnen den Vorgang erklärte. Wahrscheinlich hielten sie ihn für leicht überspannt. Aber Johnny kümmerte das nicht. Den Männern konnte es schließlich egal sein, welches Anliegen er hatte. Hauptsache, sie wurden gut bezahlt. Innerlich war Johnny erheitert. Er bezahlte den Schutz seines Lebens mit den Geldern der Mafia, die ihn bedrohte.

Am Nachmittag stand er wie verabredet bei Mike Walter vor der Tür. Er wohnte in einem dieser typischen Hamburger Backsteinhäuser. Sein kleines Appartement lag Parterre mit dem Wohnzimmerfenster zur Straße.

Johnny setzte sich unaufgefordert in einen Korbstuhl. Die Wohnung war typisch für junge Leute. Ikea-Möbel, Poster und die Titel der Bücher im Regal zeigten Selbstbewusstsein und Unabhängigkeit. Mike war ein Denker, aber auch ein wenig unordentlich.

»Du kennst ja das Sprichwort«, grinste er ein wenig verlegen, als er Johnnys Blicke sah. »Wer Ordnung liebt, ist nur zu faul zum Suchen.«

»Bei mir sieht es manchmal nicht besser aus«, versuchte Johnny ihn zu trösten. Dann ging er sofort zum Thema über. »Lass uns noch einmal an gestern Abend anknüpfen. Die Rauschgiftsucht ist doch ein typisch westliches Problem, oder?«

Mike schüttelte seinen Kopf. »In den Ländern der Dritten Welt sind Drogen genauso ein Problem wie bei uns.«

»Nicht aber in den Ostblockländern«, warf Johnny ein.

»Die Russen haben ihren Wodka. Kein Volk ist mehr vom Alkohol abhängig, als die Menschen in der UdSSR. Er lässt sie ihre Sorgen, ihre Misere und Hoffnungslosigkeit vergessen.«

»Kein Wunder!«, meinte Johnny, »man hat ihnen den Glauben an die Ewigkeit genommen und dafür ein besseres Leben hier und jetzt versprochen. Nachdem sich nun die Versprechen der atheistischen Politiker als Märchen erwiesen haben, bleibt den Menschen nur noch die Flucht in eine chemische Traumwelt. Aber sie nehmen keine der Drogen, die unser Land überschwemmen. Bei denen hat die Drogen-AG doch keinen Einfluss.«

»Keinen Einfluss? Die kommunistischen Staatsführer gehören selbst dazu!«

»Wie bitte? Du meinst die Politiker des Ostblocks mischen im Drogengeschäft mit?« Johnny zog seine Augenbrauen hoch und schaute Mike fragend an.

»Und wie sie mitmischen, Johnny! Der Überläufer Jan Sejna hat 1968 berichtet, dass die Sowjetunion schon 1953 beschlossen hatte, die westlichen

Länder, vor allem die USA, Kanada, Frankreich und die Bundesrepublik mit Drogen zu unterwandern. Zwei Jahre später wurden in der ČSSR Ausbildungslager errichtet, in denen Mitglieder des Nachrichtendienstes wie kapitalistische Manager geschult wurden, um das Drogengeschäft im Westen aufzubauen. Produktion, Organisation, Kommunikation und Marketing standen auf dem Lehrplan. Für den Drogenhandel in Westdeutschland und Skandinavien übernahm die DDR die Verantwortung. Während die neu ausgebildeten Männer ein gut organisiertes Netz des Drogenhandels von Südamerika bis nach Westeuropa spannten, wurde in östlichen Labors mit neuen Drogen experimentiert. Die Kommunisten haben auch Aldous Huxley gelesen. Getestet wurden diese Drogen an Kriegsgefangenen, z. B. an gefangenen GI's im Vietnamkrieg.«

Johnny hatte atemlos zugehört.

»Und wozu das Ganze?«, wollte er nun wissen. »Wollte man damit den Staatshaushalt konsolidieren?«

»Vielleicht auch das. Wichtig aber war den Machthabern damals erst einmal die Idee, den Zerfall der westlichen Staaten zu beschleunigen, um den Weltkommunismus schneller ausbreiten zu können. Heute dagegen wird das Geld eine größere Rolle spielen als idealistische Vorstellungen. Auch drüben weiß man ja inzwischen, dass ihr System bröckelt und sich nicht mehr lange halten kann. Die Wirtschaft ist marode und wird nur noch künstlich aufrechterhalten.«

Mike räkelte sich auf seinem Schaumgummisessel.

»Übrigens, der Rauschgifthandel in der DDR ist Chefsache. Er ist straff durch Partei und Stasi organisiert. Am engsten arbeiten sie mit dem Iran zusammen. Da laufen Millionenbeträge in die Kassen Ostberlins und sicherlich auch auf Schweizer Konten, die den Funktionären gehören.«

»Wir sind also ein Tummelplatz von Rauschgifthändlern verschiedener Länder. Kommt es da nicht zu Konfrontationen, zu Kämpfen um Marktanteile?«

»Höchstens zwischen den kleinen Dealern. Die Großhändler, dazu gehört auch die DDR, die hacken sich selten gegenseitig die Augen aus. Der Markt ist doch groß genug. Hier kann jeder reich werden. Bitte bedienen Sie sich bei unserer Bevölkerung. Geld haben die Leute doch genug. Und um das soziale Elend kümmern sich unsere Streetworker.«

Mike war bitter geworden. Sicherlich dachte er wieder an seine Freundin Birgit, die sich im letzten Jahr den Goldenen Schuss gesetzt hatte. Doch dann wandte er sich wieder Johnny zu.

»Du wolltest mir doch etwas erzählen, von einer Sache, die zwar gefährlich ist, uns aber im Kampf gegen das Rauschgift helfen könnte. Was ist das? Los, erzähl mal.«

Johnny hob abwehrend die Hand.

»Ich habe darüber nachgedacht, Mike. Gründlich und lange nachgedacht. Ich habe mich entschlossen, lieber nichts zu sagen.«

Das Gesicht des Jugendlichen zeigte offene Enttäuschung.

»Warum nicht? Vertraust du mir etwa nicht?«, wollte er wissen.

»Doch, ich vertraue dir, glaub mir. Aber es ist zu gefährlich. Wirklich, Mike! Zwei Menschen sind deswegen schon ermordet worden. Ich möchte nicht, dass du der Dritte bist.«

»Ich kann schon auf mich aufpassen«, sagte Mike trotzig.

»Einer der Toten war ein Kripobeamter, Mike. Der glaubte auch, dass er auf sich aufpassen könnte.«

»Und warum lebst du noch?«

»Weil die Mafia noch nicht mitbekommen hat, dass ich Bescheid weiß. Deshalb allein lebe ich. Ich möchte dich nicht mit in diese Sache hineinziehen.«

»Warum der plötzliche Sinneswandel, Johnny? Gestern wolltest du mir doch noch alles erzählen.«

»Der zweite Mann ist gestern umgebracht worden. Mitten auf der Straße. Vor den Augen vieler Zeugen. Aber das hat ihm nicht helfen können. Mike, ich habe Angst um dich!«

»Hast du um dich etwa keine Angst?«

»Doch, und sogar fürchterliche! Abends kann ich deswegen nicht einschlafen. Oft steht mir der Schweiß auf der Stirn. Heute Morgen habe ich schließlich ...«

»Verdammt, er hat es!«, fluchte der Mann mit den dünnen Lippen am Steuer des hellgrünen Passats und schlug auf das Lenkrad. Das Gespräch zwischen Mike und Johnny kam klar und deutlich aus dem Lautsprecher des Abhörgerätes, dessen winziges Funkmikrofon an der Wohnzimmerscheibe des Jugendlichen klebte.

»... die Anwälte haben klare Anweisungen erhalten, die Briefe sofort an alle Sender und Zeitungen zu schicken, wenn mir etwas zustoßen sollte. Dann wird ein Aufschrei durch Deutschland gehen, das kann ich dir garantieren, Mike!«

»Tatsächlich, er hat M 15«, stimmte ihm sein Beifahrer zu, »und das Schlimmste ist: Wir können ihn nicht einfach ausknipsen, diesen Mistkerl.«

»Wenigstens hat er eine Schweineangst. Das entschädigt mich ein bisschen. Ich verspreche dir, er wird noch tausend Tode sterben, bevor er endgültig ins Gras beißt.«

Man konnte sehen, dass Mike enttäuscht war. Er hätte sicherlich gerne alles erfahren. Aber Johnny blieb bei seinem Entschluss. Niemand sollte mehr in diese Geschichte hineingezogen werden! Schließlich hatte Mike ihn nicht weiter gedrängt.

Morgen früh wollten sie gemeinsam Mikes Freunde besuchen. Johnny sollte ihn mit seinem Wagen abholen. Dann würde er mehr erfahren über die Arbeit und die Strategien der Anti-Drogen-Koalition.

Als Johnny am nächsten Tag an der Tür des Jugendlichen klingelte, öffnete niemand. Johnny versuchte es noch dreimal. Aber nichts rührte sich. Wahrscheinlich ist er noch beim Einkaufen, dachte Johnny und lehnte sich gegen die Tür. Plötzlich gab sie nach. Johnny stolperte in den kleinen Flur der Wohnung. Mike hatte sie wohl nicht richtig ins Schloss gezogen.

Na dann, sagte er sich, setze ich mich einfach ins Wohnzimmer und warte auf ihn. Er wird wohl nichts dagegen haben.

Er öffnete die Tür zum Wohnzimmer. Mike lag mit geschlossen Augen auf dem Sofa.

»Hallo Mike. Aufwachen! Ich bin hier.« Er trat an das Sofa und rüttelte den Jugendlichen an der Schulter. Dann erst sah er die Medikamentenpäckchen auf dem Tisch. Daneben ein halbleeres Glas Wasser. Es waren Schlaftabletten! Die Päckchen waren leer. Mike hatte sie alle geschluckt. Er hatte sich umgebracht.

Johnny fuhr zurück. Ein undefinierbarer Laut entrang sich seiner Brust. Es war einfach zu viel für ihn. Zu viele Tote! Er presste die Hände an seine Schläfen, als wollte er seinen Kopf in einem Schraubstock spannen, damit er nicht zerplatzte. Seine Blick fiel wieder auf Mike. Und wieder kam dieser Laut aus seiner Kehle. Er glaubte wahnsinnig zu werden. Hansen junior tot. Hansen senior tot. Schulz tot. Mike tot. Alle tot. Alle. Sein Herz raste. In den Schläfen pochte es. Es flimmerte ihm vor den Augen.

Doch dann zwang er sich, die Fassung zu behalten. Vielleicht war der Junge noch zu retten! Rasch glitt seine Hand an Mikes Hals. Er spürte ein schwaches, kaum wahrzunehmendes Pochen. Der Puls war noch da. Mike war noch nicht tot! Er lebte! Die Schlaftabletten hatten noch nicht ihre volle Wirkung entfaltet.

Jetzt kam Leben in Johnny. Er stürzte zum Telefon, wählte die Nummer

112 und meldete die Medikamentenvergiftung. Dann hob er Mike auf einen Schreibtischstuhl, band ihn mit seinem Gürtel an der Rückenlehne fest, damit er nicht herunterfallen konnte und schob den Jugendlichen ins Bad.

Aus der Küche holte er einen Topf, einen Trichter und ein Päckchen Salz. Im Bad füllte er den Topf mit warmem Wasser und löste Salz darin. Dann bog er Mikes Kopf zurück, steckte ihm den Trichter in den Mund und schüttete ihm das warme Salzwasser in den Magen. Mike begann zu gurgeln, verkrampfte, würgte. Und Johnny schüttete und schüttete. Dann kam alles wieder zurück. Johnny bog Mike über das Toilettenbecken. Der Junge erbrach sich krampfartig. Als nichts mehr kam, lehnte Johnny ihn wieder zurück, steckte ihm den Trichter in den Hals und schüttete wieder warmes Salzwasser in seinen Magen. Mike keuchte, schluckte, würgte und erbrach sich. Er wollte sich wehren, aber Johnny hielt ihn eisern fest und goss erneut das Salzwasser durch den Trichter. Immer wieder und wieder, bis Mike nur noch grüne Galle brach. Dann gab er ihm eine Verschnaufpause.

Johnny hörte die Sirene des Notarztwagens. Er eilte ins Wohnzimmer. Durch die Gardine blitzte Blaulicht. Johnny öffnete die Tür und zeigte den drei Männern mit den orangefarbenen Jacken den Weg ins Bad. Dann ließ er sich in den Korbsessel fallen, legte den Kopf zurück und atmete tief durch. Er hatte Mike das Leben retten können. In letzter Minute!

Warum nur?, fragte Johnny sich. Warum hat der Junge den Selbstmordversuch begangen? Er hatte doch gar keinen Grund. Den Tod seiner Freundin hatte Mike schon verarbeitet. Die Trauer war einem stillen Schmerz gewichen und einem Zorn auf die Dealer. Oder war es kein Selbstmordversuch?

Es war kein Selbstmordversuch! Johnny schüttelte seinen Kopf. Bestimmt nicht. Irgendjemand hatte Mike umbringen wollen, hatte es als Selbstmord getarnt. Es war misslungen. Glücklicherweise. Er war ihm dazwischengekommen. Rechtzeitig.

Eine zweite Sirene ertönte auf der Straße. Das gleichmäßige Blitzen des Blaulichtes wurde zu einem unregelmäßigen Flackern. Johnny schaute durch die Gardine. Ein Polizeiauto fuhr neben den Rettungswagen auf den Bürgersteig. Zwei Beamte stiegen aus und traten ins Haus. Johnny erhob sich. Einer der Rettungssanitäter kam ihm aus dem Bad entgegen.

»Gute Arbeit!«, sagte er anerkennend zu Johnny und klopfte ihm auf die Schulter. »Wir haben versucht, ihm den Magen auszupumpen. Aber es kam nichts mehr, außer Galle. Ohne Sie wäre der Junge tot. Sie haben ihm das Leben gerettet.«

Johnny atmete auf. »Wie geht's weiter?«

»Der Arzt ist noch bei ihm und legt eine Infusion an. Wir bringen ihn ins Eppendorfer Krankenhaus. Dort wird sein Kreislauf stabilisiert. Er muss noch einige Tage zur Beobachtung bleiben. Könnte Komplikationen geben.«

Der Sanitäter nickte ihm noch einmal zu, machte den Polizisten Platz und verließ die Wohnung, um eine Trage zu holen. Johnny erzählte ihnen, wie er Mike vorgefunden hatte.

»Hatte er Grund für einen Selbstmord?«, wollte einer der Beamten wissen.

»So viel ich weiß nicht«, antwortete Johnny ihm. »Ich kenne Mike Walter zwar erst seit zwei Tagen. Aber er hatte keine Probleme oder Sorgen.«

»Also, was ist dann die Ursache? Warum wollte er sich umbringen?«

»Mike wollte sich nicht umbringen! Es war kein Selbstmordversuch. Es war Mord.«

Die beiden Polizisten starrten ihn mit großen Augen an.

»Mord?«, fragte einer von ihnen.

Johnny erzählte ihnen, dass Mike Walter in der Anti-Drogen-Koalition mitarbeitete. Er glaube, dass der Jugendliche mit seinen Flugblättern und Aktionen den Dealern lästig geworden sei. Es sei natürlich nur eine Vermutung. Genaueres wisse er nicht. Er kenne Mike eben zu kurz. Aber sie müssten ihn ja dazu selbst befragen. Mike könne ihnen sicherlich alles erklären.

Einer der beiden Polizisten schaute skeptisch, der andere interessiert. Er hatte sich alles notiert. Der Sanitäter kehrte mit einer Trage zurück.

»Können Sie sich ausweisen?«, fragte der skeptische Beamte.

Johnny lächelte und hob verlegen die Schultern.

»Leider nein. Ich hab meinen Ausweis zu Hause gelassen. Ich heiße Johannes Maurer. Aber ich kann ja noch einmal zu Ihnen auf die Wache kommen und meine Aussage schriftlich machen.«

»Das müssen Sie sogar«, sagte der Polizist, »aber geben Sie uns bitte noch Ihre Anschrift.«

Johnny gab ihnen die Adresse seiner Pension. Die Sanitäter trugen Mike vorbei. Er lag bleich und mit geschlossenen Augen auf der Trage. Der Notarzt hielt die Infusionsflasche hoch. Als sie bei Johnny vorbeikamen, öffnete der Jugendliche die Augen halb.

»Sie sagen, du hättest mich gerettet«, sagte er schwach und mit verwaschener Sprache.

»Ich bin froh, dass ich dich rechtzeitig gefunden habe.«

»Sie wollten mich umbringen, Johnny.« Mikes Augen flackerten. »Sie haben mich gezwungen, die Tabletten zu schlucken, ein Rothaariger und ...«

Mikes Stimme erstarb zu einem Flüstern.

»Es wird Zeit, dass er auf die Intensivstation kommt!«, drängte der Arzt. »Er kann später vernommen werden.«

»Mach's gut, Mike, und pass auf dich auf. Ich melde mich wieder.« Johnny drückte Mike die Hand.

»Rufe die Nummer 6 95 81 15 an, wenn du Hilfe brauchst«, flüsterte der Junge. Dann trugen die Männer ihn hinaus.

»Sehen Sie«, Johnnys Stimme klang fast triumphierend, »der Junge hat es gerade selbst bestätigt. Man wollte ihn umbringen. Sie sollten auch im Krankenhaus für seine Sicherheit sorgen.«

»Wir werden das alles genau überprüfen. Und natürlich werden wir einen Beamten für seinen Schutz abkommandieren«, antwortete ihm der Skeptische. »Können Sie Morgen zur Aussage auf die Wache kommen?«

Johnny nickte. Aber er wusste, er würde es nicht tun.

Als Johnny wieder in seinem Auto saß, musste er sich erst einmal entspannen. Zwar hatte er den ersten Schock überwunden. Aber innerlich zitterte er noch immer. Warum?, fragte er sich jetzt. Warum wollten sie auch Mike töten? Waren sie abgehört worden, sodass sie ihre Gespräche mitbekommen hatten? Ja, das musste es gewesen sein. Sicherlich hatten sie Mike schon länger im Visier. Bis jetzt aber hatte er doch nichts getan, das für sie wirklich gefährlich gewesen wäre. Bis gestern, als er ihm von einem gefährlichen Dokument erzählt hatte. Wahrscheinlich wollten sie nicht, dass Mike ihn mit seinen Kameraden in Kontakt brachte. Diese hätten Johnny vielleicht doch überreden können, ihnen das Dokument M 15 anzuvertrauen. Mike war der Kontaktmann gewesen. Ohne ihn konnte er nichts tun. Außerdem sollte der Tod des Jugendlichen eine Warnung für ihn sein. Einen Schuss vor den Bug, damit er nicht weitermachte.

Wenn das so war, dachte Johnny erleichtert, dann müssen sie auch gehört haben, dass ich mich abgesichert habe. Dann werden sie es nicht wagen, mir ein Haar zu krümmen.

Urplötzlich schlug seine Angst in Wut um. Diese Hunde! Diese gemeinen Hunde! Dieses Verbrechergesindel. Diese Mörderbande! Ausrotten müsste man sie allesamt! Wenn doch bald das Gericht Gottes über diese Erde fegte und dieser skrupellosen Bande den Garaus machte! Ja, er wünschte sich den Zorn Gottes über diese Welt der Ungerechtigkeit und des Bösen.

Er drehte den Zündschlüssel und parkte den Mietwagen aus. Im Rückspiegel sah er einen hellgrünen Passat, der auf der anderen Straßenseite parkte. Nur ein Mann saß im Wagen. Er hatte rote Haare.

Dieses Fahrzeug war ihm schon gestern aufgefallen. Richtig, der Passat war ihm von hier aus in die Stadt gefolgt. Hatte nicht Mike vorhin auch etwas von einem Rothaarigen gesagt?

Johnny schlug auf das Lenkrad. Alles machte jetzt Sinn. Dort saß Mikes Mörder! Zorn und Wut stiegen in ihm auf. Er musste diesen Kerl fassen und ihm einen Denkzettel verpassen!

Der Rothaarige startete den Motor. Johnny setzte in die Parklücke zurück, zog den Zündschlüssel, streifte sich seine Handschuhe über und stieg aus dem Wagen. Aus den Augenwinkel beobachtete er, dass der Passatfahrer auch seinen Motor ausgeschaltet hatte, zu einer Zeitung griff und so tat, als wollte er lesen. Jetzt war alles klar.

Johnny marschierte mit großen Schritten zum Passat, riss die Tür auf, packte den Mann am Kragen und hob ihn aus dem Wagen, als wäre er eine Schaufensterpuppe.

»He, was soll das?«, keuchte der Rothaarige überrascht.

»Warum verfolgen Sie mich?«, herrschte Johnny ihn an. Er hatte nun keine Angst. Nur noch Zorn.

»Ich verfolge niemanden. Lassen Sie mich in Ruhe.« Der Mann klang nicht überzeugend.

»Und was ist das für ein Gerät in Ihrem Wagen, he? Kein Abhörgerät etwa?«

Der Mann antwortete nicht. Stattdessen versuchte er Johnny mit dem Knie im Unterleib zu treffen. Das war sein Fehler. Johnny drehte sich zur Seite und schlug ihm einen linken Haken an die Schläfe. Der Rothaarige wurde weich in den Knien.

»Damit hast du dich verraten, Bürschchen. Auf solche Tricks fällt der alte Johnny nicht herein. Da musst du schon früher aufstehen. – Wer ist dein Arbeitgeber? Los, raus mit der Sprache!«

Der Mann schüttelte den Kopf. Seine schmalen Lippen waren kaum noch zu sehen.

»Du willst also nicht antworten? Hast wohl Angst, selbst dabei draufzugehen, nich?«

Der Rothaarige versuchte mit seiner Rechten unter seine Jacke zu greifen. Das war sein zweiter Fehler. Johnny schlug ihm einen zweiten Haken ans Kinn, sodass sein Kopf an das Wagendach flog.

»So, eine Knarre hast du auch noch. Dachtest wohl, du kannst mir damit ein kleines Loch im Bauch verpassen. Da haste dich geirrt.«

Während er ihn weiter mit der rechten Hand am Kragen festhielt, zog er mit seiner linken den Revolver aus dem Schulterhalfter und warf ihn auf den Rücksitz des Wagens.

»Warum wolltet ihr Mike umbringen und warum habt ihr die andern umgebracht, Schulz, und den alten, harmlosen Mann, den Hansen?«

Der Mann starrte ihn mit hasserfüllten, wässrigen Augen an. Seine aufgesprungenen Lippen verzerrten sich. Dann zischte er: »Du wirst ihnen bald Gesellschaft leisten, Mistkerl!«

Das war sein dritter Fehler. Johnny schlug ihm einen weiteren Haken ins Gesicht. Diesmal traf er den Mann unterm Auge.

»Eher wirst du die Gänseblümchen von unten wachsen sehen als ich. Hast du gestern nicht mit deinem Freund gehört?« Er wies auf das Abhörgerät. »Wenn mir jemand ein Härchen krümmen sollte, seid ihr allesamt erledigt. Ich weiß alles über euch und ich habe es schriftlich. Das Dokument M 15 ...«

Der Rothaarige zuckte sichtbar zusammen.

»... und andere Unterlagen. Und weißt du auch, von wem ich das alles habe?« Johnny klopfte nun mächtig auf den Busch. »Das habe ich alles von Hansen junior. Habt ihr wohl nicht gedacht, was?«

»Verräter!«, zischte der Mann nur schwach.

»Ja, Malte Hansen hat geplaudert. Aber den werdet ihr nie erwischen. Der ist außer eurer Reichweite.«

Der Hass in den Augen des Mannes sprach Bände.

»Wer bist du?«

»Ich bin der Racheengel Gottes, der Vorläufer des Jüngsten Gerichts! Und es gibt keine Gnade für euch, keine Gnade.«

Der Rothaarige erstarrte.

»So, vergiss nicht deinem Chef mitzuteilen, was ich dir gesagt habe. Und nun träum süß.«

Johnny ließ den Mann los und schickte ihn mit einem gewaltigen Schlag ins Land der Träume. Dann drückte er ihn hinter das Lenkrad und zog ihm die Jacke von den Schultern, sodass die Arme gefesselt wurden.

Ein alter Mann schlurfte gerade vorbei und schüttelte seinen Kopf.

»Früher bei Adolf, da gab es so was nicht. Da war man auch nachts auf den Straßen sicher.«

»Hast Recht, Opa«, stimmte Johnny ihm zu, »da gab es auch keine Mörder und Rauschgiftdealer, wie diesen Kerl hier.«

»Ich habe nichts gesehen«, erwiderte der Alte nur und humpelte weiter, »nichts gesehen und nichts gehört.«

Johnny kehrte zu seinem Golf zurück. Er holte aus seinem Verbandskasten eine Rolle Leukoplast und einen Filzstift. Mit dem Pflaster fesselte er die Hände des Mannes ans Lenkrad, klebte ihm einen Streifen über den Mund und schrieb ihm auf den Hemdrücken: »Ich bin Mike Walters Mörder.«

Dann schwang er sich hinter das Lenkrad und fuhr zu seiner Pension zurück. Unterwegs informierte er noch die Polizei telefonisch, dass der Mörder Mike Walters gefesselt in seinem Wagen im Langeweg liege. Er packte seinen Koffer, bezahlte bei seiner Wirtin die Rechnung und brachte den Golf zur Autovermietung zurück. Johnny war sich nicht sicher, aber er meinte, dass er von seiner Pension aus wieder verfolgt wurde. Vielleicht war dies der zweite Kerl.

Johnny stellte den Wagen vor der Eingangstür von Hertz ab, nahm seinen Koffer und ging ins Haus. Er gab die Schlüssel ab, bezahlte seine Rechnung und verließ das Haus durch die Hintertür. Hier konnte er von der Straße aus nicht gesehen werden. Er eilte durch den Hof, sprang über den angrenzenden Gartenzaun und verschwand durch die Hoftür eines Mietshauses.

Vor dem Mietshaus hatte Johnny seinen R 5 geparkt. Er setzte seine Brille ab und nahm einen Akkurasierer aus dem Koffer. Innerhalb von fünf Minuten hatte er sich im Wagen rasiert. Dann zog er sich ein amerikanisches Longshirt über und setzte sich ein Baseballcap auf. Zufrieden blickte er in den Rückspiegel. Wer ihn im Vorbeifahren erblickte, würde ihn nicht wiedererkennen.

Johnny startete den Motor und verließ Hamburg über die Elbbrücken. Ein Trucker-Song ertönte im Autoradio auf NDR 4. Johnny schlug auf dem Lenkrad mit dem Daumen den Takt dazu. Erleichterung stieg in ihm auf. Fünfzig Kilometer weiter hatte er den Eindruck, alles nur geträumt zu haben. Es war ein böser Traum gewesen und Johnny hoffte, dass er nie wiederkehren würde.

»Wie hat er sich genannt?« Der Mann am anderen Ende der Leitung war außer sich vor Wut. »Racheengel Gottes? Vorläufer des Gerichts? – Spinner! Und ihr seid allesamt Versager. Profis wollt ihr sein und lasst euch von solch einem Halbverrückten austricksen.«

Der Rothaarige zog instinktiv den Kopf ein. Seine rechte Gesichtshälfte war vollkommen zugeschwollen. Er konnte nur durch einen Schlitz im linken Auge blinzeln. Auch sein Mund war entstellt, sodass ihm das Reden Mühe machte.

Blödmann, dachte er bitter, du hättest nicht besser gegen diesen Schläger ausgesehen. Lässt mich die schmutzige Arbeit machen und behältst selbst immer gepflegte Finger. Kann sich gar nicht in meine Lage versetzen, dieses Großmaul.

Er hasste seinen Boss, diesen Mr. K., wie viele Kriminelle ihre Auftraggeber hassen. Er hasste und fürchtete ihn. Aber konnte nicht mehr aus diesem Geschäft aussteigen, ohne sein Leben zu riskieren. Er steckte schon zu tief drin.

Glück hatte er gehabt. Verdammtes Glück. Kurz bevor die Polizei eintraf, hatte ihn ein Passant befreit. Das Geschmiere auf seinem Rücken hatte er glücklicherweise nicht gelesen. Sonst säße er jetzt in Untersuchungshaft.

»Bringt mir diesen Kerl!«, tobte der Mann am anderen Ende, »wenn ihr wieder versagt, wird das Konsequenzen für euch haben.« Er schwieg. Dann setzte er fort: »Ruft die Italiener zu Hilfe, wenn euch die Ideen ausgegangen sind. Die machen saubere und schnelle Arbeit. Auf die ist Verlass.«

»Machen wir Boss«, nickte der Rothaarige. »Wie beginnen sofort mit der Suche.«

Dabei wusste er, dass die Pensionswirtin Meier seinem als Kripobeamten getarnten Kollegen mitgeteilt hatte: Herr Luciano sei abgereist. Wohin wisse sie nicht.

Luciano – das war doch der Name des Mafiabosses, den der amerikanische Marinegeheimdienst während des zweiten Weltkrieges aus dem Gefängnis geholt hatte, und der dann von Neapel aus einen der größten Rauschgiftringe Europas aufbaute. – Dieser Johnny machte sich lustig über sie!

Er brauchte unbedingt die Hilfe der Italiener. Die Manzella-Brüder kannten sich in der südeuropäischen Szene besser aus. Johnny Luciano oder wie der Kerl auch immer heißen mochte, sah wie ein Südeuropäer aus. Er musste sofort Caesare Manzella anrufen.

Die letzten sechs Monate waren wie im Flug vergangen. Harry erschienen sie im Rückblick wie sechs Wochen. Viel war inzwischen passiert. Die Scheidung. Ihre Flucht nach Südfrankreich. Der Urlaub an der Atlantikküste. Die Umstellungs- und Anpassungsschwierigkeiten der Kinder. Ihr Fragen nach der Mutter und seine Versuche, alles zu erklären. Seine erfolglose Suche nach Arbeit. Dann der Besuch auf einem *Foire*, einem Jahrmarkt, mit Kai und Jenny. Er erinnerte sich noch genau, als wäre es gestern gewesen.

In einem der Zelte fanden Boxkämpfe statt. Ein Mann mit Mikrofon forderte die Schaulustigen auf, in den Ring zu steigen und den Faustkampf zu wagen. Wer einen der beiden Jahrmarktboxer besiege, solle ein Preisgeld von 300 Francs erhalten.

Es reizte Harry, sich den Herausforderern zu stellen, obwohl er jahrelang nicht geboxt hatte. Mehr noch aber reizte ihn das Preisgeld. Er konnte jeden Franc gebrauchen. Seine Ersparnisse waren schnell geschrumpft. Das Leben in Frankreich war teuer. Hier hatte er nun die Möglichkeit, den Lebensunterhalt für eine Woche zu gewinnen.

Zuerst aber schaute sich Harry die Kämpfe der beiden Jahrmarktboxer an. Sie waren hart im Nehmen, konnten viel einstecken. Aber ihre Technik war hundsmiserabel. Sie hatten das Boxen eher auf den Straßen von Paris gelernt als in einem Verein. Welcher gute Sportler würde auch auf einem Jahrmarkt sich jeden Tag mehrmals mit irgendwelchen raufllustigen und angetrunkenen Halbstarken prügeln?!

Die Boxkämpfe wurden mit dick gepolsterten Handschuhen durchgeführt. Die Verletzungsgefahr für die Freiwilligen war also gering. Jeder Kampf ging nur über drei Runden. Jedes Mal gewannen die Jahrmarktsboxer nach Punkten. Es war sowieso ein abgekartetes Spiel. Wer die 300 Francs gewinnen wollte, musste eindeutig besser sein, sodass der Ringrichter nicht schummeln konnte.

Bei der nächsten Vorstellung erklärte Harry sich bereit, um das Preisgeld zu kämpfen. Sein Gegner grinste ihn herausfordernd an, als er am Eingang die Treppe zum Podium emporstieg. Er war ein grober, ungeschlachter Kerl, mit breiten Schultern, Stiernacken und leichtem Bauchansatz. Harry beachtete ihn nicht, sondern fragte den Mann am Mikrofon: »Können meine beiden Kinder einen Platz in der ersten Reihe bekommen?« Er zeigte auf die beiden, die verschüchtert unten an der Treppe standen.

»Aber natürlich, keine Frage«, erwiderte der Mann, «wie heißen die beiden denn?«

»Kai und Jenny.«

»Jenny, Kai. Könntet ihr beiden mal zu eurem Vater kommen?«, rief der Schausteller den Kindern zu.

Sie verstanden ihn nicht, aber als Harry ihnen winkte, kletterten sie auf das Podium. Inzwischen hatte der Mann sich bei ihm nach seinem Namen und seiner Herkunft erkundigt.

»Ah, Sie kommen aus dem Elsass und haben außerdem einige Jahre in Allemagne gelebt, Monsieur. Das erklärt vieles. Ich habe mich schon über

Ihre Aussprache gewundert.« Dann nahm er wieder das Mikrofon und rief: »Kommen Sie herein, Mesdames und Messieurs. Sehen Sie einen sensationellen Boxkampf. Harry, der Elsässer, kämpft für seine Kinder Kai und Jenny!«

Wie Recht du hast, dachte Harry, wie Recht du hast.

»Er stellt sich einem Furcht erregenden Gegner, dem unbesiegten Jean Magicien.«

Harry musste lächeln. Das war doch glatt gelogen mit dem unbesiegten Zauberkünstler Jean. Aber es zog die Schaulustigen an.

»Wird Harry den Kampf für seine Kinder gewinnen? Wird er den Preis von 300 Francs mit nach Hause nehmen?«

Aber natürlich, mein Lieber! Sonst würde ich doch hier nicht stehen. Meinst du, ich hätte Lust mir einfach nur so zum Spaß das Gesicht polieren zu lassen?, dachte Harry.

»Kommen Sie herein. Sehen Sie den Kampf des Monats!«

Die Leute stellten sich an der Kasse an. Harry konnte deutlich sehen, wie sie ihn abschätzten. Sie gaben ihm keine Gewinnchancen. Aber sie wollten das Spektakel sehen. Wie die schaulustigen Römer den Tod des unterlegenen Gladiators im Zirkus von Rom.

Der zweite Freiwillige war ein Neunzehnjähriger mit kastanienbraunen Haaren und durchtrainierten Muskeln. Er hieß Claude.

»Ich habe drei Jahre Jiu-Jitsu trainiert«, erzählte er Harry mit glänzenden Augen, als sie sich im Umkleideraum für den Kampf fertig machten, »und jetzt möchte ich mal sehen, ob ich mich gegen einen Boxer wehren kann.«

»Er wird dich durch den Ring prügeln«, dämpfte Harry seine Begeisterung. »Hier herrschen andere Regeln als bei euren Turnieren.«

Der Junge schaute ihn entgeistert an.

»Meinst du wirklich? Ich könnte doch ...«

»Wahrscheinlich wirst du gar nichts mehr können, wenn er auf dich losgeht. Du hast zu viele Techniken gelernt. Das blockiert im Ernstfall eine schnelle Reaktion. Wenn er auf dich einschlägt, wird bei dir die Birne durchbrennen, sodass du nicht mehr weißt, wie du dich wehren sollst.«

Dann lächelte Harry.

»Ich möchte dich nicht entmutigen, nur warnen. Du hast keine Kampferfahrungen, kannst nicht so leicht Treffer wegstecken. Der Kerl, mit dem du in den Ring steigst, prügelt sich jeden Tag mehrfach. Immer wieder kommen Raufluştige und wollen ihn k.o. hauen. Schmerzen sind also sein tägliches Brot. Kannst du mir folgen?«

Claude nickte. Er schien nicht mehr so begeistert.

»Und was ist mit dir?«, fragte er Harry.

»Ich habe schon ein paar Mal im Ring gestanden. Ich weiß, was es heißt, 12 Runden überstehen zu müssen. – Willst du meinen Rat?«

Der Jugendliche nickte.

»Also pass auf. Du kannst nicht gewinnen, aber du kannst die drei Runden mit Würde und ohne große Verletzung überstehen. Die Handschuhe sind glücklicherweise recht groß. Wenn du deine Fäuste so hältst, kann dein Gegner deinen Kopf nur selten treffen. Auch dein Bauch ist gut geschützt.«

Er zeigte ihm die richtige Haltung.

»Vergiss nicht: Nimm die Ellbogen nah an den Körper. Sonst schlägt er dir einen Haken auf Milz oder Leber und das tut höllisch weh.«

Claude konnte sich das vorstellen.

»Wenn du konterst, zieh deine Schultern hoch, sodass du gedeckt bleibst. Sonst schlägt er dir einen Haken an den Schädel.«

Claude nickte wieder. Er war sehr nachdenklich geworden. Zwei Jugendliche kamen herein. Sie waren die Söhne des Schaustellers und Ringrichters und halfen den beiden beim Anziehen der Handschuhe. »Wir werden euch auch in den Pausen zwischen den Runden betreuen«, erklärten sie. Johnny wünschte Claude viel Glück, als er schließlich die Kabine verließ, um seinen ersten Boxkampf zu bestehen.

Im Zelt herrschte gute Stimmung. Der Schausteller hatte seine Jacke ausgezogen und heizte die Leute über Mikrofon richtig an. Als der Neunzehnjährige in den Ring stieg, klatschten sie wie wild Beifall. Aber sie bekamen nicht viel für ihr Geld. Harry hatte es vorhergesehen: Der Jahrmarktboxer prügelte Claude tatsächlich durch den Ring.

Glücklicherweise hält er die Deckung hoch, dachte Harry, gut, dass ich ihm noch was dazu gesagt habe.

Aber dann versuchte der Junge einen linken Konter. Leider vergaß er dabei die Schulter anzuheben. Der Boxer wehrte den Schlag mit der Linken ab und landete einen Haken mit der Rechten. Unter dem Gejohle der Zuschauer ging der Jiu-Jitsuka auf den Boden.

»Komm hoch!«, schrie jemand in der dritten Reihe.

Aber Claude rührte sich nicht.

»... fünf, vier, drei, zwei, eins, aus!«, rief der Ringrichter. Dann hob er den Arm des Jahrmarktboxers in die Höhe. »Sieger durch K.o. ist Marcel, der Hammer!«

Beifall brandete auf. Doch die Leute waren enttäuscht, dass der Kampf nur so kurz gedauert hatte. Sie wollten einen harten Fight sehen für ihr Eintrittsgeld. Inzwischen hatte sich Claude wieder aufgerappelt. Verdutzt schaute er sich um. Nur langsam begriff er, was geschehen war. Als der Ringrichter ihm helfen wollte, wehrte er jedoch ab. Unter dem Gelächter einiger Zuschauer und mit weichen Knien stieg er aus dem Ring und setzte sich neben Jenny und Kai.

»Mein Papi haut sie alle zu Brei,« flüsterte die Fünfjährige Claude zu, als wollte sie ihn trösten. »Alle zu Brei«, wiederholte Kai, aber Claude konnte sie nicht verstehen, weil sie Deutsch sprachen.

»Und nun kommt der Kampf des Tages«, rief der Ringrichter ins Mikrofon, um die Zuschauer bei Laune zu halten. Nichts verdirbt das Geschäft so sehr wie unzufriedene Kunden. »Harry, der Elsässer gegen Jean, den Magier. Beifall, Mesdames und Messieurs, Beifall für die Kämpfer.«

Johlen, Pfeifen und Klatschen erfüllten das Zelt, als nacheinander Harry und der Jahrmarktboxer in den Ring stiegen. Jean der Magier hob seine Handschuhe in Siegerpose und rief in die Menge: »Ich bin der Champ.«

Als er sich über die Seile lehnte, unter denen Harrys Kinder saßen, rief Jenny dem Mann entgegen: »Mein Papi haut dich zu Brei!«

»Zu Brei«, ließ sich auch Kai vernehmen.

Jeans Gesicht fror ein, denn er verstand ein wenig Deutsch. Dann fletschte er die Zähne und machte »Grrrr!«, aber Jenny streckte ihm nur die Zunge heraus. Der Boxer wandte sich zur anderen Seite.

Harry stand in der Zwischenzeit wie verloren im Ring. Er winkte nur kurz seinen Kindern zu. Dann versuchte er sich auf den bevorstehenden Kampf zu konzentrieren und innerlich ganz ruhig zu werden.

Eine Frau schlug den Gong. Sie musste dem Aussehen nach die Schwester der Kassiererin sein. Der Kampf begann. Harry hatte seinen Gegner richtig eingeschätzt. Jean ging wie eine Dampflokomotive auf ihn los und versuchte ihn mit wuchtigen Hieben zu treffen. Harry tänzelte ihn aus. Die Schläge gingen ins Leere. Das machte Jean wütend.

Wieder kam er mit einer harten Rechten nach vorne. Harry pendelte nach links, während er seinem Gegner einen Leberhaken verpasste. Jean stöhnte auf und nahm die Deckung herunter. Sofort nutzte Harry das Loch in der Deckung und schoss eine Reihe von Schlägen ab. Sie trafen den Koloss am Kopf. Jean wankte zurück.

Die Menge johlte. Doch der Jahrmarktboxer kam wieder nach vorne. Er war hart im Nehmen und die dick gepolsterten Handschuhe minderten die

Wucht der Schläge. Harry täuschte mit der Linken einen Schlag an – den gesenkten Kopf immer hinter der Schulter gedeckt –, dann schlug er eine Serie auf die Deckung seines Gegners. Der versuchte zu klammern. Aber Harry ging sofort in die Distanz zurück. Er mochte keinen Clinch. Manche Kämpfer verbrachten die meiste Zeit des Kampfes im Clinch. Das war für ihn aber kein Boxen. Er liebte den technisch sauberen Kampf auf Distanz.

Am Ende der ersten Runde stand für jeden Zuschauer fest, dass Jean der Magier gegen Harry keine Chancen hatte. Er sah einfach alt gegen diesen Familienvater aus. Die zweite Runde verlief nicht anders. Der Jahrmarktboxer traf nur Harrys Deckung. Die meisten Schläge gingen ins Leere. Harry war einfach zu flink. Er tänzelte vor und zurück, pendelte seitwärts, täuschte an, schlug kurze, harte Haken unter Jeans Deckung oder belegte ihn mit einer Serie von Schlägen gegen den Kopf, wenn er seine Arme herunternahm. Die Menge johlte, schrie und pfiff.

In der dritten Runde gelang Harry die gleiche Kombination wie in der ersten. Jean war leicht zu berechnen. Man konnte voraussehen, was er vorhatte. Er schlug mit voller Kraft eine Gerade. Harry drückte mit der Linken den angreifenden Arm zur Seite, während er einen rechten Haken unter die Rippen seines Gegners setzte, kurz und hart. Der Magier krümmte sich vor Schmerz. Anscheinend trank er zu viel Alkohol. Seine Leber war angegriffen und vertrug keine Treffer.

Harry verlor keine Zeit. Seine Gerade traf den Mann auf die Nase. Dann knallte er ihm einen linken Haken an die Schläfe, gefolgt von einem rechten Uppercut. Unter der Wucht des letzten Schlages flog der Kopf des Magiers nach hinten. Eine mit aller Kraft geschlagene Gerade schickte ihn schließlich zu Boden. Der Boxer fiel wie ein Baum. Tosender Lärm stieg im Zelt auf: Beifall, Pfiffe und unartikuliertes Geschrei.

Als der Lärm abebbte, begann der Ringrichter Jean auszuzählen. Buh-Rufe stiegen auf, weil er erst jetzt damit begann. Doch auch dieser Trick half dem Mann nicht. Der Magier konnte nicht mehr zaubern. Widerstrebend nahm der Ringrichter schließlich das Mikrofon und erklärte Harry zum Sieger. Seine Frau brachte ihm einen Briefumschlag, den er schließlich Harry mit Handschlag überreichte. Er wollte gerade noch etwas sagen, als Jennys selbstbewusste Stimme durch das Zelt tönte: »Siehst du, Papi schlägt doch alle zu Brei!«

Das Zelt leerte sich schnell, denn die Besucher suchten neue Vergnügungen. Harry setzte sich neben den noch benommenen Claude und sagte zu ihm, während er auf die letzten Besucher wies: »Siehst du, schon ist man vergessen. Ruhm verweht im Wind der Zeit und auch der Niederlage gedenkt man nicht mehr. Frei nach Salomo dem Weisen.«

Claude grinste.

»Mann, du warst ehrlich gut«, sagte er anerkennend. »Wo hast du das Boxen gelernt?«

»Ich habe ein paar Jahre in einem Verein trainiert. Es reicht nicht aus, wenn man ein paar Tricks oder Techniken gelernt hat. Um gut im Ring sein zu können, braucht man Kampferfahrung. Die hatte dein Gegner.«

Claude nickte. Er hatte heute gelernt, die eigenen Fähigkeiten realistischer einzuschätzen. Das war eine heilsame Erfahrung für ihn gewesen.

Jean hatte sich inzwischen wieder aufgerappelt und stieg aus dem Ring. Die Bank bog sich unter seinem Gewicht, als er sich neben Harry und Claude setzte. Er reichte seinem Gegner die Hand.

»Herzlichen Glückwunsch. Du hast mich voll ausgeknockt.« Er grinste breit. »Ich glaube, ich bin schon zu alt für das Geschäft. Mit einem Halbstarken habe ich ja keine Probleme. Aber du bist ein durchtrainierter Boxer, ein Techniker. Da habe ich einfach keine Chance.«

»Ganz so durchtrainiert bin ich nicht. Irgendwann findet aber jeder einen, der besser ist als er«, versuchte Harry ihn zu trösten, »das ist mir auch schon so gegangen. Man ist nur selten der Beste in einer Sache. Und wenn, dann nur für eine kurze Zeit. Ich habe im Ring schon eine Menge Prügel einstecken müssen. Für die Boxszene bin ich inzwischen zu alt. Zwölf Runden stehe ich nicht mehr durch. Irgendwann ist es eben aus.«

Jean nickte.

»Ja, ja. Man muss wissen, wann man aus dem Ring steigen sollte. Ich glaub, der Zeitpunkt ist gekommen. Das hast du mir klargemacht. Muss mich wohl nach einem neuen Job umsehen. Einer der Schausteller sucht noch einen Kraftmenschen. Das ist nicht so anstrengend. Ich werd mich mal bei ihm bewerben.«

Der Ringrichter war an sie herangetreten.

»Kann ich Sie einmal kurz sprechen, Monsieur Harry?«

»Natürlich.« Harry stand auf und folgte dem Mann. Er ging mit ihm nach draußen hinter das Zelt. Gespannt wartete er, was der Schausteller von ihm wollte.

»Ich heiße Pierre Moreaut.« Der Mann reichte ihm die Hand. »Mir gehört dieses Unternehmen. Ich leite es mit meiner Frau, ihrer Schwester und unseren beiden Kindern. Ah, und nicht zu vergessen, unsere beiden Boxer, Marcel und Jean. Monsieur Harry, ich muss Ihnen sagen, Sie haben wunderbar geboxt. Ich bin ganz begeistert von Ihrer Technik. Jean hat gegen Sie wie ein Anfänger gekämpft. Wollen Sie nicht bei mir anfangen?«

Harry blickte ihn erstaunt an. Damit hatte er nicht gerechnet.

»Aber ich bin doch hier nur auf der Durchreise. Ich wohne nicht hier«, versuchte er abzuwehren.

»Ah, Monsieur Harry, Sie sind nicht auf der Durchreise. Sie sind auf der Flucht.«

»Woher wollen Sie das wissen?«

»Ich besitze ein bisschen Menschenkenntnis. Ich habe Sie genau beobachtet und nachgedacht. Sie sind kein Franzose, Harry. Sie kommen aus Allemagne, aus Deutschland.«

Die letzten Sätze hatte Pierre Moreaut deutsch gesprochen. Harry blickte ihn sprachlos an. Er wusste nicht, was er antworten sollte. Es kam einfach zu überraschend.

»Wissen Sie, Monsieur Harry, Ihre Kinder sprechen kein Französisch. Sie sprechen mit deutschem Slang. Ihre Kleidung und die Kleidung Ihrer Kinder zeigt, dass die Frau und Mutter fehlt. Und wahrscheinlich brauchen Sie das Preisgeld dringend.« Pierre Moreaut legte ihm freundschaftlich eine Hand auf die Schulter. »Ihre Frau ist Ihnen weggelaufen, nicht wahr? Nun will sie Ihr Geld und Ihre Kinder. Das aber wollen Sie nicht. Deshalb sind Sie hier in Frankreich. Hab ich Recht?«

Harry nickte. Er wollte nicht lügen. Es hatte auch keinen Zweck. Lügen verbessern selten die Lage. Und wenn doch, dann nur kurzfristig. Ehrlichkeit bringt auf lange Sicht mehr, besonders das Vertrauen der Mitmenschen.

»Sehen Sie, Monsieur Harry, ich kann Sie verstehen. Die Urteile der Juristen sind nicht immer gerecht. Recht und Wahrheit lassen sich nicht einfach durch den Buchstaben regeln. Es gibt zu viele Lücken, durch die man schlüpfen kann. Der Sinn der Gesetze wird immer wieder durch Sophisten und Rechtsverdreher mit Füßen getreten.«

Harry wunderte sich über Moreaut. Solche Gedanken hatte er bei einem Schausteller nicht erwartet.

»Sie sind also vor Ihrer Exfrau geflohen, weil ihr Anspruch nicht gerecht war. Aber wo wollen Sie hin? Wie wollen Sie bei uns in Frankreich Arbeit finden? – Kommen Sie zu uns. Sie werden genug verdienen, dass Sie damit auskommen können. Wir sind alle nicht reich. Aber wir leben nicht schlecht. Und wenn Ihre Frau nach Ihnen suchen lassen sollte, wird man Sie nicht bei uns vermuten. Wir sind fahrendes Volk. Heute hier, morgen dort. Bei uns sind Sie sicher. Überlegen Sie es sich nicht zu lange. Schlagen Sie ein.«

Er lachte und hielt Harry die Hand hin. Harry schlug ein. Während Moreaut gesprochen hatte, waren seine Überlegungen auf Hochtouren gelaufen. Der Schausteller bot ihm eine Möglichkeit, seine finanzielle Lage zu verbessern. Aussteigen konnte er ja jederzeit. Außerdem war seine Idee nicht schlecht: Mit seinem Wohnwagen würde er unter den internationalen Schaustellern nicht auffallen. Niemand würde einen Gymnasiallehrer hier vermuten. Wenn er auch noch sein Aussehen veränderte, wäre er vollkommen sicher vor den Nachforschungen seiner Exfrau. Mit Vollbart und schwarzbraun gefärbten Haaren würde ihn kein Bekannter wiedererkennen. Außerdem trug er seit einigen Wochen eine Brille, weil er weitsichtig geworden war. Sie tarnte ein wenig seine blauen Augen. Mit seiner sonnengebräunten Haut, den gefärbten Haaren und der Brille würde er wie ein Südeuropäer aussehen. Das Bild im Pass ließ sich sicherlich auswechseln.

Die ersten Wochen waren hart für Harry. An das Leben im Wohnwagen hatten er und seine Kinder sich inzwischen schon gewöhnt. Aber mehrmals am Tag im Ring stehen zu müssen, fiel ihm nicht leicht. Immer wieder fiel ihm der Satz ein: Welcher gute Sportler würde sich auf einem Jahrmarkt täglich mit rauflustigen und angetrunkenen Halbstarken prügeln?! Er tat es. Aber er tat es für seine Kinder.

In seiner Freizeit unterrichtete er Kai und Jenny in Französisch. Sie lernten schnell. Mehr noch lernten sie beim Spielen mit den Kindern der Schausteller. Nach einigen Monaten konnten sie sich ganz natürlich in Französisch unterhalten. Wenn er keine Zeit hatte, kümmerte sich Laurence, die Schwester von Moreauts Frau, um die beiden. Sie war eine mütterliche Frau in den Vierzigern mit rundlicher Figur und braunen Haaren. Ihr Mann war vor einigen Jahren an Krebs verstorben. Er hatte einfach zu viel geraucht. Weil ihre Ehe kinderlos geblieben war, fühlte sich Lawrence ein wenig einsam, auch wenn die Familie ihres Schwagers sie aufgenommen hatte. Als Hausfrau wurde sie dort nicht gebraucht. Harry und seine Kinder aber hatten die Hilfe einer Frau nötig. So half sie ihnen auch beim Waschen, Bügeln und andern Arbeiten, bei denen Harry keine glückliche Hand hatte.

Als es sich herumgesprochen hatte, dass Moreauts neuer Boxer nicht nur ein ausgezeichneter Kämpfer war, sondern auch Lehrer, bekam Harry eine zweite Aufgabe. Die Schausteller baten ihn, ihre Kinder zu unterrichten. Er zögerte keine Sekunde mit seiner Zustimmung. Wissen vermitteln, Unterrichten und Kinder auf das Leben vorbereiten war sein Beruf. Es machte ihm einfach Freude. Natürlich konnte er keine Zeugnisse ausstellen, aber er half den Kindern, die Lücken aufzufüllen, die durch den ständigen Orts- und Schulwechsel entstanden. Das Geld, das ihre Eltern ihm dafür zahlten, konnte er außerdem gut gebrauchen.

Die sechs Monate waren wirklich wie im Flug vergangen. Eigentlich ging es ihnen gut. Das musste Harry eingestehen. Aber es machte ihm einfach keinen Spaß mehr, als Punchingball der Kampfwütigen und zur Belustigung von Sensationslüsternen in den Ring zu steigen. Gut, Moreaut hatte durch ihn kein Geld verloren. Keiner der Männer hatte ihn besiegen können. Sie waren keine ernsthaften Gegner für ihn gewesen. Er hatte mit ihnen nur gespielt. Aber diese »Arbeit« entsprach nicht seinem Wesen, seiner Lebenshaltung.

Jetzt saß er wieder in seiner Kabine und wartete auf einen Kampf. Ein etwas unscheinbarer junger Mann wollte sich mit ihm messen. Er erinnerte ihn ein wenig an den neunzehnjährigen Claude. Er hatte seine Fangemeinde dabei, wahrscheinlich Freunde oder Sportkameraden. Draußen johlten inzwischen die Zuschauer wie jeden Tag. Marcel verdrosch gerade einen angetrunkenen Dreißigjährigen, der es seiner Freundin beweisen wollte.

Harry seufzte. Wie hatte sich doch sein Leben verändert, nachdem er Christ geworden war. Und was war nun daraus geworden? Er war beinahe wieder dort gelandet, wo er angefangen hatte. Er besaß einen falschen Pass und gab sich als jemand aus, der er nicht war. Er prügelte sich jeden Tag für Geld und lebte mit seinen Kindern wie ein Zigeuner. Konnte er dies alles vor seinem Gewissen rechtfertigen? Er schüttelte wie im Zwiegespräch seinen Kopf.

Draußen tobte die Menge vor Begeisterung. Marcel hatte seinen Kampf beendet. Moreaut verkündete den Sieger. Lawrence trat in die Umkleidekabine. Sie spürte, dass Harry heute nicht seinen besten Tag hatte.

»Es ist Zeit. Der Ring wartet, Harry.« Sie strich ihm wie eine Mutter über die Haare. »Jeder hat mal Tage, an denen er sich nicht besonders fühlt. Aber du machst das schon. Dies ist ja dein letzter Kampf.«

Wenn er es nur wäre, dachte Harry und erhob sich, wenn ich aus all dem doch wieder rauskönnte! Aber leider ist es nur der letzte Kampf für heute. Morgen muss ich wieder in den Ring, und übermorgen, nächste Woche, nächsten Monat, nächstes Jahr ...

Nachdem er über die Seile geklettert war, lockerte Harry seine Muskeln, während die Zuschauer ihn mit Klatschen begrüßten. Seinen Herausforderer aber, einen gewissen Terri Raymond, bedachten sie mit Beifallsstürmen. Der Mann war ihnen sicherlich bekannt.

Der Gong ertönte. Erste Runde. Harry tänzelte auf seinen Gegner zu. Dieser Terri aber blieb ruhig in der Mitte stehen, eine Hand weit vorne, die andere dahinter. Sein Gesicht war damit gut gegen gerade Faustschläge gesichert. Gegen Haken aber hatte er damit so gut wie keine Deckung.

Sicherlich wieder einer dieser Kampfsportler, die ihren asiatischen Stil am europäische Boxen testen wollten, dachte Harry und täuschte mit der Linken einen Schlag gegen den Handschuh des anderen an. Dann aber sprang er vor und schlug eine rechten Haken gegen die ungedeckte Seite seines Herausforderers. Terri nahm jedoch nur seinen Kopf zurück und ließ fast im gleichen Moment seine vordere Hand gegen Harrys Kopf schießen. Der fing den Schlag mit seinem linken Arm ab. Doch Terri drückte die Deckung leicht nach unten und schlug mit der hinteren Hand zu. Gleich darauf folgte im Bruchteil einer Sekunde wieder die andere Hand.

Harry tänzelte zurück. Doch sein Gegner folgte ihm, als würde er an ihm kleben. Pausenlos schossen seine Fäuste nach vorne. Harry nahm volle Deckung und versuchte seitwärts auszuweichen. Ohne Erfolg.

Das ist doch kein Boxen, dachte Harry, das ist Dauerfeuer. Er spürte ein leichtes Gefühl der Panik. Doch dann riss er sich zusammen, versuchte zu kontern. Doch jedes Mal, wenn er die volle Deckung aufmachte, um einen Punch zu landen, traf ihn einer der Schläge. Die Zuschauer klatschten Beifall und feuerten Terri an.

Harry versuchte in den Clinch zu gehen. Aber auch dabei musste er zwei Treffer einstecken. Terri hielt die Fäuste vor seiner Brust. Damit er nicht zuschlagen konnte, blockierte Harry seine Arme in der Ellbogenbeuge. Dann aber knallte er ihm mit der rechten Faust blitzschnell einen Haken an den Kopf. Terri versuchte ihn mit dem Ellbogen abzuwehren, wurde aber dennoch an der Schläfe getroffen.

Der Gong ertönte. Die erste Runde ging eindeutig an den jungen Mann. Moreaut schaute nicht begeistert. Seine Augen schienen zu fragen: Was ist mit dir los, Harry?

Henri, der älteste Sohn Moreauts, betreute Harry wie sonst auch in seiner Ecke. Während er ihm den Schweiß von der Stirn wischte, beugte er sich vor und flüsterte ihm ins Ohr: »Hab mich erkundigt. Dieser Mann ist ein Wing-Tsun-Meister.«

»Ein waaas?«

»Chinesischer Kampfstil, Harry. Die kennen fast nur eine Technik: am Gegner kleben bleiben und ihn mit einem Trommelfeuer von geraden Faustschlägen eindecken. Sobald du einen Haken schlägst, haut der dir durch die offene Deckung.«

»Ach, das ist sein Trick.« Harry ging ein Licht auf. »Eine Gerade hat ja eine größere Reichweite als ein Haken.«

Henri nickte.

Der Gong läutete. Harry versuchte diesmal, seinen Gegner auszutänzeln, aber der rückte ihm mit Gleitschritten hinterher, bis er ihn in einer Ecke hatte. Harry nahm wieder volle Deckung. Dann drückte er sich mit aller Kraft vom Posten ab und sprang Terri regelrecht an. Der geriet zwar aus dem Gleichgewicht, drehte sich jedoch seitwärts weg und fing sich in den Seilen.

Harry versuchte die Situation auszunutzen und schlug eine Kombination. Terri wehrte sie mit zwei Faustschlägen ab und riss dabei Harrys Deckung nach unten. Zwei Schläge trafen, bevor Harry sich seitwärts wegdrehen konnte. Seine Nase schmerzte so sehr, dass ihm Tränen in die Augen schossen. Die Oberlippe war aufgesprungen. Im Mund schmeckte es unangenehm süß. Wieder spürte er Panik.

Die Menge johlte und pfiff.

Als Harry sich aufrichtete, prasselte wieder ein Trommelfeuer von Schlägen auf ihn ein, sodass er auch diesmal volle Deckung nehmen musste.

»Terri! Terri! Terri!«, feuerte einer der Zuschauer den jungen Mann an. Andere nahmen den Ruf auf, bis das ganze Zelt schrie: »Terri! Terri! Terri!«

Zum dritten Mal wurde Harry schwer getroffen. Er sah, wie der Boden näher kam und versuchte sich abzufangen. Es sah nicht gut für ihn aus. Plötzlich konnte er Jean verstehen. Genauso wie der Mann damals sah er jetzt gegen seinen Gegner recht unbeholfen aus. Der Gong rettete ihn.

Auch am Ende der zweiten Runde war Terri Raymond Sieger nach Punkten. Keuchend vor Anstrengung ließ sich Harry auf seinen Hocker fallen.

Blödes Spiel!, dachte er bitter. Noch eine Runde, dann ist alles vorbei. Diesmal wird Moreaut zahlen müssen. Ich sehe einfach blass aus gegen diesen Kerl.

»Ich hab gesehen, wie er vorgeht, Harry«, versuchte Henri ihn zu ermutigen. »Seine Schläge kommen aus dem Oberarm. Du musst ihn entweder in der Ellenbeuge blockieren – wie am Schluss der ersten Runde – oder unter seinen Oberarmen.«

»Leichter gesagt, als getan«, antwortete ihm Harry, »dabei stecke ich bloß immer eine Menge Treffer ein. Aber vielen Dank für deinen Rat.«

Der Gong ertönte zur letzten Runde.

Diesmal ging Harry geradewegs auf seinen Gegner los. Er spürte plötzlich eine höllische Wut im Bauch.

Na warte, dachte er grimmig, wenn du mich mit deinem Trommelfeuer einschüchtern willst, dann zeige ich dir einmal, wie ich einen Sandsack bearbeite!

Mit aller Kraft schlug er jetzt pausenlos auf diesen Terri ein. Die meisten seiner Schläge wurden jedoch abgelenkt und verpufften wirkungslos. Ab und zu landete er jedoch einen Treffer. Aber auch sein Gegner traf ihn am Kinn und an den Augen. Oftmals knallten ihre Handschuhe auf halben Weg zusammen.

Moreauts Augen begannen wieder zu strahlen.

Harry schlug jetzt seinem Herausforderer mit mächtigen Hieben gegen Oberarme und Ellbogen, immer sorgfältig darauf bedacht, sein Gesicht durch die vorgehende Faust und seine hochgezogene Schulter zu decken. Er hätte schon in der zweiten Runde so kämpfen und dem Jungen die Arme weich klopfen sollen!

Terri Raymond versuchte in einer Atempause wieder seine Kettenfauststöße. Diesmal wusste Harry Bescheid. Er nahm volle Deckung, ging tief nach unten. Dann stieß er mit aller Kraft seinen linken Arm von unten gegen die angreifenden Oberarme und schob einen mächtigen Uppercut gegen das Kinn seines Gegners.

Terri taumelte zurück. Diesmal blieb Harry an ihm kleben. Er blockierte mit gesenktem Kopf seine Arme, drückte ihn in die Seile und schlug mit der Rechten drei Haken in Terris Bauch. Der nachfolgende Uppercut durchbrach die Deckung des Mannes. Ein zweiter Aufwärtshaken traf ihn am Kinn. Terri Raymond ging in die Knie. Harry richtete sich auf und schlug mit aller Kraft einen Schwinger. Er traf zwar nur Terris Deckung, aber der Mann wurde durch die Wucht des Schlages umgerissen, als wäre er eine Stoffpuppe. Sein Kopf prallte auf den Boden. Der Kampf war aus. Die Menge schwieg. Ihr Idol hatte versagt.

Harry aber war klar, dass er nur deshalb gewonnen hatte, weil er mehr Kampferfahrung und Kraft besaß und viel einstecken konnte. Jeder andere wäre schon in der ersten Runde von diesem Mann ausgeknockt worden. Auch bei einem Straßenkampf hätte er den Kürzeren gezogen. Das war ihm klar. Sicherlich hätte Terri dann Knie, Füße und Ellbogen eingesetzt. Im Clinch oder der vollen Deckung hätte er dann schlecht ausgesehen.

Der Preis für seinen Sieg war hoch: Trotz der gut gepolsterten Handschuhe waren Harrys Lippen aufgeplatzt, seine Nase blutete und er wusste, dass sein rechtes Auge trotz Eisspray ganz zuschwellen würde. Er hatte wirklich keine Lust mehr, weiter mit Boxen seinen Lebensunterhalt zu verdienen.

Moreaut konnte ihn natürlich in den nächsten Tagen nicht einsetzen. Mit seinem Aussehen war Harry kein Aushängeschild für das Unternehmen. So gab er ihm frei und stellte einen Mitarbeiter eines anderen Schaustellers ein, der früher ein paar Monate in einem Verein geboxt hatte.

Harry nutzte diese Zeit zum Nachdenken. Immer wieder fragte er sich, welche Perspektive er bei diesem Job hatte. Auf lange Sicht gesehen, konnte es so nicht weitergehen. Er brauchte eine geregelte und sinnvolle Arbeit und wegen seiner Kinder auch einen festen Wohnsitz. Sie waren jetzt schon halbe Zigeuner. Am liebsten hätte er wieder als Lehrer gearbeitet. Aber mit seinen deutschen Zeugnissen konnte er in Frankreich nichts anfangen. Er brauchte französische Dokumente.

Er stützte seinen Kopf in die Hand und schaute durch das Fenster des Wohnwagens. Draußen spielten Jenny und Kai mit anderen Kindern Fußball. Er musste lächeln, als Kai mit seinen kurzen Beinen ein wenig unbeholfen gegen den großen Plastikball trat und sich riesig freute, als dieser drei Meter weiterkullerte. – Seine Gedanken kehrten zu seinem Problem zurück.

Johnny hatte ihm doch französische Pässe besorgt. Sie waren so gut gemacht, dass jeder Gendarm sie als echt betrachten würde. Warum sollte dieser Fälscher in Hamburg nicht auch französische Abschlusszeugnisse herstellen können? Oder kanadische Dokumente. Dann könnte er als Frankokanadier die Einwanderung nach Frankreich beantragen und endlich normal leben.

Dieser Gedanke gefiel ihm immer besser, je länger er darüber nachdachte. Ja, er musste diesen Klaus Wehrmann in Hamburg aufsuchen. Johnny hatte ihm erzählt, dass der Fälscher abends gewöhnlich in seinem Stammlokal Käpt'n Hook in der Fischertwete säße, einer Nebenstraße der Reeperbahn. Wenn Harry irgendwelche Dokumente brauchte, sollte er sich an ihn wenden. Das Losungswort laute: »Die Hure und das Tier«.

Harry lächelte wieder, als er daran dachte. Johnny verwendete gerne Begriffe und Bilder aus der Offenbarung, dem letzten Buch der Bibel. Bei diesem Losungswort hatte sein Zwillingsbruder wahrscheinlich aber nicht nur an die antichristliche Kirche der Endzeit gedacht, die von politischen Mächten getragen wird, sondern an die Frauen, die in diesem Viertel arbeiteten. Manchmal war Johnny wirklich ein wenig »abgedreht«.

Harry stand auf und trat aus dem Wohnwagen. Er sah Lawrence an einem Campingtisch in der Sonne sitzen und Kartoffeln schälen. Er ging zu ihr hinüber und setzte sich auf einen leer stehenden Gartenstuhl.

»Bonjour Lawrence, was kochst du denn heute für uns?«

»Médaillons de vau et Pommes frites.«

»Kalbsteaks? Ist heute etwa ein besonderer Tag?«

»Jeder Tag ist ein besonderer Tag, wenn man das Beste aus ihm macht«, lächelte die mütterliche Frau.

»Ja, das stimmt. Eigentlich ist jeder Tag etwas Besonderes.«

»Weißt du Harry, in den letzten zwei Tagen sahst du nicht besonders glücklich aus.« Lawrence hob ihre Hand. »Ich habe volles Verständnis dafür. Dein letzter Kampf war hart. Dein Gesicht ist noch arg verquollen. Aber du hast auch eine kleine Neigung zur Melancholie und zum Perfektionismus. Du siehst eher das Negative als das Positive und möchtest es natürlich verbessern. Aber es ist nicht alles ideal in dieser Welt. Unser Leben kann nicht immer traumhaft sein. Manchmal gleicht es auch einem Albtraum. Aber das kann man von deinem Leben augenblicklich nicht sagen. Vielen geht es doch wesentlich schlechter als dir.«

»Aber auch besser«, widersprach Harry.

»Du vergleichst dich ständig mit denen, die mehr auf der Sonnenseite des Lebens stehen als du. Das macht dich depressiv. Dabei gibt es sehr viel mehr Menschen, die im Schatten leben oder sogar in der Dunkelheit. Versuch doch einmal das Positive in deinem Leben zu sehen und freu dich darüber.«

»Ich weiß, wie Recht du hast, Lawrence. Aber es fällt mir schwer, positiver zu denken. Mein Bruder Johnny ist das genaue Gegenteil von mir. Er ist die fröhliche Hälfte von uns Zwillingen. Dafür manchmal auch ein wenig leichtsinnig und unüberlegt.«

»Jeder braucht also den Bruder als Ausgleich oder einen anderen, der diesen Ausgleich schafft?«, fragte Lawrence.

Harry schaute in die Ferne. Dann antwortete er: »Ich dachte, ich hätte diesen Ausgleich in meiner Frau gefunden. Aber sie hat mich nicht verstanden. Wahrscheinlich ist sie deshalb gegangen.«

»Eine andere wird kommen«, tröstete die Frau ihn, »eine, die dich liebt, so wie du bist.«

»Weißt du, Lawrence«, wechselte Harry abrupt das Thema, weil es ihn zu sehr in seinen Gefühlen ansprach, »ich muss nächste Woche für ein paar Tage nach Hamburg. Ich habe dort etwas zu erledigen. Kannst du während dieser Zeit auf meine Kinder aufpassen?«

»Aber natürlich, Harry, das mach ich doch gerne.«

»Merci, Lawrence«, rief Harry und sprang auf, »wenn alles erfolgreich verläuft, kann ich vielleicht wieder in meinem Beruf als Lehrer arbeiten.«

»Je vous en prie, nichts zu danken«, lächelte die mütterliche Frau. »Ich hoffe nur für dich, dass alles klappt und sich deine Wünsche erfüllen.«

Es war ein kühler Aprilabend in Hamburg. Harry schlug seinen Jackenkragen hoch und schritt die Reeperbahn entlang. Seinen Wagen hatte er in einer Nebengasse der Ost-West-Straße geparkt. Parkplätze waren in diesem Stadtviertel nur schwer zu finden. Die nahe Innenstadt, der Dom mit seinen Jahrmarktvergnügungen, die Landungsbrücken, die Oper und natürlich die Angebote der sündigsten Meile Europas zogen viele Menschen an und machten die Parkplatzsuche zu einem Glücksspiel.

Harry achtete nicht auf die schreiende Neonreklame der Kinos, Bars und Geschäfte. Fast mechanisch schritt er die Straße entlang und dachte an die bevorstehende Begegnung mit einem Fälscher. Er, der einmal als Christ leben wollte, würde nun eine Straftat begehen, indem er sich gefälschte Dokumente besorgte, um wieder ein anständiges Leben führen zu können. Er lachte kurz auf. Es klang hart und trocken. Ein Passant drehte sich um, weil er sehen wollte, was dieser Mann hier so lustig fand.

Als Harry in die Fischertwete einbog, schlug ihm aus der offenen Tür einer Imbissbude der Geruch von Tabakqualm, Bier und altem, verbranntem Fett entgegen. Er schüttelte sich bei dem Gedanken, hier eine gebratene Scholle mit Pommes frites essen zu müssen. Eine von der Elbe kommende Brise vertrieb diesen Dunst. Harry atmete tief durch. Er mochte den Geruch von brackigem Wasser, Hafen und Schiffen. Jedes Mal wurden in ihm Abenteuerlust und Fernweh geweckt. Es waren aber immer nur kurzfristige Gefühle, denn seine Vernunft sagte ihm, dass das Leben auf einem Tanker, Segler oder Containerschiff kein Paradies war.

Der Name Käpt'n Hook leuchtete über einer Tür auf. Harry betrachtete die Karte im Aushang. Es waren die üblichen Angebote dieses Viertels: verschiedene alkoholische Getränke, ein paar Fisch- und Fleischgerichte und drei Tänzerinnen. Zweifel stiegen in ihm auf, ob er Klaus Wehrmann ansprechen sollte. Wäre es nicht besser, er würde wieder umkehren, alles vergessen und nach Frankreich zurückfahren? Er missachtete diese warnenden Gedanken. Was sollte dann aus ihm und seinen Kindern werden? Er musste es für sie tun, für ihre Zukunft! Harry holte tief Luft und betrat kurz entschlossen das Lokal.

Hans, der Rothaarige, hockte an der Theke der Kneipe. Seine wässrigen Augen wirkten nach dem reichlichen Alkoholgenuss glasig. Warum er ausgerechnet in den Käpt'n Hook gegangen war, wusste er nicht zu sagen. Irgendein innerer Zwang hatte ihn hierher getrieben. Es war, als würde er von einer dunklen Macht versklavt. Seit er diesen miesen Job bei »Mr. K.« angenommen hatte, fühlte er sich nicht mehr frei und mit jedem Auftrag seines Arbeitgebers wurde der innere Zwang stärker. Es waren schmutzige Aufträge, sehr schmutzige.

Dieser »Mr. K.«, der nur telefonisch mit ihm verkehrte, behielt immer saubere Hände. Dank ihm. Sicherlich saß der Mann in irgendeiner Chefetage. Vielleicht war er auch ein politisch »hohes Tier«. Auf jeden Fall verdiente er sich dumm und dämlich im Rauschgiftgeschäft. Dank ihm, der die Drecksarbeit machte.

Der Mann fluchte vor sich hin.

Wenn es Leute wie ihn nicht gäbe, wären diese feinen Herren da oben nichts anderes als Hampelmänner. Macht hatten sie nur, weil es ihn und seine Kollegen gab. Die Befehlsempfänger, Männer, die von Geldgier und Angst getrieben alles ausführten, was die Schlipsträger ihnen befahlen.

Und wenn sie versagten – welcher Mensch funktioniert schon immer vollkommen? – wenn sie versagten, dann servierten sie die Herren da oben ab, dachte er voller Hass. Er hatte noch einmal eine Chance bekommen, nachdem die Sache mit Mike Walter schief gelaufen und dieser Johnny Luciano spurlos verschwunden war. Alle Nachforschungen verliefen im Sande. Der Kerl blieb wie vom Erdboden verschluckt. Auch der Jugendliche hatte sich aus dem Staub gemacht, nachdem er aus dem Krankenhaus entlassen worden war. Wahrscheinlich hatte er einflussreiche Freunde. Es war schon ein elendes Spiel!

Die Tür öffnete sich und ein südländischer Typ betrat die spärlich beleuchtete Kneipe. Er trug schwarzbraunes Haar, einen kurzgestutzten Vollbart und Brille. Der Rothaarige verschluckte sich an seinem Bier. Reaktionsschnell drehte er sein Gesicht der Wand zu und versuchte den Hustenanfall zu unterdrücken. Dieser Mann war Johnny Luciano! Er hatte ihn sofort erkannt. Das Gesicht, die Frisur, der kräftige Körperbau, die Art, wie er sich bewegte – kein Zweifel, dieser Schuft war wieder aufgetaucht! Das vom Alkohol benebelte Hirn des Rothaarigen begann fieberhaft zu arbeiten ...

Harry schaute sich in der Kneipe um. In dem gedämpften Licht und den Tabakschwaden sah er einige Gäste an den Tischen sitzen und sich unterhalten. Ein rothaariger Mann hockte mit dem Rücken zu ihm an der Theke und schien in sein Bierglas zu starren, als suche er dort nach der chemischen Zusammensetzung des Gebräus. Die Tanzfläche war leer. Der Barkeeper machte sich an einer amerikanischen Jukebox zu schaffen. Offensichtlich litt sie an Altersschwäche. Der Mann trat mit dem Fuß gegen das Gerät, schimpfte »blöde Kiste« und kehrte hinter die Theke zurück, um Gläser abzuwaschen.

Harry ging durch die Tischreihen zu ihm hin und trat neben den Rothaarigen.

»Entschuldigen Sie«, sprach er den Barkeeper höflich an, »ich suche einen gewissen Klaus Wehrmann. Er soll sich öfters in Ihrem Lokal aufhalten. Leider kenne ich ihn nicht persönlich ...«

In diesem Moment drehte sich der Rothaarige um und schlug das Bierglas mit voller Wucht in Harrys Gesicht. Das Glas zersplitterte.

Harry torkelte zurück. Brennend heißer Schmerz schoss ihm durch den Kopf. Blut strömte über sein linkes Auge, verdunkelte seinen Blick. Die Brille hing nur noch mit einem Bügel auf seinem rechten Ohr. Harry riss sie sich vom Kopf und warf sie auf den Boden. Er brüllte auf. Der Schmerz in seinem Auge machte ihn wahnsinnig.

Voll Wut und Zorn ballte er seine Rechte zur Faust und knallte sie dem Rothaarigen gegen den Schädel. Von der Wucht des Schlages getroffen, flog der Mann vom Barhocker und krachte zu Boden. Regungslos blieb er liegen. Harry beachtete ihn nicht mehr.

»Rufen Sie den Krankenwagen«, stöhnte er. »Der Mistkerl hat mir mein Auge kaputtgeschlagen.«

»Lassen Sie mich mal sehen.« Der Barkeeper hob Harrys Kopf leicht an und betrachtete die Verletzung. »Ja, Sie haben Recht. Da scheint ein Splitter im Auge zu sitzen.«

Harry stöhnte vor Schmerzen und ließ sich auf einen Stuhl fallen.

Der Barkeeper hatte schon den Telefonhörer in der Hand, wählte die Nummer 112 und forderte einen Krankenwagen an.

»Sie werden gleich hier sein«, versuchte er Harry zu ermutigen, »halten Sie durch.«

Inzwischen hatten sich einige Gäste von ihren Tischen erhoben, um sich das Spektakel aus der Nähe anzusehen. Ein älterer Mann mit Skippermütze, dunkelblauem Pullover und Schal beugte sich über den am Boden Liegenden.

»Mann, Kuddel«, sagte er zu seinem weißhaarigen Freund neben ihm, »der is ja dood, mausedood!«

Der Weißhaarige bückte sich nun auch.

»Hast Recht, Ole. Mann, oh Mann. Der war schon dood, bevor er vom Hocker kippte. Was für'n Schlag!«

Fast ehrfurchtsvoll schauten die beiden auf den verletzten Harry, während die anderen Gäste miteinander zu tuscheln begannen.

Der Barkeeper wählte inzwischen eine weitere Nummer.

»Davidswache? Ja, hier Lokal Käpt'n Hook. Wir haben hier einen Todesfall. Nein, kein Herzversagen oder so was. Nach einer Schlägerei. Gut, Sie kommen sofort.«

Er legte auf und seufzte. Kein ruhiger Abend heute. Wirklich, nein.

Harry bekam von alledem nichts mit. Er hatte keine Augen und Ohren für das, was um ihn herum geschah. Schmerz überflutete und betäubte sein Denken.

Rettungswagen und Polizei erreichten die Kneipe zur gleichen Zeit. Einer der Sanitäter beugte sich über den am Boden Liegenden. Er fühlte den Puls. Dann nahm er eine Mini-Maclite, hob ein Augenlid des Mannes und leuchtete in dessen Pupille. Keine Reaktion.

»Der Mann ist tot«, sagte er mit ruhiger Stimme zu den neben ihm stehenden Polizisten. Dann erhob er sich und ging zu seinem Kollegen hinüber, der gerade Harrys Auge untersuchte.

»Drei Schnittwunden, Prellungen, ein Glassplitter steckt im Auge. Glücklicherweise nicht in der Pupille. Die Hornhaut ist sonst unverletzt«, diagnostizierte dieser. Dann klopfte er Harry leicht auf die Schulter. »Du hast Glück gehabt, Junge. Einen halben Zentimeter weiter und du wärst blind gewesen. Wir bringen dich jetzt in die Klinik, damit dir der Notarzt den Splitter entfernt.«

Einer der Polizeibeamten trat an sie heran.

»Zuvor müssen wir noch die Personalien aufnehmen. Das geht schnell. Können Sie mir Ihren Ausweis geben, Herr ...?«

»Pierot«, antworte Harry mit französischem Akzent, »Harry Pierot.« Er fingerte den Ausweis aus seiner Tasche und reichte ihn dem Beamten.

»Ah, Sie sind Franzose?«

Harry nickte.

»Können Sie uns noch kurz sagen, was passiert ist?«

»Pourquoi? Warum nicht später?«, stöhnte Harry.

»Wir brauchen nur eine kurze Aussage für das Protokoll. Später werden Sie genauer vernommen.«

»Oui. Ich suche einen Bekannten und fragte den Barkeeper. Plötzlich schlug mir der Mann neben mir sein Glas ins Gesicht. Ich ‘abe vor Wut und Schmerzen ihn mit meiner Faust geschlagen. Er hat angefangen. Ich weiß nicht, warum? Ich ‘abe ihm nichts getan. Ich kenne ihn überhaupt nicht.«

»Dat stimmt, Herr Polizeiwachtmeister«, rief Kuddel aus dem Hintergrund und rückte wichtigtuerisch seine Skippermütze in Genick. »Hab ich alles gesehen. Der Rotfuchs hat ihn ohne Grund gehaun.«

Ole nickte: »Jawohl, so wars.«

»Zu den Zeugenaussagen kommen wir später«, winkte der Beamte ab. »Nun, Herr Pierrot, Sie glauben also, dass der Mann Sie grundlos angegriffen hat?«

»Oui«, stöhnte Harry, »fragen Sie doch den Monsieur selbst.«

»Wir können ihn nicht mehr fragen.«

»Warum?«

»Er ist tot, Monsieur Pierot.

»Tot?« Harry wurde bleich.

»Ja, tot. Sie haben ihn mit Ihrer Faust erschlagen. Verstehen Sie nun, weshalb wir hier sind, Monsieur?«

Harry fiel in sich zusammen und nickte. Dann schüttelte er seinen Kopf und flüsterte: »Was ‘abe ich da getan? Mon dieu, mein Gott!«

Der Beamte sah auf ihn herunter. Dieser Franzose war ehrlich erschüttert. Nein, das war kein Krimineller. Er kannte diese Burschen und die Schlägertypen. Monsieur Pierot hatte Pech gehabt, einfach Pech. Er war wahrscheinlich nur zufällig an einen dieser alkoholisierten Typen geraten, die anderen grundlos ins Gesicht schlagen, um ihre monatelang unterdrückten Aggressionen rauszulassen. Der Beamte blickte auf die wartenden Sanitäter.

»Wohin bringen Sie den Mann?«

»In die Eppendorfer Klinik. Die haben dort einen ausgezeichneten Augenspezialisten.«

»Gut. Dann können Sie losfahren.«

»Kommen Sie, Monsieur Pierot«, sagte einer der Sanitäter und fasste den Verletzten unter den Arm, um ihm beim Aufstehen zu helfen. Harry erhob sich unsicher. Sein Gesicht war grau geworden. Er schien um zehn Jahre gealtert. Beim Hinausgehen fiel sein Blick noch einmal auf den am Boden liegenden Toten. Sein Herz schien stehen bleiben zu wollen. Er hatte das Gefühl, in einen Abgrund zu stürzen und immer nur zu stürzen. Ohne Ende.

Der Richter hatte ihn verurteilt. Zwölf Jahre wegen Totschlags, lautete das Urteil. Niemand konnte es verstehen. Die Zeugenaussagen waren klar gewesen. Monsieur Pierot hatte dem Opfer nichts getan. Er hatte nur nach einem Bekannten gefragt. Warum dieser Hans Uhl ihn angegriffen hatte, konnte nicht geklärt werden. Der Mann war arbeitslos gewesen, seit er seinen Dienst als Berufssoldat bei der Bundeswehr quittiert hatte. Eltern tot, keine Geschwister, keine näheren Verwandten. Der Mann war ein unbeschriebenes Blatt. Sein Motiv blieb im Dunkeln.

Der Fausthieb hatte Uhl das Genick gebrochen. Dazu kamen eine Schädelfraktur und Hirnblutungen, die durch den hohen Alkoholspiegel verstärkt worden waren. Harry Pierot war Jahrmarktsboxer, trotzdem fragte der Richter, woher er diese Schlagkraft hatte. Der Pflichtverteidiger – Pierot konnte sich keinen Anwalt leisten – versuchte es mit einer außergewöhnlich hohen Adrenalinausschüttung zu erklären, die durch die Schmerzen im Auge verursacht worden wäre. Der Angeklagte hätte im Affekt gehandelt. Deshalb sei er nicht schuldig. Jeder hätte das Recht auf Selbstverteidigung. Es ginge hier aber nicht um Notwehrüberschreitung, sondern um eine tragische Verkettung unglücklicher Umstände.

Der Staatsanwalt hatte dem widersprochen und darauf hingewiesen, dass Herr Pierot vor dem tödlichen Schlag die Brille abgenommen hätte. Es könne sich also nicht um einen Totschlag im Affekt handeln, sondern um einen geplanten Racheakt.

Obwohl alle im Gerichtssaal Anwesenden über diese Beweisführung nur den Kopf schütteln konnten, war der Richter der Begründung und dem Antrag des Staatsanwaltes gefolgt und hatte Harry Pierrot verurteilt. Unter Überschriften wie »Mörder oder Justizirrtum?«, »Der Boxer mit dem Hammerschlag« oder »Warum erschlug Harry P. einen Kneipenbesucher?« berichtete die Tagespresse kurz über den Fall. Dann geriet er in Vergessenheit. Niemand erkannte in dem Verurteilten Harald Maurer, den Gymnasiallehrer für Mathematik und Physik. Die Bilder waren zu undeutlich gewesen. Der Verband über dem linken Auge, das geschwollene Gesicht, der dunkle Bart und die Haarfarbe hatten ihn so verändert, dass auch seine Exfrau Marlis ihn nicht erkannte, als sie den Artikel »Totschlag auf der Reeperbahn« in der BILD-Zeitung überflog.

Harry hockte auf der Pritsche in seiner Zelle und starrte vor sich hin. Sein Auge war gut verheilt. Der Arzt war zufrieden mit ihm und hatte gestern die Fäden gezogen. Draußen schien warm die Maisonne. Eine Amsel saß auf dem Dach der Strafanstalt und sang ihr Lied. Aber er nahm es nicht wahr. Man hatte ihn nach seiner Verurteilung in die Fuhlsbüttler Strafanstalt gebracht. Die anderen Insassen nannten sie »Santa Fuh«. Seine Zelle war eng, die Wände mit blassgelben Fliesen halbhoch beklebt. Neben der Tür befand sich ein Toilettenbecken ohne Deckel, daneben ein Waschbecken mit Spiegel und nackter Glühbirne. Unter dem vergitterten Fenster standen ein einfacher Holztisch und ein Stuhl. Es roch nach Schweiß, Toilette und Desinfektionsmitteln.

Zuerst war er wie ein Tiger in seinem Käfig umhergelaufen. Vier Schritte vor. Vier Schritte zurück. Stahltür vorne, Gitterfenster hinten. Zwölf Jahre sollte er in diesem Loch verbringen! Isoliert von anderen Gefangenen, bis er durch gute Führung bewiesen hätte, dass er keine Gefahr für seine Mithäftlinge darstelle. Er wusste nicht, wie er das durchhalten sollte.

Seit gestern war er in dumpfes Brüten gefallen. Stundenlang saß er bewegungslos auf der Pritsche mit Schaumgummiauflage, das man hier Bett nannte. Er starrte auf den grau gestrichenen Boden, als könnte er hier Antwort und Hilfe finden. Schuldgefühle überschwemmten ihn, drehten sein Denken im Kreis.

Er hatte einen Menschen umgebracht! Er war ein Mörder! Ein Totschläger! Verzweiflung schüttelte ihn. Schon damals hatte er im Wutaffekt seinen Bruder niedergeschlagen. Nichts hatte sich seit damals geändert. Nichts! Er war immer noch der unbeherrschte Schläger. Ein Mörder. Wenn er doch nur nicht mit dem Boxen angefangen hätte! Hätte, hätte ... hätte. – Nein, das Boxen war es nicht. Etwas anderes hatte ihn zum Totschlag getrieben. Zum Mord. Eine dunkle Macht war es, die ihn beherrschte.

Harry erinnerte sich noch an den Magier, der sie segnen sollte. Damals waren er und Johnny dem Bösen geweiht worden! Wenn ihre Großmutter sie doch nur nicht zu diesem Mann geschleppt hätte. Hätte.

Aber der Mann hatte sie dann doch nicht »gesegnet«! War er nicht mit den Worten »Über diese Kinder habe ich keine Macht!« zitternd und bleich aus dem Raum gestürzt? Hatte seine Entscheidung für Gott und seine Taufe ihn nicht unter einen anderen Einfluss gestellt? – Doch garantierte ihm dies ewige Sicherheit?

Nein! Harry schüttelte seinen Kopf. Sein Leben, seine Lügen, die gefälschten Papiere, seine weiteren Betrugsabsichten, das alles hatte ihn zurückgeworfen unter die Macht des Bösen. Wenn er doch nur nicht aus Deutschland geflohen wäre. Dann könnte er jetzt seinem Beruf nachgehen. Vielleicht hätte ihn eine gut verdienende Frau geheiratet. Vielleicht hätte

Marlis mit ihrem Liebhaber die Ehe geschlossen. Dann hätte er nicht mehr zahlen müssen. Hätte. Vielleicht.

Warum war er nur nach Hamburg gefahren? Was sollten jetzt Kai und Jenny machen? Wer sollte für sie sorgen? Er durfte dem Gericht doch nichts von ihnen erzählen, sonst wäre der ganze Betrug herausgekommen. Kindesentführung, Zahlungsverweigerung, Passfälschung, Lug und Betrug. Das Urteil wäre noch härter ausgefallen. Hätte er doch nur nicht mit diesen ganzen Betrügereien angefangen! Hätte.

Dann begann alles wieder von vorne. Seine Gedanken drehten sich im Kreis, Stunde um Stunde, ohne Ende. Und es machte ihn fertig, zog ihn hinab in die Nacht der Depression.

Schlüssel klirrten. Das Schloss knirschte und die Stahltür öffnete sich.

»Herr Pierot, Besuch für Sie. Kommen Sie bitte mit.«

Harry schaute benommen auf. Er schien nicht zu verstehen.

»Kommen Sie schon. Es ist Besuch für Sie da«, wiederholte der Justizvollzugsbeamte ungeduldig.

Langsam klärten sich Harrys Gedanken.

»Besuch für mich? Wer?«

»Weiß nicht. Ein junger Mann. Nennt sich Mike Walter. Sagt, er kennt Sie. Also, kommen Sie endlich.«

»Ich kenne keinen Mike Walter.«

Trotzdem erhob Harry sich schwerfällig und folgte dem Beamten über grünweiß gestrichene Flure und durch Stahltüren, die von außen geöffnet wurden und sich sofort wieder hinter ihnen schlossen. Dann betrat er den Besuchsraum. Der Justizvollzugsbeamte folgte ihm und stellte sich neben die Tür.

Ein etwa zwanzigjähriger Jugendlicher mit kurzen braunen Haaren, Jeans und Globetrotterjacke saß am Tisch. Er blickte auf, als Harry den Raum betrat und lächelte.

»Hallo, Johnny, schön dich ...«

Das Gesicht des Jugendlichen fror ein.

»Du bist nicht Johnny. Deine Nase ist ...«

»Ja, ich bin nicht Johnny. Ich bin Harry. Johnny ist mein Bruder.«

Der Jugendliche blickte verständnislos.

»Wir sind Zwillinge«, erklärte Harry.

»Zwillinge? Ach so. Das habe ich nicht gewusst. Johnny hat mir nie etwas davon erzählt, dass er einen Bruder hat. Er hat mir so viel wie gar nichts von sich erzählt. Noch nicht einmal seinen Nachnamen hat er genannt. Das ist mir aber gar nicht aufgefallen.« Der Junge schaute Harry groß an. »Ihr habt eine frappierende Ähnlichkeit. Nur die Nase ist anders. Johnnys Nase war mal gebrochen, nicht wahr?«

Harry nickte. Er spürte, wie seine Schuldgefühle erneut aufflammten.

»Ach, übrigens, ich bin Mike, Mike Walter«, fuhr der Jugendliche fort und reichte ihm die Hand. Harry ergriff sie und schüttelte sie lasch.

Sie setzten sich beide. Mike sah die Fragen in Harrys Augen und spürte seine gedrückte Stimmung.

»Ich habe Johnny an den Landungsbrücken kennen gelernt«, erklärte er. »Wir haben über die Möglichkeiten der Rauschgiftbekämpfung gesprochen.«

»Rauschgift?« Nun kam Leben in Harry. In welche Sache war sein Bruder da hineingeschlittert? Hatte dieser Hans Uhl etwa mit ...

Als wollte er Harrys Gedanken bestätigen, lehnte sich Mike über den Tisch und sagte leise, sehr leise: »Johnny war einem großen Ding auf der Spur. Deswegen wollte man ihm an den Kragen. Aber er sagte mir, er habe eine Lebensversicherung.«

»Eine Lebensversicherung?«

»Ja, er hat Kopien eines hochbrisanten Dokumentes bei Anwälten hinterlegt, die im Fall seines Todes an Zeitungen und Fernsehsender verschickt werden sollen.«

Harry wurde hellwach. Seine depressive Stimmung war wie weggeblasen.

»Hat dieser Hans Uhl etwas mit dieser Sache zu tun?«, wollte er von Mike wissen. »Du weißt doch, dieser Kerl, der mich ins Gesicht geschlagen hat und den ich ...«

Er brach ab.

»Du meinst den Rothaarigen?«

Harry nickte.

»Der gehört auch zu denen.«

»Zu wem gehört der?«

»Na, zu der Drogenmafia«, erklärte ihm Mike flüsternd. »Dieses Schwein ist ein Killer!«

»Ein Killer?« Harry glaubte seinen Ohren nicht zu trauen.

»Ja, der Kerl wollte mich vergiften. Aber Johnny hat mir das Leben gerettet. Im letzten Moment. Sonst würde ich jetzt die Rüben von unten zählen. Hinter Johnny ist dieser Mistkerl auch her. Aber ihn umbringen, das würde er nicht wagen.«

»Wegen der Lebensversicherung?«

»Richtig, wegen der Lebensversicherung. Johnny ist dann verschwunden. Ich weiß nicht, wohin. Wollte noch so viel mit ihm besprechen.« Mike machte eine kurze Pause. »Jetzt kapier ich alles.«

»Was kapierst du?«, wollte Harry wissen.

»Die ganze Sache, die da im Käpt'n Hook passiert ist. Als du in die Kneipe gekommen bist, hat der Rothaarige sicherlich gedacht, du seist Johnny. Und weil er so besoffen war, hat er dir eine geknallt.«

Nun verstand auch Harry alles.

»Mann, in welchen Mist ist mein Bruder da getreten«, sagte er heiser.

»In einen riesigen Misthaufen, Harry, und er stinkt gewaltig zum Himmel.« –

Harry hätte gerne noch mehr von Mike erfahren, aber die Besuchszeit war zu Ende. Der Jugendliche versprach, am nächsten Tag wiederzukommen.

Die Nacht über konnte Harry nicht schlafen. Er lag mit hinter dem Kopf verschränkten Armen auf seiner Pritsche und starrte aus dem vergitterten Fenster in die Nacht hinaus. Das Licht der auf den Wachtürmen montierten Scheinwerfer glitt in unregelmäßigen Abständen über die Scheiben. Ein Justizvollzugsbeamter ging mit schweren Schritten den Gang entlang. Sein Schlüsselbund klirrte leise.

Harry überdachte noch einmal das Gespräch mit Mike. Vieles war ihm klar geworden. Manche neue Fragen waren aber aufgetaucht.

Woher wusste Mike z. B. von ihm und seiner Verurteilung? Gehörte er vielleicht auch zur Drogen-Gang und sollte ihn nur ausspionieren wegen des vermeintlichen Dokumentes, das Johnny besaß? Konnte er Mike überhaupt vertrauen? Er musste es morgen herausfinden.

Jetzt kannte er wenigstens den Grund, weshalb der Rothaarige ihn angegriffen hatte. Der Mann war einfach zufällig in der Kneipe gewesen und hatte ihn mit Johnny verwechselt. Zwischen beiden war noch eine Rechnung offen gewesen, etwas, von dem Mike nichts wusste.

Wie konnte sich sein Bruder auch nur mit der Rauschgiftmafia anlegen! Welcher Dämon hatte ihn geritten, einen solchen Leichtsinn zu begehen? Johnny bedachte oft nicht die Folgen seines Verhaltens. Und er, Harry, musste dies nun ausbaden. Wäre diese Sache nicht passiert, könnte er schon längst wieder in Frankreich bei seinen Kindern sein. Aber war es nicht auch seine Schuld? Hätte er sich keine gefälschten Papiere besorgen wollen, wäre dies nicht passiert. Unrecht bringt keinen Segen. Das wusste er doch.

Gleich nach seiner Verurteilung hatte er einen Brief an Lawrence geschrieben und ihr mitgeteilt, dass man ihn verhaftet habe, obwohl er unschuldig sei. Den Grund dafür hatte er natürlich nicht erwähnt. Er würde sich wieder melden.

Was sollte nun mit Kai und Jenny geschehen?, fragte er sich immer wieder. Wäre es nicht besser, wenn er Marlis mitteilte, wo sie die Kinder finden konnte? Bei ihrer Mutter waren sie sicherlich besser aufgehoben, als bei Lawrence. Er konnte außerdem der Frau nicht zumuten, zwei fremde Kinder zu versorgen und aufzuziehen. Zwölf Jahre war eine lange Zeit für alle. Wenn aber Marlis die Kinder zurückbekam, dann war im Grunde alles umsonst gewesen: seine Flucht, seine Betrügereien und auch, dass er jemanden totgeschlagen hatte und nun hier im Gefängnis saß. Alles war umsonst gewesen.

Nein, er konnte nicht einfach Johnny die Schuld geben. Er war selbst für seine Misere verantwortlich. Wäre er seinen Grundsätzen treu geblieben, er säße nicht hier! Wieder begannen die Schuldgefühle in ihm zu bohren. Er richtete sich auf, trat ans Fenster und blickte in die Nacht hinaus. Trotz der hellen Scheinwerfer konnte er einige Sterne und auch die schmale Sichel des Mondes am Firmament erkennen. Dann aber zog eine Wolkenbank über den Himmel, als wollte sie die Gestirne vor ihm verbergen, damit er sie nicht mit seiner Schuld beschmutze.

»Mein Gott«, flüsterte er, »sei mir Sünder gnädig. Verbirg dein Angesicht nicht vor mir und zeig mir den Weg deiner Gerechtigkeit.«

Es waren Worte eines alten Psalms. Ihr Klang ließ Frieden in seinem Herzen aufsteigen. Die Wolken zogen weiter und der Schimmer der Sterne breitete sich erneut über den Himmel aus. Harry war sich nun sicher, dass ihm vergeben worden war.

Am nächsten Tag wurde Harry wieder zur gleichen Zeit von dem Justizvollzugsbeamten in das Besucherzimmer geführt. Mike begrüßte ihn herzlich. Sofort schwanden Harry alle Zweifel, dass er ausspioniert werden sollte oder dass man ihn benutzte, um an Johnny zu kommen. Der Junge war einfach zu natürlich, als dass er ihm etwas vorspielen konnte.

»Weißt du, Harry, ich habe die Zeitungsberichte über dich gelesen, und als ich dein Bild sah, sagte ich zu meinen Freunden: Das ist nicht Harry Pierot. Das ist Johnny. Johnny, der mir das Leben gerettet hat. Daraufhin sagten meine Freunde: Da ist eine große Schweinerei am Kochen, wenn das dein Johnny ist. Wegen Totschlag zu zwölf Jahren verurteilt! Nur weil du vorher die Brille abgenommen hast. Das ist doch ein Witz! Fast jeder hätte doch zurückgeschlagen. Was kannst du dafür, dass der Schlag so kräftig war. Wut und Schmerz verleihen manchmal ungeheure Kräfte, sagten meine Freunde. Nein, dein Johnny ist nicht wegen Totschlag verurteilt worden.«

»Weswegen dann?«, fragte Harry ungläubig den Jugendlichen.

»Weil du angeblich Johnny bist und ein heißes Dokument besitzt. Schau mal, du siehst aus wie dein Bruder.«

»Warte mal«, unterbrach ihn nun Harry, »du sagst, ich sehe aus wie Johnny. Wie sieht er denn nun aus?«

»Na, genau wie du: schwarzbraunes Haar, kurz geschnittener Vollbart, Brille, das Gesicht, der Gang, der Körperbau.«

Bei Harry fiel der Groschen. Johnny hatte sich also für seinen Kampf gegen die Dealer auch zur Tarnung die Haare gefärbt und sich einen Bart wachsen lassen. Außerdem trug er genauso wie er eine Brille. Natürlich nur, um sein Gesicht zu verändern und seine markante Nase zu verdecken. Und er war genauso sonnenverbrannt wie er. Er musste seinem Bruder sehr ähnlich sehen. Harry lächelte. Sie benutzen beide die gleiche Tarnung. War das denn ein Wunder? Schließlich waren sie doch Zwillinge.

»Und was hat das alles mit diesem Dokument zu tun?«, wollte er jetzt wissen.

Mike schielte zu dem Wachmann hinüber, der unbeteiligt an der grünweiß gestrichenen Wand lehnte.

»Sie konnten Johnny doch nicht umbringen, weil sonst das Dokument veröffentlicht würde«, flüsterte er nun, »aber sie konnten ihn aus dem Verkehr ziehen. Für zwölf Jahre.«

»Warum das?«

»Weil sie nun ihre Pläne durchziehen können. Pläne, die in dem Dokument ausführlich erklärt werden, das Johnny gefunden hat. Nach zwölf Jahren würde er mit diesem Papier keinen alten Hund mehr hinter dem Ofen hervorlocken. Außerdem, wer glaubt schon einem Exknacki, einem Mörder.«

Mike schaute erschrocken auf, weil er das Flackern in Harrys Augen sah.

»Entschuldigung, Harry. Ich wollte dich nicht verletzen. Es ist mir so rausgerutscht.«

»Vergiss es, Mike, erzähl lieber weiter«, antwortete ihm Harry, nun wieder gefasst.

»Durch deine Verurteilung, so sagen meine Freunde, hätte man Johnny also aus dem Verkehr gezogen und das Papier zur Makulatur gemacht.«

»Meinst du denn, der Richter und der Staatsanwalt sind bestochen worden?«, fragte Harry ungläubig.

»Nicht nur bestochen. Sie gehören dazu!« Mike sah, dass Harry zweifelte. »Harry, glaub mir, in diesem Dokument werden Namen erwähnt von Leuten, denen du nicht zutrauen würdest, dass sie mit Rauschgift zu tun haben. Ganz hohe Tiere sind dabei, hat Johnny gesagt, bis in die Spitze der Regierung. Und da glaubst du nicht, dass auch ein Richter und ein Staatsanwalt mit von der Partie sind?«

Harry fiel der Kinnladen herunter.

»Und Johnny hat diese ganze Schweinerei herausgefunden?«

»Ja, und deshalb musste er aus dem Verkehr gezogen werden. Meine Freunde sind sogar der Meinung, der Totschlag sei provoziert worden von den Leuten. Sie haben jemanden geschickt, der versagt hatte. Der Rothaarige, Hans Uhl, der Soldat ohne Vergangenheit. Wer versagt, wird bei denen schnell abserviert. Aber nein, sie bringen ihn natürlich nicht selber um.«

»Natürlich«, sagte Harry.

»Sie lassen ihn von dem umbringen, den sie ausschalten wollen, ausschalten müssen!«

»So ist das!«

»Ja, so ist das, Harry. Vielleicht hast du ihn ja gar nicht wirklich umgebracht. Vielleicht hat einer von denen nachgeholfen. Jemand, der sich über ihn beugte, um nachzusehen, wie es dem Mann geht, während alle auf dich schauten, wie du rumgeschrien und geblutet hast. Kannst du dir das vorstellen?«

Harry konnte sich das vorstellen und wie er das konnte! Ja, was Mike sagte, machte Sinn. Vielleicht hatte er keine Schuld. Vielleicht hatte man ihn nur benutzt für ein schmutziges Geschäft, für ein ganz mieses Spiel. Vielleicht. –

»Harry.« Mikes Stimme rief ihn aus seinen Grübeleien.

»Entschuldige, ich habe gerade nachgedacht. Wenn das stimmt, was du sagst, dann war meine Verurteilung Unrecht.«

»Es war Unrecht, Harry, und deshalb ...«, Mike senkte nun seine Stimme noch mehr, »... und deshalb musst du hier raus und zwar sofort.«

Harry spürte wie ein Kribbeln sein Rückenmark entlangzog und schließlich seinen ganzen Körper erfasste.

»Aber wie, Mike?«, flüsterte er voller Erregung zurück. »Ich bin weder Heinz Rühmann – der Mann, der durch die Wand geht – noch Superman. Hier ist alles Stahl und Beton.«

»Jeder Käfig hat Löcher. Weißt du denn nicht, dass Santa Fuh das unsicherste Gefängnis in Deutschland ist? Jedes Jahr brechen hier mehrere Häftlinge aus. Weshalb nicht auch du?« Mike grinste, dann sagte er etwas lauter: »Ich habe dir übrigens etwas mitgebracht. Die Gefängnisleitung hat nichts dagegen, wenn du ein Taschenradio besitzt. Damit du den Kontakt zur Außenwelt nicht verlierst.« Er griff in einen Plastikbeutel und holte ein Transistorradio heraus.

»Ist alles geprüft«, sagte er halb zu dem Justizvollzugsbeamten gewandt, »enthält kein Ausbruchswerkzeug. Hier hast du auch noch zwei 9-Volt-Blocks. Du wirst sie bald brauchen können.«

Er schob alles über den Tisch.

»Ach ja, noch was. Ich habe dir auch eine Tafel Schokolade und eine Pizza mitgebracht. Die schmeckt sicherlich auch kalt. Damit du ein wenig Abwechslung bei dem langweiligen Essen hier hast.«

Der Beamte an der Wand beobachtete sie scharf. Dann schaute er wieder gelangweilt zur Decke.

»Ich weiß nicht, wie ich dir danken soll, Mike«, staunte Harry nicht schlecht. »Die Idee mit dem Radio ist super, und Pizza und Schokolade sind auch nicht schlecht.«

»Du wirst noch sehen, ohne den Transistor würdest du die nächsten zwölf Jahre hier versauern. Das aber bringt dich ins Leben zurück.« Dann beugte sich Mike über den Tisch und sagte wieder gedämpft: »Vergiss nicht, was ich dir gerade gesagt habe, Harry, du versauerst sonst hier drinnen. Übrigens, die Gebrauchsanleitung hilft dir weiter.«

»Welche Gebrauchsanleitung?«

»Die Gebrauchsanleitung für das Radio habe ich zu Hause gelassen«, sagte Mike nun lauter, weil der Beamte wieder zu ihnen hinüberschaute. »Du wirst auch so mit dem Gerät zurechtkommen.«

»So, die Besuchszeit ist zu Ende«, sagte der Beamte mit dienstlichem Ton. »Bitte, verabschieden Sie sich.«

»Also, Harry, ich wünsche dir viel Kraft für die nächste Zeit.« Mike schüttelte ihm die Hand und blinzelte dabei doppeldeutig. »Wenn du dann meine Hilfe brauchst, ruf mich einfach an. Meine Telefonnummer habe ich auf die Pizzaschachtel geschrieben. Ich hoffe, du meldest dich bald.«

»Danke, Mike, danke für alles, was du für mich getan hast. Ich glaube, ich finde jetzt langsam zum Leben zurück.«

»Nichts zu danken, Harry. Ich habe es auch für Johnny getan. Er hat mir das Leben gerettet. Glaub mir, wenn du gleich fetzige Musik hörst und Pizza und Schokolade isst, erscheint dir deine Zukunft nicht mehr düster. Du wirst sehen.«

Während Harry mit dem Beamten in seine Zelle zurückkehrte, dachte er über Mikes Worte nach. Der Junge hatte zuletzt ein wenig seltsam gesprochen, als ob er ihm etwas mitteilen wollte, etwas, das der Wachmann auf keinen Fall verstehen durfte. Harry verstand es selbst nicht. Aber er freute sich auf das Essen und die Radiomusik.

In den nächsten Tagen musste er noch eine Entscheidung über den Verbleib seiner Kinder treffen. Wahrscheinlich würde er sie durch Lawrence zu Marlis zurückschicken. Es machte ihm plötzlich nicht mehr so viel aus. Außerdem brauchte er ihr ja keinen Unterhalt zu zahlen. Er konnte es auch nicht. Das erheiterte ihn fast. Niemand hatte eine Ahnung, wo er steckte. Lawrence würde den Mund halten. Da war er sich sicher. Er blieb einfach verschwunden, bis er seine Strafe abgesessen hatte. Vielleicht aber würde man seine Haftzeit bei guter Führung verkürzen. Dann könnte er sich wieder in Harald Maurer, den Lehrer für Mathematik und Physik, verwandeln und niemand würde wissen, dass er vorbestraft war.

Harry sah nun einen hellen Streifen am Horizont seines Lebens. Er war nur sehr schmal, aber er war da und das allein zählte.

Es war ein heißer Tag gewesen. Johnny hatte ihn am Strand im Schatten eines Sonnenschirms verbracht und die Surfer in der Brandung beobachtet. Seit zwei Wochen lebte er in dem alten französischen Badeort Biarritz an der Atlantikküste nahe der spanischen Grenze. Er hatte sich ein Ferienappartement in der Nähe des Strandes gemietet. Von seinem Fenster aus konnte er die Küste mit ihren Felsen und den malerisch verschlungenen Promenadenweg überblicken. Er liebte diesen Ferienort, den schon französische Kaiser und Fürsten aufgesucht hatten.

Um vier Uhr meldete sich Johnnys Magen. Er rollte sein Badehandtuch zusammen, klappte den Schirm zusammen und stapfte durch den Sand zum Parkplatz zurück. Ein Fernsprechautomat an der Straßenecke erinnerte ihn, dass er heute noch drei wichtige Telefonate führen musste. Fröhlich pfeifend schloss er den Kofferraum seines neuen Peugeot 306 auf und warf Handtuch und Sonnenschirm hinein. Dann schlenderte er zum Telefon, warf einige Münzen in den Schlitz und wählte eine Hamburger Nummer.

Eine Frauenstimme meldete sich.

»Hier Anwaltspraxis Dr. Roland Leuckert.«

»Johannes Maurer am Apparat. Ich möchte Herrn Dr. Leuckert sprechen.«

»Ach, Sie wieder. Wie geht es Ihnen denn, Herr Maurer?«

»Ausgezeichnet. Ich habe richtige Urlaubsstimmung. Und wie steht's in Hamburg?«

»Ja, wissen Sie, Herr Maurer, wir haben eine Menge Ärger und Arbeit.«

»Ärger?«, wollte Johnny wissen, »hat Herr Leuckert etwa wieder ein paar unerfreuliche Scheidungen?«

»Wenn es das nur wäre, Herr Maurer!« Die Stimme der Sekretärin klang ein wenig bedrückt. »Nein, bei uns ist eingebrochen worden.«

»Bei Ihnen wurde eingebrochen? Wer bricht denn bei einem Rechtsanwalt ein. Außer Bergen von Papier ist doch bei Ihnen nichts zu holen.«

»Sie sagen es«, seufzte die Sekretärin. »Die Einbrecher konnten nichts Wertvolles finden. Auch im Tresor nicht. Herr Dr. Leuckert bewahrt dort keine Wertsachen auf. Nur die ganzen Akten haben die Kerle aus den Schränken gerissen und über den Boden verteilt. Und wer muss alles wieder einsortieren? Ich natürlich.«

Johnny atmete hastiger, als er das Wort »Tresor« hörte. Trotzdem ließ er sich nichts anmerken.

»Da kann ich Sie verstehen, Frau Ullmann. An Ihnen hängt wieder einmal die ganze Arbeit. – Kann ich nun Herrn Leuckert sprechen?«

»Oh, natürlich, Herr Maurer. Ich sehe, seine Leitung ist frei. Ich verbinde Sie jetzt. Alles Gute Ihnen.«

»Auch Ihnen viel Kraft für Ihre Arbeit.«

»Danke schön!«

Eine Melodie wurde in die Leitung eingespielt, während die Sekretärin ihn mit dem Apparat ihres Chefs verband. Johnny lauschte den Tönen der kleinen Nachtmusik, während er wartete.

Im Büro des Anwalts war eingebrochen worden. Alle Akten hatten die Kerle auf dem Boden verstreut. Das heißt, sie haben etwas gesucht. Eine wichtige Unterlage.

»Hallo, Herr Maurer?«

Johnny wusste, was jetzt kommen würde.

»Schön, dass Sie anrufen.«

»Ich habe schon gehört, Herr Dr. Leuckert, dass bei Ihnen eingebrochen worden ist.«

»Ja, die Kerle haben hier gehaust wie die Vandalen. Die durcheinander geworfenen Akten machen uns eine Menge Kopfzerbrechen. Aber das ist nicht das Schlimmste. Frau Ullmann hat schon fast alles wieder zusammen.«

»Sie haben eine tüchtige Sekretärin.«

»Da haben Sie Recht!«, stimmte ihm Leuckert zu. »Das Schlimmste für mich ist, dass eine Akte fehlt.«

»Meine, nicht war?«, sagte Johnny tonlos.

»Ja, Ihre, und das ist für mich sehr ärgerlich. Hätten die Einbrecher doch die Unterlagen aller Scheidungsfälle mitgehen lassen! Darüber hätte ich noch lachen können. Aber bei Ihnen geht es um mehr, als nur um ein paar Streitigkeiten wegen Unterhalt und Vermögensaufteilung.« Der Mann sprach mit erhobener Stimme. »So wie Sie mir erklärt haben, steht Ihr Leben in Gefahr, wenn Sie diese Akten nicht mehr besitzen. Habe ich das richtig verstanden?«

»Nicht ganz, Herr Dr. Leuckert«, versuchte Johnny den Mann zu beruhigen. »Natürlich habe ich die Dokumente zu meiner Sicherheit bei Ihnen in Verwahrung gegeben. Aber Sie brauchen sich keine Sorgen zu machen. Ich habe noch zwei weitere Anwälte mit der gleichen Aufgabe betreut.«

»Da bin ich aber froh, Herr Maurer, da bin ich aber sehr froh.« Johnny hörte, wie der Mann am anderen Ende der Leitung aufatmete. »Aber wer sollte daran interessiert sein, Ihre Dokumente zu stehlen?«

»Die dadurch belastet werden.«

»Woher können die wissen, dass ich sie habe?« Der Mann sprach jetzt wieder hastiger. »Das wirft doch ein ganz schlechtes Licht auf mich! Verstehen Sie das, Herr Maurer?«

»Ich verstehe das. Aber ich verdächtige Sie nicht.«

»Doch, doch. Sie müssen mich verdächtigen! Woher sollten die Einbrecher denn sonst gewusst haben, dass ich Ihre Akten in meinem Tresor aufbewahre?«

»Beruhigen Sie sich, Herr Dr. Leuckert. Ich vertraue Ihnen. Diese Leute haben sehr großen Einfluss. Sie haben Macht. Vielleicht wurden Sie abgehört ...«

»Abgehört?« Die Stimme des Anwalts klang erschrocken. »Sie meinen, bei mir wurde eine Wanze installiert?«

»Warum nicht? Möglicherweise haben diese Leute in allen Anwaltspraxen Hamburgs Wanzen installiert, um herauszufinden, bei wem ich diese Dokumente hinterlegt habe. Als ich dann bei Ihnen anrief, wussten die Leute sofort, dass Sie meine Interessen wahrnehmen.«

»Aber das ist ja eine Riesensauerei!«

»Das ist es, Herr Dr. Leuckert!«

»Da gibt es ja keine Sicherheit mehr für unsere Arbeit!«, sagte der Mann aufgebracht.

»Nein, Sicherheit gibt es vor denen nicht.« Johnny machte eine Pause. »Aber vielleicht sollten Sie einen Experten kommen lassen, der Ihre Büroräume und Ihre Telefonanlage durchcheckt.«

»Eine gute Idee, Herr Maurer. Ich werde dies sofort in die Wege leiten.«

»Gut, Herr Dr. Leuckert«, sagte Johnny, als er sah, dass das Geld durch den Apparat gelaufen war, »nachdem die Akten bei Ihnen nicht mehr im Tresor liegen, endet ja nun unsere Geschäftsbeziehung. Ich werde mich also nicht mehr regelmäßig bei Ihnen melden. Ich wünsche Ihnen alles Gute. Und vielen Dank, was Sie für mich getan haben.«

»Nicht der Rede wert, Herr Maurer. Auch Ihnen alles Gute und Erfolg in dem, was Sie vorhaben.«

Johnny hängte den Hörer ein. Er lehnte sich an die Wand der Telefonzelle und atmete tief durch. Nein, vor diesen Leuten war niemand sicher. Wie hatte er auch annehmen können, dass die Kopien des brisanten Dokumentes M 15 ihn schützen würden! Das Installieren von Wanzen in den Hamburger Anwaltspraxen war sicherlich ein Kinderspiel für die Mafia gewesen. Sie hatten damals Mike abgehört und dadurch erfahren, dass er das Dokument bei verschiedenen Anwälten hinterlegt hatte. Garantiert waren am nächsten Tag alle Kanzleien mit Abhöranlagen bestückt worden. Der Besuch eines Mandanten der Mafia, gleichzeitig ein dringender Anruf, der den Anwalt ablenken sollte, und schon konnte der Besucher die Wanze unter eine Schreibtischplatte kleben. Innerhalb eines Monats konnten die Abhörspezialisten der Mafia herausfinden, wo die Kopien von M 15 aufbewahrt wurden.

Johnny wusste nun, dass die beiden nächsten Anrufe seinen Sicherheitsplan zur Makulatur machen würden. Er warf einige Münzen in den Schlitz des Fernsprechers und wählte die Nummer des zweiten Anwalts.

»Rechtsanwälte Dr. Münster und Gölz«, meldete sich die Stimme einer Frau. Johnny kannte sie nicht.

»Guten Tag. Hier spricht Johannes Maurer. Können Sie mich mit Herrn Gölz verbinden?«

»Tut mir Leid«, antwortete die Sekretärin, »Herr Gölz hat seine Kanzlei an Dr. Münster verkauft. Waren Sie ein Mandant von Herrn Gölz?«

»Ja.«

»Gut, dann verbinde ich Sie mit Dr. Münster. Er führt ja die Geschäfte von Herrn Gölz weiter. Ich verbinde Sie jetzt.«

»Vielen Dank.« Johnny wartete, bis sich der Anwalt meldete. Er stellte sich ihm vor und erklärte kurz sein Anliegen.

»Warten Sie einen Moment, Herr Maurer.« Die Stimme des Anwalts klang sanft und freundlich. »Ich muss erst Ihre Akte heraussuchen lassen.«

Eine etwas künstlich klingende Frauenstimme sagte in regelmäßigen Abständen: »Bitte warten Sie – Please, hold the line – Ne quittez pas, s'il vous plait«. Dann meldete sich der Anwalt wieder.

»Worum geht es noch einmal, Herr Maurer? Wir konnten Ihre Unterlagen nicht finden.«

Johnny erklärte es ihm.

»Ne quittez pas, s'il vous plait – Bitte warten Sie – Please, hold the line«, sagte die Frauenstimme wieder. Johnny warf weitere Münzen in den Automaten und lehnte sich wieder an die Seitenscheibe der Telefonzelle.

»Tut mir Leid, Herr Maurer, wir konnten keine Akten finden. Sind Sie sich sicher, dass Sie Mandant von Herrn Gölz waren?« Die Stimme des Mannes klang immer noch freundlich, aber Johnny meinte einen leichten Unterton von Ironie zu hören.

»Völlig sicher, Herr Dr. Münster. Weiß denn keine Ihrer Angestellten darüber Bescheid?«

»Ich habe die Angestellten von Herrn Gölz nicht übernommen, Herr Maurer.«

»Verstehe«, sagte Johnny, »meine Akte ist also verschwunden und niemand in Ihrer Kanzlei weiß etwas darüber. Können Sie mir wenigstens die private Telefonnummer von Herrn Gölz geben? Vielleicht kann er die Sache aufklären.«

»Leider ist mir dies nicht möglich«, ließ sich Dr. Münster vernehmen. »So viel ich weiß, wollte Herr Gölz mit seiner Frau eine Weltreise unternehmen. Sie wissen schon, mit einem dieser Luxusliner. Geld hat er ja jetzt genug.«

»Natürlich«, antwortete ihm Johnny und hängte abrupt ein. Natürlich hatte Reinhard Gölz jetzt genügend Geld, nachdem ihm ein Anwalt der Mafia seine Kanzlei abgekauft hatte. Er hatte keinen Zweifel, dass Dr. Münster zum Drogenkartell gehörte. Die spurlos verschwundene Akte, die Gölz damals in seinem Safe gelagert hatte, und der leicht ironische Unterton in Münsters Stimme sagten ihm alles.

Johnny wählte die Nummer der dritten Anwaltskanzlei. Eine elektronische Stimme meldete sich: »Bitte rufen Sie die Auskunft an.«

Er wählte die Nummer der Hamburger Telefonauskunft: 19 49 40 0 11 88. Ein Angestellter mit der Platznummer 14 nahm ab und fragte nach seinen Wünschen. Johnny gab ihm die Nummer der Kanzlei Dallhammer und Blechner an und fragte nach der Ursache der Störung.

»Einen Augenblick bitte«, sagte der Mann. Johnny hörte ein leises Klappern der Computertastatur. Dann meldete sich der Mann wieder.

»Die Kanzlei der Rechtsanwälte Dallhammer und Blechner ist durch einen Brand zerstört worden. Ab nächste Woche können Sie die Anwälte unter folgender Nummer wieder erreichen: Vorwahl 040, Telefonnummer 87 95 53.«

»Vielen Dank«, sagte Johnny, hängte ein und trat aus der Telefonzelle. Er schlenderte fast mechanisch die Promenade entlang nach Süden. Seinen Hunger hatte er vollkommen vergessen. Eine Bank auf der steilen Felsenklippe lud ihn zum Sitzen ein. Von dort konnte er in der Ferne die Nordküste Spaniens sehen. Unten brachen sich die Wogen des Atlantiks. Gischt sprühte auf und erfüllte die Luft mit einem feinen Nebel, in dem sich das Sonnenlicht brach und kleine Regenbögen zauberte. Johnny hatte keine Augen für diese Naturschönheiten. Seine Gedanken drehten sich um das, was er gerade gehört hatte.

Durch einen Brand zerstört worden! Die Brüder sind einfallsreich, dachte er anerkennend. Bestechen und bedrohen die abgehörten Anwälte nicht einfach. Rauben nicht nacheinander ihre Büros aus. Da würde die Polizei nur Verdacht schöpfen. Nein, bei einem wird eingebrochen, der andere aufgekauft und das Büro des dritten Anwalt abgefackelt. Das war echte Maßarbeit.

Plötzlich schoss ihm ein Gedanke durch den Kopf. Wenn die Anwälte abgehört worden waren, dann wusste die Mafia natürlich, wer er war! Spätestens jetzt, nachdem er diesen Dr. Münster angerufen hatte. Sie wussten, dass er Johannes Maurer war und sie würden jetzt alle Hebel in Bewegung setzen, um mehr über ihn zu erfahren. Wenn sie schließlich seinen Steckbrief hatten, würden sie ihn jagen, gnadenlos jagen. Das war so sicher wie das Amen ...

Johnny schaute zum Himmel.

Das Amen! Wie lange hatte er schon nicht mehr gebetet! Ihm war in den letzten Monaten immer wieder klar geworden, dass seine Beziehung zu Gott nur noch ein Scherbenhaufen war. Und es war ihm auch klar, dass sein Leben anders verlaufen wäre, wenn er einen geraden Weg gegangen wäre. Aber jetzt war es zu spät dafür. Er konnte nicht mehr handeln. Er konnte nur noch reagieren, um das Schlimmste abzuwenden.

Sicherlich hatte Gott ihn schon lange verworfen. Sein Leben war eine einzige Schande für den christlichen Glauben. Statt sein Versprechen einzuhalten und andere Menschen zu Gott zu führen, hatte er betrogen und gelogen, sich Eigentum anderer unter den Nagel gerissen und eine Spur von Gewalt und Tod hinterlassen. Was sollte Gott mit einem Menschen wie ihm anfangen? Nichts! Er konnte ihm nur noch zurufen: »Geh mir aus den Augen, Johannes Maurer! Statt Liebe und Freude zu verbreiten, statt Glauben und Hoffnung zu vermitteln, hast du nur Tod und Schrecken gebracht. Ich habe dich begnadigt. Ich habe dir ein neues Leben voller Chancen ermöglicht. Aber du hast alles verspielt, leichtsinnig verspielt. Was soll ich noch mit dir? Für dich ist kein Platz in meinem Reich!« – Ja, es war zu spät für eine Umkehr. Auf ihn wartete nur noch der Tod. Sonst nichts.

Johnny schauderte bei diesem Gedanken. Tot sein. Nie wieder den Himmel oder die Blütenpracht und das zarte Grün der Wiesen und Wälder im Frühling sehen können. Nie wieder dem Rauschen der Brandung oder dem Gesang einer Amsel lauschen, das Aroma eines Apfels schmecken, die Wärme eines Menschen spüren können. Nicht mehr interessante Gedanken verfolgen, eine jäh aufsteigende Freude oder einfach nur die Energie seines Körpers fühlen können. Im Dunkel des Nichts versinken. Für immer, vermodert, vergessen und ausgelöscht aus dem Buch der Lebendigen.

Johnny hockte zusammengesunken auf der Bank, das Gesicht in den Händen vergraben. Sein Atem ging schwer. Schweiß trat ihm auf die Stirn. Er fühlte sich ausgelaugt und kraftlos.

Es war sein Schicksal. Er hatte es selbst verschuldet. Jetzt konnte er nichts mehr daran ändern. Das war ihm nun klar. Alles hatte sich gegen ihn verschworen, weil Gott nicht mehr auf seiner Seite stand. Ein Todgeweihter war er, ein elender Gladiator in der Arena des Lebens. Gott hatte den Daumen nach unten gedreht und damit sein Schicksal besiegelt.

Wie viel Zeit blieb ihm noch? Wann lief seine Uhr ab? Wie viele Tage, Monate oder Jahre durfte er noch Atem holen, lachen, weinen, spüren, wie das Leben in seinen Adern pulsierte?

Plötzlich richtete er sich auf. Wie eine Riesenwoge brandete seine alte Fröhlichkeit, seine Lebensenergie gegen Schwermut und Depression an, wieder und wieder, überspülte sie, zerschlug sie und riss ihre Bruchstücke fort.

Wenn er keine Zukunft hatte, dann wollte er wenigstens das Heute nutzen. Ja, jeden Tag, jeden Atemzug genießen. Tun, was ihm gefiel, Freude erleben und sich das Leben schön machen. Sollten andere sich doch ihre Tage mit negativen Gedanken, Sorgen, Streit und schlechter Laune vermiesen, er würde sich das Leben schön einrichten, solange er konnte. Und vielleicht war es ihm möglich, manches wiedergutzumachen, was nicht gut in dieser Welt war. Aber zunächst musste er hier verschwinden. Die Drogenbarone würden bestimmt keine Däumchen drehen.

Johnny sprang von der Bank auf und eilte die Strandpromenade zurück. Es wurde Zeit, dass er aus Europa verschand. Er konnte die Mafia nicht aufhalten. Sollten sie doch ihre schmutzigen Gelder waschen, so viel sie wollten. Wer Rauschgift nahm, war selbst schuld, wenn er damit sein Leben zerstörte. Die Kids wissen Bescheid, dass dieses Zeug sie kaputt macht. Nehmen sie es trotzdem, sind sie dafür auch selbst verantwortlich. Jeder ist für sein Leben selbst verantwortlich! Man kann seine Schuld nicht auf andere abschieben. – Außerdem, würde man diese Rauschgiftorganisation zerschlagen, träte sofort eine andere an ihre Stelle. Die Hydra der Geldgier und Korruption würde nicht sterben, wenn man ihr einen ihrer Köpfe abschlüge.

Er, Johannes Maurer, konnte den Lauf der Weltgeschichte sowieso nicht ändern. Die Menschheit steuerte nicht in ein goldenes Zeitalter des Friedens, sie steuerte in das Gericht Gottes! Sollten doch USA, UNO, Papst und Drogenbarone versuchen eine neue Weltordnung zu errichten. Ihre Pläne ruhten auf tönernen Füßen! Der Prophet Daniel hatte dies vorausgesehen und wie immer würde die Bibel Recht behalten!

Drei Stunden später saß Johnny hinter dem Lenkrad seines Wagens und fuhr fröhlich pfeifend in Richtung spanische Grenze. Der Verwalterin der Ferienanlage aber hatte er erzählt, er wolle sich in Paris Arbeit suchen. Die Lüge war ihm so leicht von den Lippen gegangen, dass er sich selbst darüber wunderte. Er war eben ein verlorener Sohn, dem die Rückkehr zum Vater unmöglich war.

Am nächsten Tag tauchte in Biarritz ein weißer Mercedes mit drei müden, aber gut gekleideten Männern auf. In jedem Hotel, Restaurant und in allen Pensionen zeigten sie Phantombilder eines Mannes, der wegen Raubmord gesucht wurde. Sie zeigten ihn mit dunklen und hellen Haaren, mit und ohne Brille und Bart. Als die Verwalterin der Ferienanlage die Bilder sah, schüttelte sie ihren Kopf und meinte: »Das hätte ich ihm nicht zugetraut. Er war immer fröhlich und hat für jeden ein gutes Wort gehabt. Der sah nicht wie ein Raubmörder aus.«

»Verbrecher entsprechen eben nicht den Klischees, die uns Fernsehen und Kino vermitteln, Mme«, antwortete ihr der hagere Beamte mit den schwarzen Haaren und dem feinen Oberlippenbart. »Wissen Sie, wohin er wollte?«

»Ja, er sagte, er wolle nach Paris, um sich dort Arbeit zu suchen.«

»Vielen Dank für die Auskunft.« Der Mann war schon in der Tür, als er das sagte.

Die Verwalterin schaute ihm nachdenklich hinterher. Auch dieser Beamte entsprach nicht dem Klischee eines Polizisten. Sie seufzte. Wie man sich so täuschen kann. Ihr Gast war ein so freundlicher Mann gewesen. Ein

Raubmörder sollte er sein. Sie schüttelte sich. Ein Glück, dass er ihr nichts angetan hatte. Sie musste in Zukunft vorsichtiger sein. Man kann den Menschen einfach nicht mehr trauen, dachte sie, aber dabei war ihr Gast ein so netter Mann gewesen. –

Kaum saß der hagere Mann wieder im Mercedes, wählte er vom Autotelefon aus eine Nummer in Hamburg.

»Ja, bitte?«, meldete sich eine Männerstimme.

»Er ist schon gestern abgereist, Herr Kajun.«

»Sind Sie sicher, dass er es war?«

»Ja, die Verwalterin einer Ferienanlage hat ihn erkannt. Er nannte sich Jean Maurer und gab sich als Elsässer aus.«

»Dann haben wir den Falschen aus dem Verkehr gezogen. Der Mann sah ihm doch sehr ähnlich. Na, was soll's. Soll er doch im Knast verrotten. – Haben Sie schon eine heiße Spur?«

»Die Frau sagte, er sei nach Paris«, antwortete der Hagere.

»Paris? Möglich. Man kann dort gut untertauchen. Könnte aber eine Finte sein, Caesare.«

»Dachte ich auch sofort. Was ist, wenn er Europa verlassen will?«

»Dann stehen die Karten für uns schlecht!«, sagte der Mann am anderen Ende der Leitung, ohne seine Gefühle zu verraten. »Durch die Fangschaltung in der Anwaltspraxis hätten wir ihn beinahe gehabt. Wenn er aber durch die Welt trampt, ist er so gut wie nicht zu fassen.«

»Was sollen wir jetzt unternehmen?«, wollte der Hagere wissen.

»Fahren Sie nach Paris, Caesare. Vielleicht hat er ja die Wahrheit gesagt. Ich werde inzwischen die wichtigsten Flughäfen überwachen lassen. Vielleicht gibt er uns noch eine Chance.«

»Vielleicht«, sagte Caesare Manzella und legte das Telefon wieder in die Halterung am Armaturenbrett zurück. Dann startete er den Motor, um seine Kollegen einzusammeln, die noch in Biarritz unterwegs waren.

Als Harry in die Pizza beißen wollte, verfingen sich seine Zähne in etwas Zähes. Er schaute sich die Pizza genauer an. Am angebissenen Rand kam ein Bündel Nylonschnur zum Vorschein!

Dieser verrückte Mike, dachte er, backt mit seinen Freunden eine Drachenschnur in den Rand der Pizza ein!

Sicherlich hatte sie eine so hohe Reißfestigkeit, dass sie das Gewicht eines schweren Mannes problemlos tragen konnte. Vorsichtig brach er den Rand der Pizza ab, zog die Nylonschnur heraus und schob sie unter seine

Matratze. Dann blätterte er die restliche Pizza vorsichtig auseinander. Tatsächlich, im Boden hatten sie ein kleines Stück Papier eingebacken! Harry faltete es behutsam auseinander und begann zu lesen.

»Zwei Eisensägen in der Schokolade ...«

Er ließ den Zettel sinken, nahm die Schokolade, wickelte sie aus und brach sie vorsichtig auseinander. Zwei hochwertige Eisensägeblätter kamen zum Vorschein. Durch die Silberfolie konnten sie beim Durchleuchten vom Gefängnispersonal nicht entdeckt werden. Harry prüfte sie kurz und schob auch sie unter die Matratze. Dann las er weiter.

»... Batterie aufklappen, enthält Seilbremse und Birne ...«

Johnny nahm eine der Ersatzbatterien und fuhr mit dem Nagel die Metallnaht entlang. Tatsächlich, sie sprang mit einem leisen Klicken in zwei Hälften. In der einen Hälfte lag ein kleines Gerät. Es war eine Miniaturnachbildung einer Seilbremse, die Bergsteiger benutzen, wenn sie sich an einer Felswand abseilen müssen. Mit diesem Gerät und der Drachenschnur konnte er sich aus seinem Fenster in den Gefängnishof hinunterlassen, wenn er die Gitterstäbe durchgesägt hatte.

Harry lacht leise auf. Deshalb das Radio! Es sollte das Geräusch des Sägeblattes übertönen. Er konnte es auf die Fensterbank stellen und dann so tun, als schaute er gelangweilt nach draußen, während er die Gitterstäbe bearbeitete. Mike und seine Genossen hatten an alles gedacht!

Neben der Seilbremse lag noch eine Taschenlampenbirne, die an einen Batteriestecker angelötet war. Mit ihr sollte er den zweiten 9-Volt-Block in eine kleine Taschenlampe verwandeln. – Nachdem er das Batteriegehäuse wieder verschlossen hatte, las er den restlichen Text.

»... Südseite der Hofmauer, Deckel vom Regenwasserkanal, führt unter Mauer durch, durch Gitterstäbe verschlossen, viel Glück.«

Harry zerriss den Zettel, spülte ihn im Klo runter und trat ans Fenster. Sie hatten an alles gedacht. Er konnte den Kanaldeckel als dunklen Fleck kurz vor der Mauer erkennen. Ein Gefängnistransporter parkte davor. Wenn der Wagen auch nachts dort stand, bot er ihm Schutz vor den Augen der Wachmannschaft im Aussichtsturm.

Harry stellte das Radio an, legte sich aufs Bett und pfiff die Moonlight-Serenade mit, die das NDR-Tanzorchester gerade spielte. Keine Woche mehr und er war wieder draußen. Das wusste er nun mit Sicherheit.

Zwei Tage später war er so weit. Die Metallstäbe an seinem Fenster waren für die Eisensäge kein Problem gewesen. Laute Rockmusik hatte die Geräusche übertönt. Die Zellennachbarn hatten die Musik begrüßt und so war der Justizvollzugsbeamte ruhig geblieben.

Jeder Gefangene bekam hier irgendwann einen Rappel und versuchte sich abzureagieren. Da der Neue noch in Einzelhaft war, konnte die Wachmannschaft verstehen, dass er sehnsuchtsvoll nach draußen starrte und sich mit Hardrock den Kopf volldröhnte. Besser so, als dass er aggressiv oder stumpfsinnig wurde.

Harry hatte den Metallstaub mit weich gekautem Brot verknetet und den Brei in die Ritzen der Gitterstäbe geschmiert, sodass niemand die Spuren seiner Arbeit sehen konnte, wenn er nicht genau hinschaute.

Nun lag er auf seiner Pritsche und horchte auf die Schritte des Justizvollzugsbeamten, das Klirren seines Schlüsselbundes und das Schnarchen einiger Häftlinge. Sein Zellennachbar gurgelte und prustete so laut, als wollte er einen ganzen Wald absägen. Harry war das nur recht. So würde der Wachhabende nichts hören, wenn er durch das Fenster kletterte und sich abseilte.

Kurz vor dem Schlafengehen hatte er sich noch seinen Bart abrasiert. Mit dem glatten Gesicht wirkte er völlig verändert. Wenn jetzt noch seine Haare wieder blond wären und wenn er seine Brille absetzte, würde man ihn kaum wiedererkennen. Sobald er draußen war, musste er sich neue Kleidung und eine Kopfbedeckung besorgen. Vielleicht fand er ja eine Wäscheleine mit passenden Hemden und Hosen.

Er schaute zum Fenster. Der Himmel war wolkenverhangen. Nebelschwaden zogen über Hamburg-Fuhlsbüttel. Die Suchscheinwerfer der Strafanstalt versuchten sie zu durchbohren, aber die winzig kleinen Wassertropfen des Nebels brachen das Licht und blendeten die Wachmannschaften. Der Gefängniswagen parkte wie jeden Tag an der Mauer und würde ihm Deckung bieten. Die Umstände seiner Flucht waren günstig.

Langsam und vorsichtig richtete Harry sich auf. Bloß keine verdächtigen Geräusche machen! Seine Ausrüstung lag bereit. Er hatte alles genau durchdacht und die einzelnen Schritte in Gedanken immer wieder durchgespielt. Jetzt aber, wo es darauf ankam, spürte er ein seltsam flaues Gefühl im Magen.

Du bist aufgeregt, Junge, sagte er sich, also sei doppelt vorsichtig, damit du jetzt keinen Fehler machst. Und bleib ruhig, ganz ruhig.

Aus drei Handtüchern knotete er einen Gürtel, an den er mit einem Stück Nylonschnur die Miniaturseilbremse hängte. Den 9-Volt-Block und die beiden Sägeblätter steckte er in seine Hosentasche. Dann band er seine

Schuhe an den Gürtel und schlich auf Socken zum Fenster. Noch einmal lauschte er mit halbgeöffnetem Mund auf die Schritte des Justizvollzugsbeamten. Der Mann war am anderen Ende des Ganges. Ein Scheinwerfer huschte vorüber und wanderte zur Außenmauer weiter. Sein Nachbar holte gerade tief Luft, prustete los, verschluckte sich, hustete und gurgelte weiter.

Mit einem leichten Ruck riss Harry die ausgesägten Gitterstäbe los, legte sie aufs Bett und deckte sie zu. Dann band er die Drachenschnur an einen der stehen gebliebenen Metallstäbe, hängte die Seilbremse ein, prüfte kurz ihre Funktion und kletterte aus dem Fenster. Noch einmal holte er tief Luft, dann ließ er sich fallen.

Mit dem leisen Surren der Seilbremse glitt Harry die Hauswand hinunter. Unten angekommen, klinkte er das Gerät aus und steckte es ein. Dann glitt er wie ein Schatten an der Wand entlang und schlich durch den Nebel zur Mauer hinüber. Ein Scheinwerferkegel tauchte auf, schien ihn zu verfolgen. Harry hetzte los. Doch das Licht kam immer näher. Harry sah, wie die Nebelschwaden sich um ihn lichteten. Er schlug einen Haken und rollte unter den Gefängnistransporter. Keine Sekunde zu früh! Das Licht des Suchscheinwerfers spielte über den Wagen und schwenkte dann zum Gefängnistor.

Harry keuchte. Das war knapp gewesen! Er spürte, wie sein Herz raste. Schweiß lief ihm über Stirn und Nacken, ließ seine Brille beschlagen, obwohl die Nachtluft kühl war.

Es sind wohl immer nur wenige Sekunden, die über dein Leben entscheiden, dachte er, über Erfolg oder Versagen, über Sieg oder Niederlage, über Leben oder Tod.

Er wischte die Gedanken fort, rollte sich auf den Bauch und spähte unter dem Wagen hervor. Jetzt war keine Zeit fürs Philosophieren. Handeln war angesagt.

Niemand war zu sehen. Harry glitt auf dem Bauch zum Kanaldeckel. Er versuchte ihn anzuheben, aber der Deckel rührte sich keinen Millimeter. Er richtete sich halb auf und versuchte es noch einmal. Ohne Erfolg! Panik stieg in ihm auf. War der Kanaldeckel etwa mit einem Schloss gesichert? Er zog den 9-Volt-Block aus seiner Hosentasche und drückte die Batterieklemme auf die Kontakte, während er die Birne mit der linken Hand abschirmte.

Licht schimmerte rot durch seine Finger. Er öffnete sie einen winzigen Spalt und leuchtete den Deckel ab. Tatsächlich, der Deckel war mit einer Kette verschlossen! Sie war nicht dick, aber durfte er es wagen, sie hier auf dem Hof aufzusägen? Er hatte keine andere Wahl. Entweder aufgeben oder weitermachen und aufgeben wollte er nicht.

Harry löste die Handtücher, die er noch um die Hüfte gebunden trug, faltete sie einmal in der Mitte und legte sie über die Kette. Dann zog er eines der Sägeblätter aus seiner Hosentasche und begann das sichtbare Kettenglied vorsichtig zu bearbeiten, wobei er die Handtücher mit der Brust festpresste. Das Kratzen der Säge erschien ihm ungewöhnlich laut, obwohl die Handtücher das Geräusch stark dämpften.

Harry wurde es heiß. Schweiß perlte von Nase und Stirn, brannte in seinen Augen, ließ seine Finger feucht werden. Immer wieder blickte er sich um, horchte, aber nichts geschah. Die Lichtkegel der Scheinwerfer drangen immer schwerer durch den dichter werdenden Nebel. Sie konnten ihm im Schatten des Lastwagens nicht gefährlich werden.

Harrys Finger schmerzten, aber er sägte weiter, vorsichtig und mit gleichmäßigem Druck. Endlich ein leichtes Klicken und das Glied war durchgesägt. Er versuchte es aufzubiegen, aber das Material war zu stark. Ein zweiter Schnitt war nötig. Obwohl seine Handmuskeln fast verkrampften und sich eine Blase am Daumen zu entwickeln begann, arbeitete Harry weiter, sägte sich in die Freiheit.

»Klack!« Das Sägeblatt war gebrochen. Harry fluchte leise. Jetzt hatte er nur noch *ein* Sägeblatt! Wenn er dies auch noch kaputtmachte, käme er nicht mehr durch das Gitter im Kanal. Er musste mehr aufpassen. Vorsichtig arbeitete er weiter, aber er spürte auch, wie seine Konzentration abnahm. Die seelische Anspannung war einfach zu groß.

Er wusste nicht, wie lange er gearbeitete hatte. Wahrscheinlich waren es nur zwanzig Minuten. Aber er hatte den Eindruck, es wären zwei Stunden gewesen. Endlich hatte er es geschafft. Das Kettenglied war so weit aufgesägt, dass er das nächste ausklinken konnte. Während er ein Kettenende festhielt, versuchte er das andere durch das Loch des Kanaldeckels zu fädeln. Aber seine Finger waren durch die Arbeit wie taub. Er hatte keine Kraft mehr.

Mit einem lauten Klirren fiel das Kettenende in den Schacht hinunter. Harry lag wie erstarrt am Boden.

Aus, dachte er, aus und vorbei! Das mussten die Wachleute gehört haben! Das Geräusch der fallenden Kette war einfach zu laut gewesen. Gleich würde eine Hand voll bewaffneter Männer auf den Hof eilen und ihre Gewehre auf ihn richten. Er hatte das Spiel gewagt und es verloren. Ein falscher Handgriff, eine Sekunde hatte wieder einmal über sein Schicksal entschieden.

Dann aber schrie es in ihm auf: Nein! Gib dich nicht geschlagen! Du bist doch eine Kämpfernatur. Erst wenn die letzte Runde abgeläutet wird, stehen Sieg oder Niederlage fest. Jetzt ist noch nicht die letzte Runde!

Hastig blies er den Metallstaub weg, hob den Kanaldeckel an, warf seine Handtücher hinunter, kletterte in den Schacht. Dann hob er das Kettenende auf, fädelte es durch die Löcher des Deckels und zog ihn hinter sich zu. So leise wie möglich ließ er die Kette durch die Löcher des Deckels gleiten, bis die Enden etwa gleich lang waren. Dann kletterte er nach unten, zog die beiden letzten Kettenglieder durch die einzementierte abschließbare Öse am Boden des Schachtes und hakte sie mit dem durchgesägten Glied zusammen. Alles war blitzschnell gegangen.

Stimmen klangen auf, Schritte kamen näher. Harry nahm die Handtücher und zog sich in den Abwasserkanal zurück. Dann sah er, wie das Licht von Taschenlampen durch die Löcher des Kanaldeckels spielte.

»Ich habe deutlich ein Rasseln gehört«, sagte eine Männerstimme, »als wenn eine Kette in einen Schacht fällt.«

Dann versuchte jemand den Deckel anzuheben.

»Sitzt bombenfest«, sagte ein anderer Wachmann, »also, hier war niemand! Diese Kette kann es nicht gewesen sein. Hast du wirklich nichts vorm Dienst getrunken?«

»Also hör mal, Manfred«, empörte sich der andere, »ich trinke nur am Wochenende ein paar Flaschen Bier, wenn ich in meinem Wohnwagen an der Ostsee sitze. Aber sonntags bin ich trocken.«

»Ja, ja«, lachte der andere, »da hängst du dann mit glasigen Augen am Zaun und fragst dich, ob du Hänschen oder Otto bist. Und am Montag kämpfst du mit dem Restalkohol, den deine Leber nicht verarbeiten konnte. Aber du bist nicht der Einzige von uns, der sich am Wochenende den Kopf vollknallt. Bei diesem Job muss man ja ab und zu in eine Traumwelt abhauen. Mann, wie konnten wir auch nur so blöd sein, unser halbes Leben hier im Knast zu verbringen?!«

»Hast Recht, Manfred, groß ist der Unterschied zwischen uns und denen da oben nicht. Wir haben nur etwas mehr Bewegungsfreiheit.«

Die Stimmen verklangen langsam, als die Männer weitergingen. Harry atmete auf. Um Haaresbreite war er ihnen entwischt! Er schlüpfte in seine Schuhe. Dann steckte er die Taschenlampenbirne wieder auf die Batterie und leuchtete den Kanal aus. Er war etwa einen Meter hoch. Nur ein kleines Rinnsal lief am Boden entlang, weil es die letzten Tage nicht geregnet hatte.

So schnell er konnte kroch er auf allen Vieren den Kanal entlang. Nach einigen Metern stieß er auf ein Gitter. Es lag wahrscheinlich genau im Mauerbereich. Das letzte Hindernis, die letzte Barriere, die zwischen ihm und der Freiheit lag! Nur noch eine Stunde Arbeit und er hatte es geschafft!

Bevor er das Sägeblatt ansetzte, leuchtete er die Gitterstäbe ab. Sie waren aus rostfreiem Stahl, ein hartes Stück Arbeit. Plötzlich entdeckte er feine Schnitte bei den mittleren Stäben. Tatsächlich, sie waren durchgesägt! Jemand hatte ihm die Arbeit abgenommen. Jemand? Nein, das waren bestimmt Mike und seine Freunde gewesen! Sie hatten gewusst, dass seine Flucht riskant und das Zersägen des Gitters kräfteraubend war. Deshalb hatten sie ihm das Schwerste abgenommen. Harry spürte, wie Lebensmut und Freude seinen Muskeln wieder mit Kraft füllten.

Er drückte leicht gegen das Gitter. Die Stäbe gaben nach. Das Loch war gerade so groß, dass er sich hindurchzwängen konnte. So schnell er konnte, kroch er weiter den Abwasserkanal entlang. Die Luft war feucht und roch modrig. Aber er achtete nicht darauf. Schließlich erreichte er einen größeren Kanal, in dem er gebückt gehen konnte. Er lief wahrscheinlich unter einer Straße entlang. Ein mit roter Farbe gemalter Pfeil wies nach links. Harry folgte ihm. Der Kanal erweiterte sich. Metallsprossen führten nach oben. Ein Deckel verschloss den Schacht. Hier ging es zur Straße hoch. Aber ein weiterer roter Pfeil wies ihn an, hier noch nicht den Kanal zu verlassen.

Harry lief noch zehn Minuten weiter. Dann fand er einen Schacht, an dem der Pfeil nach oben zeigte. An einer Metallsprosse hing ein Plastikbeutel. Er leuchtete hinein. In dem Beutel lagen ein zusammengerollter Trainingsanzug, eine Sportmütze und Joggingschuhe.

Hastig riss er sich die Anstaltskleidung vom Körper und schlüpfte in die Sportsachen. Jetzt fühlte er sich endlich nicht mehr wie ein Sträfling! Als er die Seilbremse in die Seitentasche des Trainingsanzugs stecken wollte, fand er einen Stadtplan und ein Portemonnaie. Er öffnete es. Etwa hundert Mark in verschiedenen Scheinen und Münzen waren darin und ein Zettel. Harry leuchtete ihn mit seiner Taschenlampe an und las den mit Schreibmaschine geschriebenen Text: »Gratuliere, du hast es geschafft! Meide die öffentlichen Verkehrsmittel. Hamburg hat viele Jogger. Du fällst also nicht auf. Weiter viel Glück, M.«

Mike hatte Recht! Jeden Moment konnte man seine Flucht entdecken. Es war klar, was dann passierte: Großfahndung nach einem Mörder, Überwachung des Bahnhofs, des Flughafens und der U- und S-Bahn-Stationen, Informationen an alle Taxi- und Busfahrer, Plakate mit seinem Bild, Polizeikontrollen – überall Gefahr, entdeckt zu werden. Da war es wirklich besser, als frühmorgendlicher Jogger Hamburg zu durchqueren. Durchtrainiert war er ja, um es problemlos von Fuhlsbüttel bis St. Pauli zu schaffen.

Als sollten seine Gedanken bestätigt werden, begannen plötzlich Sirenen zu heulen. Die Hetzjagd begann! Es wurde Zeit, dass er auf die Straße kletterte.

Harry setzte sich die Sportmütze auf, steckte die Brille ein und turnte den Schacht empor. Oben öffnete er den Kanaldeckel einen Spalt breit. Es war noch dunkel. Dichter Nebel hing über der Straße. Niemand war zu sehen. Die meisten Einwohner schliefen wohl noch. Er schob den Deckel zur Seite, kletterte hinaus und verschloss den Schacht wieder.

Dann begann er locker loszutraben, weg von den Sirenen der Strafanstalt. An einer Straßenlaterne blieb er kurz stehen und studierte die Stadtkarte. Am besten, er würde durch die Parks laufen, an der Alster entlang, dann zum Funkturm, am Domplatz vorbei bis zur Ost-West-Straße, wo er in einer Seitengasse sein Auto geparkt hatte. Er schaute auf das Straßenschild. Hindenburgstraße. Der Alsterwanderweg begann 300 Meter weiter an der Skagerrakbrücke. Harry lief los.

Kaum war er in den Grünstreifen an der Alster eingebogen, hörte er Sirenen von mehreren Polizeiwagen. Sie fuhren die Straße entlang, die parallel zum Alsterwanderweg führte. Harry verschwand zwischen den Büschen. Etwa eine Stunde später begann es zu dämmern. Die Straßen und Parks füllten sich und Harry bekam Gesellschaft. Der nächste Hamburger Marathon fand in einigen Wochen statt. Deshalb trainierte eine Reihe Läufer schon für diesen Langstreckenlauf. Sie liefen genau die Strecke, über die der Marathon später führen würde. Das war auch der Weg, den Harry nehmen musste. Er war heute nur einer von vielen Sportlern, die schon am frühen Morgen unterwegs waren. Mit manchen von ihnen kam er ins Gespräch. Niemand würde ihn in einer Gruppe von Läufern vermuten. Deshalb schloss er sich ihnen an. Unterwegs telefonierte er noch kurz mit Mike und dankte ihm für alles, was er für ihn getan hatte.

Nach einer weiteren Stunde erreichte er seinen Wagen. Noch immer hing dichter Nebel in den Straßen. Die Sonne hatte keine Kraft ihn aufzulösen. Harry tat so, als müsste er seinen Schnürsenkel kontrollieren, bückte sich kurz und nahm dabei den Reserveschlüssel des Wagens aus dem Plastikdöschen, das unter dem linken hinteren Kotflügel klebte. Gerade als er die Fahrertür aufschließen wollte, bog ein Streifenpolizist um die Ecke. Der Mann musterte ihn kurz, kam auf ihn zu und fragte: »Können Sie sich ausweisen, Monsieur?«

»Aber natürlich. Einen Augenblick mal«, antwortete Harry in reinstem Hochdeutsch. Er öffnete die Wagentür und holte seinen Personalausweis aus dem Handschuhfach. »Hier, bitte.«

Der Polizist nahm den Ausweis, blätterte ihn durch und beobachtete Harry genau.

»So, Sie sind Harald Maurer, gebürtig aus Frankfurt?«, wollte er wissen.

»Genau, so ist es.«

»Und was machen Sie hier in Hamburg?«

»Ich will am Hanse-Marathonlauf teilnehmen. Um zu wissen, was mich erwartet, wollte ich schon einmal die Strecke laufen. Das sollte man natürlich schon früh am Morgen tun, sonst erstickt man an den Autoabgasen.«

»Ah, Hanse-Marathon, verstehe. Da kommen viele Läufer aus der ganzen Welt.«

»Ja, die Strecke ist sehr angenehm«, lächelte Harry ihn an. »Es gibt keine großen Steigungen und das Publikum ist großartig. Die Hamburger klatschen auch den letzten Läufer durchs Ziel und versuchen ihm Mut zu machen. Das findet man nicht überall.«

Der Polizist lächelte nun auch. Harrys Lob hatte ihn freundlich gestimmt.

»Wie lange werden Sie für die Strecke brauchen?«, wollte er wissen.

»Ich bin kein berühmter Läufer. Aber ich möchte es in drei Stunden schaffen.«

»Drei Stunden sind doch aber eine gute Zeit.«

»Na ja, gegen die Spitzenläufer kommt man mit einer solchen Zeit nicht an. Dabei sein ist aber alles.«

Harry log, ohne befürchten zu müssen, dass ein rotes Gesicht ihn verraten könnte. Der Lauf hatte ihn erhitzt und das Blut in den Kopf getrieben. Schweiß stand ihm noch auf der Stirn und lief ihm die Wangen hinunter. Das alles war außerdem eine gute Tarnung.

»Ja, dabei sein ist alles. Da wünsche ich Ihnen dann einen guten Lauf«, sagte der Polizist und wollte schon den Ausweis zurückgeben. Doch dann zögerte er.

»Eins aber möchte ich noch wissen. Sie fahren einen französischen Wagen. Warum?«

»Das ist ein Firmenwagen. Ich arbeite bei Thompson. Sie wissen doch, diese französische Firma, die fast alle europäischen Fernsehfabriken aufgekauft hat.«

Der Polizist nickte.

»Als Entwicklungsingenieur muss ich oft durch halb Europa. Da nehme ich mir immer einen Firmenwagen. Aber«, Harry hob mit einem hilflosen Lächeln die Hände, »fragen Sie mich jetzt bitte nicht nach meinen Fahrzeugpapieren. Die hab ich nämlich zu Hause gelassen, wie ich heute Morgen feststellen musste. Nobody ist perfect und manchmal bin ich ein richtiger Schussel. Hatte nur noch den Marathon im Kopf.«

Der Polizist schaute ihn unentschlossen an. Dann reichte er ihm den Personalausweis zurück.

»Schon gut, kann jedem passieren«, sagte er freundlich.

In diesem Augenblick kam ein Betrunkener in Lederjacke die Straße entlanggetorkelt. Er blieb an einem Zigarettenautomaten stehen und probierte, ob sich eines der Fächer öffnen ließ. Harry und der Polizist schauten zu ihm hinüber.

»Sehen Sie«, sagte der Beamte, »solche Hamburger gibt es auch. Sie sind nicht alle freundlich und hilfsbereit.«

»Das ist wohl überall auf der Welt so«, antwortete ihm Harry. »Auch in Frankfurt steigt die Kriminalität ständig weiter an. Die Menschen haben mit dem Glauben an Gott auch ihre Moral und ihren Anstand verloren. Wo keine oberste Autorität ist, da fühlt sich der Mensch nicht mehr verantwortlich und macht, was er will.«

»Wem sagen Sie das«, seufzte Polizist, »und wir Polizisten müssen ständig den Kehrricht dieser Gesellschaft auffegen. Ein feiner Job ist das, das kann ich Ihnen sagen.«

Der Betrunkene begann zu randalieren, weil sich keines der Fächer öffnen ließ. Voller Wut begann er mit seinen Fäusten auf den Automaten einzuschlagen.

»Es gibt Arbeit«, sagte der Polizist und wandte sich zum Gehen. Dann drehte er sich noch einmal um und sagte: »Übrigens, Ihr Personalausweis ist abgelaufen. Sie sollten ihn unbedingt verlängern lassen. Und vergessen Sie nächstes Mal nicht Ihre Fahrzeugpapiere, wenn Sie nach Hamburg kommen.«

»Was?«, rief Harry erstaunt und schaute in seinen Ausweis. »Sie haben Recht. Ach, was bin ich doch für eine Trantüte! Vielen Dank, dass Sie mich darauf aufmerksam gemacht haben. Ich gehe gleich morgen in Frankfurt zum Ordnungsamt.«

Der Beamte nickte ihm noch einmal freundlich zu und eilte dann zum Randalierer hinüber.

Harry ließ sich hinter das Lenkrad seines Peugeots fallen und atmete tief durch. Das war knapp gewesen! Es hatte nicht viel gefehlt und der Beamte hätte ihn festgenommen. Ein Anruf beim Polizeirevier hätte genügt, um seine Identität zu klären und sein Schicksal zu besiegeln. Er drehte den Zündschlüssel, startete den Motor und lenkte den Wagen aus der Parklücke. Als er am Polizisten vorbeifuhr, grüßte er ihn noch einmal mit einem Handzeichen.

Solange er noch in Hamburg war, fühlte Harry sich unsicher. Erst auf der Autobahn atmete er auf. Er drückte das Gaspedal durch und lenkte den Wagen in Richtung Süden – wie sein Bruder einige Monate zuvor. Während der eine von Kriminellen gejagt wurde, suchte ihn die Polizei. Er musste schnellstens nach Frankreich, um seine Kinder abzuholen. Dann wollte er über Spanien nach Lissabon. Dort wollte er ein Frachtschiff suchen, mit dem er günstig nach Amerika reisen konnte. Es wurde Zeit für ihn, dass er aus Europa verschwand.

Pierre Moreaut konnte ihm vielleicht helfen, seinen Ausweis zu verlängern. Als Schausteller kannte er sicherlich jemanden, der jemanden kannte, der diesen Eintrag fälschen konnte.

Harry seufzte. Er wollte raus aus diesem Teufelskreis von Lüge und Betrug. Er wollte endlich wieder ein normales und christliches Leben führen. Aber ohne Lüge und Betrug sah er keinen Ausweg.

Auf was habe ich mich nur eingelassen, dachte er, als ich mir von Johnny falsche Papiere besorgen ließ und mit den Kindern durchgebrannt bin? Was hat mich nur geritten? Er wusste, was es war und er schauderte, als er wieder die Hand des Magiers auf seinem Kopf spürte.

Jesus!, schrie er auf, hilf mir raus aus diesem Zwang zum Bösen. Befreie du mich wieder, so wie du mich damals schon einmal befreit hast, als ich ‚Ja' zu dir sagte.

Plötzlich spürte er, wie der dunkle Schatten in seinem Herzen verschwand. Gott hatte sein Gebet erhört! Er war frei. Harry atmete auf.

Nein, er würde seinen Ausweis nicht auf illegalem Weg verlängern lassen! Das würde ihn nur wieder herunterziehen in das Reich der Dunkelheit. Mit Gottes Hilfe würde er einen anderen Weg finden. Ja, er würde einen Weg finden, wieder normal leben zu können. Daran zweifelte er nun nicht mehr.

Es war einer dieser schwülen Augusttage, die das Atmen in den Straßen Barcelonas schwer machen. Die Luft in der katalanischen Hauptstadt war stickig und mit Benzindämpfen geschwängert. Johnny ließ seinen linken

Arm aus dem offnen Seitenfenster seines Wagens baumeln und klopfte ungeduldig gegen das Blech der Fahrertür. Schweiß perlte ihm von der Stirn, lief über Schläfen und Nacken und verklebte seine Haare. Der Feierabendverkehr hatte das Gebiet um die Innenstadt lahm gelegt. Hunderte nervöser, schwitzender und fluchender Autofahrer hingen mit ihm in den Straßen fest. Aber es war für ihn kein Trost, dass die anderen genauso leiden mussten wie er.

Endlich kam wieder Bewegung in die Blechschlange. Johnny atmete auf und legte den ersten Gang ein. Doch bevor er die Kupplung loslassen konnte, würgte der Fahrer vor ihm den Motor seines Peugeot ab. Johnny steckte den Kopf aus der Seitenscheibe und schrie:

»He, du Idiot, hast wohl deinen Führerschein im Kaufhaus auf'm Grabbeltisch gefunden!«

Ein Gesicht erschien in der Fahrertür des Peugeot. Der Mann schaute erst verärgert, dann erstaunt und schließlich strahlte er über das ganze Gesicht. Johnny glaubte in einen Spiegel zu blicken.

»He, Harry!«, schrie er, »was treibst du denn hier in Barcelona?«

»Das könnte ich dich auch fragen«, rief sein Bruder zurück.

Fast gleichzeitig rissen beide ihre Wagentür auf, sprangen auf die Straße und fielen sich in die Arme.

»Lange nicht gesehen, altes Haus«, klopfte Johnny seinem Bruder auf die Schulter. »Wo hast du dich denn die letzten Monate rumgetrieben?«

»Ach, das ist eine lange Geschichte. Ich habe mehr erlebt, als in den letzten zehn Jahren davor.«

»Das Gleiche kann ich von mir sagen. Wir sollten uns mal in ein Bistro setzen und klönen. Wo sind die Kinder?«

»Jenny und Kai sind auf dem Campingplatz in Badalona und spielen mit Freunden. Wir haben dort unseren Wohnwagen«, erklärte Harry. »Wir wollen aber weiter nach Portugal.«

Die Autofahrer hinter ihnen begannen zu hupen, weil Harry und Johnny die Straße blockierten, aber die beiden beachteten es nicht.

»Wir beide sind wohl richtige Zigeuner geworden. Ich werde in den nächsten Tagen nach Amerika gehen.«

»Nach Amerika? Da würde ich auch gerne hin.«

»Dann komm doch mit, Harry.«

»Wie?«, wollte dieser wissen.

»Senor, perdone.« Ein dunkelhaariger Mann versuchte sich bemerkbar zu machen. Aber sie drehten ihm den Rücken zu.

»Ein Weltumsegler will mich in seiner Jacht mitnehmen. Er hat übrigens noch Kabinen frei.«

»In einer Segeljacht über den Atlantik?«

»Ja, das macht bestimmt einen Riesenspaß. Auch für die Kinder wäre es ein Abenteuer.«

»Escúcheme, por favor ...«

»Denen wird bestimmt nur übel.«

Johnny winkte ab.

»Eher werden wir seekrank, Harry. Kinder gewöhnen sich schneller an das Geschaukel als Erwachsene. Also, hast du nicht Lust mitzukommen?«

Harry zögerte, dann sagte er:

»Lust habe ich schon, aber wird auch dein Bekannter damit einverstanden sein?«

»Bestimmt. Er ist mit seiner Frau von Bremen bis hierher ins Mittelmeer gesegelt. Allein trauen sie sich aber nicht über den Atlantik. Deshalb haben sie mich angeheuert. Für das Setzen und Bergen der Segel könnten sie noch eine weitere Kraft gebrauchen. Ich rede nachher mit ihnen. Du kannst aber sicher sein, dass sie dir sofort zusagen.«

»Oiga, senor, por favor.« Die Stimme des Schwarzhaarigen klang jetzt gereizt.

»Halt die Klappe, siehst du nicht, dass wir uns unterhalten!«, fuhr ihn Harry an. Der Mann zuckte zurück und hob schützend die Hände.

»Qué pasa aqui? Was ist hier los?« Ein Polizist kam über die Straße. Mit einem Blick versuchte er die Situation zu erfassen.

Der Schwarzhaarige begann gestikulierend auf ihn einzureden. Harry und Johnny sprachen nur ein paar Brocken Spanisch, zu wenig, um zu verstehen, was der Mann sagte. Schließlich wandte sich der Polizist Harry zu.

»Êtes-vous en panne?«

Harry schüttelte seinen Kopf. Der Polizist fragte wahrscheinlich deshalb in Französisch, ob er eine Panne hätte, weil er noch das französische Nummernschild am Wagen hatte.

»Je voudrais parler à mon frâre jumeau.«

Der Polizist schüttelte seinen Kopf. »Plus lentement, s'il vous plaît. – Bitte sprechen Sie langsamer.«

»Ich möchte mich gerne mit meinem Zwillingsbruder unterhalten«, wiederholte Harry ein wenig ungeduldig in Französisch.

»Hier auf der Straße? Sehen Sie nicht, dass Sie den ganzen Verkehr aufhalten. Bitte zeigen Sie mir Ihren Pass.«

»J'ai perdu mon passeport.«

Was sollte er dem Polizisten auch anderes erzählen, als dass er seinen Ausweis verloren hatte. Als Franzose suchte man ihn wegen Totschlags und als Deutschen suchte man ihn wegen Kindesentführung und Hinterziehung von Unterhaltsgeldern. Einen neuen falschen Pass hatte er sich ja nicht besorgen wollen. Der Personalausweis dagegen war abgelaufen. Deshalb hatte er ihn bei seinen anderen Papieren im Wohnwagen gelassen. Wieder einmal saß er in der Klemme und versuchte sich durch Lügen zu retten.

Der Polizist zog sein Sprechfunkgerät aus dem Gürtel.

»Sehen Sie, wir sind Zwillingsbrüder.« Johnny lächelte den Beamten strahlend an. »Hier ist mein Ausweis. Wissen Sie, wir haben uns seit Monaten nicht mehr gesehen und nun treffen wir uns zufällig hier in Barcelona. Können Sie nicht verstehen, dass wir ein paar Worte wechseln wollten? Wir haben einfach nicht bemerkt, dass der Verkehr inzwischen wieder rollt. Also, drücken Sie doch noch einmal ein Auge zu.«

Der Polizist schaute ihn ausdruckslos an und nahm seinen Personalausweis. Wahrscheinlich hatte er nicht alles verstanden. Nachdem er ihn eingehend geprüft hatte, gab er ihn zurück.

»So, Sie sind Johannes Maurer«, sagte er nun mit einem leichtem Lächeln in reinstem Hochdeutsch, »Sie kommen aus der Bundesrepublik. Ich bin in Wolfsburg geboren. Mein Vater hat im VW-Werk gearbeitet.«

»In Wolfsburg geboren?!«, rief Johnny, »deshalb sprechen Sie so gut Deutsch!«

»Ja, aber jetzt muss ich Sie bitten, Ihre Autos erst einmal an die Seite zu fahren, damit die Straße nicht länger blockiert wird. Danach werden wir überlegen, was wir mit dem verloren gegangenen Personalausweis Ihres Bruders machen.«

Harry und Johnny stiegen in ihre Autos und fuhren sie auf den Seitenstreifen des Bürgersteigs. Inzwischen sprach der Polizist über Funk mit seiner Dienststelle. Während der Verkehr wieder anrollte, gingen sie zu ihm zurück, Harry mit gemischten Gefühlen und Johnny ohne böse Vorahnungen.

»So, Sie sind also der Zwillingsbruder von Herrn Johannes Maurer?«, fragte der Polizist Harry. Der nickte nur schweigend. »Sie sind Harald Maurer, geboren in Frankfurt?«

Harry nickte wieder. Er ahnte, was nun kommen würde.

»Wissen Sie, dass Sie in Deutschland gesucht werden?«, fragte der Polizist. Er blickte inzwischen wieder förmlich, fast ausdruckslos. »Sie haben die Kinder Ihrer Frau entführt, habe ich gerade erfahren.«

»Nicht die Kinder seiner Frau«, fuhr Johnny dazwischen, »es sind genauso auch seine Kinder. Er hat ein Recht auf sie.«

»Das habe ich nicht zu entscheiden«, wies ihn der Polizist zurück. »Ich vertrete hier nur das spanische Gesetz und deshalb muss ich Sie leider festnehmen, Herr Maurer. Sie kommen in Untersuchungshaft, bis geklärt ist, wo die Kinder sich befinden, und werden dann den deutschen Behörden ausgeliefert.«

Es war Harry, als öffnete sich unter ihm der Boden, als die Handschellen sich um seine Arme legten und die Schlösser mit einem Klicken einrasteten.

Aus und vorbei!, dachte er bitter, meine Lüge hat mich wieder reingerissen. Hätte ich ihm den abgelaufenen Ausweis gezeigt, wäre vielleicht alles gut verlaufen. Wahrscheinlich hätte er mich wie der Hamburger Polizist nur ermahnt, sofort zur deutschen Botschaft zu gehen, um den Ausweis verlängern zu lassen. Gott hätte mir hier bestimmt geholfen.

Nun aber war alles umsonst gewesen: seine Flucht nach Frankreich, das Leben eines Jahrmarktboxers, der Ausbruch aus dem Hamburger Gefängnis. Er stand wieder dort, wo er angefangen hatte. Nein, schlimmer. Er war nun ein Krimineller! Und Marlis würde sich ins Fäustchen lachen und den Kindern erzählen, was für ein Versager ihr Vater sei. – Einen Trost hatte er ja noch: Auch jetzt würde Marlis keinen Pfennig Unterhalt von ihm bekommen. Jedenfalls nicht, solange er im Gefängnis saß und danach arbeitslos war.

Doch dann packte ihn eine innere Wut. Nein, so schnell gebe ich mich auch diesmal nicht geschlagen! Noch ist der Kampf nicht vorbei. Marlis mochte augenblicklich Siegerin nach Punkten sein. Aber dies war noch nicht die letzte Runde!

Johnny stand wie erstarrt und schaute der Festnahme seines Bruders mit offenem Mund zu. Doch dann kam wieder Leben in ihn.

»Mann, das können Sie doch nicht machen. Mein Bruder ist doch kein Krimineller. Er hat nur eine Urlaubsreise mit den Kindern unternommen. Er wollte noch einmal mit ihnen zusammen sein, ehe sie zu seiner Exfrau ziehen.«

»Eine ziemlich lange Urlaubsreise, wie ich erfahren habe, Herr Maurer«, sagte der Polizist mit einem ironischen Lächeln. Dann wurde er wieder förmlich. »Im Übrigen tue ich hier nur meine Pflicht. Alles Weitere können Sie mit dem Untersuchungsrichter diskutieren.«

Die Sirene eines Polizeiwagens klang über dem Straßenlärm auf, wurde lauter und kam näher. Dann hielt das Auto neben ihnen. Zwei Beamten der

Guardia stiegen aus. Sie wechselten mit dem Streifenbeamten ein paar Worte. Dann traten sie neben Harry. Einer der Männer fasste ihn am Arm.

»Venga, vámonos! Kommen Sie, fahren wir!«

»Darf ich mich wenigstens von meinem Bruder verabschieden?«, fragte Johnny den Streifenpolizisten. Der Mann nickte und sagte etwas in Spanisch zu seinen Kollegen.

»Harry, lass dich nicht unterkriegen! Wir bringen das schon wieder in Ordnung.« Johnny umarmte seinen Bruder und klopfte ihm auf den Rücken.

»Ich komme mit, Johnny«, flüsterte Harry ihm ins Ohr. »Hol heute noch die Kinder ab und bring sie aufs Boot.«

Johnny blickte ihn fragend an.

»Naja, wenn ich nach Deutschland abgeschoben werde«, sagte er nun laut, »kann ich das Auto nicht mitnehmen. Am besten, du verkaufst es für mich. Vielleicht an einen Gebrauchtwagenhändler. Die nehmen ihn sofort. Der Preis spielt keine Rolle. Die Wagenpapiere liegen im Handschuhfach und der Schlüssel steckt. Du kannst mir das Geld morgen geben. Dann sehen wir uns ja.«

Er blickte seinen Bruder bedeutungsvoll an. Johnny verstand ihn zuerst nicht, dann aber huschte ein Lächeln über sein Gesicht.

»Gut, ich erledige alles für dich. Kannst dich auf mich verlassen. Was Johnny anpackt, läuft wie am Schnürchen.«

Johnny schlug seinem Bruder noch einmal aufmunternd auf die Schulter. Harry drehte sich um, stieg ohne Aufforderung in das Polizeiauto und setzte sich auf den Rücksitz. Je widerspenstiger er war, desto strenger würde man ihn bewachen und das konnte er in den nächsten zwölf Stunden nicht gebrauchen. Die Polizisten schauten ihm verdutzt hinterher. Doch dann beeilten sie sich ihm zu folgen. Johnny musste grinsen, als er ihre Gesichter sah. Sicherlich hatten sie nicht oft mit Kriminellen zu tun, die sich so willig festnehmen ließen.

Er dachte nach. Zuerst musste er Harrys Auto an einen Gebrauchtwagenhändler verkaufen, natürlich weit unter seinem Wert. Dann sollte er die Kinder und ihre Sachen abholen und zu dem Ehepaar auf die Jacht bringen. Marlis sollte sie nicht in die Finger bekommen. Das war Harrys ausdrücklicher Wunsch. Und morgen sollte er ihn im Gefängnis besuchen. Oder was hatte sein Bruder ihm sagen wollen?

Harry wollte mitkommen. Das hatte er gesagt. Mit anderen Worten: er wollte aus dem Gefängnis ausbrechen! Wie sein Bruder das anstellen wollte, konnte sich Johnny nicht vorstellen. Aber Harry war ein kluger Kopf und er war eine Kämpfernatur. Was der sich vornahm, boxte er durch. – Es würde eine lange Nacht vor dem Untersuchungsgefängnis werden. Bis dahin gab es auch noch allerhand zu tun.

Fröhlich pfeifend schob sich Johnny hinter das Lenkrad von Harrys Peugeot und startete den Motor.

Als Harry in die Zelle des Untersuchungsgefängnisses geschoben wurde, begrüßten ihn fünf verwegen aussehende Kerle mit lautem Johlen. Sie sahen sofort, dass hier ein Tourist kam.

»Parlez-vous français?«, fragte ihn einer der Männer grinsend.

Harry nickte.

»Françai«, klärte der Mann seine Zellengenossen auf. Die Gesichter der Männer wurden finster. Anscheinend mochten sie keine Franzosen.

»Nein, kein Franzose. Ich bin Deutscher«, verbesserte Harry ihn. Er wollte keinen Ärger mit diesen Männern. Im Gegenteil, er brauchte ihre Hilfe.

»Oh, alemán, du Deutscher«, sagte der Mann jetzt. Er war ein Hüne, muskulös und mit Tätowierungen auf beiden Armen. Eine Narbe zog sich in einer dünnen, weißen Linie über die linke Wange. »Alemán ist gut. Mercedes, BMW, Porsche. Deutsche machen Qualität, sind immer fleißig. Immer arbeiten, um Geld zu verdienen und es ausgeben in Spanien. Aber warum du hier im Gefängnis? Was haben du verbrochen?«

»Meine Frau wollte mir meine Kinder wegnehmen. Da bin ich mit ihnen abgehauen.«

Der Mann übersetzte alles ins Spanische. Jetzt hatte Harry die Sympathie seiner Zellengenossen gewonnen.

»Böse Frau, niemals darf wegnehmen sie niños ihrem Mann!«

Der Tätowierte reichte ihm die Hand. Harry ergriff sie und drückte sie fest. Er spürte, der Mann musste ungeheure Kräfte haben.

»Charlos«, stellte er sich vor. Dann wies er auf die anderen: »Juan, Francisco, Esteban, Miguel.«

»Ich bin Harry. Warum seid ihr hier?«, wollte er wissen.

»Oh, wir brauchten Auto. Wir haben genommen einen Mercedes. Gutes Auto. Doch plötzlich Motor ging aus. Türen verriegelt und Sirene heulte. Dann Guardia und uns festnehmen.«

Der Mann grinste verlegen. Harry lächelte zurück. Das Eis zwischen ihnen war gebrochen.

»Wollt ihr hier wieder raus?«, fragte er unvermittelt.

Die Augen des Tätowierten blitzten auf.

»Wie?«, wollte er wissen.

»Durchs Fenster«, antwortete Harry und bewegte seine Hand, als wollte er etwas durchsägen.

»Wann?«

»Heute Nacht.«

Der Mann wandte sich an seine Kameraden und erklärte ihnen, was Harry gesagt hatte. Sie nickten zustimmend.

»Wir dabei!« Der Tätowierte reichte Harry die Hand. Einer der Männer war an die Tür getreten und schaute durch die Gitter den Gang entlang. Dann machte er das Zeichen, dass die Luft rein sei.

Harry zog seinen rechten Schuh aus. Man hatte ihm nur die Schnürsenkel, den Gürtel und den Inhalt seiner Taschen abgenommen. Gefängniskleidung würde er erst dann bekommen, wenn der Untersuchungsrichter das weitere Vorgehen in seinem Fall entschieden hatte.

Er nahm die Brandsohle aus dem Schuh und begann mit spitzen Fingern vier Muttern abzuschrauben, die den Absatz festhielten. Seine Zellengenossen beobachteten ihn dabei, als würde er ein Zauberkunststück zeigen.

Der Absatz fiel herunter. Harry hob ihn auf und nahm zwei Eisensägeblätter und eine stabile Drachenschnur heraus. Er hatte nach seiner Flucht aus Santa Fuh gelernt, auf alles vorbereitet zu sein.

Die Männer lachten auf und Charlos sagte: »Deutsche wie Pfadfinder: Allzeit bereit!« Er grüßte wie ein Waldläufer. Harry reichte ihm die beiden Sägeblätter. Charlos gab sie an seine Kumpel weiter. Die begaben sich sofort ans Fenster. Während sie vorsichtig die Metallstäbe bearbeiteten, lärmten und lachten sie, rissen Witze über die unter ihnen vorbeigehenden Passanten oder grüßten hübsche Mädchen. Charlos und Harry lehnten sich an die Gittertür, um den Blick der vorbeikommenden Beamten zu verdecken und unterhielten sich über Autos und Motorräder.

Zwei Stunden nach dem Abendessen verkündete ihnen Miguel, dass die Gitterstäbe durchgesägt seien und nur noch durch wenige Millimeter Metall gehalten würden. Harry trat ans Fenster und überprüfte alles. Die Männer hatten gute Arbeit geleistet. Unten auf der Straße parkte gerade jemand einen Peugeot 306 zwischen zwei Bäumen. Der Fahrer stieg aus und blickte über die vergitterten Fenster im zweiten Stock des Untersuchungsgefängnisses. Es war Johnny!

Harry winkte ihm zu, bis sein Bruder ihn entdeckt hatte. Johnny ließ sich jedoch nichts anmerken. Er tat so, als wenn er auf jemanden wartete und schaute dabei verstohlen zu ihm hinauf. Harry zeigte ihm mit seinen Fingern eine Drei und machte danach das Zeichen einer Uhr. Johnny nickte unmerklich, stieg danach wieder in seinen Wagen und fuhr weiter.

»Drei Uhr, heute Nacht«, sagte Harry zu Charlos, »dann sind die Straßen leer und die Wachmannschaft hat ihre müdeste Zeit.«

»Gut«, nickte Charlos und legte sich auf seine Pritsche, »hauen wir ab. Betten hier nix gut.«

Johnny parkte seinen Wagen hundert Meter weiter vom Gebäude des Untersuchungsgefängnisses. Die Nacht war schwül und brachte keine Abkühlung. Johnny schwitzte, aber er wusste nicht, ob es die Aufregung war oder die Wärme, die ihm den Schweiß aus den Poren trieb.

Er hatte alles vorbereitet. Für Harrys Peugeot hatte er noch umgerechnet 1.500,- DM bekommen, nicht gerade viel. Auch seinen eigenen Wagen hatte er an den Gebrauchtwagenhändler unter Wert verkauft mit der Bedingung, dass dieser das Fahrzeug am nächsten Morgen am Hafen abholen musste.

Hans und Helen Griger, die Jachtbesitzer, hatten sofort zugestimmt, Harry und seine Kinder mitzunehmen und sie waren auch bereit, die Abreise um zwei Tage vorzuziehen. Das Boot war instand gesetzt, die Benzin- und Wassertanks gefüllt und Proviant war reichlich vorhanden. Der Wetterbericht war günstig, um die erste Passage bis nach Lanzarote zu nehmen. Deshalb wollten sie am nächsten Morgen in See stechen. Johnny war für sie in den letzten Wochen so etwas wie ein Sohn geworden. Sie vertrauten ihm voll und so freuten sie sich auf die Begegnung mit seinem Zwillingsbruder und dessen Kindern.

Jenny und Kai hatten ihn stürmisch begrüßt und waren natürlich begeistert gewesen, dass sie auf einer Jacht eine Seereise machen konnten. Schnell hatten sie ihre Sachen gepackt und alles in Johnnys Auto verladen. Bis unters Dach voll gepackt waren sie danach zum Hafen gefahren. Sie hatten nicht schlecht gestaunt, als sie die weiße Jacht mit ihren hohen Masten sahen und sie gewannen auch sofort die Herzen der beiden Weltumsegler.

Bis jetzt hatte alles geklappt. Nun musste Harry nur noch die Flucht gelingen. Aber wenn er ihn recht verstanden hatte, war auch bei ihm alles klar.

Eine nahe gelegene Kirchturmuhr schlug die Dreiviertelstunde. Noch fünfzehn Minuten, dann würde sich entscheiden, ob Harry ein freier Mann sein oder in ein deutsches Gefängnis abgeschoben werden würde.

Johnny stieg aus dem Wagen und schlenderte im Schatten der Häuser die Straße entlang, bis er auf Höhe des Fensters stand, aus dem ihm sein Bruder am Abend zugewunken hatte. Gespannt blickte er nach oben. Ein leises Knirschen ertönte. Dann tauchte ein Schatten im Fenster auf. Eine dünne Schnur fiel herab. Dann glitt der Schatten mit einem leichten Brummen nach unten. Es war Harry! Johnny huschte auf ihn zu.

»Komm, Bruderherz, mein Wagen parkt da hinten. Lass uns abhauen!«

Die Schnur wurde wieder nach oben gezogen.

»Da kommen noch mehr«, erklärte ihm Harry flüsternd.

Sie eilten zum Auto. Johnny blickte sich noch einmal um. Ein zweiter Mann glitt die Häuserwand hinab.

»Hast wohl Mitarbeiter gehabt«, sagte er zu Harry. Der nickte nur und lief weiter. Eine Sirene gellte auf und zerriss die Stille der Nacht. Ohne sich umzuschauen sprangen sie in den Wagen. Johnny startete voll durch und lenkte den Peugeot auf die Hauptverkehrsstraße. Dort fuhr er mit vorschriftsmäßigem Tempo in Richtung Jachthafen. Er parkte den Peugeot auf dem Hafenparkplatz und eilte dann mit Harry zur Jacht seiner Freunde. Hans Griger schaute verschlafen aus seiner Kabinentür, als die Brüder die Treppe herunterschlichen.

»Ahoi, Käpt'n«, grüßte ihn Johnny mit einem breiten Lächeln, »habe gerade meinen Bruder abgeholt. Das ist die Landratte Harry. Auch ein Weltenbummler wie Sie und Ihre Frau, aber nur mit Auto und Wohnwagen. Jetzt will er mit uns den Atlantik überqueren. Er hat alles verkauft und alle Brücken abgebrochen. Wir können in See stechen.«

»Schön, Sie kennen zu lernen. Wir haben Ihren Bruder schon ins Herz geschlossen. Deswegen haben wir uns auf Ihr Kommen schon gefreut.« Hans Griger schüttelte Harry herzlich die Hand. »Willkommen an Bord! Bei unserer Tour nach der Karibik und den USA können wir jede Hand gebrauchen.« Er machte eine Pause und schaute kurz auf seine Rolex-Uhr. »Wir brechen morgen früh auf. Ihnen bleibt nicht mehr viel Zeit für eine Mütze voll Schlaf, bevor das große Abenteuer beginnt.«

Hans Griger nickte den beiden noch einmal lächelnd zu und zog sich wieder in seine Kabine zurück. Johnny zeigte seinem Bruder die Kabine, in der Jenny und Kai wie Murmeltiere schliefen. Dann schlüpfte er in seine Koje.

Harry betrachtete die schlafenden Kinder. Er fühlte sich, als wenn er sechs Richtige im Lotto gewonnen hätte.

Marlis, dachte er mit sich und der Welt zufrieden, während er sich in seiner Koje zurücklehnte, die letzte Runde geht an mich!

Die Takellage summte und klapperte im Nachtwind. Kleine Wellen plätscherten gegen den Rumpf der Jacht und wiegten Harry in den Schlaf. Er schlief so gut, wie er lange nicht mehr geschlafen hatte und träumte von einem neuen Leben im Land der Freiheit.

Der Wind frischte auf und trieb die Hitze aus den Straßen von Las Palmas. Harry saß im Schatten einer Palme auf einer weiß gestrichenen Bank an der Uferpromenade und blickte über den Strand. Unten am Wasser schaufelten Kai und Hans Griger einen Sandwall auf, um den anrollenden Wellen Einhalt zu gebieten, während Jenny und Helen Griger Federball spielten. Die beiden Weltumsegler hatten die Kinder wie Enkel lieb gewonnen und verbrachten viel Zeit mit den beiden.

Die Überfahrt nach Gran Canaria war wie eine Urlaubsreise gewesen. Strahlend blauer Himmel, mäßiger Südwind und ruhige See – Segelbedingungen wie im Bilderbuch, dachte Harry und räkelte sich wohlig. Wenn doch das Leben immer so glatt verlaufen könnte!

Die Jacht der Grigers war ein richtiges Schmuckstück. Seahorse hieß dieser 86'-Gaff-Rig-Motorsegler, ein Zweimaster, der mit seinem 225-PS-Leyland-Thornycraft-Dieselmotor 9 Knoten erreichte. Er war mit Radar, Autopilot, Wetterstation, Satelliten-Navigations-System, Echolot, Rauchmelder und automatischem Feuerlöschsystem, Klimaanlage, Funk und Satellitentelefon mit Faxgerät ausgestattet. Teakholz bestimmte das Deck und die Einrichtung. Komfortable Betten, bequeme Sessel, Radio und Fernseher auch in den Gästezimmern waren selbstverständlich. Acht Personen fanden genügend Platz, ohne sich ständig auf die Füße zu treten. Es war wirklich eine Jacht, auf der man auf bequeme Weise die Welt umsegeln konnte. 1,2 Millionen hatten die Grigers für sie gezahlt.

Die beiden Skipper hatten Harry schnell das nötige Wissen beigebracht. Segel hissen, reffen, fieren, bergen; Anker werfen und aufholen; dann auch das Steuern, Kreuzen und Halsen – Harry lernte schnell und es machte ihm Spaß. Das Leben auf See erschien ihm frei und unbeschwert. Sogar seine trüben Gedanken waren vom Seewind fortgeblasen worden. Die missratene Ehe mit Marlis, seine Zeit als Jahrmarktsboxer, der Kampf in der Kneipe von Sankt Pauli, die Gerichtsverhandlung, das Gefängnis von Fuhlsbüttel, seine Flucht und auch die Ereignisse in Barcelona erschienen ihm nun fern und unwirklich, wie ein böser Traum, den die Sonne des nächsten Tages nach und nach verblassen ließ.

Den Grigers hatte er nur erzählt, dass ihn seine Frau sitzen gelassen hatte.

In Amerika wollte er nun mit seinen Kindern ein neues Leben beginnen. Er dächte an eine soziale Aufgabe, vielleicht als Streetworker unter den Straßenkindern des New Yorker Gettos.

»Eine schwere Arbeit«, hatte der Skipper daraufhin gesagt, »nur etwas für Idealisten und Weltverbesserer.«

»Genau das ist mein Bruder!« Harry konnte sich noch genau an Johnnys Lachen erinnern. »Er ist ein Weltverbesserer und Träumer. Deshalb ist er ja auch Lehrer geworden. Und er war ein guter Lehrer. Die Kinder haben ihn immer geliebt.«

Bin ich das wirklich?, dachte Harry nun, bin ich tatsächlich ein Mensch, der die Welt besser verlässt, als er sie vorgefunden hat? Was habe ich auf mein Lebenskonto anderes eingezahlt als eine gescheiterte Ehe, Kindesentführung, Lug und Betrug, Totschlag und das Leben eines Vagabundes? Sieht so das Leben eines Idealisten aus?

Er seufzte. Geträumt hatte er schon davon, die Welt ein wenig zum Guten verändern zu können. Aber es war eben nur ein Traum gewesen. Leider. Vielleicht konnte er nun doch noch das Steuer herumwerfen und einen neuen Kurs segeln.

Er lächelte, als er merkte, wie die Tage auf dem Schiff seine Sprache beeinflussten.

»Hi, Harry!« Johnny kam über die Straße geschlendert und setzte sich neben ihn. »Habe alles erledigt und stell dir mal vor. Sie hat zugestimmt!«

»Sie hat zugestimmt?« Harry saß plötzlich kerzengerade. »Sag das noch mal.«

»Sie war mit allem einverstanden!« Johnny schlug seinem Bruder auf die Schulter. »Jetzt bist du aus dem Schneider, Harry. Marlis hat alles akzeptiert, was ich ihr vorgeschlagen habe.«

»Sie hat alles akzeptiert ...?« Harry schaute immer noch ungläubig.

Er hatte Johnny erzählt, was seit seiner Scheidung geschehen war und auch sein Bruder hatte ihm alle seine Abenteuer berichtet. Harry war seine Geschichte einfach unglaublich erschienen.

»Ich dachte, so etwas geschieht nur in Romanen und in Kinothrillern«, hatte er Johnny gesagt. »Du hast dir das wirklich nicht ausgedacht?«

»Na, deine Story ist ja nun auch gerade keine Gutenachtgeschichte für Kinder, Harry. Aber ich kann dir das Geld zeigen. Die Dollar sind bestimmt kein Traum.«

»Was hast du eigentlich gemacht, um das Geld zu waschen? Du kannst es doch nicht so einfach in eine Bank einzahlen. Der Staat will doch bei größeren Summen wissen, woher das Geld stammt?«

»Ich habe Grundstücke und Häuser im Ausland gekauft und sie wieder durch Makler verkauft. Die Verkäufer waren jedenfalls froh, dass ich bar und in Dollar bezahlt habe. Die hat es nicht interessiert, woher ich das Geld habe. Weißt du, wenn man in einem Mercedes vorfährt, stellt niemand solche Fragen.«

»Dann hast du jetzt also ein ganz nettes Sümmchen auf deinem Konto.«

»Auf mehreren Konten, Harry. Ich habe es auf die Schweiz, Luxemburg, aber auch Deutschland verteilt. Sicher ist sicher. Aber natürlich hatte ich durch die Geldwäsche einige Verluste.«

Plötzlich hatte Johnny ihn nachdenklich angeschaut.

»Du, Harry, ich hab da eine Idee. An deinem Missgeschick bin ich nicht ganz unschuldig und auch die Drogenmafia hat ihren Anteil daran. Deshalb sollten die Mafia und ich dir aus der Patsche helfen. Hör mal, wir könnten doch versuchen ...«

Nun war Johnnys Idee Wirklichkeit geworden! Harry blickte seinen Bruder direkt an.

»Marlis überlässt mir die Kinder?«

»Ja, du kannst sie behalten! Marlis sieht ein, dass es so besser ist. Du hast die Kinder und sie darf sie ab und zu sehen. Sonst würdest du mit ihnen ja wieder untertauchen.«

»Und dafür nimmt sie die 200.000 Mark?«

»Genau!« Johnny grinste wie ein Schuljunge, dem ein Streich gelungen war. »Geld ist ihr also wichtiger als die Kinder. Jedenfalls ist ihr klar geworden, dass sie sonst von dir keinen Pfennig sieht. So aber bekommt sie eine Menge Kohle. Natürlich fragt sie sich, wo du das Geld her hast. Sie dachte nämlich, dass du nun wie ein Vagabund lebst.«

»Wie Recht sie hat!«

»Aber nun glaubt sie, dass du im Ausland ein erfolgreicher Geschäftsmann geworden bist. Ich hab sie in diesem Glauben gelassen. Soll sie doch ein wenig neidisch sein. Vielleicht bereut sie schon, dass sie dich verlassen hat.«

»Mann, Johnny! Ich kann es immer noch nicht glauben.« Harry schüttelte seinen Kopf und begann zu lächeln. »Marlis überlässt mir die Kinder!«

»Und sie lässt das Verfahren gegen dich einstellen! Du wirst nicht länger gejagt. Du bist kein Krimineller mehr. Die Polizei lässt dich in Ruhe. Harry, du hast's geschafft!«

Harry blickte seinen Bruder fest an.

»*Ich* hab es nicht geschafft. Du hast es für mich getan. Du hast mich freigekauft. Ich darf wieder leben, weil du für mich bezahlt hast. Ich werde dir das nie vergessen, Johnny, nie!«

»Ist das nicht genau das, was Gott für uns getan hat, Harry?« Johnnys Blick flackerte.

»Ja, wir beiden haben eine Menge auf dem Kerbholz. Aber jetzt komme ich raus aus diesem Sumpf von Lüge und Betrug. Ich wusste bisher nicht wie. Ich habe mich immer tiefer reingeritten. Alle Auswege waren verbaut und anstatt Gott zu bitten, wollte ich es selbst schaffen. Doch alles ist schief gelaufen. Wie konnte ich auch hoffen, dass Gott mir hilft, wenn ich es auf krummen Wegen versuchte. Jetzt aber beginne ich wieder zu glauben, dass er mir vergeben hat.«

Johnny schaute zur Seite. Dann sagte er: »Ich freue mich, Harry, weil du wieder Hoffnung hast. Mir aber fällt es schwer, das für mich zu glauben. Ich habe das Gefühl, ich bin zu weit gegangen. Für mich ist es zu spät. Umkehr unmöglich, Johannes Maurer. Du hast deine Chance gehabt, aber alles leichtfertig verspielt. Es ist zu spät, Johannes Maurer, zu spät ...«

»Es ist niemals zu spät, Johnny!« Harry atmete erregt.

»Doch, Brüderchen, doch, es ist zu spät.«

Harry sah deutlich die Tränen in Johnnys Augen. Doch dann blickte sein Bruder zum Strand hinüber und lächelte.

»Schau mal, Jenny winkt uns. – Hallo, Jenny, mein Schatz!« Johnny winkte den Kindern zu. »Komm, Harry, jetzt ist keine Zeit für Trübsinn. Lass uns zu den Kindern gehen. – Und heute Abend gebe ich ein Festessen aus. Wir haben Grund zum Feiern.«

Johnny sprang auf und lief zum Strand hinunter. Harry schaute ihm nach. Trauer und Freude wühlten ihn auf. Trauer um seinen Bruder, Freude aber, dass er noch einmal von vorne beginnen konnte.

»Danke!«, sagte er während er zum Himmel schaute, »danke für das neue Leben. Gib aber auch meinem Bruder eine zweite Chance.«

Dann erhob er sich und lief Johnny nach zum Strand hinunter.

Zwei Tage später stachen sie wieder in See. Die Trinkwasserbehälter der Jacht waren mit 6400 Litern und der Dieseltank mit 9900 Litern bis an den Rand gefüllt. Proviant besaßen sie für mehrere Wochen. Die Grigers hatten außerdem die Seekarten genau studiert. In dieser Jahreszeit wehte gewöhnlich ein gleichmäßiger Nordostpassat. Stürme waren bis zu den Westindischen Inseln nicht zu befürchten und auch der Wetterbericht verhieß eine angenehme Segeltour. So stand einer erfolgreichen Überquerung des Atlantiks nichts im Wege. Trotzdem war allen ein wenig mulmig zu Mute, weil sie wochenlang nur vom Meer umgeben sein würden.

In den ersten Tagen litten alle unter Seekrankheit. Besonders die Kinder konnten sich zuerst nicht an das Auf und Ab der Wellenberge gewöhnen. Doch schließlich stellte sich ihr Körper um und das Leben an Bord machte wieder Spaß.

Nachdem Harry eingearbeitet war, musste er auch nachts die Segelwache übernehmen. Zwar besaß die Jacht eine automatische Selbststeueranlage, aber die Grigers wollten kein Risiko eingehen. Auch wenn tagelang weit und breit kein Schiff zu sehen war, konnte dennoch der Zufall sie in Kollisionskurs mit einer Jacht oder einem Frachter bringen.

Harry liebte diese Nachtwachen. Der Himmel war so klar, dass ihm die Sterne der Milchstraße greifbar nahe erschienen. Der Gischt der Bugwelle funkelte im Mondlicht und das aufschäumende Wasser am Heck leuchtete geheimnisvoll grün. Stundenlang konnte er auf der Ruderbank sitzen, dem Gesang des Windes in den Segeln und dem Rauschen und Glucksen des Wassers lauschen, während seine Augen über die Weite des Meeres und des Firmaments glitten. Neue Energie füllte seine Lebensbatterie.

Eines Nachts kam Johnny ans Deck und setzte sich neben ihn.

»Schön hier draußen«, sagte er nur und schwieg dann, während er den Sternhimmel betrachtete.

»Kannst wohl nicht schlafen?«, fragte Harry ihn schließlich.

»Nö«, war die aufschlussreiche Antwort.

»Dich bedrückt doch etwas. Bist doch sonst nicht so still.«

»Mmh.«

»Wenn du darüber sprechen willst, ich bin ein guter Zuhörer«, versuchte Harry ihn zu ermuntern.

»Weiß nicht«, druckste Johnny herum. Er schaute seinen Bruder nicht an, als hätte er ein schlechtes Gewissen. Doch dann brach es aus ihm heraus: »Harry, ich muss dir was beichten. Ich bin verheiratet.«

»Was bist du?«

»Ich bin verheiratet. Ich habe eine Frau.«

»Eine Frau – und wieso erfahre ich erst jetzt davon?«

»Weil ich mich schäme.« Johnny blickte zur Seite. Das gedämpfte Licht der Bordlaterne ließ sein Gesicht blass und müde erscheinen. In seinen Augenwinkeln schimmerte es feucht.

»Wieso schämst du dich verheiratet zu sein, Johnny. Das ist doch eine tolle Sache, wenn man jemanden gefunden hat, mit dem man das Leben teilen kann.« Harry stutzte. »Wo ist überhaupt meine Schwägerin und wie heißt sie?«

»Sie heißt Naomi.«

»Naomi, aha, ein biblischer Name. Klingt, als wäre sie eine Israeli.«

»Nein, sie ist Indianerin«, murmelte Johnny kleinlaut.

Harry schaute ihn an, als hätte er nicht recht verstanden. »Ist sie eine Sioux oder Apache?«

Johnny schüttelte seinen Kopf. »Sie ist eine Yanomani. Sie lebt im Urwald, an einem Nebenarm des Amazonas.«

Harry stieß hörbar die Luft aus. »Amazonas. Urwald. Eine Yanomani. Meine Schwägerin ist eine Yanomani, eine Eingeborene mit Blasrohr, Giftpfeilen und Lendenschurz. – Jetzt kann mich nichts mehr erschüttern!«

Er schwieg und auch Johnny sagte kein Wort. Schließlich raffte sich Harry wieder auf.

»Sag mal, Johnny, wie bist du denn an diese Frau gekommen? Was hat dich geritten, dass du eine Eingeborene aus dem Urwald geheiratet hast? Das konnte doch nicht gut gehen. Da prallen ja Steinzeit und Computerzeitalter zusammen.«

Johnny hockte wie ein Häufchen Elend auf der Ruderbank. Doch dann begann er zu erzählen, erst stockend, dann immer offener.

»Ich bin mit ein paar Freunden den Amazonas hochgefahren. Du weißt schon, ich liebe das Abenteuer. Ich wollte was erleben, vielleicht eine im Urwald versunkene Stadt finden oder Inka-Gold. Mich reizte es, die Indios kennen zu lernen, die bisher nur wenig Kontakt zur Zivilisation hatten. Der Urwald, die Gefahr, das alles reizte mich. Doch die Reise wurde zum Albtraum. Eine Giftschlange biss mich. Meine so genannten Freunde nutzten die Gelegenheit, raubten mich aus und ließen mich halb tot im Urwald liegen. Ich dachte schon, mit mir wäre es aus.«

»Und da haben dich die Yanomani-Indianer gefunden.«

»Genau. Ich kann mich nicht mehr richtig erinnern, was alles geschah. Mein Denken war schon vom Gift benebelt. Aber ein Schiff der Adventmission hatte gerade am Dorf der Yanomani angelegt. Zwei Ärzte und eine Krankenschwester waren an Bord. Ich erhielt sofort ein Gegenserum. Dann brachten sie mich in ihr Missionshospital. Drei Wochen schwebte ich zwischen Leben und Tod. Doch dann siegte das Leben.«

»Und wann hast du deine Naomi kennen gelernt?«, wollte Harry wissen.

»Als ich wieder gesund war. Ich kehrte zum Dorf der Yanomani zurück, um mich zu bedanken. Dort traf ich Naomi. Sie war schon Christin geworden und hatte von den Missionaren etwas Englisch gelernt. Deshalb konnte sie mich übersetzen. Ich habe mich sofort in sie verliebt. Sie ist ein bildhübsches Mädchen. Drei Wochen später haben wir geheiratet.«

»In einer Urwaldkapelle?«

»Nein, unter freiem Himmel. Ein Missionar hat uns getraut.« Johnny winkte Harry zu schweigen. »Ich weiß, was du jetzt fragen willst. Ja, der Missionar hat mich gewarnt. Der Unterschied der beiden Kulturen war einfach zu groß. Aber das wollte ich damals nicht wahrhaben. Wir haben gedacht, Liebe überwindet alle Schranken und Grenzen. Doch dann hat uns der Alltag eingeholt. Zwei Monate wie ein Eingeborener leben ist ja abenteuerlich. Es hat mir wirklich Spaß gemacht. Aber eines Tages konnte ich es nicht mehr ertragen. Ich habe Naomi genommen und wir sind in eine Siedlung der Missionsstation gezogen. Dort hat es Naomi dann nicht ausgehalten.«

»Verstehe«, nickte Harry, »sie hat ihre Freunde und Verwandten vermisst. Soviel ich weiß, leben die Yanomani wie eine Großfamilie.«

»Genau, sie leben alle unter einem Dach. Da ist immer was los. Jeder kennt den anderen wie seinen Bruder. Sie arbeiten, jagen, tanzen und lachen gemeinsam. Privatleben gibt es dort nicht. Und in der Siedlung war jede Familie für sich. Naomi wurde immer stiller. Ihre Augen waren so traurig und ich konnte ihr nicht helfen. Da habe ich sie genommen und wieder zurückgebracht.«

»Und du bist wieder nach Europa zurückgekehrt.«

Johnny nickte. »Der Abschied von ihr ist mir schwer gefallen. Das kannst du mir glauben und ich habe ihr versprochen, sie wieder zu besuchen.«

»Bist du noch einmal dort gewesen?«, wollte Harry wissen.

»Nein, denn nachdem ich in Paris gelandet war, wollte ich noch einige Tage in Frankreich Urlaub machen und dann passierte dieser Unfall direkt vor meinen Augen. Du weißt schon ...«

»Tja, dann ging der ganze Rummel los«, nickte sein Bruder.

Beide schwiegen und hingen ihren Gedanken nach. Dann räusperte sich Harry: »Heute Nacht sind die alten Erinnerungen wieder hochgekommen, nicht wahr?«

»Ja, ich war kurz eingenickt und hatte von ihr geträumt. Wie sie lachte und tanzte und im Fluss mit den Kindern des Dorfes spielte. Und dann bin ich aufgewacht und habe gedacht: Was bist du doch für ein Mensch, Johannes Maurer. Heiratest wider besseres Wissen ein Mädchen aus dem Urwald und dann lässt du sie im Stich, ohne Versorgung, ohne Zukunft, ohne Liebe und immer in der Ungewissheit: Wird mein Mann jemals wiederkommen? Lebt er noch? Liebt er mich noch? Oder hat er sich einfach eine andere genommen?«

»Kannst du ihr nicht über die Missionare einen Brief und Geld schicken, Johnny?«

»Das habe ich auch schon gedacht.« Er stützte seinen Kopf in die Hand. »Du hast Recht, Harry, ich habe doch jetzt eine Menge Geld. Ich werde ihr über die Missionsstation eine Rente zukommen lassen. Mit der kann sie auch ihren Freunden helfen und für sie Beile, Sägen, Messer und andere praktische Dinge besorgen, die ihnen das Leben erleichtern, aber sie nicht ihrer Kultur entfremden. Die Missionare werden ihr sicherlich helfen, das Richtige auszuwählen. Und dem Krankenhaus spendiere ich eine Summe für medizinische Geräte und Medikamente. Schließlich haben die Ärzte mir das Leben gerettet.«

Johnnys Augen leuchteten wieder. Er schlug seinem Bruder kräftig auf das Knie.

»Danke, Harry! Jetzt geht's mir wieder besser. Gut, dass ich einen Zwillingsbruder habe, der mir ab und zu den Kopf zurechtrückt! So, jetzt hau ich mich wieder in die Koje. Ich denke, ich kann wieder schlafen.«

Mit einem Lächeln auf den Lippen verschwand Johnny unter Deck. Harry blickte ihm kopfschüttelnd nach. Immer wieder musste er sich wundern, wie schnell sein Bruder von trüben Gedanken zur alten Fröhlichkeit zurückfand. Er dagegen grübelte oft tagelang über ein Problem und wenn er meinte, einen Ausweg gefunden zu haben, sah er sofort wieder die Schwierigkeiten. Manchmal wünschte er sich ein wenig von Johnnys Unbeschwertheit zu haben. Aber so war es nun einmal, was der eine nicht hatte, besaß der andere. Sie waren Zwillinge und deshalb brauchten sie einander, auch wenn sie sich jahrelang nicht sahen.

Der Segeltörn verlief ohne erwähnenswerte Zwischenfälle. Der Himmel war blau, der Wind blies stetig und das Meer blieb ruhig. So saßen sie oft an Deck in Liegestühlen und genossen die Sonne. Nicht selten diskutierten Harry und Johnny dabei mit den Grigers über Gott und die Welt. Die beiden Weltumsegler standen dem christlichen Glauben skeptisch gegenüber.

»Eigentlich sind wir Atheisten«, meinte Helen Griger.

»Aber keine kämpfenden Atheisten«, fügte ihr Mann hinzu. »Wir können uns einfach nicht vorstellen, dass es irgendwo da oben einen Gott gibt.«

»Ich habe früher auch nicht daran glauben können«, stimmte ihm Johnny zu, »aber als ich mich mit dem christlichen Glauben näher beschäftigte, wurde mir klar, dass Gott nicht aufhört zu existieren, wenn wir nicht an ihn glauben. Nur, ohne ihn hören wir irgendwann auf zu existieren.«

»Das hast du schön gesagt, Johnny, aber woher wissen wir, dass es ihn gibt?«

»Man kann doch Gott nicht beweisen«, warf Helen ein.

»Okay, mit wissenschaftlichen Methoden kann man ihn natürlich nicht beweisen. Aber er hat in der Natur seine Spuren hinterlassen. Mich faszinieren immer wieder die Wunder der Natur. Das Auge eines primitiven Triboliten mit seiner perfekt geschliffenen Linse oder auch das Auge eines Seeadlers. Die Fähigkeiten der Pflanzen, durch die Fotosynthese aus Licht, Kohlendioxid und Wasser Traubenzucker zu erzeugen und daraus wiederum Eiweiß, Öle, Duftstoffe, Farbstoffe, Vitamine, Wachse und vieles andere zu machen. Mich faszinieren die Fähigkeiten von Tieren, egal ob Spinnen, Bienen, Wale oder Zugvögel. Ich staune über die Darmbakterie Escherichia coli, die von sechs richtigen Elektromotoren angetrieben wird. Ich begreife nicht, wie die winzigverkleinerten und hochkomplizierten Informationen über den Bau und die Funktionen unseres Körpers in unseren Erbanlagen durch Zufall entstanden sein sollen. Ich wundere mich über die Fähigkeiten des menschlichen Gehirns, das jeden Computer weit in den Schatten stellt. Und das ist erst der Anfang der Naturwunder.«

»Aber alles das beweist doch nicht Gottes Existenz«, meinte Helen.

»Natürlich nicht, aber sag mir, wie Zufall und Nichts dies alles hervorbringen konnten? Wir Menschen können trotz all unsereres Wissens, unserer Intelligenz und unserer technischen Möglichkeiten keine einzige funktionsfähige Biene nachbauen. Wie soll sie dann durch Zufall entstanden sein? Ja, noch nicht einmal eine einzige lebendige und fortpflanzungsfähige Zelle haben unsere Wissenschaftler in ihren Laboratorien erschaffen können. Wisst ihr, solange wir intelligenten Menschen dies nicht vermögen, fällt es mir schwer zu glauben, dass der Zufall sie oder ihren genetischen Code hervorgebracht hat.« Er lächelte die beiden Grigers an. »Du und Hans, ihr glaubt an die Evolution, obwohl man sie nirgendwo beobachten kann. Man soll nur ihre Auswirkungen in den Fossilien sehen. Wir beide glauben an Gott den Schöpfer, auch wenn wir ihn euch nicht zeigen können. Aber wir sehen seinen Einfallsreichtum und seine Vollmacht in den Wundern der Natur.«

»Also Pattsituation«, meinte Hans lächelnd.

»Na, nicht ganz«, entgegnete ihm Harry. »Ob euer Glaubensmodell wenigstens theoretisch funktioniert, müsst ihr ja noch beweisen. Nichts und Zufall führen meiner Erfahrung nach immer zu nichts oder zum Chaos. Das habe ich ganz besonders bei meinen faulen Schülern feststellen können. Unser Glaubensmodell kann man dagegen jederzeit nachprüfen: Ein intelligentes Lebewesen kann etwas erschaffen und je intelligenter und fähiger es ist, desto großartiger ist das, was es erschafft.«

»Also doch eins zu null für euch beide«, nickte Helen anerkennend. »Ich dachte, Christen glauben einfach nur. Ihr aber habt tatsächlich Argumente. Wisst ihr, Atheisten meinen, Religion gehöre in die Rumpelkammer des Mystischen. Sie wollen Klarheit und Ehrlichkeit im Denken und das finden sie nicht immer bei den Christen. – Aber nun sagt mir, wie soll Gott denn die Welt erschaffen haben?«

Harry überlegte kurz. Dann antwortete er: »Ich stell mir dies so ähnlich vor, als wenn wir ein Computerspiel programmieren. Um eine künstliche Welt im Computer erzeugen zu können, müssen wir ein Programm schreiben. Das Programm enthält Informationen, wie die elektrische Energie in den Schaltkreisen arbeiten soll. Mit anderen Worten: Information und Energie sind nötig, um eine Computerwelt zu erschaffen. Das Gleiche gilt auch für die Lebewesen und Figuren, die diese künstliche Welt bevölkern sollen.« Er schaute die beiden Grigers erwartungsvoll an. »Seht ihr, genauso hat Gott durch Information die Energie zu Atomen, Molekülen, Zellen und Lebewesen geformt.«

»Hmh!«, ließ Hans sich vernehmen. »Tatsächlich, letztlich geht alles auf Information und Energie zurück. Und du glaubst nun, wenn jemand stirbt, dann speichert Gott die Information des Menschen wie bei einer Computerfigur auf einer himmlischen Diskette ab, um sie dann in einem ‚neuen Computer' wieder zum Leben zu erwecken?«

»So ähnlich.«

»Klingt einleuchtend. So habe ich die Sache bisher nicht gesehen. Das sind interessante Gedankengänge, nicht wahr, Helen?«

»Ja, aber sie beweisen nicht Gottes Existenz«, antwortete seine Frau.

»Das hat Harry auch nicht behauptet«, gab Johnny zurück, »aber sie machen den Glauben verständlicher. Letztlich muss man an Gott glauben, also vertrauen, dass er da ist, sich offenbart und uns hilft.«

»Dass mit der Offenbarung sollten wir unbedingt noch diskutieren.« Helen schaute zu den beiden Kindern, die auf dem Vorderdeck spielten. »Ich glaube, jetzt müssen wir uns erst einmal um Kai und Jenny kümmern, damit sie nicht auf dumme Gedanken kommen. Die Bibel ist für euch doch die Offenbarung Gottes. Kann man das wenigstens beweisen?«

»Gut, lasst uns darüber heute Abend sprechen, wenn die Kinder in der Koje liegen«, schlug Johnny vor. Er stand auf und kletterte aufs Vorderdeck, um mit den Kindern zu spielen. Helen folgte ihm.

Hans Griger schaute ihm hinterher. »Wenn es Gott tatsächlich gibt«, sagte er nachdenklich, »dann ist jeder Mensch vor ihm verantwortlich. Wenn nicht, dann können wir tun und lassen, was wir wollen, ohne dass jemand das Recht hat, uns zur Rechenschaft zu ziehen.«

»Genau so sehe ich das auch«, bestätigte ihn Harry.

»Ist Johnny auf der Flucht vor seinem Gott?«, fragte Hans unvermittelt.

»Was meinst du damit?«

»Na, ich erinnere mich da an eine Geschichte aus der Bibel. – Ja, schau mich nicht so an, Harry. Ich wurde nicht als Heide geboren, sondern bin getauft und konfirmiert. Aber danach interessierte mich Gott einfach nicht mehr. – Eine Geschichte aus dem Konfirmandenunterricht hat mich jedoch als Junge gepackt. Die Geschichte von Jona. Soviel ich noch weiß, sollte er irgendwelche Leute vor dem Untergang ihrer Stadt warnen. Aber er hatte keine Lust dazu. Deshalb ist er mit einem Schiff in Richtung Westen gesegelt. Er hoffte, dass Gott ihn dort in Ruhe lassen würde. Aber dann kam ein Sturm und Jona wusste, sein Gott hatte ihn aufgespürt. Er ließ sich – glaube ich – ins Wasser werfen. Daraufhin verschluckte ihn ein Wal und spuckte ihn später ans Land. Kaum zu glauben ...«

»Ich kenne einen Fall, wo ein Matrose eines Walfängers von einem Wal verschluckt wurde und es überlebte«, warf Harry kurz ein.

»Okay, mag sein. Vielleicht ist die Geschichte tatsächlich passiert. Aber mir drängt sich plötzlich die Frage auf: Ist Johnny auch ein Jona, der vor Gottes Auftrag davonläuft? Der seine Verantwortung vor Gott nicht wahrnehmen will.«

»Wie kommst du *darauf*?«, fragte Harry verwundert.

»Nun, ich beobachte ihn schon seit Wochen. Johnny ist ein Seelsorger, ein Prediger, ein Evangelist. Er hat die Gabe, Menschen für seinen Gott zu begeistern und ihnen in ihren Problemen zu helfen. Er hat eine Menge theologisches Wissen. Was macht der Mann eigentlich auf meiner Jacht? Warum ist er nicht Pfarrer einer Kirche? Läuft er nicht vor seiner eigentlichen Berufung davon?«

Harry schaute den Weltumsegler fest in die Augen. »Du hast es gesagt, Hans. Mein Bruder Johnny *ist* auf der Flucht. Er läuft vor Gott davon und hat dabei eine Menge Schuldgefühle. Ich hab es versucht, aber ich kann ihm nicht helfen. Auf Brüder hört man eben nicht gerne.«

»Na, dann steht uns ja noch ein Hurrikan bevor«, meinte Hans, »aber keine Sorge, diese Jacht ist sturmerprobt.«

Am Abend sprachen sie über das am Nachmittag angeschnittene Thema. Nachdem Johnny den Grigers erklärt hatte, dass Gott bei seinen Offenbarungen immer die Kultur und die Denkweise des Menschen einbezieht und den Schreibern der Bibel ihre eigene Ausdrucksweise zugestanden hat, erklärte er: »In der Bibel werden also die Offenbarungen Gottes in menschlicher Sprache wiedergegeben. Damit die Schreiber den Willen Gottes vertrauenswürdig weitergeben konnten, wurden sie von Gottes Geist beeinflusst.«

»Und was gibt mir die Garantie, dass die Bibel kein frommes Legendenbuch ist?«, wollte Helen wissen. »Papier ist doch geduldig.«

»Nun, wenn man sie mit den heiligen Schriften anderer Religionen vergleicht, dann findet man in der Bibel zahlreiche historische Angaben, die man nachprüfen kann. Die Archäologie hat die Bibel bisher immer bestätigen können.«

»Das ist aber noch kein Beweis für eine göttliche Offenbarung. Die Verfasser der Bibel waren vielleicht nur gute Historiker«, antwortete ihm Hans.

»Ja, aber sie enthält auch Hunderte von prophetischen Voraussagen, die sich exakt erfüllt haben. Die anderen heiligen Schriften schweigen über die Zukunft. Kein Mensch kann ja wissen, was die nächsten Jahrzehnte und Jahrhunderte bringen werden. Die Bibel sagt dagegen historische Ereignisse exakt voraus. Deshalb muss hinter ihr ein Wesen stehen, das die Zukunft kennt.«

»Kannst du uns dafür Beispiele geben?«, wollte Helen wissen.

»Hunderte!«, strahlte Johnny. Man spürte, er war in seinem Element. »Sie sagte beispielsweise voraus, ein griechischer König werde das persische Großreich zerstören und auf dem Höhepunkt seiner Macht plötzlich sterben. Sein Reich würde in vier Teile zerbrechen.«

»Alexander der Große und die vier Diadochenreiche.« Hans blickte Johnny nachdenklich an.

»Genau. Sie prophezeite die Zerstörung der phönizischen Küstenstadt Tyrus durch mehrere Völker. Ihre Trümmer wird man ins Meer werfen. Nur ein kahler Felsen wird von ihr übrig bleiben, auf der Fischer ihre Netze trocknen werden.«

»Und das ist alles eingetroffen?«, fragte Helen.

»Alles!«, versicherte Johnny ihr. »Der babylonische König Nebukadnezar zerstörte die Stadt. Aber die Bewohner von Tyrus flüchteten kurz vor dem Fall der Stadtmauer auf eine dem Festland vorgelagerte Insel. Jahrzehnte später kam dann Alexander und ließ den Schutt der zerstörten Stadt ins Meer werfen, um einen Damm zur Insel zu bauen. So konnte er auch diese Stadt zerstören. Heute noch breiten Fischer ihre Netze auf dem kahlen Felsen aus, auf dem früher einmal das antike Tyrus lag.«

»Interessant«, meinte Hans.

»Und das sind nur zwei der zahlreichen Prophezeiungen. Sie zeigen, dass die Bibel nicht von Menschen ausgedacht worden ist. Ein römischer Kaiser wollte deshalb eine der Voraussagen der Bibel widerlegen.«

»Wer war dieser Kaiser?«, fragte Hans.

»Julian Apostata. Er lebte im 4. Jh. n. Chr. und war ein Sohn Konstantins. Der Prophet Daniel hatte die Zerstörung des jüdischen Tempels vorausgesagt und dabei gesagt, er würde bis zum Weltende verwüstet bleiben. Das hat Jesus bestätigt. Um beide zu widerlegen, gab Julian den Befehl, den Tempel wieder aufzubauen und rief deshalb die Juden nach Palästina. Doch Erdbeben und Feuer zerstörten den angefangenen Bau. Die Arbeiter weigerten sich, den Tempelplatz wieder zu betreten, weil er verflucht sei. Römische Kaiser haben ganze Städte errichtet. Julian aber konnte noch nicht einmal einen Tempel errichten. Noch auf dem Totenbett sagte er: So hast du doch gesiegt, Galiläer!«

»Wirklich erstaunlich«, gab Hans zu. »Gibt es aber auch Beispiele aus unserer Zeit?«

»Ja, Saddam Hussein plant schon seit 1982 das antike Babylon wieder aufzubauen. Die Bibel sagt aber, dass dieser Ort eine Wüste bleiben wird. Bis jetzt kam dem irakischen Herrscher jedenfalls immer etwas dazwischen, wenn er seine Pläne verwirklichen wollte.«

»Siehst du«, wandte sich Hans Griger an Harry, »ich hab doch Recht. Dein Bruder ist ein Prediger. Eigentlich gehört er nicht auf eine Jacht, sondern in ein Kirchenschiff.«

Johnny schaute verunsichert zwischen den beiden hin und her.

»Ja«, lächelte Harry seinen Bruder an, »Hans ist der Meinung, du seist ein zweiter Jona.«

»Ich, ein zweiter Jona?« Johnnys Gesicht schien aus lauter Fragezeichen zu bestehen.

»Und auf der Flucht in ein fernes Land, statt die Einwohner Ninives zur Umkehr zu rufen«, bestätigte ihm sein Bruder.

»Leute, das muss ich erst einmal verdauen.« Johnny schaute immer noch verdutzt. Dann lachte er laut los. »Ihr wollt mich wohl auf den Arm nehmen. Ich, ein Jona? Ich bin doch kein Prophet.«

»Warum nicht?«, erwiderte Hans. »Hast du nicht gerade für deinen Gott gesprochen?«

Oben auf dem Deck ertönte ein dumpfer Schlag. Noch ehe die anderen reagieren konnten, war Hans Griger schon den Aufgang hochgeentert, um nach dem Rechten zu sehen. Die anderen folgten ihm.

»Es war nur der Mastbaum«, beruhigte sie Hans. »Der Wind ist plötzlich abgeflaut.«

»Na, dann werden wir ja eine ruhige Nacht haben«, meinte Harry.

»Im Gegenteil!«, entgegnete ihm Helen, »wenn wir keine Fahrt haben, dümpelt das Schiff in den Wellen. Dabei kann einem leicht schlecht werden.« Sie wandte sich ihrem Mann zu. »Sollen wir die Motoren starten?«

Hans Griger überlegte. »Es wäre vielleicht ratsam, damit wir nicht vom Kurs abkommen und auch unser Zeitplan nicht durcheinander gerät. Wir haben ja genug Kraftstoff, um den gesamten Atlantik überqueren zu können.«

Er ging in das Steuerhaus und startete den Motor. Mit einem tiefen Blubbern erwachte die Maschine zum Leben und schob die Jacht vorwärts.

»So, da wir jetzt ohne Selbststeueranlage fahren, muss jemand ans Ruder. Wer übernimmt die erste Wache?« Hans schaute in die Runde.

Harry meldete sich. »Ich. Lasst mich ans Ruder. Mir macht es einfach Spaß, die Jacht zu steuern. Wenn wir erst wieder an Land sind, kann ich noch genug im Bett liegen.«

Nachdem die Segel geborgen waren und Hans ihn noch einmal eingewiesen hatte, stiegen die anderen wieder alle unter Deck, um sich in ihre Kojen zu legen. Harry aber stand am Ruder und fühlte sich wie Christoph Kolumbus auf seiner ersten Fahrt nach Amerika.

Eine Woche lang blieb der Wind aus. Mit den 225 PS des Dieselmotors kamen sie trotzdem gut voran. Dann frischte der Nordostpassat wieder auf, sodass sie wieder die Segel setzten.

Sie konnten nicht mehr weit von den Westindischen Inseln entfernt sein, als Hans eines Morgens mit besorgtem Gesicht an Deck kam. Er ließ seinen Blick über den Horizont gleiten, an dem eine dunkle Wolkenbank aufzog.

»Ich glaube, wir kriegen Sturm. Das Barometer ist stark gefallen. Irgendetwas braut sich über dem karibischen Meer zusammen und kommt uns entgegen.«

»Haben wir Grund zur Sorge?«, fragte ihn Harry.

»Nein, das nicht. Unsere Seahorse wird mit Windstärken über 12 schon fertig. Aber man kann nie wissen. Macht das Schiff klar. Befestigt alles, was herumfliegen könnte – auch unter Deck – und spannt Sturmleinen, in die wir uns mit unseren Sicherheitsgurten einhaken können. Ich werde inzwischen den Seewetterbericht hören.«

Er stieg wieder unter Deck, während die anderen sich unter Helens Anleitung an die Arbeit machten.

»Hier, das sind die beiden Rettungsinseln. Sie sind mit Trinkwasser und Proviant für eine Woche und einem Survival-Kit ausgerüstet«, sagte sie, während sie auf zwei tonnenähnliche Behälter wies. »Wenn man sie ins Wasser wirft, blasen sie sich selbstständig auf. Diese Schlauchboote haben schon manchem Seefahrer das Leben gerettet.«

Hans tauchte wieder auf. Sorgenfalten durchzogen seine Stirn.

»Der Seewetterbericht hat gerade bestätigt, dass sich über der Karibik ein Hurrikan zusammenbraut. Ich glaube, wir drehen nach Norden ab und versuchen Florida anzulaufen. Auch in einem Hafen der Westindischen Inseln könnte der Wirbelsturm unser Boot zerschmettern. Deshalb sollten wir die Ausläufer des Sturms besser auf dem Meer abreiten.«

Helen nickte. »Wir können die Karibik ja später noch durchkreuzen. Nur schade, dass Harry und die Kinder dann nicht mehr dabei sein werden. Sie bringen Abwechslung in das Seglerleben.«

Hans startete den Leyland-Dieselmotor und drehte nach Norden ab, während Harry und Johnny die Segel auffierten. Dann gab er Vollgas. Die Jacht sprang unter dem Winddruck und der Schubkraft der Maschine regelrecht nach vorne und pflügte durch das Wasser, dass der Gischt hoch über den Bug spritzte.

»He, da kommt Freude auf«, lachte Johnny, »da fühlt man sich ja wie auf einer Rennjacht.«

»Du wirst noch deine Freude haben, wenn der Hurrikan das Schiff durchschüttelt«, ärgerte ihn Harry. »Mal sehn, wer von uns zuerst an der Reling hängt und die Fische füttert.« Insgeheim aber spürte er, wie Angst seinen Magen verknotete. Wie würde die Sache ausgehen? Hatte er nicht durch seine Entscheidung, den Atlantik auf einer Jacht zu überqueren, seine Kinder in Gefahr gebracht? Wäre es nicht besser gewesen, er hätte sie Marlis überlassen?

Die nächsten Stunden waren alle damit beschäftigt, die Seahorse sturmfest zu machen. Inzwischen schob sich die Wolkenbank weiter nach Osten, obwohl der Passat noch gleichmäßig von Nordost wehte.

»Der Wind wird plötzlich umschlagen«, erklärte Hans den beiden Brüdern, »und dann bricht die Hölle los. Dazwischen wird es einen kurzen Augenblick der Windstille geben.«

Am Nachmittag war das Barometer weiter gefallen. Alle trugen Ölzeug und Schwimmwesten. Helen saß mit den Kindern unter Deck und erzählte ihnen Geschichten, um sie abzulenken. Eine geschlossene Wolkendecke hatte sich über den Himmel geschoben. Das Wasser schimmerte in der fahlen Dämmerung wie Blei.

Plötzlich schlugen die Segel. Der Nordostpassat hatte aufgehört zu blasen.

»Los, runter mit dem Stoff!«, rief Hans Griger, »wir haben nur wenig Zeit. Setzt das Sturmsegel!«

Harry und Johnny arbeiteten, als wenn es um ihr Leben ging. Sie holten das Großsegel herunter und zogen ein kleines Sturmsegel auf. Danach holten sie auch die Rollfock ein.

»Alles klar?«, fragte Hans. Harry nickte. »Dann kommt zu mir ins Steuerhaus. Es kann jeden Moment losgehen.«

Schweigend warteten sie. Dann hörten sie ihn kommen. Ein hohes Sirren erfüllte die Luft, dann ein immer lauter werdendes Pfeifen.

»Da, seht mal, er kommt genau von Westen.« Johnny wies durch das Fenster des Steuerhauses. Gebannt beobachteten die Männer, wie sich das Wasser dunkel färbte und kräuselte. Dann traf sie die Böe mit voller Wucht in die Seite. Das Schiff neigte sich so stark seitwärts, dass sie durch die Kajüte geschleudert wurden. Wasser schoss über das Deck.

»Wir kentern!«, keuchte Johnny. Von unten tönten die Schreie der Kinder herauf.

»Nein! Keine Sorge«, rief Hans ihm zu. »Du befindest dich auf einer Segeljacht, nicht auf einem Motorboot. Der Kiel richtet uns wieder auf, wenn der Winddruck ein wenig nachlässt.«

Tatsächlich, langsam kam die Seahorse wieder hoch, blieb jedoch in starker Schräglage.

»Der Wind ist stärker, als ich erwartet habe.« Hans deutete auf den Windstärkemesser. »Er kommt mit über 120 km/h. Wir können nicht länger mit raumen Wind* segeln. Die Wellen werden sich in den nächsten Minuten immer weiter auftürmen. Ich muss nach Westen abdrehen und gegen den Sturm fahren.«

Harry und Johnny nickten. Ihnen war mulmig zumute. Helen hatte ihnen

---

* Seemannsspr.: Wind, der schräg von hinten weht.

von haushohen Wellenbergen erzählt und die jetzigen Dreimeter-Wellen machten ihnen schon Angst. Gespannt beobachteten sie, wie Hans das Ruder einschlug und die Jacht nach Westen drehte. Der Skipper schien Nerven wie Drahtseile zu haben. Sicherlich war dies nicht sein erster Sturm.

Der Leyland-Diesel arbeitete mit voller Kraft. Die Seahorse stampfte und schlingerte, doch sie nahm Fahrt auf. Langsam kämpfte sie sich die höher werdenden Wellenberge empor. Dann schoss sie die Wogen hinunter. Der Wind heulte durch die Takelage. Brecher schlugen über den Bug und klatschten gegen die Scheiben des Steuerhauses. Es war, als tobte draußen die Hölle.

Ein Knall übertönte das Tosen des Sturmes. Stofffetzen wirbelten am Fenster vorbei. Dann sahen sie den Mastbaum hin- und herschlagen.

»Das Sturmsegel ist zerrissen«, rief Hans. »Jemand muss den Mastbaum festzurren, sonst zerschlägt er uns alles.«

»Ich gehe«, antwortete Johnny spontan, knöpfte seinen wasserdichten Overall zu und zog die Schnallen der Schwimmweste fest.

»Das ist doch zu gefährlich!« Harry schaute seinen Bruder besorgt an.

»Mir wird schon nichts passieren«, lächelte Johnny ihn an. »Einer muss es ja tun.«

Dann öffnete er die Kajütentür und verschwand nach draußen. Die Männer beobachteten, wie er sich in die Sicherheitsleine einhakte und nach vorne arbeitete. Er kam nur langsam voran. Windböen und über das Deck rauschende Brecher drückten ihn zurück. Johnny wechselte die Sicherheitsleine und arbeitete sich zum Mastbaum vor. Zehn Minuten später sahen sie, wie er grinsend das Handzeichen gab: *Alles okay!* Tatsächlich, der Mastbaum hatte aufgehört zu schlagen.

Harry winkte seinem Bruder hereinzukommen. Johnny nickte und rutschte zurück zur Reling. Er hakte seine Sicherheitsleine aus, um sie an der Reling festzumachen. In diesem Moment neigte sich das Boot zur Seite. Eine Woge schoss über das Deck. Gischt schäumte am Fenster des Steuerhauses auf und nahm ihnen die Sicht.

Als das Wasser sich verlaufen hatte, war Johnny verschwunden.

»Nein!«, schrie Harry auf. »Nein, Johnny! Mein Gott, er ist weg! Er ist über Bord gegangen!«

Mit zitternden Lippen starrte er aus dem Fenster.

»Los Hans! Du musst umkehren. Wir müssen Johnny suchen.«

Hans stand mit bleichem Gesicht und zusammengepressten Lippen am Ruder. Er schüttelte den Kopf.

»Nein, das kann ich nicht, Harry. Ich kann nicht wenden. Der Sturm würde uns wie ein Kinderspielzeug hin- und herwerfen oder sogar unter Wasser drücken. Ich kann nicht umkehren.« Seine Stimme erstarb zu einem Flüstern.

Harry starrte ihn an, als könnte er nicht glauben, was er da gerade gehört hatte.

Plötzlich schrie Hans ihn an: »Ich kann deinem Bruder nicht helfen! Das würde uns alle umbringen! Verstehst du das? Ich kann nicht!«

Harry erwachte zum Leben. Mit einem Satz war er an der Tür.

»Wo willst du hin?«, schrie ihm Hans hinterher. »Willst du dich auch umbringen?!«

Aber Harry war schon aus der Tür hinaus. Mit einem Ruck löste er den Verschluss einer der beiden Rettungsinseln und warf sie über Bord. Zischend öffnete sie sich und wurde schon im nächsten Augenblick vom Wind über das Wasser getrieben.

Harry schaute ihr hinterher und betete: »Herr, rette ihn. Rette meinen Bruder!« Dann kehrte er in das Steuerhaus zurück. Schwer fiel er auf die Ruderbank neben Hans.

»Es hat doch keinen Zweck, Harry«, sagte der Skipper tonlos. »Er wird die Rettungsinsel nie finden.«

»Bei Gott ist nichts unmöglich«, gab Harry zurück. Dann stützte er sein Gesicht in die nassen Hände und murmelte: »Oh Gott, warum gerade Johnny? Warum gerade er?«

Er spürte eine Hand auf seiner Schulter und blickte mit nassem Gesicht auf. Es war Helen.

»Wenn euer Gott wirklich existiert und wenn er eine Verwendung für deinen Bruder hat, wird er sich um ihn kümmern.« Ihre Stimme war leise, aber fest. «Sobald der Sturm schwächer wird, kehren wir um und suchen Johnny. Er trägt eine Schwimmweste. Hans hat sich die Koordinaten gemerkt. Johnny kann nur östlich davon im Meer treiben. Wir werden ihn sicherlich finden.«

»Wie kann er aber er da draußen überleben, bei diesem Sturm?« Harry schrie diese Worte beinahe. Verzweiflung verzerrte sein Gesicht.

»Wir müssen es einfach versuchen und hoffen.«

»Hoffen, ja hoffen.« Der sonst so starke Mann sank in sich zusammen. Seine Stimme erstarb zu einem Flüstern. »Immer wieder hoffen auf das Unmögliche, auf das scheinbar Unmögliche. Mir fehlt nur die Kraft dazu.«

Der Sturm tobte die ganze Nacht. Erst gegen Morgen ließ er nach. Die

Wellen gingen immer noch hoch, aber Hans drehte trotzdem, um die Koordinaten anzulaufen, bei denen Johnny über Bord gegangen war.

»Wir hatten Glück im Unglück«, erklärte er Harry. »Wir haben nur den südlichen Ausläufer des Hurrikans erlebt. Die volle Wucht eines solchen Sturmes hat schon manches Schiff in die Tiefe gerissen.«

»Es hat aber schon gereicht!«, entgegnete dieser. »Wie lange werden wir brauchen, bis wir die Stelle erreichen, an der wir Johnny verloren haben?«

»Ich schätze drei Stunden, wenn wir weiter mit voller Kraft fahren. Zurück geht es schneller, weil wir nicht mehr gegen den Sturm ankämpfen müssen.«

Helen streichelte Harrys Arm. »Gib die Hoffnung nicht auf. Ich melde alle halbe Stunde über Funk, dass uns ein Mann über Bord gegangen ist. Vielleicht sind hier noch andere Schiffe in der Nähe und nehmen den Funkspruch auf. Das Wasser ist hier nicht so kalt und Johnny trägt einen Trockenanzug und Schwimmweste. Damit kann man mehrere Tage im Wasser überleben.«

»Auch bei einem solchen Sturm?«

»Auch bei einem Hurrikan!«, bestätigte Helen.

»Und wenn er ohnmächtig geworden ist?«, zweifelte Harry immer noch.

»Die Schwimmweste dreht ihn automatisch immer auf den Rücken und hält seinen Kopf über Wasser. Johnny hat also gute Chancen, dass er überlebt. Wir müssen ihn nur bald finden.«

Harry spürte, wie ein Hoffnungsschimmer seine Verzweiflung und Traurigkeit zu vertreiben begann. Er atmete auf. Vielleicht würde doch noch alles gut werden.

Die nächsten Stunden stand er an Deck und suchte mit dem Fernglas die Wasseroberfläche ab oder hockte mit Helen und den Kindern am Funkgerät. Tatsächlich meldeten sich ein Frachter und eine Motorjacht und versprachen, Ausschau zu halten.

»Woher wusste Hans eigentlich die Koordinaten, an denen Johnny über Bord gegangen ist?«, fragte er die Frau des Skippers.

»Wir haben ein Satelliten-Navigations-System. Es ist noch ziemlich neu auf dem Markt und war deshalb recht kostspielig. Wir haben uns trotzdem entschlossen, die Seahorse damit auszurüsten, weil wir keine Lust haben, ohne Orientierung auf dem Meer herumzutreiben.«

»Aha«, sagte Harry erstaunt, »damit habe ich mich noch nicht beschäftigt.«

»Es ist eine gute Sache, denn so kann man sich nicht verirren. Jede Jacht sollte ein solches Gerät haben.«

»Nur hilft das meinem Bruder nichts«, seufzte Harry.

»Papa, wird Onkel Johnny jetzt von Haifischen gefressen?«, wollte Jenny wissen, die bis jetzt aufmerksam zugehört hatte.

»Nein, mein Liebes«, streichelte Harry ihr über den Kopf. »Hab keine Angst. Die meisten Haie greifen keine Menschen an. Und die wenigen, die es tun, befinden sich wohl eher in der Nähe der Küste.«

Jenny atmete hörbar auf. Sie hatte keine Angst davor, dass ihr Lieblingsonkel ertrinken könnte, weil er stark und mutig war. Aber bei Haien hatte sie schon ihre Bedenken.

Nachdem sie die Stelle erreicht hatten, an der Johnny über Bord gegangen war, begannen sie im Zickzack-Kurs nach Osten zu fahren. Der Wellengang war inzwischen so niedrig geworden, dass die Kinder mit Schwimmwesten und Sicherheitsleine versehen an Deck durften. Auch Helen suchte nun mit einem Fernglas die Wasseroberfläche ab.

Gegen Mittag waren ihre Augen vor Anstrengung gerötet. Bisher hatten sie nichts entdecken können.

»Es ist natürlich schwierig, jemanden zwischen den Wellenbergen zu entdecken«, erklärte Hans, »aber er trägt einen leuchtend gelben Anzug und eine rote Schwimmweste. Wenn wir nicht oberflächlich werden, müssten wir ihn eigentlich entdecken.«

»Also machen wir weiter«, sagte Helen.

»Wahrscheinlich ist er weiter nach Osten getrieben, als wir bisher geglaubt haben.« Hans schaute auf seine Uhr. »Uns bleiben noch einige Stunden, bis es dunkel wird.«

Als die Sonne schließlich wie ein glutroter Ball ins Meer tauchte und ein Feuerwerk von roten und orangenen Farben über den Horizont schickte, brach Hans die Suche ab.

»Schluss für heute«, sagte er, »morgen machen wir weiter. Nach diesen Strapazen brauchen wir alle ein wenig Erholung. Ich glaube, ihr seid genauso hundemüde wie ich.«

Harrys Stimmung war wieder auf den Nullpunkt gesunken. Wahrscheinlich lag dies auch an der körperlichen und seelischen Belastung der letzten Stunden. Am liebsten hätte er weitergesucht. Johnny sollte nicht noch eine weitere Nacht im Meer verbringen. Aber sie mussten natürlich erst den nächsten Morgen abwarten. Schweren Herzens legte er sich in die Koje.

»Gott«, betete er, »erhalte das Leben meines Bruders. Hilf, das wir ihn morgen finden.«

Die Nacht hatten alle unruhig geschlafen, auch wenn sie sehr erschöpft gewesen waren. Deshalb waren Hans, Helen und Harry schon beim ersten Morgenschimmer wieder auf den Beinen. Nach einem hastigen Frühstück setzten sie die Suche fort. Stunden um Stunden glitten ihre Blicke über das Meer, bis ihre Augen vor Anstrengung tränten. Aber sie fanden keine Spur von Johnny oder der Rettungsinsel. Am Abend hockten sie schließlich entmutigt um den Kajütentisch.

»Und was nun?«, wollte Harry wissen.

»Wir brechen unsere Suche nicht ab«, antwortete ihm Hans. »Vielleicht hat ihn der Hurrikan weiter nach Norden gerissen, als wir bisher vermutet haben. Deswegen werden wir unser Suchgebiet nach Nordosten ausdehnen. Haben die beiden Schiffe dir inzwischen eine Nachricht geschickt, Helen?«

»Nein, noch nicht. Sicherlich sind sie aber auch schon außer Reichweite. Ich denke nicht, dass der Frachter wegen eines Mannes von seiner Fahrtroute abweicht. Aber ich versuche es weiter. Vielleicht haben ja inzwischen noch andere Schiffe dieses Gebiet erreicht.«

Auch am nächsten Tag hatten sie keinen Erfolg bei ihrer Suche. Das Gebiet, in dem Johnny sich befinden konnte, war einfach viel zu groß. Außerdem ließ ihre Konzentration spürbar nach. Auch über Funk fanden sie kein Schiff, das in ihre Nähe war und sie bei der Suche unterstützen konnte.

Am Abend des vierten Tages machte sich bei allen Niedergeschlagenheit breit und als sie auch bis zum Ende des nächsten Tages nichts gefunden hatten, beschlossen sie, ihre Suche abzubrechen.

Harry machte diesen Vorschlag zuerst. »Ich kann mir nicht vorstellen, wie jemand so lange ohne Trinkwasser und Nahrung im Meer treiben kann. Johnny ist sicherlich tot. Wir sollten die Suche beenden.«

»Sicherlich hat ihn der Sturm viel weiter getrieben, als wir uns dies vorstellen können«, meinte Helen.

»Der Atlantik ist so unvorstellbar groß. Wie viele Quadratmeilen haben wir schon abgefahren! Wo sollen wir denn noch suchen?«

»Harry hat Recht, Helen«, stimmte der Skipper zu. »Ich weiß nicht, wo wir noch suchen sollen. Lass uns die Aktion abbrechen und Florida anlaufen. Wir haben in den letzten Tagen eine Menge Diesel verbraucht und wir sollten den Rest als Reserve für einen weiteren Notfall behalten. Morgen setzen wir wieder Segel und kehren um.« Er schwieg eine Weile und beobachtete die bedrückten Gesichter der anderen. »Wir alle haben Johnny gern gehabt. Er wird uns fehlen. Aber das Schicksal hat es anders gewollt.«

»Gott«, korrigierte ihn Harry mit heiserer Stimme, »Gott hat es anders gewollt.«

Am nächsten Morgen hissten sie erneut die Segel und liefen auf Florida zu. Die Sonne schien von einem strahlend blauen Himmel. Der Wind frischte auf Stärke fünf auf und trieb die Seahorse gleichmäßig durch das glasklare Wasser. Es war ideales Segelwetter. Harry aber hatte dafür keine Augen. Immer noch stand er an der Reling und suchte das Meer mit dem Fernglas ab. Er wollte die Hoffnung nicht aufgeben, auch wenn er es besser wusste.

Alles ging so schnell, dass Johnny nicht wusste, was mit ihm geschah. Der Brecher spülte ihn vom Deck der Jacht, als wäre er eine Plastikpuppe in der Brandung des Meeres. Ein zweite Woge begrub ihn unter sich, riss ihn in die Tiefe. Johnny kämpfte sich voll Panik nach oben, wollte Luft holen, aber der Gischt einer sich brechenden Welle schlug ihm in den Mund. Er schluckte Wasser und wurde nach unten gezogen. Hustend und prustend kam er wieder nach oben.

Eine Riesenwoge hob ihn empor. Er hatte das Gefühl in einem Fahrstuhl zu sitzen. Dann schoss er wieder in die Tiefe. Noch immer konnte er keinen klaren Gedanken fassen. Wie ein Nichtschwimmer schlug er um sich. Welle auf Welle hob ihn in die Höhe und schleuderte ihn wieder zurück ins Tal.

Mann, Junge, dachte er plötzlich, wenn du weiter so um dich schlägst, wirst du ertrinken. Also bleib ruhig. Hör auf zu kämpfen. Du hast eine Schwimmweste um. Lass dich treiben.

Er breitete Arme und Beine aus und legte sich auf den Rücken. Tatsächlich schwamm er jetzt auf den Wellenbergen wie ein Stück Treibholz. Er schaute in die Richtung, aus der der Sturm kam. Die Seahorse war verschwunden. Er war allein auf dem sturmgepeitschten Meer! Panik stieg erneut in ihm auf. Mit aller Willenskraft versuchte er sie zu unterdrücken.

Ruhig Blut, sie werden dich suchen, wenn der Sturm abgeflaut ist. Bestimmt werden sie dich suchen! Bestimmt!

Der Sturm drückte Johnny beim Atemholen so stark in den Mund, dass ihm die Luft wegblieb. Er wendete seinen Kopf und keuchte. Wieder trug ihn eine Woge in die Höhe. Aus den Augenwinkeln sah er etwas Orangefarbenes den nächsten Wellenberg hinunterrollen. Es war eine Rettungsinsel! Sie hatten eine Rettungsinsel ins Meer geworfen!

Das überdachte Schlauchboot wurde vom Sturm direkt auf ihn zugetrieben! Es drehte und überschlug sich und jagte so schnell über das Wasser, dass Johnny bezweifelte, es fassen zu können. Aber er musste es trotzdem versuchen.

Herr, dachte er, hilf mir! Dann hechtete er sich auf die heranrollende Rettungsinsel. Er spürte etwas Raues und griff zu. Es war die Sicherungsleine! Johnny hielt sie mit aller Kraft fest und packte nun auch mit der anderen Hand zu.

Der Sturm hob die Rettungsinsel aus dem Wasser und wirbelte sie davon. Johnny hielt die Leine eisern fest. Er hatte das Gefühl, einen Tiger am Schwanz gepackt zu haben. Gischt sprühte um ihn auf, als das Schlauchboot ihn durch die Wellen schleifte. Immer wieder musste er Wasser spucken. Er hustete und würgte. Seine Finger und Arme schmerzten von der Anstrengung. Aber er hielt die Sicherungsleine fest!

Plötzlich schien der Wind eine Atempause einlegen zu wollen. Geistesgegenwärtig nutzte Johnny diesen Moment und hakte den Karabinerhaken seiner Schwimmweste in die Sicherungsleine der Rettungsinsel. Außerdem schlang er seinen rechten Arm um sie. So kam sein Körper weiter aus dem Wasser.

Dann tobte der Sturm mit neuer Kraft los. Wieder jagte die Rettungsinsel wie ein Rennboot über die aufgewühlten Wogen. Johnny meinte manchmal, das Bewusstsein zu verlieren. Aber er klammerte sich fest und bekämpfte aufkommende Gefühle der Müdigkeit und Resignation mit eisernem Willen.

Gib nicht auf!, hämmerte er sich ein. Du willst überleben und du wirst es!

Er wusste nicht, wie lange ihn der Sturm über das Meer getrieben hatte. Waren es Stunden oder nur Minuten? Er hatte jedes Gefühl für Zeit verloren. Doch plötzlich spürte er, wie der Wind schwächer wurde. Die wilde Fahrt endete und die Rettungsinsel trieb langsamer durch die Wellen.

Johnny atmete auf. Das Schlimmste hatte er erst einmal überstanden. Mit schmerzenden Muskeln und klammen Fingern öffnete er den Eingang der Rettungsinsel, zog sich am Rand empor und ließ sich wie ein Mehlsack ins Innere rollen. Mit letzter Kraft verschloss er den Eingang und legte sich auf den mit fußhohem Wasser bedeckten Boden.

Geschafft!, dachte er erleichtert. Du hast es geschafft! Vorerst jedenfalls. Gott hat dich nicht im Stich gelassen.

Dann wurde ihm schwarz vor Augen und er versank in eine tiefe Bewusstlosigkeit.

Johnny erwachte mit einem salzig-bitteren Geschmack im Mund. Er schlug die Augen auf und schaute sich verwundert um. Was war geschehen? Warum lag er in einer Wasserlache? Allmählich dämmerte ihm, wo er sich befand. Er wollte sich aufrichten, sank aber mit einem Stöhnen zurück. Ihm war, als hätte ihn ein Sumo-Ringer den Abend zuvor stundenlang immer wieder auf die Matte geworfen. Jede Muskelfaser schmerzte.

Mühsam rollte er sich auf die Seite und stützte sich hoch. Mit steifen Fingern öffnete er den Eingang der Rettungsinsel und schaute hinaus. Die Sonne stand hoch am Himmel und blendete ihn. Johnny kniff die Augen zusammen und suchte den Horizont ab. So weit sein Blick reichte, war nur Wasser zu sehen. Er war allein auf dem Atlantik, irgendwo zwischen Europa und Amerika!

Mit schmerzenden Gliedern kroch er zu einem Paket, das an der Seitenwand der Rettungsinsel festgezurrt war. Er öffnete es und fand Nahrungsmittel und verschiedene Survivalartikel wie Angelrute, Messer, Signalpistole und Munition. Dankbar öffnete er eine Dose mit Trinkwasser und spülte erst einmal den bitteren Geschmack aus seinem Mund. Dann schöpfte er mit der leeren Dose das Meerwasser aus der Rettungsinsel. Dabei wurde ihm so warm, dass er den Segler-Overall ausziehen musste. Gegen Mittag aß er einige Stücke Zwieback und teilte danach seine Vorräte ein. Er konnte mit ihnen problemlos eine Woche überleben. Bis dahin mussten sie ihn gefunden haben.

Und wenn nicht?, schoss ihm plötzlich ein Gedanke durch den Kopf. Wenn die Jacht den Sturm nicht überstanden hatte? Wenn alle tot waren? Wenn er abseits jeder Schifffahrtslinie auf dem Atlantik trieb?

Wieder stiegen Angst und Panik in ihm auf.

»Denk nicht an das Schlimmste, was passieren könnte, Junge«, sprach er sich selbst Mut zu. »Sieh lieber deine Chancen und Möglichkeiten und nutze sie.«

Er versuchte sich vorzustellen, dass er eine Abenteuer-Urlaubsreise gebucht hatte, auf der er lernen sollte, wie man als Schiffbrüchiger überleben kann. Natürlich stand kein Hubschrauber bereit, der ihn jederzeit abholen konnte, wenn etwas schief ging oder wenn er die Lust verlor. Aber daran wollte er nicht denken.

Die nächste Nacht schlief er etwas unruhig und beim ersten Sonnenstrahl war er schon wieder auf den Beinen. Immer wieder suchte er das Meer ab, ob nicht endlich der Mast einer Jacht oder der massige Rumpf eines Frachters auftauchte. Doch kein Schiff ließ sich sehen.

Vorsichthalber vermischte er von nun an sein Trinkwasser mit einem

Viertel Meerwasser, um seinen Vorrat zu strecken. Es schmeckte dadurch zwar nicht besonders gut, aber es war gerade noch genießbar. Außerdem konnte er dadurch die Menge Salz ersetzen, die er tagsüber durch Schwitzen verlor.

Er setzte die Angelrute zusammen und warf einen der Kunststoffköder aus. Sollte man ihn nicht sofort finden, konnte er seine Lebensmittelvorräte durch Fisch strecken. Am Abend hing ihm tatsächlich ein junger Lachs am Haken. Johnny nahm ihn aus und probierte das rohe Fleisch. Es ekelte ihn an.

»Brrr!«, schüttelte er sich. »Wie können Japaner nur Sushi essen?«

Er hängte den Lachs außen an das Dach der Rettungsinsel, damit er in der Sonne trocknen konnte. Am nächsten Tag aber begann der Fisch so gewaltig zu stinken, dass er ihn zurück ins Meer warf.

»Also, entweder rohen Fisch oder gar keinen«, entschied er sich und weil er noch genügend Vorräte hatte, verzichtete er vorerst auf weitere Angelversuche.

Doch drei Tage später siegte die Vernunft. Seine Vorräte gingen sichtbar zur Neige. Er konnte sich ausrechnen, dass er in wenigen Tagen keinen Proviant mehr besaß. Von einem Schiff war weit und breit nichts zu sehen. Wollte er am Leben bleiben, musste er seinen Widerwillen besiegen. Also warf er wieder die Angel aus und begann rohen Fisch zu essen.

Weil auch sein Wasservorrat sichtbar zur Neige ging, schnitt er gefangene Fische in kleine Stücke, wickelte sie in ein Stück Tuch und wrang es über einem Behälter kräftig aus. Johnny wusste, dass jeder Fisch Flüssigkeiten enthält, die für den Menschen genießbar sind. Natürlich schmeckte dieses Wasser grässlich, aber sein Durst besiegte schließlich den Widerwillen. Wenn er überleben wollte, musste er alles tun, um bei Kräften zu bleiben.

Tag für Tag stieg die Sonne am Himmel wie ein glühend heißer Ball empor. Zuerst hatte Johnny jeden Morgen ihre Wärme begrüßt. Jetzt aber – nach fast zwei Wochen – versteckte er sich vor ihrer Glut im Schatten der Rettungsinsel. Nachts fror er wie ein Schneider. Seine Fettreserven waren aufgebraucht und der gefangene Fisch gab ihm zu wenig Kalorien. Trotzdem freute er sich nicht über die wärmenden Strahlen der Sonne, weil sie seine vom Salzwasser angegriffene Haut verbrannten. Hände und Lippen waren rissig und spröde geworden. Immer wieder blutete er, weil seine Haut durch die nasse Kleidung wund gescheuert worden war. Auch seine Stimmbänder waren angegriffen. Bei seinen Selbstgesprächen kam nur ein heiseres Krächzen aus dem Mund. Der »Abenteuerurlaub« entwickelte sich allmählich zum Horrortrip. Das wurde ihm immer klarer.

Am Ende der dritten Woche verlor er die Hoffnung, dass man ihn finden würde. Er fühlte sich ausgelaugt und am Ende seiner Kräfte. Sein Denken war träge und verschwommen. Wie viele Tage oder Stunden konnte er noch durchhalten? Hatte es überhaupt einen Zweck, weiterzukämpfen und zu leiden? Sollte er sich nicht einfach ins Meer fallen lassen, tief hinunter tauchen und alle Luft ausatmen, um schnell und schmerzlos zu sterben? Sagte man nicht, dass Ertrinken in seiner letzten Phase ein schöner Tod sei?

Nein, sagte ihm eine innere Stimme plötzlich, nein, Johnny du musst leben! Noch bist du nicht am Ende deines Weges angelangt. Wo ist dein Glaube geblieben? Dein Vertrauen in die Führung Gottes? Hat er dir nicht immer wieder aus der Patsche geholfen? Würdest du jetzt in der Rettungsinsel sitzen, wenn er nicht dein Stoßgebet erhört hätte?

»Ja«, dachte Johnny laut, »es ist leicht, an Gottes Führung zu glauben, wenn alles glatt im Leben verläuft und man mit ihm im Reinen ist.«

Jetzt aber, verloren in der Weite des Atlantiks und ohne Hoffnung auf Rettung, begann er zu zweifeln. Hatte er nicht bisher Gottvertrauen mit Selbstvertrauen verwechselt? Sein praktischer Verstand und seine schnelle Auffassungsgabe hatten ihm ja oft geholfen, Schwierigkeiten zu meistern. Nun aber wusste er keinen Ausweg mehr. Wenn Gott ihm nicht half, war er verloren. Aber wie konnte Gott ihm helfen, wenn er sich bisher nicht um seinen Willen gekümmert hatte? Waren Gottes Ohren nicht taub geworden für die Bitten des Johannes Maurer?

»Oh Herr«, stöhnte er auf, »wenn du mir noch vergeben kannst, dann hilf mir. Versuch es doch noch einmal mit mir.«

Er spürte, wie seine Augenlider schwer wurden. Er versuchte gegen die aufsteigende Müdigkeit und Schwäche anzukämpfen, aber Dunkelheit zog wie ein schwerer Nebel über sein Denken.

»Er atmet noch.« Die Stimme drang wie aus weiter Ferne in sein Bewusstsein. Johnny versuchte die Augen zu öffnen. Verschwommen erblickte er ein sonnengebräuntes Gesicht mit braunen Haaren.

»Bist du es, Harry?« Seine Stimme klang wie ein Reibeisen.

»Er ist aufgewacht«, sagte der Mann, der sich über ihn beugte, »und fragt nach einem Harry. So schlimm kann es also um ihn nicht bestellt sein.«

»Okay, bringen wir ihn an Bord. Unser Smutje wird ihn schon wieder aufpäppeln.«

Zwei Männer hoben Johnny aus der Rettungsinsel und legten ihn in ein Boot mit Außenbordmotor. Dann fuhren sie zu einem Frachter hinüber, der hundert Meter entfernt wartete. Johnny spürte, wie sein Denken klarer wurde. Man hatte ihn gefunden! Gott hatte ihm eine zweite Chance gegeben!

Er lachte auf. Es klang wie der trockene Husten eines Lungenkranken.

»Wie habt ihr mich entdeckt?«, fragte er mit schwerer Zunge.

»Rein zufällig«, antwortete ihm einer der Männer. »Unser Maat beobachtete eine Gruppe von Delfinen, die neben dem Schiff spielten. Da entdeckte er die Rettungsinsel. Wären die Tiere nicht pausenlos aus dem Wasser gesprungen, hätte er dich glatt übersehen.«

Johnny wusste es besser. Nein, das war kein Zufall gewesen. Die spielenden Delfine hatte sicherlich Gott geschickt, um die Aufmerksamkeit des Maats auf das Wasser zu lenken. Daran glaubte er fest.

Am Frachter angekommen, winkten und johlten ihnen einige Männer zu, die an der Reling standen. Dann wurde das Beiboot mit einem Kran an Deck gehievt. Die beiden Matrosen halfen Johnny hinaus und stützten ihn, während ein Mann mit Skippermütze auf ihn zutrat und ihm die Hand reichte.

»Willkommen an Bord der Marie-Anne. Ich bin Kapitän Jens Albrecht.«

»Johannes Maurer«, flüsterte Johnny mit heiserer Stimme. »Bin schon lange auf dem Atlantik. Ein Sturm hat mich vom Deck einer Jacht gefegt.«

»Na, dann haben Sie aber Schwein gehabt, dass unser Maat die Rettungsinsel entdeckt hat.«

»Gott«, verbesserte Johnny ihn, »nicht Schwein.«

Der Kapitän lachte. »Hier ist der Mann, der Sie entdeckt hat: Walter Klinger, unser Maat.«

Johnny drückte auch diesem Mann die Hand und krächzte ein Dankeschön.

»Übrigens«, fuhr Jens Albrecht fort, »vor drei Wochen fingen wir den Funkspruch einer Jacht auf, dass jemand über Bord gegangen ist. Sicherlich waren Sie das.«

Johnny nickte. »War es die Seahorse mit dem Skipper Hans Griger?«

»Ich glaube, so nannte er sich.«

»Gott sei Dank, sie haben den Sturm überstanden«, flüsterte Johnny schwach. Dann knickten seine Beine zusammen. Die beiden Matrosen fingen ihn auf.

»Bringt ihn in die Gästekajüte«, ordnete der Kapitän an, »und sorgt dafür, dass er wieder auf die Beine kommt. Dann wollen wir mal die Nachricht weitergeben, dass der verlorene Sohn gefunden worden ist.«

Am nächsten Tag erfuhr Johnny von Jens Klinger, dem Maat, dass die

Marie-Anne sich auf dem Weg nach Hamburg befand. Ihre Fracht bestand aus Sojabohnen, die im Hamburger Hafen gelöscht werden sollten. Der Funker hatte außerdem die Jacht der Grigers ausfindig gemacht. Sie lag inzwischen im Hafen von Palm Beach. Die beiden Weltumsegler und auch sein Bruder Harry und die Kinder ließen ihn ganz herzlich grüßen. Sobald er könne, solle er sich bei ihnen melden. Ihnen allen sei ein ganz großer Stein vom Herzen gefallen.

Johnny lächelte bei dieser Nachricht. Den anderen ging es gut und er war gerettet. Was brauchte er jetzt mehr? Mit einem Mal waren bei ihm die Strapazen der vergangenen Wochen nur noch ein ferner Schatten, der im Sonnenlicht des Tages verblasste.

Als die Marie-Anne im Hamburger Hafen festmachte, kam mit dem Zollbeamten auch ein junger Polizist an Bord.

»Ich habe etwas für Sie«, sagte er zu Johnny. »Es ist ein Paket mit ihren persönlichen Sachen. Ihr Bruder Harald Maurer hat es uns aus Florida geschickt. Es kam vor zwei Tagen mit einem Begleitschreiben per Luftpost.«

Er nahm einen Personalausweis aus seiner Tasche, schaute kurz auf das Bild und überreichte ihn Johnny. »Hier, das ist Ihr Personalausweis. Auf dem Meer brauchten Sie sich ja nicht auszuweisen. Nun aber kommen Sie ohne Papiere nicht weit. Ihr Bruder schrieb, dass sich Ihre anderen Unterlagen im Paket befinden. So, nun unterschreiben Sie bitte noch die Empfangsbestätigung. Danke schön.«

Der Beamte betrachtete prüfend Johnnys Unterschrift und nickte zufrieden. Dann grüßte er förmlich und verließ das Schiff.

Nachdem er sich von der Schiffsmannschaft verabschiedet und sich für ihre freundliche Aufnahme bedankt hatte, mietete Johnny ein preisgünstiges Zimmer im Stadtteil Wandsbek. Dann öffnete er das Paket.

Harry hatte tatsächlich an alles gedacht und ihm das geschickt, was er wirklich brauchte. Besonders wichtig waren seine Bankunterlagen. Sie lagen mit anderen Papieren in einer wasserdichten Dokumentenhülle. Johnny gönnte sich keine Ruhepause, sondern steckte seine Ausweise ein und suchte eine Bankfiliale auf, um der Mannschaft der Marie-Anne als Dank für seine Rettung und Versorgung einen großzügigen Betrag zu überweisen.

Bei einem BMW-Händler am Mundsburger-Damm kaufte er sich noch am Nachmittag einen schwarzen Siebener-BMW, der im Schaufenster ausgestellt war. Er zahlte eine große Summe an, stellte für den Restbetrag einen Scheck aus und bat den Verkäufer, den Wagen bis zum nächsten Vormittag anzumelden. Der Mann staunte nicht schlecht, als Johnny ihm das Geld wie selbstverständlich auf den Tisch legte. Schließlich wurden die meisten Großlimousinen nur geleast.

»Keine Sorge«, lachte Johnny ihn an, »das Geld stammt nicht von einem Banküberfall. Ich hab es auf der Straße gefunden.«

Nun musste auch der Verkäufer lachen. »Ja, manche verdienen ihr Geld im Schlaf, andere finden es auf der Straße. Man muss nur den richtigen Spürsinn für gute Geschäfte haben. Es freut mich, Sie zu unseren Kunden zählen zu dürfen, Herr Maurer. Morgen steht der Wagen für Sie bereit. Ich werde alles zu Ihrer vollsten Zufriedenheit regeln. Soll ich für Sie ein Taxi rufen?«

»Nein, das ist nicht nötig. Ich möchte Hamburg erst einmal aus der Perspektive eines Fußgängers erleben. Außerdem habe ich die letzten Wochen auf dem Atlantik zugebracht. Mit einer Jacht, verstehen Sie. Da hatte ich nicht viel Bewegung.«

»Sie haben den Atlantik überquert?«, fragte der Verkäufer fast ehrfürchtig.

»Nicht ganz – kurz vor den Westindischen Inseln gerieten wir in einen Sturm. Dabei bin ich über Bord gegangen. Drei Wochen habe ich in einer Rettungsinsel gehockt, ehe ich aufgefischt wurde. Aber mit Gottes Hilfe habe ich alles gut überstanden.«

»Alle Achtung! Da haben Sie ja einige Abenteuer hinter sich.« Der Mann war sichtlich beeindruckt. Doch dann erinnerte er sich wieder an das Geschäftliche und schob Johnny einige Formulare über den Tisch. »So, das müssen Sie noch unterschreiben. Und hier ist Ihre Quittung für den eingezahlten Betrag. Übrigens, falls Sie noch mehr Bargeld bei sich haben, passen Sie auf. Die Taschendiebe haben in Hamburg wieder mal Hochkonjunktur.«

»Bis jetzt bin ich immer ganz gut durchgekommen«, beruhigte Johnny ihn, während er die Formulare unterschrieb. »Bei mir vermutet niemand eine größere Geldsumme. – So, das wäre erledigt. Hier sind die unterschriebenen Vollmachten.« Er händigte dem Verkäufer die Formulare aus und reichte ihm die Hand zum Abschied. »Bis Morgen dann.«

Der Mann öffnete die Tür und verbeugte sich höflich. »Ich wünsche Ihnen einen erfolgreichen Tag, Herr Maurer. Auf Wiedersehen.«

Fröhlich pfeifend verließ Johnny den Verkaufsraum und trat auf die Straße. Er wandte sich nach links und schlenderte in Richtung Stadtmitte.

Eigentlich müsste ich Mike aufsuchen, dachte er plötzlich. Mal sehen, wie es ihm geht und ob er sich immer noch für die Bekämpfung der Drogenbosse engagiert.

An der nächsten Straßenecke fand er an der U-Bahn-Station ein Münztelefon. Er schlug das Telefonbuch auf und suchte nach Mikes Nummer. Wie er es sich schon gedacht hatte, fand er sie nicht. Nachdem die Mafia ihn auf ihre Abschussliste gesetzt hatte, war Mike sicherlich umgezogen und besaß eine Geheimnummer.

Johnny rief die Auskunft an. Auch sie konnte ihm nicht weiterhelfen. Das bestätigte Johnnys Vermutung. Also kramte er sein Notizbuch aus der Tasche und suchte die Nummer, die Mike ihm damals gegeben hatte. Dann warf er dreißig Pfennig in den Apparat und wählte 6 95 81 15.

»Ja bitte?«, fragte eine Frauenstimme.

»Hier ist Johnny. Ich bin ein Freund von Mike Walter. Ich habe ihm damals das Leben retten können, als er noch im Langeweg 6 wohnte.«

»Woher haben Sie diese Nummer?«

»Von Mike persönlich. Er gab sie mir, als man ihn ins Krankenhaus brachte. Ich solle hier anrufen, wenn ich ihn sprechen wollte.«

»Was wollen Sie von Mike.« Die Frauenstimme klang kühl.

»Ihn wiedersehen, ihn fragen, wie es ihm geht. Er hat mir damals die Augen geöffnet für die Geschäfte der Drogenmafia.«

»Können Sie mir ein Erkennungszeichen geben?«

»Ja, mein Nasenbein ist gebrochen.«

»Gut, rufen Sie in zehn Minuten noch einmal an.«

Die Frau hängte auf.

Johnny verließ die Telefonzelle und kaufte sich im Kiosk der U-Bahn-Station eine Zeitung. Die Schlagzeilen beschäftigten sich hauptsächlich mit der kritischen Situation im Osten. DDR-Urlauber drängten sich in der deutschen Botschaft in Prag und verlangten nach freier Ausreise. Andere versuchten über die Grenzen der Nachbarländer in den Westen zu entkommen. Das kommunistische System war offensichtlich in eine schwere Krise geraten. Alle schauten auf den großen Bruder im Osten. Würde die UdSSR den Ruf nach Freiheit wieder ersticken wie im Prager Frühling?

Johnny ließ die Zeitung sinken. Er hatte gewusst, dass der Kommunismus eines Tages nicht mehr die Welt bedrohen würde. Viele Christen hatten in dieser atheistischen Ideologie den Antichristen gesehen, das rote Untier aus der Apokalypse des Johannes, das Christen verfolgt und die Welt unter seine Herrschaft zwingt. Doch dies erschien ihm immer nur eine spekulative Auslegung der Bibel, die den Textzusammenhang außer Acht ließ. Nein, die antichristliche Macht hatte seinen Sitz nicht in Moskau. Warum übersehen diese Christen immer das 17. Kapitel der Offenbarung?, überlegte Johnny, da steht doch glasklar, in welcher Stadt der Antichrist regiert.

Er faltete die Zeitung zusammen, trat in die Telefonzelle und wählte erneut die Nummer. Diesmal war die Frauenstimme nicht mehr so kühl und abweisend.

»Sie sind also Johnny, der Mike gefunden hat, als man ihm einen Goldenen Schuss verpassen wollte?

»Ja, genau der bin ich.«

»Weshalb haben Sie ihn damals aufgesucht? Erinnern Sie sich noch?«

»Er wollte mich zu seinen Freunden von der Anti-Drogen-Koalition mitnehmen.«

»Wo haben Sie ihn kennen gelernt?«, wollte die Frau wissen.

»In einem Fastfood-Restaurant im Stadtzentrum, nachdem er am Elbufer Hauswände mit einigen Parolen verziert hatte.«

»Okay, er will sie treffen. Kommen Sie um 18.00 Uhr auf die Kennedybrücke.«

»Gut, ich werde da sein. Bestellen Sie bitte Mike, dass ich jetzt keine dunklen Haare mehr habe, sondern blond bin.«

»Ich richte es ihm aus.«

Johnny hängte ein und verließ die Telefonzelle. Er schaute auf seine Armbanduhr. Wenn er sich jetzt auf den Weg machte, würde er es zu Fuß rechtzeitig bis zur Kennedybrücke schaffen. Also ging er die Straße hinunter und wanderte an der Alster entlang. Die Luft war warm. Einige Wolken hingen wie Wattebäuschchen am blauen Himmel. Menschen strömten über die Alsterpromenade, Spaziergänger, Jogger, Mütter mit ihren Kindern und Radfahrer. Johnny wunderte sich darüber. An einem ganz normalen Arbeitstag hätte er hier nicht so viele Menschen erwartet.

Es war zehn vor sechs, als er den vereinbarten Ort erreichte. Niemand war zu sehen. Also lehnte er sich über das Brückengeländer und beobachtete die Segelschiffe auf der Außenalster.

»Johnny?«

Mikes Stimme klang verunsichert, aber Johnny erkannte sie sofort. Er drehte sich um und schaute in das fragende Gesicht des Jugendlichen.

»Hallo Mike. Schön, dich wiederzusehen. Ich wollte dich damals im Krankenhaus besuchen. Aber die Mafia saß mir auf den Fersen. Also bin ich abgehauen.«

Jetzt leuchteten die Augen des Jugendlichen wieder auf.

»Mann, Johnny! Hast du dich verändert. Ich habe dich schon einige Minuten vom Uferweg mit dem Fernglas beobachtet. Aber die blonden Haare und die fehlende Brille haben Zweifel aufkommen lassen, ob du es wirklich bist.«

»So, Mike, sehe ich normalerweise aus. Ich hatte mir damals die Haare dunkel gefärbt und eine Brille aufgesetzt, um mich zu tarnen. Normalerweise trage ich auch keinen Bart. Aber die letzten Wochen war ich auf See. Da hatte ich keine Lust, mich zu rasieren.« Er lachte Mike an. »Komm, ich glaube, wir haben uns eine Menge zu erzählen. Lass uns da unten in das Restaurant gehen. Vielleicht ergattern wir einen Fensterplatz.«

Sie gingen die Brücke hinunter und kehrten in dem Restaurant ein. Es lag direkt am Wasser. Die nächsten zwei Stunden vergingen wie im Fluge, während Johnny von seinen Abenteuern berichtete. Schließlich erzählte Mike ihm, dass er nach seiner Entlassung aus dem Krankenhaus zu seinen Freunden gezogen war. Die Polizei hatte ihn zwar noch einige Male vernommen, aber ihre Untersuchungen seien im Sande verlaufen. Johnny erzählte ihm daraufhin vom Schicksal des Rothaarigen. Mike hörte ihm mit großen Augen zu und meinte schließlich: »Das ist ja wie im Krimi, Johnny.«

»Das habe ich auch schon gedacht. Aber Krimis haben eine durchsichtige Handlung. Man weiß, worum es geht. Unsere Geschichte dagegen ist kompliziert, verworren und wir wissen nicht, wer die eigentlichen Drahtzieher sind und wie unsere Story ausgehen wird. Es sind eben die Wirren des Lebens und keine Fantasien eines Schriftstellers. Das macht den Unterschied.«

»Hoffentlich gibt es für uns dabei ein Happyend.« Mike schaute über die Alster. Die Sonne stand inzwischen tief am Horizont und färbte den Himmel und das Wasser blutrot.

Johnny lachte auf und schlug dem Jugendlichen beruhigend auf den Arm. »Bestimmt, Mike, die Sache hat sich doch mittlerweile im Sand verlaufen. Das Gesetz ist inzwischen rechtskräftig geworden. In den Pizzarien werden jetzt kräftig Drogengelder gewaschen und uns haben die Kerle längst vergessen.«

»Das ist es ja, was mich beunruhigt. Meine Freunde und ich betreiben nur Aufklärung, die niemand ernst zu nehmen scheint, und die Kerle können weiter in Ruhe ihre schmutzigen Geschäfte machen. Wäre es nicht wichtig, dass wir etwas unternehmen?!«

Johnny schüttelte den Kopf. »Wir haben nichts in der Hand. Wer hört schon auf uns? Außerdem, es ist nicht meine Berufung, gegen Drogenbarone zu kämpfen.«

»Und was ist deine Berufung?«, wollte Mike wissen.

Johnny schwieg eine Weile. Dann sagte er zögernd: »Menschen zu helfen, dass sie Gott und damit Hoffnung finden. – Mike, sag jetzt nichts! Ich weiß ganz genau, was du mir jetzt unter die Weste drücken willst. Ja, ich folge noch nicht meiner Berufung. Aber ich arbeite daran. Die Erlebnisse der letzten Wochen haben mir einiges klargemacht.«

Er schwieg und auch Mike sagte kein Wort. Schließlich begann Johnny erneut zu sprechen: »Wir beide haben unsere Berufung. Aber es gibt Zeiten, da klappt nicht immer alles. Wie der alte Salomo es sagt: Alles hat seine Zeit, Steine sammeln hat seine Zeit und Steine zerstreuen hat seine Zeit. – Komm, ich begleite dich nach Hause. Wo wohnst du überhaupt?«

»Im zweiten Geschoss eines alten Kontors nicht weit vom Hafengebiet. Es ist auch der Treffpunkt meiner Freunde von der Anti-Drogen-Koalition. Schön, dass du mitkommst. Dann kannst du gleich sehen, wie ich jetzt wohne.«

Johnny winkte die Kellnerin heran und bezahlte. Dann brachen sie gemeinsam auf. In dem alten Kontor hatte es sich Mike gemütlich eingerichtet. Er wohnte in zwei Zimmern. Neben seiner Kleinwohnung besaß die Anti-Drogen-Koalition drei Büro- und Lagerräume. Hier druckten sie auch ihre Handzettel auf einer kleinen Vervielfältigungsmaschine. Stolz zeigte Mike seinem Freund ihre Arbeit.

»Ihr betreibt also nur Aufklärung?«, fragte Johnny ihn.

»Ja, mehr können wir nicht tun. Terroristische Aktivitäten unterstützen wir nicht, sonst wären wir nicht besser als die Drogenmafia. Und polizeiliche oder politische Gewalt haben wir nicht. Deshalb bleibt uns nur die Aufklärungsarbeit. Aber wir hoffen, dass eines Tages breite Bevölkerungsschichten mit uns auf die Straße gehen und sich gegen die Drogendiktatur wehren, wie augenblicklich die Bevölkerung der DDR sich endlich aufgerafft hat, um gegen das rote Unrechtsregime zu protestieren.«

»Stimmt«, pflichtete ihm Johnny bei, »manchmal braucht es Jahrzehnte, bis man Menschen aktivieren kann. Wenn man sie durch Aufklärung vorbereitet hat, kann manchmal ein winziger Funken einen Brand entfachen, den niemand mehr löschen kann. – Das wünsche ich mir übrigens auch für den christlichen Glauben.«

Die ganze Nacht wälzte sich Johnny im Bett hin und her. Er wusste genau, weshalb er so unruhig war. »Ich folge noch nicht meiner Berufung«, hatte er Mike geantwortet, »aber ich arbeite daran.« Es wurde Zeit, dass er aufhörte zu reden und mit der Verwirklichung begann. Es wurde Zeit, dass er Menschen über die Botschaft der Bibel informierte, damit der Funke des Glaubens auch auf sie überspringen konnte. Wie sollten sich Menschen für Gott entscheiden, wenn sie nichts von ihm hörten. Da war Mike tatsächlich vorbildlicher als er. Der Jugendliche engagierte sich mit Haut und Haar für seinen Kampf gegen die Drogenkriminalität. Wie viel Engagement für den christlichen Glauben zeigte er dagegen?

Ja, er war auf der Flucht vor Gott gewesen. Wie Jona. Hans Griger hatte Recht gehabt. Das Segelschiff. Die Fahrt nach Westen. Der Sturm. Die Rettung.

Plötzlich saß Johnny kerzengerade im Bett. Der Name Johannes und Jona kommen aus dem Hebräischen und bedeuten beides dasselbe: Jahwe ist gnädig. Jona hatte sich damals genauso schuldig gemacht wie er. Aber Gott war ihm gnädig gewesen und hatte ihn erneut beauftragt, die Menschen zu warnen. War Gott nicht auch ihm – Johannes Maurer – bisher gnädig gewesen? Wurde es nicht Zeit, dass er endlich seiner Berufung nachkam? Aber er besaß doch keine theologische Ausbildung. Er konnte nicht als Pastor arbeiten, auch wenn er die Fähigkeiten dazu besaß.

Eine Idee schoss ihm plötzlich durch den Kopf, als wäre sie eine Eingebung. Genau, das würde er tun, gleich morgen früh!

Er legte sich ins Bett zurück und kuschelte sich in die Decke. Nur wenige Augenblicke später schlief Johnny mit dem guten Gefühl ein, dass er nicht länger vor Gott auf der Flucht war.

Am nächsten Tag holte Johnny seinen zugelassenen BMW vom Händler ab und fuhr zu einem christlichen Verlag. Dort kaufte er 5000 Exemplare eines Buches, das sich mit Lebenssinn- und Schicksalsfragen beschäftigte. Als er den Verlagsangestellten erklärte, er wolle die Bücher an alle verschenken, die sich dafür interessierten, schauten sie ihn ein wenig verwundert an.

»Ist der Inhalt des Buches denn wichtig?« Johnny blickte fragend in die Runde. »Hilft es den Menschen, ihren Lebenssinn zu finden und glücklich zu werden?«

Die Angestellten nickten.

»Na, dann sollte es nicht in eurem Lager vergilben. Dann muss es unter die Leute.«

»Ja, schon«, antwortete ihm eine Buchhalterin. »Aber nicht jeder hat das Geld, so viele Bücher auf einmal zu kaufen, um sie dann einfach zu verschenken.«

»Nun, ich habe zwar nicht im Lotto gewonnen«, lachte Johnny, »aber Gott hat mir eine Menge Geld geschenkt. Mit den Büchern möchte ich mich bei ihm revanchieren, wenn das überhaupt möglich ist.«

Die Angestellten lächelten und wünschten ihm »Gottes Segen« für sein Vorhaben. Aber Johnny hatte trotzdem den Eindruck, dass sie ihn irgendwie nicht für ganz voll nahmen.

Noch am selben Tag begann Johnny in Hamburg-Altona von Haus zu Haus zu gehen, um die Bücher zu verschenken. Verwundert musste er feststellen, dass viele Menschen sich nichts schenken lassen wollten. Mit einigen Hausbewohnern konnte er jedoch tief gehende Gespräche über die Zukunft der Welt und den Glauben an Gott führen.

Er kehrte erst spät am Abend nach Hause zurück, müde, hungrig, aber glücklich und zufrieden. Ja, es war seine Bestimmung gewesen, Seelsorger und Evangelist zu sein. Wenn er damals nur nicht einen anderen Weg eingeschlagen hätte! Aber vielleicht war es noch nicht zu spät. Auch wenn er kein Pastor war, als Laienevangelist konnte er ja seinen Mitmenschen genauso helfen, Halt im Leben zu finden. Zufrieden ließ Johnny sich in einen Sessel fallen und dachte über seine Zukunft und Lebensaufgabe nach.

Seine Begeisterung hielt auch die nächsten Tage an. Er diskutierte mit Hare-Krischna-Jüngern an der Alster. »Ihr versucht euch zu eurem Krishna hochzuarbeiten«, erklärte er ihnen. »Ihr müsst euch eure Erlösung verdienen. Christus dagegen ist zu uns gekommen. Er ist Mensch geworden. Er hat für uns unsere Schuld gebüßt. Damit sind wir erlöst. Wir müssen es nur glauben. Gott will uns das ewige Leben schenken, wenn wir ihm vertrauen. – Ihr braucht euch also nicht in Trance zu tanzen und zweitausendmal am Tag Hare Krishna zu singen. Jesus hat es uns so einfach gemacht.«

Er ging mit Scientologen in den Clinch. »Wo bitte steht in der Bibel etwas davon, dass wie *clear* werden müssen? Haben die ersten Christen irgendwelche Psychokurse für viel Geld angeboten, durch die man seine Fehlprogrammierungen loswerden kann? Nein, Gott schenkt uns das ewige Leben umsonst und er verändert uns durch den Heiligen Geist ohne Seelentraining. Wir müssen nur darum beten.«

Er drückte seine Bücher Berbern in die Hand, die in der Innenstadt um Geld bettelten. »Okay, Leute, euer Leben hat scheinbar keine Zukunft. Es ist aber keine Lösung, wenn ihr euch mit Alkohol betäubt, euch einfach davonstehlt und eure Lage vergessen wollt. Chemisches Glück ist nicht dauerhaft. Die Freude muss von innen kommen und die will Gott uns schenken. So, und nun lade ich euch alle zum Essen ein und erkläre euch dabei, was ich an eurer Stelle machen würde.«

In der Fußgängerzone legte er sich mit einem jungen Kommunisten an. Nachdem sie lange miteinander gestritten hatten, sagt Johnny zu ihm: »Du siehst doch, dass der Kommunismus am Ende ist. Die im Osten haben zwar alles abgeriegelt und versuchen ihre Bürger zu ihrem Glück zu zwingen. Aber die Leute lehnen das dankend ab und versuchen nach dem Westen abzuhauen.«

»Der Kommunismus ist noch lange nicht am Ende. Was uns gerade die Nachrichten zeigen, ist alles nur eine herbeigeredete Krise. Das wird sich bald alles wieder beruhigen. Wir werden das Arbeiter- und Bauernparadies trotz aller Hindernisse errichten. Dafür kämpfe ich.«

»Und ich kämpfe für das Paradies, das Gott auf dieser Erde errichten wird«, erwiderte Johnny.

Der Jugendliche lachte laut auf. Auch einige der Passanten, die diesem Gespräch lauschten, lächelten.

»Es gibt nur einen kleinen Unterschied, mein Lieber.« Johnny tippte seinem Gegenüber auf die Brust. »Wenn mein Paradies kommen wird, werde ich darin leben. Sollte deins aber Wirklichkeit werden, bist du schon lange tot. Du kämpfst für etwas, das du nicht erleben wirst. Du hast keine persönliche Hoffnung.«

Der Jugendliche stierte ihn mit bösen Augen an. Dann fluchte er und rannte davon.

»Na, das war vielleicht ein wenig zu hart«, meinte ein älterer Herr. »Man sollte die Wahrheit immer in Liebe verpacken.«

Johnny schaute ihn betroffen an und nickte. »Stimmt. Wahrheit ohne Liebe hilft niemandem. Vielen Dank für den Tipp.«

Er ging nachdenklich weiter. Er hatte gerade behauptet, dass er eine persönliche Hoffnung habe. In Wirklichkeit aber glaubte er immer noch, dass Gott ihn zwar gebrauchte, um Menschen zu warnen und zum Leben zu führen, ihm aber selbst kein ewiges Leben schenken konnte. Nein, zu viel hatte er auf dem Kerbholz. Im Grunde war also zwischen ihm und dem Kommunisten kein Unterschied. Sie hatten beide keine Zukunft.

Die nächsten zwei Stunden schlenderte Johnny durch die Stadt und beobachtete die Menschen. Es waren so viele. Er konnte sie gar nicht alle erreichen. Am liebsten hätte er ihnen zugerufen: »Mensch, Leute, macht es nicht so wie ich. Ändert euer Leben, ehe es zu spät ist. Noch habt ihr eine Chance!«

Am Abend raffte er sich wieder auf, steckte einige Bücher in seine Aktentasche – es waren seine letzten – und klingelte an verschiedenen Haustüren. Niemand interessierte sich jedoch an diesem Abend für das, was er anbot. Er wollte schon aufgeben, als er vor einem Mietshaus aus rot gebrannten Backsteinen stand.

Nun gut, sagte er sich, noch dieses eine Haus, aber dann ist Schluss für heute.

Er schellte an der Tür der Parterrewohnung.

»Einen Augenblick«, hörte er eine Männerstimme, »ich komme gleich.«

Johnny beugte sich vor und las den Namen am Türrahmen. »Bernhard Schulz«. Wie viele Schulze hatte er in den vergangenen Tagen schon angesprochen? Zehn waren es sicherlich. Dieser würde für die nächste Zeit vielleicht der letzte sein. Nach dieser anstrengenden Woche wollte er sich ein wenig an der Nordsee erholen, durchs Wattenmeer stapfen und bei Flut dem Rauschen der Brandung lauschen. Er brauchte diese Zeit der Erholung, denn die letzten Tage waren anstrengend gewesen, auch wenn die Arbeit ihm Freude gemacht hatte.

Das Geräusch von Rädern riss ihn aus seinen Gedanken zurück. Die Wohnungstür öffnete sich.

»Ja, bitte?« Die Stimme des Mannes im Rollstuhl klang ein wenig scharf. Eine rote Narbe verlief quer über seinen kahlen Schädel und auch im Gesicht zeugten Narben von einem schweren Unfall.

»Guten Abend, Herr Schulz. Ich heiße Johannes Maurer.«

»Woher wissen Sie meinen Namen?«, unterbrach ihn der Mann im Rollstuhl. »Sind wir uns schon einmal begegnet?«

»Sicherlich nicht«, lächelte Johnny. »Ich habe nur gerade Ihren Namen an der Tür gelesen.«

»So, so, und was wollen Sie?«

»Ich möchte Ihnen dieses Buch schenken, mehr nicht.«

»Mir ein Buch schenken? Was soll das?«

»Wissen Sie, viele Menschen resignieren, wenn sie in die Zukunft schauen ...«

»Sind Sie von den Zeugen Jehovas?« Der Mann blickte misstrauisch.

Johnny lächelte.

»Nein, aber ich bin ein Christ.«

»Wollen Sie mich bekehren?«

»Kein Mensch kann einen anderen bekehren. Er kann ihm nur sagen: Schau mal, Gott liebt dich und weil ...«

Als hätte Johnny einen Knopf gedrückt, explodierte der Mann.

»Bleiben Sie mir nur mit ihrem lieben Gott vom Hals! Gott! Liebe! Das ich nicht lache! Wo war denn ihr lieber Gott, als der VW-Bus mich überfuhr und mich zum Krüppel machte? Wo, bitte?!« Der Mann schaute ihn wütend an. »Warum hat er mich nicht beschützt? Warum hat er es zugelassen, dass ich drei Monate zwischen Leben und Tod schwebte, dass ich nun querschnittsgelähmt bin, dass mich meine Frau verlassen hat und ich nun ein kümmerliches Dasein fristen muss? Warum? Sagen Sie mir es!«

»Ich kann verstehen, wie Ihnen zu Mute ist«, antwortete Johnny.

»Können Sie das wirklich oder ist das nur eine ihrer frommen Floskeln?«

»Nein, ich kann Sie verstehen. Mein Leben ist auch nicht immer glatt verlaufen und ich habe ähnliche Fragen gestellt wie Sie. Aber dann kam mir der Gedanke: Verlange ich da nicht, dass Gott eine Art Weltpolizist ist, der überall und jederzeit eingreift, wenn Unrecht und Unglück geschieht?«

»Ist das nicht das Mindeste, was man von ihm verlangen kann?«, fragte der Rollstuhlfahrer bitter.

»Dann gäbe es aber keine Freiheit mehr. Jedes falsche Handeln des Menschen müsste von Gott sofort bestraft werden. *Er* wäre damit der Verursacher des Leides. Oder er müsste die Menschen total kontrollieren, sodass niemand mehr mit überhöhter Geschwindigkeit fahren könnte ...« Johnny brach ab und überlegte kurz. »Nein, es gäbe dann keine Autos, weil sie unsere Umwelt zerstören. Die Menschen könnten dann nicht rauchen, Alkohol trinken, ehebrechen, den Nächsten anschreien, lügen und betrügen. Sie könnten nur das tun, was Gott von ihnen verlangt. Sie hätten keine Freiheit.«

»Und, wäre das nicht besser für die Menschheit? Wollen das nicht alle: eine Welt ohne Unrat, Gemeinheit, Mord und Krieg?«

Johnny blickte den Mann nachdenklich ins Gesicht.

»Wenn alle das wollen, warum befolgen sie nicht freiwillig das, was Gott ihnen sagt? Warum fahren sie nicht vernünftig? Warum rauchen und trinken sie sich zu Tode? Warum schlagen sie Ehefrau und Kinder? Warum rüsten sie zum Krieg und belügen und betrügen ihre Mitmenschen? Wenn Gott die Menschen zum Guten zwingen soll, warum tun sie es nicht freiwillig?«

Der Mann zuckte mit den Schultern.

»Noch etwas«, fuhr Johnny eifrig fort, »wenn Gott uns die Freiheit nähme, verlören wir auch damit die Fähigkeit zu lieben. Liebe und Freiheit gehören untrennbar zusammen. Zerstört man die Freiheit, stirbt auch die Liebe. Was wäre das für ein Leben?«

»Und was ist *das* für ein Leben?« Die Stimme des Mannes klang verbittert. »Was habe ich von meiner Freiheit als Krüppel? Und wo ist die Liebe? Ich spüre nichts davon. Die Menschen verachten mich. Wer will schon etwas mit einem Querschnittsgelähmten zu tun haben? Mit jemandem, dessen Gesicht entstellt ist? Wer lädt ihn zum Essen ein? Wer hilft ihm im Haushalt, beim Einkaufen? Noch nicht einmal meine ehemaligen Kollegen von der Polizei lassen sich bei mir sehen. Ich bin für sie gestorben, damals, als der VW-Bus mich zum Krüppel machte.«

Johnny starrte den Mann an. Eine Erinnerung drängte sich in sein Bewusstsein. Polizei, Unfall, VW-Bus, Fahrerflucht, Bernhard Schulz, Kojak, Mordfall Hansen ...

»Was starren Sie mich so an?«, fuhr der Mann im Rollstuhl auf.

»Ich dachte, Sie wären tot.«

»Ich tot? – Was wissen Sie von mir? Kennen Sie mich? Wir sind uns noch nie begegnet. Wieso dachten Sie, ich wäre tot? Was wissen Sie von meinem Unfall? Los, reden Sie, Mann!«

Bernhard Schulz hatte Johnny so fest am Arm gepackt, dass es schmerzte.

»Es stand doch in der Zeitung.«

»Ja, es stand in der Zeitung. Jeden Tag steht etwas in der Zeitung von Unfalltoten. Wieso erinnern Sie sich gerade an meinen Unfall?«

»Es war kein Unfall, Herr Kommissar Schulz!«, platzte Johnny heraus. »Es war ein Mordversuch! Gott sei Dank, nur ein Mordversuch.«

»Ein Mordversuch? Was wissen Sie über die Sache? Raus mit der Sprache!«

Johnny spürte, wie erregt der Mann war und auch in ihm brodelte es.

»Ich habe Ihnen eine Menge zu erzählen, Herr Kommissar. Man hat versucht, Sie aus den Weg zu räumen, weil Sie etwas im Mordfall Hansen gefunden hatten, das Sie gefährlich machte. Für eine ganze Reihe wichtiger Persönlichkeiten gefährlich machte.«

Bernhard Schulz starrte ihn mit geöffnetem Mund an.

»Sie wissen ...?«

»Ja, ich weiß und ich kann Ihnen auch noch das erzählen, was Sie nicht wissen.«

»Los, kommen Sie rein, Mann. Sie müssen mir alles berichten. Ich will endlich wissen, was damals gespielt wurde.«

Johnny folgte Bernhard Schulz ins Wohnzimmer. Es war spartanisch eingerichtet mit einigen Möbeln aus den siebziger Jahren. Die Gardinen waren zurückgezogen, sodass der Rest des abendlichen Dämmerlichtes das Zimmer erhellte. Die Decke und die mit Raufaser beklebten Wände waren nicht vergilbt. Es roch auch nicht nach Tabak. Wahrscheinlich war Schulz kein Raucher.

»Los, setzen Sie sich«, sagte der Mann im Rollstuhl, indem er auf einen bequemen Fernsehsessel wies, »und legen Sie endlich los!«

Und Johnny erzählte ihm, wie er Hansen aufsuchen wollte, um ihm vom Tod seines Sohnes zu berichten. Er erzählte vom weißen Mercedes mit dem italienischen Kennzeichen, den drei Männern, dem toten Hansen und dem geheimen Dokument auf dem Computer. Nur das Geld im Koffer verschwieg er. Es hatte für den Mann im Rollstuhl sowieso keine Bedeutung.

»Also, Sie waren es, der die Polizei informierte?«, fragte Schulz.

Johnny nickte.

»Und Sie wollten anonym bleiben?«

»Ja«, sagte Johnny, »ich hatte Angst.«

»Kann Sie verstehen«, erwiderte Schulz mit rauer Stimme. »Als ich noch im Dienst war, habe ich mich immer über Zeugen geärgert, die nicht aussagen wollten, aber jetzt, jetzt kann ich sie verstehen. Die Drogenmafia geht über Leichen. Auch mich wollten sie aus dem Weg räumen. Das ist mir nun klar.«

»Aber warum Sie?«, wollte Johnny wissen.

»Ich bin außer Ihnen der Einzige, der etwas von dem Dokument M 15 wusste. Die Drogenbosse haben es durch mich selbst erfahren.«

»Und wie?«

»Ich habe dummerweise den Minister angerufen, der im Dokument erwähnt wurde. Ich dachte, es wäre nur eine Verleumdungskampagne der Opposition. Was war ich doch für ein Esel! Natürlich steckte dieser Schweinehund von Minister mit der Mafia unter einer Decke!«

Der Mann ballte grimmig die Fäuste. Dann fuhr er mit ironischer Stimme fort: »Eine vertrauliche Bitte eines hoch geehrten Repräsentanten unserer Bundesrepublik und der pflichtbewusste, staatstreue Beamte Schulz löscht das Dokument M 15 im Computer. Der Herr Minister ist reingewaschen. Dann ein kleiner Anruf und Kommissar Schulz wird elegant ins Jenseits befördert. Ein Verkehrsunfall mit Fahrerflucht. Hmh! Eine alltägliche Geschichte. Da macht niemand großes Geschrei oder stellt Fragen. – Ich danke Ihnen, dass Sie mir die Augen geöffnet haben.«

»Aber Sie sind bei dem Verkehrsunfall nicht ums Leben gekommen.«

»Nein, ich bin nicht ums Leben gekommen. Ein Arzt hatte auf der Straße zwar meinen Tod festgestellt – das muss ein Reporter mitbekommen haben –, aber im Notarztwagen wurde ich reanimiert. Ich lag dann drei Monate im Koma. Alle haben mich aufgegeben. Aber eines Morgens bin ich aufgewacht. Bernhard Schulz war wieder da. Davon hat jedoch niemand mehr recht Kenntnis genommen. Ein Kollege hat mal im Krankenhaus vorbeigeschaut. Mein Chef brachte den üblichen Blumenstrauß, wünschte mir gute Besserung und alles Gute für meinen weiteren Lebensweg und dann war Funkstille.«

Der Mann seufzte. Auch wenn er Johnny vorhin so hart erschienen war, schimmerten jetzt doch seine Augen feucht.

»Meine Frau verließ mich zwei Monate später. Sie konnte meinen Anblick nicht mehr ertragen. Sagte sie. Vielleicht bin ich ihr aber auch auf die Nerven gegangen, weil ich mit mir und meinem Schicksal nicht fertig werden konnte. Ich habe begonnen, die Menschen und das Leben zu hassen. Manchmal wollte ich schon Schluss machen. Ich weiß nicht, was mich davon abgehalten hat. Vielleicht sollten Sie erst kommen, um mir meine Fragen zu beantworten.«

»Ich kann verstehen, dass Sie verbittert sind«, sagte Johnny sanft. »Alle Zukunftspläne sind von einem Augenblick zum anderen Makulatur. Was man tun möchte, kann man nicht mehr. Was bisher Freude gemacht hat, ist vorbei. Freunde ziehen sich zurück, weil sie mit dem Leid des anderen nicht umgehen können, ja weil sie selbst Angst vor Leid haben. Man ist einsam, unverstanden. Man möchte weinen, aber die Tränen sind versiegt. Und dann dieses Gefühl, als wäre man plötzlich in die Wüste verbannt.«

»Ja, so ist es.« Bernhard Schulz blickte durch die Scheiben des Wohnzimmerfensters nach draußen. Es war inzwischen dunkel geworden. Die Bewohner des gegenüberliegenden Wohnhauses hatten die Beleuchtung eingeschaltet und die Vorhänge vor den Fenstern zugezogen, als wollten sie sich von ihren Nachbarn abschotten und weder von ihnen etwas sehen, noch etwas vom eigenen Leben preisgeben. – Plötzlich richtete sich Schulz wieder auf. »Mann, Sie fangen ja wieder an zu predigen und ich lasse mich weich machen.«

Johnny lächelte ihn an.

»Ich wollte Ihnen nur sagen, dass nicht alle Türen des Schicksals verbaut sind.«

»Ja, ja. Gott liebt mich und möchte mir ein neues Leben ohne Leid schenken. Ich kenne diese Sprüche, Herr ... Wie war noch einmal Ihr Namen?«

»Johannes Maurer.«

»Ich kenne diese Sprüche, Herr Maurer. Ich war früher ein eifriger Kirchgänger. Ja, sehen Sie mich nicht so verwundert an. Auch Kripobeamte können Christen sein. Aber mein Unfall hat mich verbittert. Ich stehe seitdem mit Gott auf dem Kriegsfuß. Was soll ich noch auf dieser Welt als Krüppel.«

»Ich habe den Eindruck, Herr Schulz, Sie starren nur auf das, was Sie nicht mehr können, was Sie verloren haben. Das macht Sie depressiv. Sie sollten aber dem nicht länger hinterhertrauern, sondern nach vorne schauen.«

»Nach vorne schauen? Da ist nur Waschküche. Da ist es grau und trübe.«

»Nein, nicht grau und trübe, Herr Schulz. Sie haben in Ihrem Denken nur einen düsteren Vorhang über Ihre Zukunft gezogen. Sie sehen nicht mehr Ihre Möglichkeiten.«

»Und die wären?«

»Das müssen Sie selbst herausfinden. Ich kenne Sie zu wenig. Aber ein Beispiel: Sie waren früher ein durchtrainierter Mann. Man sieht es ihrem muskulösen Körper an. Warum kaufen Sie sich nicht einen Sportrollstuhl und trainieren für den Hanse-Marathon? Rollstuhlfahrer sind immer schneller als die besten Läufer. Sie können aber auch für die Paralympics trainieren. Dabei kommen Sie wieder unter Menschen, lernen Schicksalsgenossen kennen, erhalten Anerkennung, finden Freunde. Außerdem gibt es Hobbys und Arbeiten, die auch Querschnittgelähmte übernehmen können. Sie haben eine Menge Fähigkeiten, viel Wissen. Fragen Sie doch mal beim Paritätischen Wohlfahrtsverband nach, ob eine ihrer Selbsthilfeorganisationen Sie gebrauchen kann. Sie werden sehen, man wird Ihnen eine Menge Angebote machen.«

Man sah, wie es in Bernhard Schulz arbeitete. Schließlich sagte er: »Sie haben Recht. Ich habe mich hier in mein Selbstmitleid vergraben und vielleicht dabei auch einige Freunde vergrault. Ich war blind für Neues und habe nur dem Alten nachgetrauert. Ich muss zurück ins Leben, sonst gehe ich ganz vor die Hunde. – Vielleicht hat Sie doch nicht der Zufall hierher geführt. Verzeihen Sie mir, dass ich anfangs so grantig war.«

Er machte eine Pause. Dann fuhr er fort: »Aber ehe ich etwas Neues anfange, habe ich noch zwei Rechnungen offen!«

»Eine ist schon beglichen«, warf Johnny ein.

»Wie meinen Sie das? Eine ist beglichen? Was wissen Sie noch?«

»Der Fahrer des VW-Busses ist tot. Er kam bei einer Schlägerei in St. Pauli ums Leben.«

Schulz atmete tief durch.

»Ausgleichende Gerechtigkeit. Es gibt sie also doch. Waren Sie darin verwickelt?«

»Nein, ich habe nur davon gehört. Es war derselbe Mann, der auch meinen Freund umbringen wollte.«

Und nun erzählte Johnny ihm von seinem Freund Mike, dem vorgetäuschten Selbstmordversuch und wie er den Rothaarigen zur Rechenschaft gezogen hatte.

»Geschieht ihm ganz Recht!«, rief Bernhard Schulz dazwischen. »Sie haben es ihm also ordentlich gegeben! Was haben Sie dann mit dem Dokument M 15 gemacht?«

Johnny berichtete ihm nun von der Hinterlegung des Dokumentes bei den Hamburger Anwälten und den erfolgreichen Gegenmaßnahmen der Drogenmafia.

»Sie sind ganz schön einflussreich, diese Gangster«, knirschte Schulz. »Man kommt einfach nicht gegen sie an. Überall haben sie ihre Finger drin. Sie sind wie eine Krake. Schlägt man einen Arm ab, wachsen gleich drei neue nach.«

»Es ist eben das große Geschäft«, stimmte ihm Johnny zu, »das war es schon immer. Deshalb müsste man sich nicht mit den kleinen Dealern herumschlagen, sondern mit den Leuten, die die Fäden in der Hand halten. Aber die sitzen ganz oben. Da kommt man nur schwer ran.«

»Wie der nette Herr Minister!« Bernhard Schulz ballte wieder die Fäuste. »Eigentlich habe ich es ihm zu verdanken, dass ich nun im Rollstuhl sitze. Er muss den Auftrag erteilt haben, mich zu eliminieren.« Er lachte bitter auf. »Eliminieren – was für ein sauberes Wort. Es klingt nicht so hässlich wie töten. Feiner Herr Minister, der sich so für das Wohl des Volkes einsetzt.«

»Haben Sie eigentlich keine Angst davor, dass die Schläger der Mafia Sie wieder jagen könnten?«

»Für die existiere ich nicht mehr. Die Zeitungsmeldung ist nicht zurückgenommen worden. Nach drei Monaten Koma haben auch die meisten Kollegen mich vergessen. Außerdem bin ich, nachdem meine Frau mich verlassen hat, in diese Parterrewohnung in Altona umgezogen. Hier kennt mich keiner. Niemand weiß, wer ich früher war. Ich habe außerdem alle Brücken zu denen abgebrochen, die sich noch an mich erinnerten. Ihre von

Mitleid gequälten Gesichter und ihre Floskeln waren mir unerträglich. – Sie haben Recht, Herr Maurer, ich bin an meiner Einsamkeit nicht ganz unschuldig.«

Er fixierte Johnny mit seinen Blicken.

»Und Sie? Haben Sie denn keine Angst, wenn Sie hier in Hamburg von Tür zu Tür gehen, um Ihre Bücher zu verschenken?«

Johnny schüttelte seinen Kopf.

»Nein, ich sah damals etwas anders aus. Dunkle Haare, Brille und Vollbart verändern einen Menschen ganz schön. Ich glaube kaum, dass mich einer von denen wiedererkennt. Außerdem hat mich nur einer von ihnen aus der Nähe gesehen und der kann nicht mehr reden.«

»Was nun?«, wollte Bernhard Schulz unvermittelt wissen. »Gibt es noch eine Möglichkeit, diesen Gangstern das Handwerk zu legen?«

»Wir bräuchten das Dokument. Ich würde heute nicht mehr zögern und es sofort an alle Politmagazine, Tageszeitungen, Rundfunk- und Fernsehredaktionen schicken. Ich hätte es damals machen sollen. Wenigstens hätte ich eine Kopie von M 15 in einem Schließfach hinterlegen sollen. Dann könnten wir den Drogenbossen wenigstens eine empfindliche Schlappe verpassen.«

»Wenn man uns glaubt«, warf Schulz ein. »Vielleicht aber betrachten die Nachrichtenleute dieses Dokument als Dummejungenstreich. Es klingt auch einfach unglaublich und außer den Anschuldigungen haben wir keine Fakten, keine Beweise.«

Beide schwiegen. Sie wussten, ihnen waren die Hände gebunden. Auch wenn sie das Dokument hätten, man würde ihnen nicht glauben.

»Was meinen deine Freunde von der Anti-Drogen-Koalition?«, wollte Schulz wissen.

Johnny zuckte mit den Schultern. »Sie rufen zum Kampf auf, aber im Grunde betreiben sie nur Aufklärung. Sie kämpfen nicht wirklich. Was sollen sie auch tun? Ohne politische Entscheidungsgewalt und polizeiliche Mittel bleiben ihnen nur Parolen.«

Wieder schwiegen beide. Draußen lärmten drei Betrunkene. In der Ferne klang die Sirene eines Notarztwagens auf. Dann wurde es wieder ruhig auf der Straße.

»Und wenn wir selbst den Kampf aufnehmen?«, unterbrach Bernhard Schulz die Stille. Er schaute Johnny mit glühenden Augen an.

»Wie?«, wollte dieser wissen. »Was können wir schon tun? Die Pizzarestaurants der Mafia abfackeln?«

»Warum nicht?«

»Das sagen Sie als ehemaliger Kriminalkommissar?«

»Na, und?!«

Johnny schaute den Mann im Rollstuhl prüfend ins Gesicht. Keine Frage, der Mann war zu allem entschlossen. Er wollte es denen heimzahlen, die sein Leben zerstört hatten. Um Verbrechern das Handwerk zu legen, war er bereit, selbst Verbrechen zu begehen. So schnell kann man also vom Hüter des Rechts zum Autonomen werden, dachte Johnny. Wenn Unrecht zu siegen scheint, ist so mancher bereit, sich über Recht und Gesetz hinwegzusetzen und seinen eigenen Regeln zu folgen. Gewalt gegen Gewalt. Schuld gegen Schuld. Kann man damit die Welt verbessern?

Er hob abwehrend die Hände und lächelte.

»Nein, dabei können Sie nicht mit mir rechnen. Ich habe eine Menge Mist in meinem Leben gemacht und ich bin froh, gerade wieder Tritt zu fassen. Nein, nein. Ich glaub nicht, dass wir damit Erfolg haben. Die werden dann nur ausrasten wie ein wild gewordener Wespenschwarm.«

»Haben Sie was Besseres vorzuschlagen?«, wollte Schulz wissen.

Johnny dachte nach. Dann schaute er auf. »Sie haben doch die Datei mit dem Dokument gelöscht, nicht wahr?«

Der Mann im Rollstuhl nickte.

»Was ist aus dem Computer geworden?«

Bernhard Schulz zuckte mit den Schultern. »Weiß nicht. Wahrscheinlich verstaubt er im Lager, in dem die Beweismittel aufbewahrt werden. Schließlich wurde der Tod von Herrn Hansen bis jetzt nicht aufgeklärt.«

»Könnten Sie über einen ehemaligen Kollegen noch einmal an das Gerät ran?«

»Das wäre unter Umständen möglich. Glauben Sie etwa, dass man die gelöschte Datei wieder herstellen kann?«

»Das ist kein Problem. Sie brauchen nur den Befehl eingeben UNDELETE*.* und der Computer zeigt Ihnen alle Dateien, die gelöscht, aber noch nicht überschrieben wurden. Sie müssen wissen, dass die Datei anfangs nur im Inhaltsverzeichnis gelöscht wird. Erst wenn neue Daten darüber geschrieben werden, ist sie unrettbar verloren.«

Bernhard Schulz schlug mit der Faust auf die Armlehne des Rollstuhls.

»Da ist unsere Chance! Niemand hat diesen Computer ja benutzt, nachdem ich die Datei Gesetz.M15 gelöscht habe. – Ich muss unbedingt mit Grothe sprechen. Er ist mir noch einen Gefallen schuldig.« Schulz blickte zu Johnny hinüber. »Klaus Grothe ist für das Lager mit den Beweismitteln verantwortlich. Ich werde ihn gleich morgen früh anrufen und ihm sagen, dass ich möglicherweise etwas beim Mordfall Hansen übersehen habe. Er lässt mich mit Sicherheit an den Computer. Ich werde die Datei wiederherstellen und auf Diskette abspeichern. Dann können wir diesem Gesindel endlich einheizen! – Wie hieß dieser Computerbefehl noch einmal?«

Johnny erklärte ihm noch einmal genau alle Schritte zur Wiederherstellung der gelöschten Datei auf dem Computer. Dann schaute er auf die Uhr.

»Es ist spät geworden. Ich rufe Sie morgen Mittag an, ob Sie Erfolg gehabt haben. Inzwischen besorge ich uns alle Anschriften der wichtigsten Redaktionen. Wenn Sie das Dokument M 15 haben, werden wir es morgen Nachmittag kopieren und verschicken. Wir werden der Mafia damit kräftig in die Suppe spucken, glauben Sie mir! Und der Minister kann schon einmal anfangen seinen Schreibtisch aufzuräumen!«

Bernhard Schulz lachte auf. Seine Stimme klang hart und schadenfroh.

»Ich freue mich schon auf sein Gesicht, wenn die Reporter ihm ihr Mikro unter die Nase halten. – Herr Minister, was sagen Sie zu diesen Anschuldigungen? – Das ist doch alles nur üble Wahlkampfpropaganda! – Aber warum finden sich auch Namen von Oppositionellen auf dieser Liste? – Und dann wird er sich winden wie ein Regenwurm, der feine Herr Minister mit dem gut sitzenden Anzug und den weißen Manschetten, der Liebling der Frauen im gesetzten Alter.«

Die Narbe auf seinem kahlen Schädel leuchtete dunkelrot und die Glut der Augen zeigte Johnny, dass tief im Inneren dieses Mann ein Hass loderte, der nicht durch einfache Vergeltung gestillt werden konnte. Offensichtlich wollte er, dass der Minister leiden sollte, lange leiden.

Mit einem Mal fühlte er sich unwohl in der Gegenwart des Rollstuhlfahrers. Auch wenn der Hass nicht ihm galt, fand er die Atmosphäre belastend. Er war losgezogen, um Menschen von Hoffnung und Liebe zu erzählen, nicht aber um in ihre Hasstiraden einzustimmen. So stand er kurzentschlossen auf, reichte Schulz die Hand und sagte. »Also, bis Morgen. Dann sehen wir weiter. Viel Erfolg bei der Dokumentensuche.«

Natürlich hatte Bernhard Schulz am nächsten Tag das Dokument M 15 auf Diskette. Johnny fuhr sofort mit den Anschriften der wichtigsten Redaktionen zu ihm. Zusammen suchten sie einen Copy-Shop auf, ließen das Dokument ausdrucken und kopierten es. Danach kauften sie Briefumschläge und -papier ein und kehrten in die Wohnung des pensionierten Kommissars zurück. Eine Stunde später hatten sie ein kurzes Schreiben entworfen, indem sie den Redakteuren kurz erklärten, welche Bedeutung das Dokument habe und dass sie sich mit ihnen telefonisch in Verbindung setzen würden.

Da Schulz eine elektronische Schreibmaschine mit Textspeicher besaß, brauchten sie nur noch die Anschriften einzusetzen, die Briefe ausdrucken zu lassen und sie dann in die Umschläge zu stecken. Sie arbeiteten dabei mit Handschuhen, um keine Fingerabdrücke zu hinterlassen. Sicher war sicher.

Am späten Nachmittag waren sie fertig mit der Arbeit.

»Ich bringe die Briefe sofort zur Post, damit sie heute noch abgehen«, sagte Johnny und packte die Briefe in einen Plastikbeutel, »dann wollen wir mal sehen, was die sonst so kritischen Redakteure daraus machen.«

»Ich hoffe, sie entfesseln eine Sturmflut damit!«, knirschte Bernhard Schulz. »Es wird Zeit, dass dieser Abschaum aus unserem Land gespült wird.«

Johnny nickte. »Morgen Nachmittag rufe ich die Zeitungsgesellschaften und die Rundfunk- und Fernsehredaktionen an und gebe ihnen weitere Informationen. Natürlich nur anonym. Man weiß ja nicht, welchen Einfluss die Drogenbosse auf die Medien haben.«

»Sicherlich in manchen Fällen keinen geringen«, grollte Schulz, »deshalb gehe ich davon aus, dass einige Briefe im Reißwolf landen. Ich gebe mich da keinen Illusionen hin. Aber mal sehen. Irgendein aufrichtiger Meinungsmacher muss das Thema doch aufgreifen.«

»Bestimmt!«, versicherte Johnny ihm. Dann wandte er sich der Tür zu. »Also, ich rufe Sie morgen Abend an, nachdem ich mit den Leuten gesprochen habe. Sie sollen sofort erfahren, wie die Redakteure denken und was weiter geschehen wird.«

Schulz nickte ihm zu. »Erst einmal vielen Dank, Herr Maurer.«

»Wofür?«, wollte Johnny wissen.

»Dafür, dass Sie mich ins Leben zurückgeholt haben. Es geht mir nicht nur um Rache. Gut, Rachegedanken haben schon Schwerverletzte am Leben erhalten. Nein, auch wenn diese Angelegenheit zu Ende ist, werde ich nicht wieder in meiner Wohnung versauern. Ich habe über Ihre Worte nachgedacht und eine Entscheidung getroffen. Morgen schaue ich mir einige Hilfsorganisationen an. Vielleicht brauchen sie tatsächlich jemanden, der organisieren und Schreibarbeiten übernehmen kann. Und ich werde am nächsten Hanse-Marathon teilnehmen, auch wenn ich als Letzter durchs Ziel gehe. Jetzt ist Ende September. Bis zum Mai nächsten Jahres habe ich noch acht Monate. Genügend Zeit für das Training. Bis dahin bin ich fit. Das garantiere ich Ihnen!«

Johnny lächelte und schüttelte Bernhard Schulz die Hand. »So gefallen Sie mir viel besser! Selbstmitleid und Rachegedanken machen nicht glücklich. Ich freue mich, dass Sie das Leben wieder hat.«

Fröhlich pfeifend stieg Johnny in seinen BMW und fuhr zur Hauptpost. Seine Arbeit der letzten Tage war nicht vergeblich gewesen. Wenigstens einem Menschen hatte er wieder neuen Lebensmut vermitteln können.

Auf dem Rückweg in seine Pension hörte er Nachrichten. Es brodelte im Osten. Die Bürger der DDR versuchten über die Nachbarländer in den Westen zu entkommen. Eine solch starke Fluchtbewegung hatte es seit dem Bau der Mauer nicht mehr gegeben. Kerzenprozessionen, Protestparolen, Kirchenversammlungen, Rufe nach Freiheit – und die DDR-Führung schaute nur passiv zu. Sie war wie gelähmt.

Er hatte Recht gehabt in der Diskussion mit dem jungen Kommunisten. Das System war am Ende. Es war wirtschaftlich marode und bankrott. Die Menschen wollten nicht länger nur neidisch über den Grenzzaun auf den Wohlstand und die Freiheiten ihrer Brüder schauen. Wie konnte auch ein Land wirtschaftlich und politisch auf Dauer stabil sein, wenn Gott für die Menschen nur eine Witzfigur oder ein frommes Märchen war. Das hätte die SED-Regierung eigentlich aus der Geschichte lernen müssen. Religion ist nicht Opium des Volkes, sondern der Mörtel, der der Gesellschaft erst Halt und Stabilität gibt.

Und wenn sich hier bei uns weiter Gleichgültigkeit, Atheismus und Konsumsucht ausbreiten, wird es dem Westen nicht anders ergehen, dachte Johnny. So, wie die antike Stadt Ninive einmal vor dem Untergang bewahrt wurde, weil ihre Einwohner sich Gott zuwandten, so lebt unser Land wahrscheinlich nur deshalb noch im Wohlstand, weil gläubige Menschen das Unglück aufhalten. Solange sie da sind, wird Gott uns seinen Segen nicht entziehen. Werden aber die Kirchen zerfallen, wird es auch unsere Gesellschaft.

Er seufzte. Obwohl deutliche Risse die Fundamente der Gesellschaft durchzogen, hatten die Menschen nur Augen für ihre Vergnügen. Johnny erinnerte sich an ein Theaterstück, das er sich vor einigen Jahren angeschaut hatte. Es handelte von der Sintflut. Eine Szene hatte ihn besonders beeindruckt.

Man hörte im Hintergrund das Rauschen des Regens und die panischen Schreie der Menschen, die vor der steigenden Flut zu fliehen versuchten.

Zwei Kinder spielten auf der Bühne. Sie bauten ein Wasserrad und setzten es über einen Bach, der den Hügel hinunterströmte. Vor Freude sprangen sie auf und ab und klatschten in die Hände.

Da kam eine alte Frau über die Bühne, schaute den beiden mit traurigen Augen zu und sagte schließlich zu ihnen: »Spielt ruhig weiter, Kinder, spielt ruhig weiter. Noch habt ihr Zeit dazu.«

Diese Worte hatten Johnny aufgewühlt. »Spielt ruhig weiter. Noch habt ihr Zeit dazu!«, hätte auch er am liebsten allen zugerufen, die nicht auf seine Worte hörten, als er in der Fußgängerzone die Bücher verteilt hatte. Sahen die Menschen denn nicht, was die Uhr der Weltgeschichte geschlagen hatte? Waren sie so benebelt von Konsum und Spaßsuche?

Am Nachmittag des nächsten Tages suchte er einen öffentlichen Fernsprecher auf und rief die Zeitungs- und Senderredaktionen an. Mit jedem Anruf verstärkte sich bei ihm das Gefühl, dass jemand ihm den Boden unter den Füßen wegziehen wollte. Keiner der Redakteure interessierte sich ernsthaft für das zugesandte Dokument M 15.

»Das ist doch alles Quatsch«, meinte ein Zeitungsmann. »Die Anschuldigungen sind doch völlig hirnrissig.«

»Haben Sie Beweise, harte Fakten?«, tönte ein anderer. »Der Tod eines alten Mannes und ein Verkehrsunfall genügen mir nicht. Es muss alles hieb- und stichfest sein. Melden Sie sich wieder, wenn Sie mir Tatsachen vorlegen können.«

»Wenn ich das bringe«, meinte ein dritter, »kann ich hier gleich meinen Schreibtisch räumen.«

»Was soll dieser Kinderkram?«, rief eine Redakteurin in den Hörer. »Wir haben für solchen Unsinn jetzt keine Zeit. Die Mauer wird in den nächsten Tagen fallen und damit werden die Köpfe der SED-Regierung rollen. Das sind Nachrichten, die die Leute hören und lesen wollen. Sie brauchen jetzt Vertrauen in unsere Regierung. Ihre Schmutzwäsche werfen Sie am besten dorthin, wo sie hingehört, in den Abfall!«

Nur die Talkshow-Moderatorin eines Privatsender interessierte sich für ihn und seine Geschichte, aber Johnny hatte den Eindruck, sie sei nur auf der Suche nach skurrilen und überspannten Menschen. Trotzdem vereinbarte er mit ihr einen Termin für ein Treffen.

Er griff noch einmal zum Telefonhörer, rief Bernhard Schulz an und erzählte ihm von den Reaktionen der Redakteure.

»Hab ich mir schon gedacht«, antwortete ihm Schulz. Sein Stimme klang auf einmal müde und alt. »Die da oben sind gut abgesichert. An die kommt niemand ran. Außerdem: Papier ist geduldig. Jeder Schuljunge kann solch ein Dokument verfasst haben. Ich kann die Leute verstehen. Wir brauchen Beweise, Fakten. Außerdem starren alle augenblicklich wie gebannt auf Ostberlin. Die Wiedervereinigung Deutschlands scheint bald Wirklichkeit zu werden. Wen interessieren da schon Drogen, korrupte Politiker und Geldwäsche?! Wir stehen also wieder dort, wo wir angefangen haben.«

»Nicht ganz, Herr Schulz, nicht ganz. Ich denke, die Mafia weiß inzwischen schon, dass jemand ihr in den Topf spucken möchte. Das wird die Herren aufscheuchen. Wir müssen uns deshalb Gedanken machen, wie wir ihnen ein Bein stellen können, wenn sie jetzt auf die Suche nach den anonymen Briefeschreibern gehen.«

»Und, was haben Sie vor?«

»Ich glaube, ich suche Mike auf«, überlegte Johnny laut. »Vielleicht hat er oder einer seiner Freunde eine gute Idee.«

»Machen Sie das. Sie haben ja außerdem noch ein Eisen im Feuer. Der Bericht der Fernsehmoderatorin könnte noch einigen Staub aufwirbeln.«

»Falls sie ihn bringt.«

»Das will ich doch stark hoffen, Herr Maurer. Presse, Rundfunk und Fernsehen haben doch den Auftrag, die Bürger umfassend zu informieren. – Ja, ja, ich weiß, was Sie jetzt sagen wollen. Die gestern in den Nachrichten gezeigten Prügeleien der Polizei mit Rechtradikalen waren in Wirklichkeit Archivbilder über Ausschreitungen von betrunkenen Fußballfans. Gefälschte Reportsendungen gehören mit zum Geschäft. Damit soll Meinung gemacht werden und der kleine Mann lässt sich davon auch beeinflussen. Ist mir auch egal. Hauptsache, die Leute glauben auch die Geschichte von der Drogenwäsche mit Hilfe von bedeutenden Politikern. Wenn ihnen dabei das Messer in der Tasche aufgeht, hat unsere Sache wenigstens schon mal ein paar Punkte gesammelt.«

»Wenn Sie das so sehen ...«

»Warum nicht? Ich hätte auch nichts dagegen, wenn eine andere Dealerbande sich mit diesen Typen anlegt. Wenn die Gangs sich gegenseitig bekämpfen, haben wir fast schon gewonnen. Sollen sich die Kerle doch gegenseitig dezimieren. Sie können sicher sein, Herr Maurer, ich denke schon seit zwei Tagen darüber nach, wie man sie aufeinander hetzen könnte.«

Johnny fühlte sich unwohl, nachdem das Telefonat diese Richtung genommen hatte. Deshalb versuchte er abzulenken und beendete das

Gespräch recht schnell. Er konnte den querschnittsgelähmten Schulz verstehen. Vielleicht würde er genauso denken, wenn er an dessen Stelle im Rollstuhl sitzen müsste, während der Schuldige Woche für Woche als Saubermann in die Kameras der Reporter lächelte. Aber Schulz ging ihm zu weit. Aufklärung und Information waren okay. In halbkriminelle Aktionen dagegen wollte er sich nicht wieder verstricken. Das hatte er Schulz schon einmal gesagt.

Er ging zu seinem BMW und machte sich auf den Weg zum Treffpunkt der Anti-Drogen-Koalition im alten Kontor. Johnny parkte seinen Wagen im Hof und betrat das Gebäude durch die Hintertür. Er war schon auf halber Treppe, als ein junger Mann ihm entgegenstürmte. Es war Mike.

»Hi, Mike, wohin so eilig?«

»Johnny! Was für ein Glück! Bist du mit dem Auto da?«

»Ja, warum?«

»Wo parkst du?«

»Auf dem Hof.«

»Los, komm! Wir müssen weg!« Mike riss ihn so heftig am Arm, dass Johnny fast die Treppe hinunterstürzte.

»Hey, Mann. Was ist mit dir los?« Er schaute Mike fragend an.

»Deine Freunde sind gerade vorgefahren. Verstehst du?!« Mike schrie ihn fast an. »Die Killer der Mafia. Weißer Mercedes. Sie können jeden Augenblick hereinkommen.«

Jetzt kam Leben in Johnny. Mit einem Riesensatz sprang er die Treppe hinunter, rannte zur Hintertür hinaus und riss den Zündschlüssel aus der Hosentasche. Mike folgte ihm auf den Fersen.

»Los, Johnny, schneller. Schließ den Wagen auf. Du weißt, mit denen ist nicht zu spaßen.«

Sie warfen sich auf die Vordersitze. Johnny drehte den Zündschlüssel und ließ den Motor aufheulen. Mit quietschenden Reifen wendete er auf dem Hof und schoss aus der Einfahrt auf die Straße. Im Rückspiegel sah er, wie drei Männer zu einem weißen Mercedes liefen. Ja, er kannte die Gestalten. Es waren tatsächlich die Schläger der Drogenmafia. Eine halbe Minute später und sie wären ihnen direkt in die Arme gelaufen.

Johnny atmete tief durch. »Was wollen die von euch?«

»Ich weiß nicht!« Mike schaute sich gehetzt um. »Du, sie kommen hinter uns her. Gib Gas, Mann!«

Der BMW sprang regelrecht nach vorne, als Johnny den nächsten Gang einwarf und das Gaspedal bis zum Anschlag durchtrat. Eine Ampel sprang auf Rot. Johnny bremste nicht ab. Der Wagen schoss über die Kreuzung hinweg. Die Italiener folgten ihnen. Wütendes Hupen anderer Autofahrer begleitete sie. Die Kerle meinten es ernst.

»Du und deine Freunde müssen doch etwas angestellt haben. Sonst wären die da hinten nicht so darauf versessen, einen von euch in die Finger zu kriegen.«

»Ich weiß von nichts.« Mike zuckte hilflos mit den Schultern. »Wir haben uns in den letzten Wochen ruhig verhalten.«

Jetzt dämmerte es Johnny. Einer der Medienleute hatte geplaudert oder gehörte mit zur Mafia. Na klar! Die hatten ihre Leute doch überall. Und der Verdacht fiel natürlich auf Mike und seine Freunde und auf einen Mann mit dunklen Haaren, Vollbart, Brille und gebrochener Nase. Wer sonst sollte schon daran interessiert sein, dass ihr M15-Projekt scheiterte?! Sollten die Italiener ihn jetzt von Nahem sehen, würden sie sofort wissen, wie er tatsächlich aussah.

Er bog auf die Bergedorfer Straße ein. Schon nach wenigen Metern verbreiterte sich diese zu einer autobahnähnlichen Schnellstraße. Johnny jagte den Motor bis in den roten Bereich und schaltete das Getriebe hoch. Die Kraft der Beschleunigung presste sie ihn die Sitze.

»Du fährst, als säße dir der Teufel im Nacken«, sagte Mike mit gequältem Lächeln.

»Nicht ganz so schlimm, Mike. Beim Teufel würde ich in den Tiefflug übergehen. Aber die Schläger der Mafia sind auch keine angenehmen Zeitgenossen und sie sitzen uns schon wieder auf der Stoßstange.«

Mike blickte sich um. »Tatsächlich, die fahren wie der Henker.«

»Du sagst es, Mike, du sagst es.«

Der Jugendliche blickte mit einem Mal starr nach vorne. »Wohin willst du, Johnny? Die sind genauso schnell wie wir. Wir können ihnen nicht entkommen.«

»Na, wir haben noch eine Chance.«

Mike blickte Johnny fragend an.

»Ich biege gleich am Billstedter Kreuz auf die Autobahn ab und dann werden wir sehen.«

»Was werden wir sehen?«

»Ob die Brüder dahinten genügend Benzin haben.« Johnny grinste wie ein Schuljunge. »Ich jedenfalls habe vorhin voll getankt.«

Mike atmete hörbar auf. »Du machst mir ja Hoffnung. Dann werden wir wohl in München übernachten.«

»Vielleicht hast du Glück, weil den Mafiosi schon früher der Sprit ausgeht. Mal sehen.«

Eine Kolonne Lastwagen tauchte auf. Johnny zog an ihnen vorbei.

»Die Ausfahrt!«, schrie Mike auf. »Du hast die Ausfahrt verpasst!«

»Was?« Johnny blickte nach rechts. Tatsächlich, es war zu spät. Die Lastwagen hatten das Ausfahrtsschild verdeckt. »Ich wende bei der nächsten Ausfahrt. Dann kommen wir eben von der anderen Seite.«

»Wenn sie uns dabei nicht erwischen.« Mike blickte nach hinten. »Sie sitzen uns direkt auf der Stoßstange! Gib Gas, Mann!«

»Genau das werde ich nicht tun.« Johnny riss das Lenkrad nach rechts, scherte zwischen zwei Lastwagen ein und bremste den Wagen ab. Der Trucker hinter ihnen drückte auf die Hupe und blendete das Fernlicht auf.

»Was machst du denn da? Bist du verrückt geworden?«, schrie ihn Mike an.

Der weiße Mercedes tauchte neben ihnen auf. Ein schwarzhaariger Mann mit hagerem Gesicht und schmalem Oberlippenbart lächelte sie durch die Seitenscheibe an. In der Hand hielt er eine Waffe. Die Fensterscheibe glitt herunter.

»Der knallt uns ab, Johnny. Siehst du nicht? Siehst du nicht?!« Mikes Stimme überschlug sich vor Angst.

»Halt dich fest, Junge. Jetzt wird's ernst.«

Wieder riss Johnny das Lenkrad nach rechts. Qualm stieg auf, als er in die Bremse trat. Die Luft roch nach verbranntem Gummi. Dann rollte der Wagen eine schmale Ausfahrt hinunter. Die Lastwagenkolonne donnerte vorbei.

»Uff, das war knapp«, stöhnte Mike auf. »Beinahe hätten sie uns erwischt.«

»Es ist noch nicht vorbei. Sie werden bestimmt kehrt machen. So schnell geben die nicht auf. – Wo sind wir überhaupt? Kennst du dich hier aus?«

Der Jugendliche schüttelte den Kopf. »Nein, nicht besonders. Hier muss aber der Segelflughafen sein und eine Anlage für Modellautos.«

Sie rollten eine kleine Straße hinunter, die in einen Sandweg überging. Nach wenigen Metern erreichten sie einen Platz, auf dem zahlreiche Autos parkten.

»Endstation Sackgasse«, murmelte Mike lakonisch. »Wenn wir umkehren, kommen uns sicherlich gleich die netten Herren von vorhin entgegen. Es ist heute einfach nicht mein Tag.«

Johnny sagte kein Wort. Was sollte er auch antworten. Er konnte den Jungen verstehen. Doch plötzlich schoss ihm eine Idee durch den Kopf. Er lenkte den schwarzen BMW in eine Parklücke neben einem alten Golf GTI, aus dem gerade zwei Jugendliche mit Basketball-Caps ausstiegen.

»He, was machst du, Johnny?« Mike schüttelte den Kopf. »Du kannst doch hier nicht einfach parken und spazieren gehen?«

»Warte ab. Noch haben wir eine Trumpfkarte.«

Johnny sprang aus dem Wagen und ging direkt auf den Fahrer des GTI zu.

»Wollen Sie meinen BMW haben? Ich tausche ihn gegen Ihren alten Golf ein.«

»Was?« Der Jugendliche blickte ihn mit einem dümmlichen Gesicht an.

»Ich brauche deinen Golf. Du bekommst dafür meinen Siebener-BMW. Er ist erst ein paar Tage alt.« Johnny hielt ihm den Zündschlüssel hin. »Schnell, ich habe keine Zeit. Es ist für dich eine einmalige Chance.«

Verunsichert blickte der Jugendliche zwischen Johnny und seinem Kameraden hin und her.

»Junge, du musst dich jetzt entscheiden. Hier sind die Papiere. Hier ist mein Ausweis.« Johnny zog seinen Fahrzeugschein und seinen Personalausweis aus der Brusttasche. »Es hat alles seine Richtigkeit. Ich bin der Besitzer. Den Brief schicke ich noch heute zu. – Also, jetzt oder nie. Gib mir deinen Fahrzeugschlüssel und die Wagenpapiere. Hier sind meine.«

Der Jugendliche blickte immer noch unschlüssig. Mike kam um den Wagen herum.

»Es ist alles in Ordnung. Der Kerl hat Geld wie Heu und er ist ein bisschen verrückt im Kopf. Wenn du jetzt nicht zugreifst, wirst du dich gleich selbst ohrfeigen.«

Plötzlich zog der Jugendliche die Wagenpapiere aus der Hosentasche und drückte sie Johnny zusammen mit dem Zündschlüssel in die Hand. »Hier, da sind sie.« Dann nahm er den Kfz-Schein des BMW und die Wagenschlüssel. Er blickte immer noch fassungslos, als könnte er es nicht glauben.

»Noch eins. Wir brauchen eure Caps.« Johnny deutete auf die Basketballmützen.

»Okay, null Problemo.« Endlich hatte der Jugendliche die Sprache wiedergefunden. Er reichte Johnny die Caps.

»So, ab geht die Post.« Johnny schwang sich hinter das Steuer des GTI, während Mike sich auf den Beifahrersitz warf. Der Motor des Wagens heulte auf, dann schoss der GTI aus der Parklücke.

»Noch eins.« Johnny öffnete kurz die Fahrertür. »Melde sofort den Wagen um, wenn du den Kfz-Brief und den Kaufvertrag bekommst. Ich habe keine Lust, meinen Schadenfreiheitsrabatt zu verlieren, wenn du einen Unfall baust.«

»Keine Sorge, mach ich. He, und vielen Dank!«

Staub wirbelte auf, als Johnny den GTI durchstartete und die Straße hochjagte. Mike und er zogen sich die Basketball-Caps tief in die Stirn. Ein Wagen tauchte auf. Es war der weiße Mercedes mit ihren Verfolgern. Johnny blickte zu seinem Beifahrer hinüber und hob die Hand, als der Mercedes an ihnen vorbeischoss.

»Wieder einmal in letzter Minute!«, stöhnte Mike. »Johnny, dein Leben ist mir einfach zu aufregend. Du gehst immer haarscharf an einer Katastrophe vorbei. Setz mich irgendwo an einer U-Bahn-Station ab. Heute brauche ich keinen Thriller mehr im Fernsehen anzuschauen. Das ist dagegen alles kalter Kaffee.«

»Na, du bist doch nicht etwa mit den Nerven runter, Mike?« Johnny schlug ihm beruhigend auf den Arm. »Da hab ich schon Schlimmeres erlebt.«

»Das glaub ich dir gerne. Mich wundert es nur, dass du überhaupt noch am Leben bist, bei dem Stress!«

»Tja, ich hab eben da oben jemanden, der auf mich aufpasst. Irgendwie kann der mich noch gebrauchen. Sonst würde ich die Radieschen schon von unten sehen.« Johnny lächelte wieder wie ein Schuljunge, der seinem Lehrer gerade einen Streich gespielt hat. »Aber, war das nicht gerade toll, Mike?«

»Ja, toll.« Mikes Stimme klang nicht gerade überzeugt. »Aber einmal in der Woche reicht mir eine solche Verfolgungsjagd. Setz mich doch lieber bei meiner Freundin ab.«

Johnny lachte laut auf, sodass er das Dröhnen des Motor übertönte. »Na, dann bringe ich dich in die Stadt zurück. Wir fahren aber nicht über die Schnellstraße, sondern machen einen großen Umweg über Hamburgs Schleichpfade.«

»Mann, Kai, sind die durchgeknallt!«, schüttelte der Jugendliche immer noch ungläubig den Kopf, während er der Staubwolke hinterhersah. »Tauschen ‘nen nagelneuen BMW gegen ‘nen verrosteten Golf. Die müssen nicht ganz richtig in der Birne sein!« Er öffnete die Tür des Wagens und setzte sich hinter das Steuer. »Das ist ein Wagen. Stark! Eine echte Nobelkarosse.«

Ein Schatten an der offenen Wagentür ließ ihn aufsehen. Ein Mann mit hagerem Gesicht und schmalem Oberlippenbart blickte auf ihn herab.

»Wo ist der Besitzer des Wagens?«, herrschte er ihn an.

»Ich bin der Besitzer.«

»Mach keinen Quatsch! Ich meine den Mann mit den blonden Haaren!«

»Ach, du meinst seinen vorigen Besitzer.« Der Jugendliche lächelte dem Mann tranig ins Gesicht. »Der ist mit meinem Golf weg. Wir haben einfach getauscht. Toll, nicht wahr?«

Der Mann fluchte wie ein Müllwerker, machte auf dem Absatz kehrt und rannte zu einem weißen Mercedes. Mit heulendem Motor raste der Wagen davon.

Der Jugendliche schüttelte den Kopf. »Du, Kai, die spinnen, diese reichen Knöpfe«, sagte er zu seinem Freund, »und je mehr Kasse die haben, desto mehr Sicherungen knallen bei denen durch.«

Am nächsten Vormittag wollte Johnny sich mit einem Mitarbeiter der Talkshow treffen. Er hatte sich mit ihm um elf Uhr in einem türkischen Restaurant im Stadtteil Barmbek verabredet. Eine Pizzeria wäre für ihn ein schlechter Ort gewesen, um über die Pläne der Mafia zu sprechen. Als er das Restaurant eine Viertelstunde früher betrat, saßen nur drei Gäste verstreut im Raum. Johnny setzte sich mit dem Rücken zur Wand an einen kleinen Tisch, nicht weit vom Flur, der zur Toilette führte. Er wollte den Eingang immer im Auge behalten und außerdem beobachten, was sich im Raum abspielte. Die Erlebnisse der Vergangenheit hatten ihn vorsichtig gemacht. Er bestellte einen Salat, ein Glas Mineralwasser und eine türkische Brautsuppe.

Während er an seinem Glas nippte und auf das Essen wartete, schaute Johnny immer wieder auf seine Armbanduhr. Es war inzwischen fünf nach elf. Der Mann ließ auf sich warten. Vielleicht hielten die Fernsehleute ihn auch für überspannt und interessierten sich mehr für die spannenden Ereignisse in Ostberlin. Schließlich schien das Jahrhundertereignis unmittelbar bevorzustehen: der Fall der Mauer.

Zehn Minuten später kam seine türkische Brautsuppe. Johnny begann zu essen. Sie schmeckte gewöhnungsbedürftig. Zwei Jugendliche betraten das Restaurant, setzten sich drei Tische weiter und bestellten Kaffee. Ein Besucher zahlte und ging. Johnny wurde unruhig. Der Mitarbeiter der Talkshow hatte ihn mit Sicherheit versetzt. Die ganze Briefaktion war also ein Schlag ins Wasser gewesen. Noch nicht einmal das Privatfernsehen interessierte sich für seine Geschichte!

Die Tür öffnete sich und ein Mann in dunkler Kleidung betrat den Raum. Er hatte ein hageres Gesicht, schwarze Haare und einen dünnen Oberlippenbart. Prüfend wanderten seine Blicke durch den Raum. Johnny spürte, wie sich sein Magen verknotete. Keine Frage, der Mann suchte keinen freien Tisch, er suchte ihn! Jemand vom Fernsehsender hatte ihn verraten.

Noch bevor der Mann ihn entdeckte, erhob sich Johnny ohne Hast und schlenderte zur Toilette. Sie war eine Falle! Der Raum hatte vergitterte Fenster. Der Besitzer wollte es Zechprellern erschweren, sich ohne Bezahlung aus dem Staub zu machen. Johnny drehte den Hahn am Waschbecken auf und ließ einen kühlen Wasserstrahl über seine Hände laufen.

Die Tür öffnete und schloss sich. Ein hageres Gesicht mit dünnem Schnurrbart tauchte im Spiegel auf. Ihre Augen begegneten sich.

»Soso, da ist ja unser alter Freund. Bist ganz schön ausgekocht. Aber nicht für Caesare Manzella.«

Johnny wirbelte herum. Keinen Augenblick zu früh. Die Hand des Mannes fuhr ins Leere.

»Wolltest mir wohl den Kopf gegen die Wand schlagen, Mr. Morzarella«, grinste Johnny ihn frech an. Plötzlich war er eiskalt und vollkommen ruhig.

»Manzella! Diesen Namen solltest du dir merken!«, fauchte der Mann mit funkelnden Augen.

»Ah, Morzarella, warum so böse? Du kannst doch nichts dafür, dass du wie ein stinkender Käse heißt.« Johnny versuchte den Mann zur Weißglut zu treiben. Wütende Menschen machen mehr Fehler als kühl berechnende. »Sind die beiden anderen Käsköppe deine Brüder?«

Caesare Manzella wollte in seine Hosentasche greifen.

»Jetzt will das Bübchen sicher sein Messerchen ziehen, weil es Angst vor Johnny hat.«

Der Mann zögerte. In diesem Moment schlug Johnny mit der linken einen langsamen Schwinger gegen Caesares Kopf. Der Mann tauchte ab und lief direkt in Johnnys rechte Faust. Von der Wucht des Schlages wurde er gegen die Wand geschleudert.

»Na, na«, spottete Johnny, »deine Reaktion ist zwar noch ganz gut, aber du lässt dich leicht reinlegen. Schau mal.«

Er täuschte eine Dreier-Kombination gegen Manzellas Gesicht an und knallte dann einen rechten Haken in dessen Leber. Mit einem Stöhnen sackte der Mann zusammen und versuchte seine rechte Seite zu schützen.

»Schon wieder falsch«, korrigierte ihn Johnny und schlug über die offene

Deckung zwei harte Schläge gegen Manzellas Schläfe. Ohne einen Laut rutschte der Mafioso an der Wand hinunter und kippte zur Seite.

»Für einen Mazziori, einem Schläger, hast du aber noch eine Menge zu lernen«, grinste Johnny. Dann packte er den Mann und zog ihn auf eine Toilette. In einer Jackentasche fand er einen flexiblen Draht von etwa einem Meter Länge.

»So, ein Mordwerkzeug schleppst du mit dir herum«, sagte Johnny grimmig. »Damit wirst du niemandem mehr die Luft abdrehen!«

Mit dem Draht fesselte er Caesare Manzellas Arme an das Wasserrohr der Toilette, verknotete mit Schnürsenkeln auch dessen Beine und stopfte ihm Toilettenpapier in den Mund, den er anschließend mit einem Seidentuch des Gangsters zuband.

»So, gut verpackt und stillgelegt.« Johnny betrachtete zufrieden sein Werk. Dann durchsuchte er Manzellas Taschen. »Tatsächlich, ein Springmesser, ein Schlagring und drei Plastiktütchen mit weißem Pulver. Was das bloß ist? Sicherlich doch kein Traubenzucker.«

Er stopfte alles bis auf zwei Päckchen mit Rauschgift wieder in die Taschen des Bewusstlosen, nachdem er seine Fingerabdrücke entfernt hatte. Warum er das Rauschgift behalten hatte, konnte er selbst nicht sagen. Es war nur ein Gefühl, dass er es gebrauchen könnte. Dann verschloss er die Toilette und kletterte über die Tür nach draußen.

Zufrieden wusch er sich die Hände und ordnete seine Kleidung. In der Toilette begann Manzella sich zu regen. Er kam wohl langsam wieder zu Bewusstsein.

Johnny kehrte in das Restaurant zurück und ging an die Theke.

»Rufen Sie bitte die Polizei«, sagte er zu dem Kellner, während er einen Fünfzig-Mark-Schein auf den Tresen legte. »Ich wurde in der Toilette von einem Kerl angefallen. Der zuletzt das Lokal betrat. Ja, genau der. Er ist bewaffnet und gefährlich. Deshalb habe ich ihn ins Land der Träume geschickt und in der Toilette eingesperrt. – Das Geld stimmt so. Salat, Brautsuppe und ein Mineralwasser.«

Der Kellner nickte wie selbstverständlich, nahm das Geld und wünschte Johnny noch einen schönen Tag. Dann griff er zum Telefon und wählte. Offensichtlich konnte er verstehen, dass sein Gast keine weiteren Scherereien haben wollte. Die Polizei stellte immer so viele Fragen.

Johnny verließ das Restaurant und wollte die Straße hinuntergehen, als er den weißen Mercedes sah. Er parkte zwanzig Meter weiter am Straßenrand. Sofort erkannte er die Gestalt, die auf dem Beifahrersitz wartete. Es war einer der Manzella-Brüder. Einer der Männer, die ihm an den Kragen wollten und sicherlich auch Hansen auf dem Gewissen hatten. Johnny spürte, wie sein Blut in den Schläfen pulsierte. Plötzlich waren alle christlichen Grundsätze wieder vergessen und Rachedurst erfüllte ihn. Seine Kiefernmuskel begannen zu arbeiten und die rechte Faust ballte sich, bis die Fingerknöchel weiß hervortraten.

Mit festem Schritt ging er auf den Mercedes zu und riss die Beifahrertür auf.

»Na, wo hast du deinen Bruder gelassen?«

Der Mann starrte ihn entgeistert an.

»Komm mir jetzt bloß nicht mit dem Spruch: Soll ich meines Bruders Hüter sein. Der ist sechstausend Jahre alt.«

Jetzt erst erkannte ihn der Mafioso und schnellte empor.

Im gleichen Moment schlug Johnny die Tür wieder zu. Der Kopf des Mannes prallte so heftig gegen die Seitenscheibe, dass er in den Sitz zurückgeschleudert wurde. Nur sein Arm hing noch draußen. Johnny riss die Tür wieder auf und schlug sie noch heftiger zu. Der Mann schrie vor Schmerzen auf, als seine Hand zwischen Tür und Rahmen eingequetscht wurde.

Wieder riss Johnny die Tür auf. Seine rechte Faust landete einen kurzen, aber hart geschlagenen Haken an das Kinn des Mafioso. Mit einem Stöhnen sank der Mann in den Beifahrersitz zurück. Alles war so schnell gegangen, dass die Passanten gar nicht richtig mitbekamen, was sich vor ihren Augen abgespielt hatte.

Johnny sah die Autoschlüssel im Zündschloss stecken. Kurz entschlossen schlug er die Wagentür zu, eilte auf die Fahrerseite und schwang sich hinter das Steuer. Er startete den Motor und fädelte sich in den laufenden Verkehr ein. An der nächsten Ampel trat er so hart auf das Bremspedal, das der Kopf des Bewusstlosen gegen das Armaturenbrett knallte. Johnny zog ihn zurück und schnallte ihn fest.

»Es ist doch sehr gefährlich, wenn man sich nicht anschnallt, Mr. Morzarella. Die meisten schweren Kopfverletzungen bei Verkehrsunfällen sind nur die Folge von Leichtsinn«, belehrte er ihn. Er suchte den Mann nach Waffen ab und fand eine Smith-Wesson und ein Springmesser. Er steckte die Waffen ein.

Kurz bevor die Ampel wieder auf Grün schaltete, bog ein weißgrüner Omega um die Ecke. Während er anfuhr, beobachtete Johnny im Rückspiegel, wie das Polizeiauto vor dem türkischen Restaurant anhielt und zwei breitschultrige Männer in Uniform ausstiegen.

»Jetzt wird's ernst für dein Bruderherz«, erklärte er seinem stummen Beifahrer. Doch der rührte sich nicht.

Ich glaube, es wird Zeit, dass ich aus Hamburg verschwinde. Das Pflaster ist augenblicklich zu heiß in dieser Stadt.

Zu heiß! Das war eine Idee. Es waren heute zwar nur zweiundzwanzig Grad im Schatten. Aber dem konnte er ja abhelfen. Und er konnte eine falsche Spur für seine Verfolger legen.

Zufrieden bog er in die Fuhlsbüttler Straße und steuerte den Flughafen an. Dabei drehte er die Autoheizung voll auf.

Als er auf dem Flughafenparkplatz einbog, begann der Mann neben ihm zu stöhnen. Johnny schickte ihn mit einem weiteren Schlag ins Land der Träume zurück. Dann fuhr er den Mercedes bis zu einem Einstellplatz, den er vom Balkon des Flughafenrestaurants beobachten konnte. Inzwischen war es in dem Wagen unerträglich heiß geworden. Johnny entdeckte den Schalter einer Standheizung, drehte ihn voll auf und brach ihn ab. Bevor er ausstieg, entfernte er das Magazin aus der Pistole, steckte die Waffe in den Schulterhalfter von Caesares Bruder zurück und schob das Magazin, die beiden Päckchen mit Rauschgift und das Springmesser in dessen Hosentasche, nicht ohne seine Fingerabdrücke zu entfernen. Schließlich stieg er aus dem Wagen, verschloss die Türen und stellte die Diebstahlsicherung ein.

»So, mein Lieber«, rief er dem bewusstlosen Schläger durch die Scheiben zu, »viel Spaß beim Schmoren. Die Wagentemperatur wird in den nächsten Minuten auf 40-50 Grad steigen. Die elektrischen Scheibenheber sind ausgeschaltet und die Türknöpfe verriegelt. Dir wird es bald sehr warm werden. Aber du liebst ja das warme Klima, nicht wahr?«

Fröhlich pfeifend ging er davon. Als er an einem Papierkorb vorbeikam, warf er den Autoschlüssel in den Müll. Im Flughafengebäude suchte er das Restaurant auf. Mit einer eisgekühlten Coca-Cola trat er an das Geländer der Veranda und schaute wie ein gelangweilter Industriemanager über Parkplatz und Rollfeld.

Im Mercedes regte sich etwas. Sicherlich war der Mafioso aufgewacht und versuchte sich darüber klar zu werden, was geschehen war. Eine Hand tauchte an der Seitenscheibe auf, dann ein Gesicht.

»Na, jetzt ist dir ordentlich warm, mein Junge«, grinste Johnny.

Ein Flughafenpolizist kam die Veranda entlang. Johnny winkte ihn zu sich.

»Schauen Sie mal, ich glaube, da unten stimmt was nicht.«

Der Polizist trat neben ihn.

»Da, sehen Sie, im weißen Mercedes auf dem Parkplatz scheint jemand Probleme zu haben.«

Der Polizist folgte Johnnys Finger, bis er den Wagen entdeckte. Er setzte ein Fernglas an die Augen und stellte die Entfernung ein.

»Sie haben Recht«, bestätigte der Polizist. »Der Mann bekommt offensichtlich die Wagentür nicht auf.« Er griff zum Walkie-Talkie und bat seine Kollegen im Foyer des Flughafens um Hilfe. Eine Minute später eilten zwei Männer in Uniform zum Parkplatz. Der Polizist neben Johnny gab ihnen per Funk Anweisungen.

Die Männer hatten den Mercedes noch nicht erreicht, als etwas Metallisches hinter der Seitenscheibe des Wagens aufblitzte.

»Mann, der hat eine Waffe!«, rief Johnny aufgeregt und sprang wie ein Junge von einem Bein aufs andere.

Der Polizist nickte und gab die Meldung weiter.

In diesem Moment splitterte die Seitenscheibe des Wagens. Der Eingeschlossene schlug mit dem Griff seiner Pistole die Splitter aus dem Rahmen und zwängte sich hinaus. Als er auf den Boden rollte und sich wieder aufrichten wollte, standen die beiden Flughafenpolizisten mit gezogenen Dienstwaffen über ihm.

»Mann, oh Mann«, rief Johnny begeistert, »das ist ja so spannend wie im Kino.«

Der Polizist musterte ihn kurz und schüttelte mit dem Kopf. Dann beobachtete er weiter mit dem Fernglas die Szene auf dem Parkplatz.

»Durchsucht ihn«, sagte er ins Walkie-Talkie, »und schaut auch im Wagen nach.«

Während der eine Polizist den Mafioso mit der Waffe in Schach hielt, klopfte ihn der andere ab und kehrte seine Taschen aus. Er hielt die zwei Päckchen mit dem weißen Pulver hoch und sagte in das Handfunkgerät: »Zweimal heiße Ware. Wahrscheinlich Heroin. Wir werden das überprüfen.«

Johnny sah, wie sich Handschellen um die Arme von Caesares Bruder schlossen und der Mann abgeführt wurde. Er glaubte nicht, dass er ihn von unten erkannt hatte, weil die Sonne in seinem Rücken stand und jeden blendete, der zur Veranda hoch schaute.

»Haben Sie einen Gangster geschnappt?«, fragte er den Flughafenpolizisten. »So etwas erlebt man ja nicht alle Tage.«

»Das wissen wir noch nicht«, antwortete ihm der Mann, »aber über solche Dinge müssen wir Schweigepflicht bewahren. Trotzdem, vielen Dank, dass Sie uns aufmerksam gemacht haben.«

Der Mann tippte sich an die Mütze und wandte sich zum Gehen.

»Keine Ursache«, rief Johnny ihm hinterher, »keine Ursache! Schließlich gehört das zur Pflicht eines jeden Staatsbürgers.«

Pfeifend marschierte er zum Ausgang der Flughafenhalle zurück und rief ein Taxi. Zwei der Manzella-Brüder waren sicherlich für einige Zeit ausgeschaltet. Der dritte hatte nun andere Sorgen, als nach Johnny zu fahnden. Trotzdem hatten die Drogenbosse noch andere Handlanger. Es war besser, wenn er sich so schnell wie möglich aus dem Staub machte.

Das Taxi brachte ihn zu seiner Pension. Nachdem Johnny seine Sachen gepackt hatte, rief er Mike und Bernhard Schulz an und erzählte ihnen, was er erlebt hatte. Beide rieten ihm auch, auf der Stelle abzureisen. Seine Aufgabe sei nun erledigt. Alles Weitere läge nun in ihrer Hand.

»Ich werde mir Gedanken machen, was man noch gegen die Drogenmafia unternehmen könnte«, versprach ihm der querschnittsgelähmte Kommissar. »Ich lebe ja in voller Deckung. Für dich aber ist es besser, wenn du deine Nase die nächste Zeit nicht mehr in deren Angelegenheiten steckst. Na, wenigstens hast du zwei der Burschen erst einmal für einige Zeit hinter Gitter gebracht. Alles Gute, mein Lieber, und lass mal wieder von dir hören.«

Zwei Stunden später saß Johnny im ICE nach Berlin. Eigentlich wollte er in die USA fliegen, um seinen Bruder zu suchen. Aber die politischen Ereignisse in Berlin faszinierten ihn so sehr, dass er noch einige Tage in Deutschland bleiben musste. Sollte die Teilung Deutschlands tatsächlich in den nächsten Tagen zu Ende gehen, wollte er dabei sein und dieses Jahrhundert-Ereignis mitfeiern.

Gewissensbisse wegen seiner Prügeleien fühlte er nicht. Hatten nicht auch die Gottesmänner des Alten Testamentes manchmal mit dem Schwert zugeschlagen, wenn Gewalt und Unrecht herrschten? Im Fall der Manzella-Brüder war Feindesliebe nicht angebracht, fand er, eher das Gericht Gottes! Und er, Johnny, fühlte sich wie seine rechte Hand.

Am Abend des 10. Oktober 1989, als die Mauer fiel, gehörte Johnny zu denen, die auf die Grenzbefestigungen kletterten, sich heiser schrien, Fahnen schwenkten und völlig Fremden um den Hals fielen, lachend, weinend und mit Gefühlen überschäumender Freude. Bis zum Anbruch des Tages sang und tanzte er in der Menschenmenge. Doch schon am frühen Morgen war er geschäftlich unterwegs.

Er engagierte drei arbeitslose Handwerker. Sie sollten handgroße Stücke aus der Grenzmauer brechen und sie mit einem Fuß aus Zement versehen. Am besten Mauerstücke, die durch Graffiti-Künstler besonders interessant verziert worden waren.

Dann bestellte er bei einem Schildermacher 1000 Schilder von 10 x 3 cm, mit der Aufschrift »The Wall – Division of Germany from 13.8.1961-9.10.1989.« – »Die Mauer – Teilung Deutschlands vom 13.8.1961-9.10.1989.« Auf einem Blatt DIN-A4-Papier entwarf er einen Text mit den wichtigsten historischen Ereignissen um die Teilung Deutschlands, der Luftbrücke der Amerikaner, dem Bau der Mauer, dem Kalten Krieg und den Ereignissen, die zur Öffnung der Grenze führten.

Als einer der Handwerker ihn fragte, wofür er die Mauerstücke bräuchte, lachte Johnny.

»Ich möchte sie Amerikanern als Souvenirs verkaufen. Die sind ganz heiß auf Gegenstände, die aus Old Germany stammen. Viele haben deutsche Vorfahren und deshalb interessieren sie sich für das Schicksal ihrer Heimat. Also möchte ich diese Mauerstücke in die USA verfrachten und dort über Souvenirläden anbieten.«

Die Mauerstücke wurden mit den Schildern versehen, in Faltkartons verpackt und dann in einen Container verstaut, den Johnny bestellt hatte. Eine Woche später flog Johnny in die USA, während der Container auf einem Frachtschiff folgte.

»Ich möchte den Straßenkindern im Getto helfen und ich brauche Ihre Unterstützung dabei.« Harry schaute den Leiter des Social Welfare, des Sozialamtes, freundlich, aber bestimmt an. »New York war bisher immer Vorreiter in der Arbeit an sozial Schwachen. Aber ich glaube, für die Kids auf der Straße könnte man noch mehr tun, besonders hier in der Bronx.«

»Und was schwebt Ihnen vor, Mr. Maurer?«, fragte der Schwarze mit den grauen Schläfen.

»Ich möchte eine Box-Schule errichten.«

»Eine Box-Schule? Gibt es in New York nicht schon genug davon?«

»Schon«, erwiderte Harry, »aber die sind oft kommerziell und sie beuten ihre Sportler aus. Bringen die Boxer im Ring keinen Profit, lässt man sie fallen wie eine heiße Kartoffel. Nein, Mr. Douglas, mir geht es nicht vorrangig um das Boxen, sondern um die Schule. Der Sport soll nur Aufhänger für die Kids sein, um sie zum Lernen zu bewegen.«

Der Mann am Schreibtisch beugte sich interessiert vor.

»Das müssen Sie mir näher erklären. Sie wollen den Jungen nicht nur das

Boxen beibringen, sondern ihnen auch normalen Schulunterricht erteilen, also Englisch, Mathematik, Biologie?«

»Ja, genau!« Harrys Augen leuchteten. »Viele Straßenkinder haben den Schulbesuch abgebrochen, andere sind leistungsmäßig hoffnungslos abgesackt. Beide Gruppen haben keine berufliche Zukunftsaussichten und das wissen die Kids. Ihnen bleibt oft nur Kriminalität und Prostitution und das Vergessen im Rausch. Zu Hause erfahren sie weder Liebe noch Vertrauen. Deshalb schließen sie sich oft einer Gang an. Dort können sie mit anderen reden. Sie finden Verständnis. Die Kameraden haben ähnliche Probleme und Interessen wie sie. Die Gang gibt ihnen alles, was sie in der Familie nicht gefunden haben, scheinbar jedenfalls.«

»Sie haben das gut beobachtet. Aber worin sehen Sie eine Lösung?«

»Viele Jugendliche begeistern sich für Sport. Damit will ich sie abholen. Ich biete ihnen an, sie zu guten Boxern zu machen. Sie können damit im Ring Geld verdienen. Vielleicht sogar viel Geld, wenn sie den Durchbruch schaffen. Das wird manche Kids reizen. Ich stelle dabei nur eine Bedingung: Sie müssen bereit sein, bei mir die Schulbank zu drücken. Entweder zur Nachhilfe oder zur Vorbereitung für den erneuten Schulbesuch. Ich will Ihnen dabei nicht nur reines Wissen vermitteln, sondern die Motivation, ihr Leben in die Hand zu nehmen, es positiv und erfolgreich zu gestalten. Mein Ziel ist, dass jeder von ihnen eine Berufsausbildung bekommt und so seinen Weg im Leben findet. Damit möchte ich ihnen helfen«

»Ein interessantes Konzept, Mr. Maurer! Aber haben Sie für diese Aufgabe auch die notwendige Qualifikation?«

»Hier sind meine Papiere: Zeugnisse, Diplome und Auszeichnungen.« Harry schob die Unterlagen über den Schreibtisch. »Ich war Boxchampion und bin Studienrat. Ich habe viele Jahre in Deutschland am Gymnasium unterrichtet, bis mich meine Frau im Stich gelassen hat.«

»Und deshalb haben Sie Ihr Land verlassen?«, wollte Jeff Douglas, der Leiter des Sozialamtes, wissen.

»Ja, das hat mich ziemlich getroffen. Ich musste raus aus der Stadt, raus aus dem Land. Ich wollte irgendwo neu anfangen. Wo mich niemand kennt, wo mich keine Verwandten oder alten Freunde bedauern. Deshalb bin ich nach Amerika gekommen.«

Douglas überflog die Unterlagen und gab sie Harry zurück.

»Gute Referenzen. Warum wollen Sie damit nicht hier an einer deutschen Schule unterrichten? Immerhin wohnen in New York über eine halbe Million Deutsche.«

Harry schüttelte den Kopf.

»Nein, ich muss etwas anderes tun, nicht einfach nur unterrichten. Ich möchte Kindern helfen, denen das Leben bisher alle Chancen verbaut hat. – Können Sie das verstehen?«

Jeff Douglas schaute Harry lange und prüfend an. Dann sagte er leise: »Wissen Sie, ich war auch ein Gettokind und wenn mich nicht ein Freund motiviert hätte, mein Leben in die Hand zu nehmen, säße ich nicht hier.« Er lächelte und nickte. »Ja, ich begrüße Ihren Vorschlag. Aber bevor ich mein Okay gebe, brauche ich mehr Fakten.«

»Die kann ich Ihnen geben«, atmete Harry erleichtert auf. »Ich habe mich schon umgesehen. Da gibt es am Rande der Bronx ein altes Haus, in dem sich früher ein Supermarkt befand. Es steht jetzt leer. Fenster und Türen sind zugenagelt. Die Nachbarn meinen, der Besitzer habe sich schon jahrelang nicht mehr sehen lassen. Er sei ein alter Herr, wahrscheinlich über achtzig. Ob er überhaupt noch lebt, konnten sie nicht sagen. Ich bin durch ein Fenster im Hof in das Haus gestiegen ...«

»Na, na«, sagte Douglas scherzhaft drohend.

»Nun ja, ich wollte mich nur umsehen«, meinte Harry entschuldigend, »und ich habe tatsächlich feststellen können, dass die Räume ausreichend groß sind für einen Ring, die Trainingsgeräte und den Unterrichtsraum.«

»Und nun möchten Sie, dass ich mich darum kümmere, dass Ihnen dieses Haus zur Verfügung gestellt wird?«

»Genau, und ich benötige auch noch Geld für Trainingsgeräte. Ich möchte sie gebraucht Sportvereinen abkaufen. Dazu auch noch Bücher und Lehrmaterial. Das können sicherlich Schulen zur Verfügung stellen. Sie haben doch bestimmt Beziehungen und können mir dabei helfen.«

»Natürlich.«

»Ach ja, noch was.« Harry schaute seinem Gegenüber offen ins Gesicht. »Ich brauche eine Aufenthaltsgenehmigung, Mr. Douglas, und eine Erlaubnis, diese Schule einrichten zu können.«

»Das hätte ich mir denken können.« Der Mann blickte nachdenklich zu Harry hinüber. »Gut, ich denke, das werde ich schon schaukeln. Bleibt noch eine Frage: Wovon wollen Sie leben? Der Job wird Sie auffressen. Es ist kein Zuckerschlecken, mit den Kids zu arbeiten. Sie sind keine Sonntagsschüler, eher Hells-Angels. Sie haben sich da einen Fulltimejob ausgesucht. Also, woher nehmen Sie das Geld für Ihren täglichen Bedarf?«

»Ich besitze ein kleines Startkapital. Mein Bruder hat es mir zur Verfügung gestellt. Er will mich so lange unterstützen, bis ich Fuß gefasst habe.

Aber ich möchte auch einigen Kindern reicher Deutscher, die hier in New York leben, Privatunterricht geben.«

»Werden Sie dazu denn noch Zeit finden?«, fragte Douglas zweifelnd.

»Ich denke schon. Es ist nur eine Frage der Organisation. – Übrigens, ich habe zwei Kinder, eine siebenjährige Tochter und einen Sohn. Sie werden mit mir in dem Haus wohnen.«

»Sie wollen Ihre Kinder mit in das Getto nehmen?« Jeff Douglas zog seine rechte Augenbraue hoch.

»Ja. Ich habe ihnen die Bronx gezeigt. Sie haben das Elend gesehen und sind damit einverstanden, dass wir den Kids dort helfen.«

»Aber ist das nicht zu gefährlich?«

»Wenn die Kinder der Armen dort leben müssen, können meine Kinder es auch. Das haben sie mir selbst gesagt. Wissen Sie, wir sind Christen. Wir möchten aber nicht nur über unseren Glauben reden, sondern ihn praktizieren. Wir wollen unsere Welt ein wenig besser verlassen, als wir sie vorgefunden haben. In unserem Wohnviertel in Deutschland waren die Menschen satt und zufrieden. Die brauchten eigentlich nichts und jammerten höchstens, wenn sie nur einen Golf als Zweitwagen neben ihren Mercedes stellen konnten. Ihnen kann man eigentlich nichts anbieten außer Hilfe in seelischen Nöten, aber da blocken solche Leute immer ab. Schwäche darf man nicht zeigen. Dann ist man ein Versager. Dann ist man auf der Verliererseite und Verlierer werden schnell untergebuttert. Also tragen sie lieber Masken, diese Neureichen, spielen die Starken, Intelligenten, Erfolgreichen und Coolen und schlucken Psychopharmaka, um nicht zusammenzubrechen. Nein, solchen Leuten konnte ich nicht helfen. Aber hier sehe ich eine Chance.«

»Gefällt mir, was Sie da sagen«, nickte Jeff Douglas, »ich denke, wir werden mit Ihnen zusammenarbeiten. Zuvor muss ich noch einige Gespräche führen und dieses Projekt absegnen lassen. Kommen Sie doch nächste Woche wieder vorbei. Sagen wir, Dienstagvormittag. Bis dahin werde ich alles geklärt haben.« Er erhob sich von seinem Schreibtischsessel und reichte Harry die Hand. »Es freut mich, dass ich Sie kennen gelernt habe. Ehrlich gesagt, Ihr Projekt gefällt mir und ich gebe ihm gute Chancen!«

Gut gelaunt verließ Harry das Gebäude. Er hatte nicht erwartet, dass er sofort ein offenes Ohr für sein Straßenkinder-Projekt finden würde. Aber Jeff Douglas kam selbst aus dem Getto, ein glücklicher Umstand für ihn! Die Idee, Kindern der sozial Schwachen zu helfen, hatte ihn schon oft bewegt. Hier in New York sah er nun gute Möglichkeiten für ihre Verwirklichung.

Der Abschied von den Grigers war ihnen allen schwer gefallen. Die gemeinsam verlebten Wochen auf dem Meer und besonders der Sturm und die angstvolle Suche nach Johnny hatte sie zusammengeschweißt. Die Weltumsegler waren für Jenny und Kai wie Großeltern geworden. Hans Griger hatte ihm das Angebot gemacht, die Weltumseglung mit ihnen fortzusetzen. Aber Harry wollte lieber in den Staaten bleiben, um sich eine neue Existenz aufzubauen. Die beiden Kinder waren schon halbe Zigeuner. Es wurde Zeit, dass sie sesshaft wurden und eine ordentliche Schule besuchten. So hatten sie Palm Beach verlassen und waren mit einem Greyhound-Bus nach New York gereist. In einer einfachen Pension hatte er ein Zimmer gemietet und war dann in der Bronx auf Entdeckungsreise gegangen, bis er das leer stehende Haus entdeckt hatte. Es lag am Rande des Gettos. Die umliegenden Häuser sahen schon ganz passabel aus.

Natürlich war es riskant, mit Kai und Jenny dorthin zu ziehen. Er gab sich da keinen Illusionen hin. Aber für die Kinder war der vor ihnen liegende Lebensabschnitt auch eine Chance. Wenn sie miterleben konnten, wie Menschen sich verändern, wie sie begannen wieder zu leben, sich Ziele zu stecken und diese auch erreichen, dann würden sie mehr lernen als in drei Jahren Gemeinschaftskunde. Außerdem sollten Kai und Jenny eine der Ganztagsschulen besuchen, die seine Kirchengemeinde in New York unterhielt. So würden sie beide Welten kennen lernen können: die Not der Gettobewohner und die Probleme der Kinder, die in normalen oder religiösen Familien aufwuchsen.

Am nächsten Dienstag betrat Harry schon früh das Gebäude des Social Welfare, klopfte an Jeff Douglas' Tür und öffnete sie einen Spalt breit.

»Kommen Sie herein, Mr. Maurer«, rief der Schwarze mit den grauen Schläfen. »Setzen Sie sich, setzen Sie sich. Ich habe gute Neuigkeiten für Sie.« Er reichte ihm die Hand. »Nennen Sie mich einfach Jeff. Es ist bei uns in den Staaten üblich, sich mit dem Vornamen anzureden.«

»Ich heiße Harry. Eigentlich Harald. Aber in Deutschland haben die Amerikaner starken Einfluss, von der Jeans bis zur Sprache. Also wurde ich schon immer Harry genannt.«

»Well, Harry. Sie haben Glück. Unser Ausschuss hat Ihr Projekt bewilligt, unter einer Bedingung.«

»Und die wäre?«, fragte Harry gespannt.

»Sie dürfen Ihre Arbeit nicht allein auf Jungen beschränken. Sie müssen auch etwas für Mädchen tun.«

»Das habe ich mir schon gedacht. Unterricht für Mädchen ist für mich ja kein Problem. Aber ich wüsste nicht, womit ich sie motivieren könnte, meine Schule zu besuchen.«

Jeff Douglas lächelte ihn an.

»Dafür habe ich eine Lösung gefunden.« Er griff zum Telefonhörer, wählte eine zweistellige Nummer und sagte: »Amy, kommst du bitte mal rüber zu mir. Ja, er sitzt schon in meinem Büro.«

Harry stockte der Atem, als die Bürotür sich öffnete und eine junge Frau mit schulterlangen, blonden Haaren und hellbraunen Augen hereintrat. Sie hatte die Figur eines Mannequins und ihre Haut schimmerte wie Bronze.

»Darf ich vorstellen? Amy Wheaton, eine unserer Mitarbeiterinnen.« Jeff winkte ihr, näher zu kommen. »Sie ist Streetworker und arbeitet in der Drogenberatung. Amy ist sehr flexibel und kann auch neue Aufgaben anpacken.«

»Hi, Amy.« Harry reichte der jungen Frau die Hand.

»Nett, Sie kennen zu lernen, Harry. Ich darf Sie doch Harry nennen?« Amys Händedruck war leicht und doch fest. Harry nickte und spürte, wie Gefühle in ihm aufklangen, die er schon lange nicht mehr gespürt hatte.

»Jeff hat mir schon von Ihrem Projekt erzählt. Ich muss Ihnen sagen, es begeistert mich auch. Wenn Sie nichts dagegen haben, würde ich gerne mit Ihnen zusammenarbeiten.«

Sie lächelte Harry an, als wären sie alte Freunde. Amy Wheaton schien eine selbstbewusste Frau zu sein und doch einfühlsam und warm. Harry zwang sich, sie nicht anzustarren, aber er musste immer wieder in ihre Augen blicken. Sie strahlten eine von Herzen kommende Freundlichkeit aus.

»Ich glaube, Sie sind das fehlende Puzzleteil in meiner Idee«, sagte er ein wenig hilflos. »Entschuldigung, das klang ein wenig blöd. Puzzleteil. Als wenn es nur um einen Lückenfüller ginge. Nein, mein Plan ist ein wenig einseitig gewesen. Eine Box-Schule spricht ja nur Jungen an. Ich möchte natürlich auch die Mädchen erreichen. Da schickt Sie mir der Himmel ...«

»Nicht gerade der Himmel«, lachte Amy, »sondern eher Jeff Douglas, mein Vorgesetzter.«

Nun lachten sie alle, aber Harry fühlte, dass es nicht Jeff Douglas war, der ihn mit Amy Wheaton zusammengebracht hatte.

Die nächsten zwei Stunden saßen sie zusammen und besprachen das neue Projekt: ein Ausbildungs- und Beratungszentrum für Straßenkinder mit attraktiven Angeboten für Jungen und Mädchen. Das Gebäude hatte der alte Besitzer für diese Arbeit der Stadt geschenkt. Er besaß mehrere

Häuser, die ihm genügend Gewinn brachten. So war die wichtigste Frage schon geklärt. Amy führte während ihres Gesprächs wie selbstverständlich Protokoll und listete in einer Tabelle alles auf, was noch bis zum Start des Projektes erledigt werden musste. Immer wieder musste Harry zu ihr herüberschauen und wenn ihre Augen sich trafen, lächelten beide.

»Also, Sie wollen die Mädchen zu Cheerleadern ausbilden, Amy?«, fragte er seine zukünftige Mitarbeiterin.

»Ja, in den USA ist es für viele Mädchen ein Traum, Mitglied einer Cheerleader-Gruppe zu sein. Bei den meisten Ballspielen herrscht schon eine gute Stimmung, aber erst die Cheerleader heizen den Zuschauern richtig ein. Das motiviert auch die gegnerischen Mannschaften.«

»Ja, ich weiß das aus dem Fernsehen. In Amerika sind Sportveranstaltungen eine richtige Show: Musik, Tanz, schöne Mädchen, gute Stimmung. Da geht es wohl nicht nur um Sport. Die Zuschauer wollen etwas erleben, auch in den Pausen.«

»Richtig, und deshalb sehe ich in einer Cheerleader-Schule für Mädchen die ideale Ergänzung zu Ihrer Box-Schule, Harry.« Amy lächelte. »Sie trainieren die Jungen und ich die Mädchen. Sie geben den Schulunterricht. Ich übernehme die Drogenberatung und organisatorischen Aufgaben: für Reinigung sorgen, Material beantragen, Abrechnungen erstellen und Essenplanung.«

»Essenplanung? Wozu das?«, wollte Harry wissen.

»Nun, Sie werden alle Hände voll zu tun haben mit den Kids«, mischte sich Jeff Douglas ein. »Da bleibt ihnen für das Kochen keine Zeit.«

Er und Amy lachten auf, als sie Harrys ratloses Gesicht sahen.

»Jeff will Sie nur auf den Arm nehmen«, wandte sich ihm Amy zu. »Nein, wir haben beschlossen, zusätzlich zur Schule eine Art Suppenküche für Straßenkinder einzurichten. Die Kids leben doch oft nur von Junkfood: Shakes, Pappbrötchen und Pommes. Bei dieser Ernährung fehlen ihnen wichtige Nährstoffe und Vitamine. Man weiß ja heute, dass ein Mangel an Vitaminen der B-Gruppe zu Depressionen, aber auch Reizbarkeit und Aggressivität führt. Außerdem macht es sie anfälliger für Suchtmittel. Also wollen wir ihnen auch eine gute, vollwertige Ernährung anbieten.«

»Nur unseren Schülern?«

»Nein, allen Kids. Und während sie bei uns essen, werben wir auch für unsere Schule.«

»Gute Idee«, nickte Harry, »aber wer bezahlt das alles?«

»Ein Teil das Social Welfare«, meldete sich Jeff Douglas zu Wort, »aber das meiste Geld kommt von einem bekannten Bürger unserer Stadt, der sich selbst vom Laufburschen bis zum Firmenchef hochgearbeitet hat. Er ist deshalb daran interessiert, dass auch andere Kinder eine Chance erhalten und unterstützt deshalb Ihr Projekt mit monatlichen Geldspenden. Es hat ihm von Anfang an gefallen.«

»Er ist einer Ihrer Jugendfreunde, nicht wahr, Jeff?«, fragte Harry ihn.

Der Mann nickte.

»Ja, ich habe ihm am Sonntagabend bei einem gemeinsamen Essen von Ihrem Projekt erzählt. Er hat nicht lange gefackelt, sondern sofort sein Scheckbuch gezückt und gefragt: ‚Wie viel kannst du denn gebrauchen, Jeff?' Und da kamen wir auf die Idee mit dem kostenlosen Mittagessen für Straßenkinder.«

»Tolle Sache!«, freute sich Harry. »Jetzt bin ich mir sicher, dass dieses Projekt ein voller Erfolg wird. Sagen Sie unserem Gönner ein herzliches Dankeschön.«

»Das werde ich, Harry. Und wenn Ihre Schule in Betrieb ist, können Sie ihn und andere Männer und Frauen einladen, damit sie den Kids erzählen, wie sie es geschafft haben, aus dem Getto herauszukommen.«

»Das ist eine gute Idee!«, nickte Harry begeistert. »Wenn die Jungen und Mädchen an Persönlichkeiten sehen, dass man tatsächlich Erfolg haben kann, sind sie sicherlich noch mehr motiviert, für sich etwas zu tun.«

In den nächsten zwei Stunden planten sie weitere Schritte für die Verwirklichung des Projektes, dass sie »Think big!« nannten, »Nimm dir Großes vor!«. Harry wurde dabei immer klarer, dass er endlich die Aufgabe gefunden hatte, die seinem Leben Inhalt gab. Und er fühlte auch, dass Amy Wheaton für ihn mehr war als nur eine Mitarbeiterin.

Die Umbauarbeiten des alten Supermarktes dauerten zwei Monate. Harry und Amy hatten mehrere Teenager auf der Straße angesprochen, ob sie bei der Renovierung und Einrichtung der Sportschule mithelfen wollten und tatsächlich waren einige dazu bereit gewesen. Ihr Leben war nicht besonders abwechslungsreich. Außerdem beeindruckte es sie, dass jemand aus Deutschland gekommen war, um ihnen zu helfen, ohne Geld dafür zu verlangen. So packten sie mit an, entrümpelten den Supermarkt, besserten den Putz aus und strichen die Wände. Harry und Amy lobten sie, sooft sie konnten. Das motivierte die Teenager weiterzumachen, auch wenn sie manchmal müde und lustlos waren. Sie wussten, das ist unser Haus. So hatten Harry und Amy schon ihre ersten Schüler.

Gleich nach der Einweihung, die sie alle groß feierten, begannen sie mit dem Unterricht. Nach zwei Stunden Sport folgten drei Stunden Schule. Dabei versuchten sie nicht nur Wissen zu vermitteln, sondern die Kinder zu motivieren, ihr Leben selbst in die Hand zu nehmen.

»Ihr denkt vielleicht von euch selbst: Ich kann nichts, ich bin nichts und mich liebt niemand. Aber wenn ihr diese Einstellung habt, werdet ihr auch immer ein Nichts sein. Wenn ihr kein Selbstbewusstsein habt, werden das die anderen spüren und euch wie Abfall behandeln.«

»Jeder Mensch ist wertvoll«, pflichtete ihm Amy bei. »Schaut doch einmal euren Körper an. Welcher Techniker kann schon ein solch kompliziertes Greifwerkzeug wie eure Hände bauen? Oder eure Augen. Sind sie nicht einmalige Filmkameras?«

»Erst recht euer Gehirn«, führte Harry ihren Gedanken weiter. »Kein Computer der Welt kann das, was ihr mit eurem Gehirn könnt.«

»Quatsch!«, unterbrach ihn ein Fünfzehnjähriger mit schwarzen Haaren und olivbrauner Haut. »Die Computer können viel schneller rechnen als wir Menschen.«

»Bestimmte mathematische Aufgaben, Ted, ja. Aber dein Hirn kann wesentlich mehr. Überleg mal, welche Aufgaben muss es zur gleichen Zeit erfüllen?«

»Mein Alter hat immer gesagt, ich sei strohdumm und hätte nichts in der Birne und mein Alter hat immer Recht gehabt. Wenn ich das angezweifelt habe, hat er mir'n paar geknallt«, lenkte der Angesprochene ab.

»Da muss ich aber deinem Vater widersprechen«, sagte Harry freundlich aber bestimmt, »wenn du wirklich nichts in der Birne hättest, würdest du keine kritischen Fragen stellen. – Aber, überlege mal: Was ist eigentlich bei deiner Bemerkung in deinem Kopf abgelaufen? Weißt du das? Du hast über deine Ohren eine Information aufgenommen. Dann hast du sie analysiert, um herauszufinden, ob die Information logisch ist, welchen Sinn sie hat und ob sie der Wahrheit entspricht und dann hast du sie auch noch in deinem Gedächtnis abgespeichert. Jederzeit kannst du diese Information und deine kritische Bewertung wieder abrufen und sie wiedergeben. Bei diesen Aufgaben wäre ein Computer schon überfordert. Rechnen kann fast jeder, aber Informationen kritisch bewerten ist schon schwieriger.«

»Mmh!«, machte Ted nur.

»Noch was, dein Gehirn kann zahlreiche Aufgaben gleichzeitig durchführen, bei denen ein Computer schon passen muss. Pausenlos nimmt es Bilder und Töne auf und speichert sie ab, ein ganzes Leben lang. Die Informationen, die du in deinem Kopf hast, passen in keinen Computerspeicher.

Und das ist noch lange nicht alles.« Harry wandte sich den anderen Teenagern zu. »Versucht heute Nachmittag einmal herauszufinden, welche Aufgaben euer Gehirn noch hat und welche Leistung es vollbringen muss. Ihr werdet sehen, euer Körper ist ein biotechnisches Meisterwerk. Und das bedeutet: Ihr seid mehr wert, als ihr denkt.«

»So, und jetzt gibt es gleich Mittagessen. Der Wagen von der Küche muss jeden Augenblick kommen«, beendete Amy den Unterricht. »Heute Nachmittag habt ihr ja frei und heute Abend ist freies Training und danach spielen wir, wenn ihr Lust habt, okay?«

Während sie den Tisch deckten, meinte Ted zu Harry: »Du meinst also, ich wäre nicht blöd, wie mein Alter immer behauptet?«

»Auf keinen Fall, Ted! Du bist ein kluger Kopf. Du hast eine Menge Möglichkeiten. Du musst sie nur nutzen.« Harry hockte sich auf die Tischkante. »Weißt du, ich meinte früher auch, ich hätte sie nicht alle. Ich hab auch eine Menge angestellt. Doch dann sagte mir jemand, dass Gott mich gewollt und geplant hätte.«

Der Fünfzehnjährige grinste.

»Ja, lach nur. Ich habe diesen Typen auch zuerst nicht für voll genommen. Doch dann habe ich über seine Worte nachgedacht. Wenn es Gott gibt und wenn er mich gewollt hat, dann will er auch, dass ich das Beste aus meinem Leben mache. Dass ich die Möglichkeiten und Chancen nutze, die er mir bietet. Dass ich alles raushole.«

»Wie? Ich hatte bisher keine Chancen. Wie soll ich das Beste daraus machen?«, wollte Ted nun wissen.

»Mag sein, dass du bisher keine Chancen hattest. Aber jetzt hast du eine. Und wenn du schließlich aus dem Getto raus bist, hast du sogar einen Vorteil gegenüber all diesen Softboys reicher Eltern.«

»Vorteile?«, fragte der Junge ungläubig.

»Ja, Vorteile! Du hast gelernt zu kämpfen. Dir wurde nichts in den Mund geschoben. Alles wirst du dir hart erarbeitet haben. Und das gibt dir Kraft für schwierige Aufgaben. Wenn andere das Handtuch werfen, wirst du dich durchbeißen, weil du dir sagen kannst: Ich hab es bis hierher geschafft, also werde ich dieses Problem auch lösen. Und das ist ein Vorteil. Siegertypen sind Kämpfernaturen.«

»So wie du?«

»Ja, ich habe so manche Hürde bewältigen müssen. Vielleicht wäre ich heute ein Hilfsarbeiter, aber als ich merkte, dass in mir mehr steckt, habe ich mich hingesetzt und gebüffelt. So bin ich schließlich Lehrer geworden.«

»Aber was für einer«, meinte Ted abfällig, »hängst mit uns hier im Getto herum, statt Kohle zu machen und in einer Villa zu wohnen. Hast du dafür gebüffelt? Reichte wohl nicht für einen gut bezahlten Posten, was?«

Harry lachte auf.

»Du, Ted, das hab ich alles hinter mir. Nobelschule und Haus im Grünen. Aber ich war unzufrieden. Ich dachte, ich brauche mehr, um glücklich zu sein: Segelboot, ein schnelles Auto, einmal die Woche Tennis spielen. Aber glaub mir, das ist alles Mist. Je mehr man hat, desto mehr will man, ohne je zufrieden zu sein. Als meine Frau mich verließ, wurde mir das alles schlagartig klar. Deshalb habe ich mich entschlossen, anderen zu helfen. Ich weiß, wie man sich als Straßenkid fühlt. Ich weiß, dass ihr das Zeug habt, euren Weg im Leben zu machen. Deshalb bin ich hier und ich habe meinen Schritt nicht einen Augenblick bereut.«

»Dann helfen wir dir, glücklich zu sein«, grinste Ted ihn an.

»Genau so ist es«, klopfte Harry ihm auf die Schulter. »Ich helfe euch und ihr helft mir. So kommen wir gemeinsam weiter.«

Während des Boxtrainings entdeckte Harry einige Talente unter den Jungen. Das Leben auf der Straße hatte sie zu Kämpfern gemacht, ein entscheidender Vorteil, wenn sie im Ring stehen würden. Er trainierte mit ihnen nicht nur das klassische Boxen, sondern zeigte ihnen auch die Schwächen dieses Systems.

»Wenn ihr gegen Kick- oder Thai-Boxer antretet, werdet ihr alt aussehen, denn dort wird auch mit Fußtritten, Kniestößen oder Ellbogenschlägen gearbeitet. Auch gegen Ringer werdet ihr nur wenig Chancen haben. Die stecken ein paar Schläge ein, rennen euch über den Haufen und wenn sie euch dann gepackt haben, drehen sie euch durch die Mangel. Deshalb legt euch nicht mit ihnen an. Ihr lernt hier ja keine Selbstverteidigung, sondern den sportlichen Wettkampf mit festen Regeln der Fairness. Aber manches können wir von diesen Systemen für den Kampf im Ring lernen.«

Er ging mit den Jungen zu einem Sandsack und zeigte ihnen, wie die meisten Boxer schlagen.

»Sie drehen ihre Faust mit dem Handrücken nach oben und dabei verlässt sie die direkte Kraftlinie. Der Schlag kommt rund und hat nicht mehr so viel Power, als wenn die Faust senkrecht steht und der Ellbogen sich vor dem Körper befindet. Probiert mal beide Schläge aus. Achtet bei dem Schlag mit der senkrecht stehenden Faust darauf, dass ihr mit den unteren drei Knöcheln auftrefft. Also los.«

Nacheinander schlugen die Jungen auf den Sandsack ein.

»Na, habt ihr's gespürt.«

»Ganz deutlich«, meinte ein Schwarzer mit krausem Haar, »wenn die Faust senkrecht steht, steckt viel mehr Kraft hinter dem Schlag. Habt ihr das in Deutschland entdeckt?«

»Nein, Mark, ein bekannter amerikanischer Boxer hat das schon vor Jahrzehnten gesagt. Aber fast niemand hat auf ihn gehört.«

»Wer war das?«, wollte Mark wissen.

»Jack Dempsey, er war von 1919-1926 Boxweltmeister. Jack hatte eine ungeheure Schlagkraft und war wahrscheinlich der beste Techniker, den der Boxsport hervorgebracht hat.«

»Woher weißt du das alles?«, fragte nun Ted.

»Ich habe einen alten Film über den Kampf Jack Dempsey gegen ‚Cowboy' Jess Willard gesehen. Willard war knapp zwei Meter groß und über 110 Kilo schwer, ein richtiges Muskelpaket. Jack Dempsey wirkte mit seinen 1,80 m und den 80 kg wie ein Kind gegen ihn. Trotzdem konnte Jack seinen Gegner schon in der ersten Runde sieben Mal zu Boden schicken.«

»Uff!«, sagte Mark bewundernd, »sieben Mal. Bei den meisten Kämpfen geht heute in zwölf Runden nicht ein einziger k.o.«

»Ja, das hat mich auch beeindruckt. Jack hatte eine sagenhafte Power in den Fäusten. Deshalb habe ich mir Bücher über diesen Champion besorgt. Er hat die Boxlehrer seiner Zeit heftig kritisiert, weil sie keine Ahnung hätten von der richtigen Kraftlinie und Trefffläche und weil sie ihre Schüler falsch unterrichteten. Ich habe seine Techniken ausprobiert. Es hat mich überzeugt.«

Harry zeigte seinen Schülern auch, wie man sich nicht nur gegen Schläge deckt, sondern sie auch blocken kann.

»Die meisten Boxer sind Linksausleger. Stellt euch deshalb andersherum auf. Dann kann eure Rechte die Linke des Gegners blocken und eure Linke seine Rechte. Passt auf: Wenn der andere einen linken Jab herausschießen lässt, schlagt ihr bei seiner ersten Bewegung mit eurer rechten Faust eine Grade von außen gegen seinen Arm. Dadurch wird er zur Seite gedrückt. Ist sein Angriff sehr schwach, wird eure Faust dann sogar bis zu seinem Kinn vorkommen und ihr erzielt einen Treffer.«

»Und was ist mit seiner Rechten?«, wollte ein Junge wissen.

»Die blockt ihr mit eurer Linken ab, indem ihr diesmal von innen gegen seinen angreifenden Arm nach vorne schlagt. Ihr dürft seinen Arm nicht zur Seite schlagen. Das schafft ihr nicht. Boxer sind zu schnell. Nein, ihr müsst seinem Schlag entgegenkommen. Dadurch wird er ein wenig abgeleitet und das reicht schon, um nicht getroffen zu werden. Damit ihr dies automatisch macht, werden wir das nun in einigen Drills trainieren und zwar rechts und links.«

Die Jungen lernten schnell. Es machte Harry Spaß sie zu trainieren. Ihm war klar, nicht alle würden gute Boxer werden. Aber das war auch nicht sein Ziel. Der Sport war nur ein Aufhänger für Seelsorge und Unterricht. Die Jungen wurden selbstbewusster und fassten zu Harry mehr und mehr Vertrauen. So konnte er ihnen manches vermitteln, für das sie früher kein Ohr gehabt hatten. Sogar wenn Harry über Gott sprach, grinsten sie nicht mehr spöttisch. Sie wussten, ihr Lehrer war kein frommer Spinner, sondern ein handfester Kerl, der mit beiden Füßen auf dem Boden stand. Das ließ auch seinen Glauben nicht weltfremd erscheinen.

Harry hatte außerdem die Gabe, die Lehren aus dem Boxsport immer wieder auf das Leben zu übertragen. So konnte er den Jungen auch beim Training wichtige Erkenntnisse vermitteln.

»Viele Boxer schlagen keine Kombinationen. Vielleicht haben sie Angst vor Treffern. So schießen sie meistens nur ein paar Jabs heraus und vergessen, dass sie auch noch eine zweite Faust haben. Das ist auch im Alltag so. Viele Menschen sind einseitig, haben Angst vor den Tiefschlägen des Lebens und vergessen dabei, dass sie viele Möglichkeiten haben, ihre Probleme zu lösen. Also bleibt offen und flexibel. So, nun schaut euch mal ein paar mögliche Kombinationen an.«

Harry demonstrierte mit Ted in Zeitlupe, wie man den Gegner mit einer Serie von gezielten Schlägen eindecken kann.

»Was geschieht, wenn wir solche Kombinationen schlagen?«, fragte er dann seine Schüler.

»Der andere weiß nicht mehr, wo und wie er sich decken soll«, meinte ein Puertoricaner.

»Richtig, Emanuel, und deshalb brennt bei den meisten die Birne durch. Das Gehirn des Gegners muss zu viele Informationen auf einmal verarbeiten. Deshalb bekommt er Panik und hebt oft nur hilflos abwehrend die Hände hoch. Das ist dann eure Chance. Mit einer weiteren Serie von Schlägen könnt ihr dann Punkte sammeln.«

Harry machte eine Pause und schaute in die Runde. Dann fuhr er fort: Ihr werdet das immer wieder erleben. Dringt zu viel auf einen Menschen ein, kann er nicht mehr vernünftig denken. Er reagiert nur noch blind und ungeschickt, egal ob er ein Geschäftsmann ist, dessen Firma vor der Pleite steht oder ein Familienvater, dessen Frau krank ist, dessen Kinder auf die schiefe Bahn geraten und der dann noch obendrein seine Arbeit verliert. Das gilt auch für Mütter, deren Männer sich aus dem Staub machen und sie mit fünf Kindern allein lassen: Haushalt, Kinder, Arbeit für den Lebensunterhalt, alles das kann sie völlig überfordern, sodass sie manchmal nicht mehr vernünftig reagieren. Es sind einfach zu viele Schicksalsschläge, die sie dann einstecken müssen. Könnt ihr nun vielleicht eure Eltern verstehen?«

Die Jungen schauten ihn mit großen Augen an. Einige nickten. Sie hatten verstanden, was Harry ihnen sagen wollte.

Am Abend sprach ihn Amy an.

»Ich habe vorhin gehört, was du heute den Jungen gesagt hast. Ich denke, das ist genau, was die Kids hören müssen. Ich merke, wie sie sich langsam verändern. Nun gut, sie sind immer noch wild und oft unkontrolliert, aber bei manchen geht deine Saat schon auf. Ich muss sagen, Harry, du bist genau der Lehrer, den sie brauchen.«

Harry wurde rot wie ein Schuljunge, als sie ihn mit ihren rehbraunen Augen anlächelte und hob abwehrend die Hände.

»Was soll ich dazu sagen. Du machst mich ganz verlegen, Amy.«

»Doch es ist wahr. Das ist keine amerikanische Höflichkeitsfloskel. Du bist mehr als ein Lehrer. Du bist wie ein Vater und Freund für die Kids. Auch meine Mädchen schwärmen von dir. Da kann ich fast eifersüchtig werden.«

»Das brauchst du nicht, denn du machst deine Sache ausgezeichnet. Deine Cheerleader-Truppe kann sich schon sehen lassen.«

»Nein, das meine ich nicht. Ich bin nicht eifersüchtig auf dich, Harry, sondern eher auf die Mädchen, weil manche dich schon mit verliebten Augen anblicken. Du bist ihr Held, liebenswert, stark und doch sanft, intelligent und nicht überheblich, freundlich, aber nicht oberflächlich.«

Harry wollte etwas erwidern, aber Amy fuhr ihm mit ihrem Zeigefinger sanft über seine Lippen.

»Nichts sagen«, flüsterte sie leise.

Harry spürte ihre Wärme, roch den Duft ihrer Haut und dann trafen sich ihre Lippen. Ein nie gekanntes Glücksgefühl durchströmte ihn. Sanft aber fest drückte er die junge Frau an sich und flüsterte: »Ich liebe dich, Amy. Ich habe dich vom ersten Augenblick an geliebt. Du bist mehr für mich, als ich dir sagen kann.«

»Ich weiß«, hauchte sie in sein Ohr, »ich spüre es schon lange.«

Am nächsten Tag waren sie gerade beim Konditionstraining, als die Tür aufflog und eine Gruppe von Puertoricanern hereinkam, allen voran ein muskulöser Jugendlicher von etwa achtzehn Jahren. Offensichtlich war er der Anführer der in schwarzes Leder gekleideten Gang.

»So, so«, sagte er, »das ist also eure neue Heimat, Kids. Eine Box-Schule. Kann er denn etwas, euer Champion? Oder spielt ihr hier nur ein bisschen?«

»Na klar«, rief ihm Manuel zu, »er ist wirklich erste Klasse, Jeronimo.«

Der Angesprochene drehte sich um, entdeckte Ted und steuerte direkt auf den Jungen zu.

»Hi, Ted, du Erdferkel, bist du auch hier? Willst wohl auch ein Champ werden, ein richtig starker Mann, was?« Er stieß den Jungen vor die Brust, sodass dieser zurücktaumelte. »Tse, tse, da fehlt doch noch ein wenig Power. Das Training scheint dir ja nicht viel zu helfen. Aus Pudding werden eben keine Muskeln. Aber mach dir nichts draus. Was wäre unsere Stadt ohne Erdferkel wie dich.«

Er schlug Ted so kräftig auf die Schulter, dass der Junge vor Schmerzen das Gesicht verzerrte. Die Gruppe der Puertoricaner lachte schallend.

Harry spürte, dass er jetzt reagieren musste. Er trat auf ihren Anführer zu und sprach ihn an: »Hi, Jeronimo.«

»Woher kennst du meinen Namen, Mann«, wollte dieser wissen.

»Wer kennt ihn nicht?«, fragte Harry lächelnd zurück. »Jeronimo, der Mann mit den goldenen Fäusten.«

»Wie nennt man mich?« Der Jugendliche war verunsichert, auch wenn er es zu verbergen suchte. Harrys Bluff hatte gewirkt.

»Bist du nicht Jeronimo, dessen Schlagkraft schon beinah zur Legende geworden ist?«

Der Puertoricaner dachte kurz nach, grinste dann und sagte: »Natürlich, ich bin Jeronimo, der Mann mit den goldenen Fäusten.« Dabei warf er sich in die Brust, als stände er vor einer Fernsehkamera.

»Gut, Jeronimo, du kommst mir gerade recht. Ich versuche den Kids gerade das Boxen beizubringen. Ich sag dir, das ist ein hartes Geschäft. Sie haben eben nicht deine Kampferfahrung.« Harry blickte zur Seite und zwinkerte seinen Schülern kurz zu. »Vielleicht kannst du mir helfen.«

»Wie?«, wollte der Jugendliche wissen, der sich durch den europäischen Boxtrainer bestätigt fühlte.

»Ganz einfach. Die Kids kämpfen beim Training immer nur gegeneinander. Sie haben also keinen richtigen Gegner. Wenn ich sie nun eines Tages bei einem Boxturnier in den Ring schicke, werden die anderen sie einfach platt machen. Ich brauche also einen Mann, der ihnen ihre Schwächen zeigt. Sie müssen einfach wissen, wo sie noch Lücken haben, sonst kommen sie im Training nicht weiter. Könntest du ...«

»Ich soll ...« Jeronimo blickte Harry fragend an.

»Ja, das wäre eine große Hilfe, wenn du vielleicht zuerst an einem der Kids einmal zeigst, wie man richtig boxt. Du kennst doch die Boxregeln?«

»Aber klar! Ich lasse mir im Fernsehen keinen Kampf entgehen.«

»Das ist gut. Dann brauche ich dir nichts über Tief- und Nackenschläge zu erzählen.«

»Nein, da weiß ich Bescheid.« Der Jugendliche blickte seine Gang an. »Soll ich, Jungs?«

»Aber klar, Jeronimo«, riefen seine Freunde, »zeig den Spachteln mal, was 'ne Harke ist.«

»Okay, kann ich mir einen aussuchen?«, fragte er Harry.

»Mach das. Du hast freie Wahl.«

Jeronimo blickte die Jungen der Reihe nach an. Er blieb bei Ted hängen und grinste.

»Ich nehme das Erdferkel da. Mal schaun, ob der schon was gelernt hat.«

Harry sah, wie der Junge bleich wurde. Er nickte.

»Ist gut, Ted ist der richtige Gegner für dich. Ihr werdet über drei Runden kämpfen. Das müsste genügen.« Er wandte sich um. »Manuel, würdest du bitte Jeronimo beim Anziehen der Handschuhe helfen? Danke.«

»Hey, Erdferkel, das wird ein Spaß!«, rief Jeronimo dem bleichen Ted zu. »Nun mach dir aber nicht in die Hose. Mehr als zwei blaue Augen wird Jeronimo dir nicht verpassen.«

»Los, komm Mann, du musst dich umkleiden«, sagte Manuel zu ihm, »in Lederjacke kannst du nicht gut kämpfen. Lass deinen Gegner nicht zu lange warten.«

Harry nahm Ted mit sich in einen Nebenraum.

»Was soll das?«, fragte Ted heiser, als sich die Tür hinter ihnen geschlossen hatte. »Der Kerl wird mich zusammendreschen. Der ist ein Killer! Gegen den hab ich doch keine Chance.«

»Keine Chance?«, fragte Harry zurück. »Der Typ hat doch vom Boxen keine Ahnung. Aber du bist einer meiner besten Schüler. Du boxt den doch glatt aus. Er mag zwar ein wenig mehr Kraft haben, aber keine Technik.«

Ted schaute ihn zweifelnd an.

»Doch, Ted, du hast eine Chance!«, versuchte Harry ihm Mut zu machen.

»Sonst hätte ich wirklich nicht zugelassen, dass er dich wählt. Meinst du, ich will dich verheizen?«

»Weiß nicht«, brummte der Junge.

»Sag mir, warum sollte ich das tun?«, Harry blickte ihn freundlich an. »Weißt du, der Typ hat nur ein großes Mundwerk. Wer sich so großkotzig gibt wie der, ist in Wirklichkeit eine Null. Der steckt doch voller Minderwertigkeitsgefühle und die versucht er mit seinem Mundwerk zu tarnen. Aber das ist alles nur heiße Luft. Ich kenne diese Typen.«

Der Junge schüttelte energisch den Kopf.

»Nein, alle haben Angst vor ihm und mich hat er schon zweimal zusammengeschlagen.«

»Das war auf der Straße, Ted. Da wird ohne Regeln gekämpft. Aber hier im Ring muss er sich strikt an die Boxregeln halten, sonst wird er sofort disqualifiziert. Als Ringrichter werde ich streng darauf achten. Außerdem tragt ihr beide Handschuhe. Seine Schläge sind nicht mehr so wirkungsvoll und du kannst dich mit den Handschuhen decken.«

»Ich will aber nicht mit diesem Kerl kämpfen. Du hast doch gesehen, was er mit mir macht.«

»Pass mal auf, Ted. Jeronimo hat keine ‚goldenen Fäuste'. Ich wollte ihn nur stolz und unvorsichtig machen, damit du ihm eine Lektion erteilen kannst.«

»Ich ihm eine Lektion erteilen? Du spinnst doch!«

»Ja, gerade du. Du bist mein bester Schüler. Ich habe gehofft, dass er dich nimmt und wenn er es nicht getan hätte, hätte ich ihn dazu überredet.«

»Warum das denn?«, wollte der Junge wissen.

»Weil du für ihn ein ‚Erdferkel' bist. Er unterschätzt dich völlig. Er weiß nicht, was du drauf hast. Deshalb wird er gleich eine böse Überraschung erleben. Ted, wenn du jetzt kneifst, wirst du für immer in seinen Augen ein ‚Erdferkel' bleiben.«

»Und wenn ich verliere?«

»Dann wird er auf jeden Fall mehr Achtung vor dir haben. Du wirst es ihm nämlich nicht leicht machen. Und ihm wird klar werden, dass er in einigen Monaten gegen dich blass aussehen wird.«

»Glaubst du das wirklich?« Ted blickte ihn verunsichert an.

»Ja, davon bin ich überzeugt, mein Junge. Dieser Kampf ist für dich die Chance. Hinterher wirst du wissen, alle Jeronimos dieser Welt sind in Wirklichkeit nur Schwätzer, Menschen mit Schwächen und Ängsten, mit Minderwertigkeitsgefühlen und Zweifeln. Also zeig diesem Großkotz, was ein ‚Erdferkel' drauf hat.«

Harry sah, wie es in dem Jungen arbeitete. Plötzlich begannen sich seine Schultern zu straffen und in seinen Augen leuchtete Trotz auf.

»Okay«, sagte Ted schließlich, »wenn ich jetzt 'ne Fliege mache, wird er mich weiter wie Dreck behandeln. Ich steig in den Ring.«

»Das freut mich. Ich denke, du hast dich richtig entschieden. Bei diesem Kampf geht es nicht um ihn oder um unsere Schule. Es geht allein um dich. – Pass auf, jetzt noch ein paar Tipps für den Kampf. Jeronimo hat keine Ahnung vom Boxen. Er wird also wild drauflos schlagen und hauptsächlich Schwinger einsetzen. Du weißt, was du tun musst?«

Der Junge nickte.

»Ja, abtauchen und Haken in die kurzen Rippen oder den Solar-Plexus schlagen.«

»Richtig, wenn er dann die Arme vor Schmerzen runternimmt, gehen deine nächsten Schläge sofort zum Kopf. Wende die Kombinationen an, die du gelernt hast. Mach also nicht den Fehler, nur ab und zu einen Jab oder eine Gerade herauszuschießen. Deck ihn mit Schlagkombinationen ein. Rechter und linker Haken, dann einen Uppercut. Anschließend zwei Geraden zum Kopf, einen zum Solar-Plexus, dann einen Dreier zum Kopf. Du wirst sehen, dass er dann nur noch hilflos die Arme hochnimmt, weil bei ihm alle Sicherungen durchbrennen. Das geht auch vielen erfahrenen Kämpfern so. Alles klar?«

»Alles klar, Trainer.«

Harry schlug dem Jungen auf die Schulter.

»So gefällst du mir besser. Dein Vater und auch Typen wie dieser Jeronimo haben dich immer wieder gedeckelt und dir dein Selbstvertrauen geraubt. Heute wirst du es dir wiederholen!«

Nachdem er ihm die Hände bandagiert und die Boxhandschuhe angezogen hatte, kehrten sie in den Trainingsraum zurück.

Jeronimo stand zusammen mit seiner Gang am Ring und prahlte davon, wie er dieses »Erdferkel zur Sau« machen würde.

»Beachte nicht, was er von sich gibt«, flüsterte Harry Ted zu. »Damit versucht er sich nur selbst Mut zu machen und dich einzuschüchtern. Konzentriere dich nur auf den Kampf.«

Der Junge nickte und kletterte durch die Seile in den Ring. Harry bat einen seiner Schüler für Ted den Coach zu machen. Dann stieg auch er in den Ring. Jeronimo folgte ihm und begann unter dem Beifallrufen seiner Freunde wie ein Profiboxer mit erhobenen Fäusten hin- und herzutänzeln.

Die Tür öffnete sich und eine Gruppe von Mädchen kam mit Amy herein.

»Wir haben gehört, dass es einen Boxkampf gibt und wollten die Kämpfer anfeuern«, sagte Amy zu Harry.

»Da kommt ihr gerade richtig. Ihr könnt Ted anfeuern. Jeronimo hat ja schon seine Lobby.«

Und nun legten die Mädchen los. In ihrem Cheerleader-Kurs hatten sie schon gelernt, wie man Zuschauer aufheizt und den Kämpfern Mut macht. Jeronimos Gang staunte nicht schlecht, als die Mädchen ihre Parolen riefen und dabei vor dem Ring tanzten. –

»So nun kommen wir zum Kampf des Tages«, rief schließlich Harry wie ein professioneller Ansager. »Der Herausforderer ist der Mann mit den goldenen Fäusten: Jerooniimooo!«

Die Jungen der Gang klatschten Beifall, brüllten und trampelten mit den Füßen.

»Sein Gegner ist Ted, der Hammer!«

»Hammer, Hammer, Hammer!«, schrien Teds Kameraden und die Mädchen.

Jeronimo blickte verdutzt zu Ted hinüber. Man sah, wie es in ihm arbeitete. Doch dann zog ein breites Grinsen über sein Gesicht.

»Na, dann zeig mir mal deinen Hammer, Erdferkel«, rief er dem Jungen zu. Doch der blickte ihn nur ausdruckslos an.

»Richtig, Ted«, raunte ihm Harry zu, »ja, keine Gefühlsregung zeigen. Das macht ihn unsicher. Wer cool aussieht, scheint gefährlich zu sein.«

Dann rief er die beiden in die Ringmitte.

»Also, ich möchte einen fairen Kampf sehen. Keinen Ringkampf, keine Tiefschläge, keinen Hieb mit der Faustkante und auch keine Schläge ins Genick. Dies ist keine Schlägerei, sondern ein Boxkampf. Alles klar?«

Die beiden ungleichen Kämpfer nickten stumm.

»Dann los, boxt!«

Jeronimo ging sofort auf Ted los, doch der tänzelte geschickt zur Seite. Er versuchte den Jungen in die Ecke zu drängen und schlug mit der Rechten eine Gerade. Aber Ted tauchte unter dem Schlag durch und kehrte zur Ringmitte zurück. Seinen Kopf hielt er mit den dicken Handschuhen gedeckt, während Unterarme und Ellbogen die kurzen Rippen und den Bauch schützten. Harry sah, dass der Junge an Selbstvertrauen gewann und lächelte ihm kurz zu, ohne dass Jeronimo es bemerkte.

Der Bandenführer wurde spürbar wütender, weil er keinen Treffer landen konnte. Immer wieder gingen seine Schläge ins Leere. Er stürmte nach vorne und schoss eine Linke ab. Doch Ted schlug über den angreifenden

Arm eine rechte Gerade gegen Jeronimos Kinn. Der Jugendliche taumelte zurück. Ted setzte nach und landete eine Dreierkombination. Jeronimo versuchte zu klammern, aber Harry trennte die beiden.

»Boxen«, sagte er nur kurz, »keinen Ringkampf.«

Jeronimos Oberlippe war aufgeplatzt. Er leckte mit der Zunge darüber und funkelte Ted böse an.

»Das zahle ich dir heim!«, zischte er. »Jetzt mache ich Kleinholz aus dir!«

Mit vor Wut geröteten Augen holte er aus und schlug einen rechten Schwinger, doch Ted tauchte wieder unter seinem Arm durch und landete zwei Haken. Einer traf Jeronimo in die kurzen Rippen, der zweite im Solar-Plexus. Der Junge keuchte und klappte wie ein Taschenmesser zusammen. Die Jungen und Mädchen am Ring brüllten, die einen für Ted, die anderen für Jeronimo.

Ted zögerte keine Sekunde und schlug zwei Geraden an Jeronimos ungeschützten Kopf. Der Jugendliche nahm die Arme hoch, aber Ted traf ihn wieder in die Magenkuhle, zerschlug seine Deckung und landete erneut mehrere Schläge im Gesicht.

Mit einem Ächzen sackte Jeronimo in die Knie, schaute Ted ungläubig an und fiel dann nach vorne. Im Raum war es plötzlich totenstill. Alle starrten auf den am Boden liegenden Ohnmächtigen, als könnten sie es nicht glauben.

»!0, 9, 8, 7, 6 ...«, zählte Harry.

»Los, komm hoch, Jeronimo!«, rief einer der Puertoricaner, doch der Jugendliche rührte sich nicht.

»... 5, 4, 3, 2, 1 – Aus!« Harry machte eine kurze Pause, dann riss er Teds Rechte empor. »Sieger durch k.o. in der ersten Runde ist Ted, der Hammer!«

Beifall toste auf. Die Jungen schrien »Ted, Ted, Ted!« und die Mädchen tanzten dazu. Die Straßengang dagegen schaute betreten auf ihren am Boden liegenden Anführer.

Jeronimo begann sich zu bewegen. Harry machte den Jungen und Mädchen ein Zeichen leise zu sein, kniete sich neben dem Jugendlichen nieder und klopfte ihm leicht auf die Schulter.

»Los, komm hoch, Jeronimo.«

Der Jugendliche schlug die Augen auf und versuchte sich aufzustützen.

»Oh, Boy, was ist passiert?«, fragte er benommen.

»Du bist zu Boden gegangen, sonst nichts. Passiert jedem Boxer irgendwann.« Harry half ihm auf die Beine.

»Ted hat mich also k.o. geschlagen?«

»Ja, so ist es. Er hat dich im richtigen Moment am richtigen Punkt erwischt. Das ist Anfängerglück«, versuchte Harry die Sache herunterzuspielen. Dabei fragte er sich, wie Jeronimo nun weiter reagieren würde. Zwar hatte er Ted nicht mehr ‚Erdferkel' genannt, aber als Anführer der Gang hatte er eine Menge Punkte verloren. Er würde nie wieder unbestrittene Autorität sein.

»Nein, nein, schon gut. Du brauchst mich nicht zu besänftigen«, wehrte Jeronimo ab. »Der Junge hat klasse geboxt. Hätte ich nie gedacht. – Nicht wahr, Buddies, der Junge ist gut drauf?!« Jeronimo grinste die Jugendlichen seiner Gang an. »Den könnten wir gut in unserer Truppe gebrauchen.«

»Yeah«, war die einstimmige Antwort.

Jeronimo blickte Ted an und streckte seine Rechte aus.

»Willste nicht zu uns kommen? Ein Kerl wie du könnte bei uns Karriere machen.«

Ted zögerte, dann schlug er freundschaftlich gegen Jeronimos Handschuh und schüttelte den Kopf.

»Nein, Jeronimo, ich kann nicht. Vor drei Wochen wäre ich noch gerne bei euch Mitglied geworden. Aber ich habe mir inzwischen andere Ziele gesetzt.«

»Was für Ziele?«, wollte der Jugendliche wissen.

»Schulabschluss machen, einen Beruf erlernen ...«

»Mann, das schaffst du doch nicht. Die da oben treten dich doch immer wieder in die Gosse zurück. Die lassen dich nicht hoch. Du wirst immer ein Penner aus dem Getto sein. Komm lieber zu uns.«

»Ich glaube, ich kann es schaffen, mit Harrys Hilfe natürlich. Andere sind hier auch rausgekommen. – Hey, Jeronimo, welche Zukunft haben wir denn auf der Straße? Irgendwann packen uns die Bullen und stecken uns ins Loch und dann kommst du raus und bist für alle Zeiten gezeichnet. Vorbestraft! Niemand will dich dann haben. Also machst du wieder 'nen Bruch und wieder landest du im Knast. Und so geht es weiter und weiter, bis du irgendwo in einer verwanzten Absteige verreckst, ohne Hoffnung, ohne Zukunft, ohne Liebe.«

Ted hielt erschrocken inne. So viel hatte er bisher nie in seinem Leben gesagt. Es war ganz still im Raum, als wenn die beiden allein wären. Alle starrten wie gebannt auf die beiden Jungen im Ring. Was Ted gesagt hatte, wussten sie alle. Er hatte es nur laut ausgesprochen und es klang dabei schrecklicher, als sie es vorher empfunden hatten. Ihr Leben im Getto erschien ihnen nun wie ein Sumpf, der sie langsam aber unaufhaltsam in die Tiefe zog.

Ted holte tief Luft.

»Ja, so ist die Lage. Aber jetzt haben wir eine Chance und die will ich nutzen. Ich will nachholen, was ich versäumt habe. Ich will runter von der Straße und mein Leben in den Griff kriegen und ich werde es schaffen. Ich werde es schaffen!«

Jeronimo blickte ihn nachdenklich an.

»Ja, ich glaube, du kriegst das hin. Aber für mich ist das nichts.«

»Warum nicht, Jeronimo? Versuchs doch wenigstens. Wenns dann nicht klappt, dann kannste immer noch sagen: Pech gehabt. Sollte nicht sein. – Aber wenn du es nicht wenigstens versuchst, wirst du dich später ohrfeigen und sagen: Wie konnte ich nur so beschränkt sein und es nicht wenigstens versucht haben. – Mann, Jeronimo, das hier ist auch deine Chance!«

»Hey, Ted, du sprichst schon fast wie'n Sonntagsprediger.« Jeronimo klopfte dem Jungen auf die Schulter. »Aber ich glaub, ich bekomm nichts mehr in meinen Schädel rein. Was soll's? Es muss auch Abschaum geben, damit die anderen wissen, dass sie keiner sind.«

»Niemand ist Abschaum«, mischte sich jetzt Harry in ihr Gespräch, »außer er verliert die Achtung vor sich selbst. Ich glaube, du siehst nicht mehr deine Chancen und Möglichkeiten, Jeronimo.«

»Welche Chancen? Die landeten doch schon bei meiner Geburt im Mülleimer.«

Harry schüttelte den Kopf.

»Nein, du hast eine Menge Fähigkeiten, die du entwickeln kannst.«

»Ich, Fähigkeiten?«

»Ja, sonst wärst du nicht Anführer deiner Gang geworden.«

Jeronimo blickte verunsichert zu den Puertoricanern hinüber. Einer der Jugendlichen nickte ihm zu: »Ja, Jeronimo, wenn du nicht so 'ne Menge auf dem Kasten hättest, hätten wir dich schon längst auf den Mond geschossen.«

Jeronimo lachte plötzlich laut auf.

»Hey, Leute, ihr wollt mir etwas einreden, damit ich wieder in den ‚Ring' steige. Und wenn ich dann von der feinen Gesellschaft eins aufs Maul bekomme und in die Gosse zurückgeschubst werde, dann lacht ihr euch ins Fäustchen, nicht wahr?«

»Nein, hier hat niemand gelacht, Jeronimo, als du zu Boden gingst«, sagte Harry mit ernstem Blick. »Du darfst auch einen Boxkampf nicht mit dem

Ausstieg aus dem Getto vergleichen. Die Leute da draußen sind nicht alle gegen euch. Viele würden sich freuen, wenn jemand es schafft, rauszukommen, und sie sind bereit euch zu helfen.«

»So wie Harry und Amy«, pflichtete Ted bei. »Also komm, und versuch's doch mal. Jetzt ist keine Zeit zum Resignieren.«

Jeronimo blickte zu seiner Gang hinüber.

»Buddies, wer macht mit? Wer versucht mit mir den Ausstieg aus dem Getto?«

Drei Jugendliche schoben sich nach vorne.

»Okay, dann gehn wir's an! – Trainer, hier kommen vier neue Schüler.«

»Welcome!«, lachte Harry ihm und den anderen zu und schüttelte nacheinander ihre Hände, »und ihr anderen, überlegt es euch. Unser Haus steht euch jederzeit offen. Nicht nur für ein gutes Mittagessen oder eine Tasse Tee.«

Jeronimo wandte sich noch einmal Ted zu.

»Du, Ted, entschuldige, dass ich dich immer rumgestoßen habe. Das Erdferkel bin wohl eher ich.« Er hielt inne und lachte dann laut auf. »Mann, ich erkenne mich ja selbst nicht wieder. Ich glaube dein K.o.-Schlag hat mir den Kopf zurechtgerückt. Das gibts ja nicht. Jeronimo hängt seine speckige Lederjacke an den Nagel und eines Tages wird er im Nadelstreifenanzug an der Wallstreet aufkreuzen. Ich glaub, ich spinne!«

Spät am Abend saßen Harry und Amy noch im Wohnzimmer, während Jenny und Kai schon im Bett lagen. Die junge Frau schmiegte sich fest an ihn.

»Harry«, flüsterte sie mit ihrer warmen Stimme, »ich glaube, jetzt erst kann ich verstehen, warum du hierher gezogen bist und diese Arbeit machst. Du gibst den Kids Hoffnung. Deshalb lieben sie dich. Und ich liebe dich auch, Harald Maurer.«

Harry spürte, wie lange verschüttete Gefühle durch das Geröll der vergangenen Jahre brachen. Tränen standen ihm in den Augen, als er sagte: »Amy, du hast mir dazu die Kraft gegeben. Du hilfst mir, auch meinen Weg zum Leben zurückzufinden. Ich liebe dich dafür.« Er drückte ihr einen Kuss auf die Stirn. »Sehr sogar. Du weißt gar nicht, wie sehr.«

Sie legte ihren Finger auf seine Lippen.

»Doch ich weiß es, Harry, ich weiß es.«

Ende November entschlossen sich Amy und Harry die Schule für zwei Wochen zu schließen und mit Kai und Jenny nach Florida zu reisen.

»Das ist echt cool, Mann«, rief Kai begeistert, als Harry es den Kindern mitteilte, »Disney-Park, Seaworld und Universal-Studios.«

Harry schaute ihn verdutzt an.

»Woher hast du diese Ausdrücke?«, wollte er wissen.

»Von Ted und Manuel. Die haben mir auch von den Universal-Studios erzählt.«

»Was sind die Universal-Studios?«, fragte Jenny sie.

»Ach, du weißt ja auch gar nichts«, lachte Kai sie aus. »Da machen sie doch die Filme! Die zeigen dir, wie sie Häuser zusammenstürzen lassen und wie man Erdbeben macht.«

»Ach so«, sagte Jenny nur. Dann wandte sie sich an Harry: »Und was machen wir da noch? Gehen wir baden?«

»Ja, baden gehen wir auch. Dort ist es auch im November noch warm. Aber da ist noch etwas Wichtiges.«

»Was denn?«, wollte Jenny wissen.

»Ihr wisst doch, dass eure Mutter uns verlassen hat und nicht mehr zurückkehren wollte.«

Die Kinder nickten betreten. Harry hockte sich neben sie und legte seine Arme um ihre Schultern.

»Ihr seht auch, dass Amy und ich uns gern haben. – Was haltet ihr davon, wenn wir uns beide in Florida verloben und nächstes Jahr heiraten?«

»Amy soll unsere neue Mutter werden?«, fragte Jenny zögernd.

»Ja, würde euch das gefallen?«

Das Mädchen überlegte mit krauser Stirn. Dann nickte es langsam und sagte: »Ja, ich glaube, es würde mir gefallen. Ich mag Amy. Sie ist nett. Aber ich weiß nicht, ob ich ‚Mutti' zu ihr sagen kann. Sie ist doch nicht meine Mutti.«

»Das brauchst du auch nicht. Du kannst sie doch weiter Amy nennen.«

Jenny lächelte nun.

»Papi, ich denke, du brauchst wieder eine Frau und Amy ist die richtige für dich.«

Harry wandte sich an seinen Sohn: »Na, und was sagst du, Mann.«

»Amy ist cool, Papi!«, strahlte Kai ihn an und fiel ihm um den Hals. »Und du bist es auch.«

»Na, dann werden wir ja eine coole Familie werden, ihr beiden«, lachte Harry.

Die ersten Tage wollten sie in Miami verbringen. Harry mietete am Flughafen einen Pontiac Transport. Er hatte einen 3,8-Liter-Motor mit 175 PS, zwei Klimaanlagen, grüne Ledersitze und dunkel getönte Scheiben. Nachdem sie ihr Gepäck verstaut hatten, fuhren sie zu ihrem Motel. Die Sonne schien von einem strahlend blauen Himmel. Alle waren guter Stimmung, weil sie sich auf die Urlaubstage freuten.

Als Harry auf dem Parkplatz vor dem Motel einbiegen wollte, drängte sich ein roter Firebird vor und schoss in die Parkbucht, in der Harry den Transport abstellen wollte. Er musste hart abbremsen und spürte, wie Ärger über den rücksichtslosen Fahrer in ihm aufstieg. Aber dann schüttelte er nur den Kopf und murmelte: »Straßenraudi!«

Die Tür des Firebird schwang auf und ein Mann mit blonden Haaren und Sheriff-Uniform sprang heraus.

»Auch das noch, ein Bulle!«, wandte sich Harry zu Amy. »Was für ein Vorbild für den Bürger.«

Amy blickte durch die Frontscheibe auf den Mann in der Uniform. Ihre Augen verengten sich. Dann schüttelte sie ihren Kopf.

»Nein, das ist kein Bulle, Harry, das bist du.«

»Was bin ich?« Harry verstand nicht, was sie sagte. Aber dann folgte er ihrem Blick. »Ach, du meine Güte! Das ist ja Johnny!«

»Johnny?«

»Ja, Johnny, mein Bruder. Was macht der Kerl denn hier? Und wieso steckt er in einer Uniform?«

Er ließ die Seitenscheibe hinunter, steckte den Kopf aus dem Fenster und schrie: »Hey, Johnny, Plattfuß, was machst du denn hier in Miami und wieso läufst du als Sheriff herum?«

Harry zog seinen Kopf zurück, ehe sein Bruder ihn gesehen hatte, und erklärte Amy: »Es ist verrückt, aber wir treffen uns immer wieder! Ohne uns abzusprechen. Plötzlich stolpert einer über den anderen. Ich versteh das einfach nicht.«

»Vielleicht weil ihr Zwillinge seid und wisst, dass ihr zusammengehört«, antwortete ihm Amy. Doch Harry hörte nur noch halb hin, riss die Wagentür auf und sprang hinaus.

Johnny blickte ihn an, als wäre er der Kaiser von China, doch dann strahlte er über das ganze Gesicht und fiel seinem Bruder in die Arme.

»Schön, dich zu sehen, Harry, alter Bullterrier. Hätte nicht erwartet, dich hier zu treffen. Ich denke, du bist in New York.«

»Wir machen hier ein paar Tage Urlaub. Müssen mal raus aus der Stadt. – Aber sag mal, wieso läufst du hier als Sheriff herum. Wir haben doch keinen Karneval.«

»Das ist kein Kostüm. Die Uniform ist echt. Ich bin Hilfssheriff von Miami. Ich soll die Touristen gegen Straßenräuber beschützen.«

»Die Touristen gegen Straßenräuber beschützen? Wie kommst du denn zu diesem Job?«

»Ach, das ist eine lange Geschichte. Lass uns darüber nachher beim Essen sprechen. Aber ich glaube, du hast mir auch einiges zu erzählen. Wer ist zum Beispiel das hübsche Mädchen da?«

Harry blickte zu Amy hinüber, die gerade mit den Kindern aus dem Wagen stieg.

»Das ist Amy Wheaton, deine zukünftige Schwägerin.«

»Ah, du willst wieder heiraten!«, lachte Johnny. »Da hast du aber eine gute Wahl getroffen.«

Er steuerte sofort auf Amy und die Kinder los. Kai und Jenny liefen ihm entgegen und fielen ihm mit Hurra-Geschrei um den Hals. Johnny strahlte über das ganze Gesicht, drehte sich im Kreis und schleuderte die beiden herum. Es schien, als wäre erst eine Woche vergangen, seit sie sich das letzte Mal gesehen hatten. Lachend und außer Atem kam er vor Amy zu stehen, verbeugte sich galant und stellte sich vor: »Johannes Maurer, der etwas verrückte Bruder von Harry.«

Amy reichte ihm lächelnd die Hand.

»Hi, Johnny, freut mich, dich endlich persönlich kennen zu lernen. Du bist mir kein Fremder. Harry und die Kinder haben mir schon viel über dich erzählt.«

Ein Auto hupte, weil der Transport die Einfahrt zu den Parkplätzen vor dem Motel versperrte.

»Lass uns erst einmal ausladen und unser Appartement beziehen. Wir können ja gleich noch beim Essen miteinander klönen«, rief Harry und sprang in den Wagen, um die Einfahrt frei zu machen.

Zum Abendessen gingen sie in eine Pizzeria.

»Diese Restaurants hier sind einmalig«, sagte Johnny. »Man zahlt nur einmal und kann dann so viel essen und trinken, wie man will. Ich habe das in den letzten Wochen immer ausgenutzt. Deshalb habe ich einige Kilos zugenommen.« Er klopfte auf seinen Bauch, der den Hosenbund spannte. »Ich nehme zum Beispiel immer die Kinder-Cola. Die kostet weniger. Aber ich darf mir so viel nachholen, wie ich will. Ich muss zwar öfters laufen, weil das Glas kleiner ist, aber spare 30 Cents ein.«

Harry wiegte seinen Kopf.

»Fastfood und Cola ist aber auf die Dauer keine gute Ernährung, Johnny.

Da siehst du bald aus, wie manche amerikanischen Frauen.« Er machte eine Pause, grinste und deutete mit einer Kopfbewegung auf eine Frau am Salatbüfett. »Die kann man nämlich nicht mehr umwerfen, sondern nur noch umkugeln.«

Lachend suchten sie sich einen Tisch, an dem sie sich ungestört unterhalten konnten. Nachdem sie ihr Essen bestellt hatten, erzählte Harry von den letzten Monaten. Johnny war begeistert, als er von den ersten Erfolgen ihres Projektes für Straßenkinder hörte.

Und dann erzählte er seine Geschichte. Die anderen lauschten wie gebannt. Er berichtete von seinen Erlebnissen, nachdem er über Bord gegangen war, von den Abenteuern in Hamburg und den Ereignissen in Berlin.

»Wenn ich dich nicht kennen würde«, unterbrach Harry ihn kurz, »dann würde ich sagen, du kannst spannende Geschichten erzählen. Aber solch verrückte Sachen können nur dir passieren. Aber nun sag mal, wie bist du zum Beschützer der Touristen in Miami geworden.«

»Ach, das war wohl mehr der Zufall. Ich hatte mir wie du einen Wagen gemietet und wollte zum Strand fahren. Da springt plötzlich an einer roten Ampel ein Jugendlicher ins Auto und drückt mir 'nen 45er-Colt an die Schläfe.

‚Los, Mann, rück deine Moneten raus', schrie er, ‚sonst blas ich dir dein Gehirn aus dem Schädel.'

Ich hab mir gedacht: ‚Für den Jungen ist es einfach viel zu gefährlich, eine solche Waffe zu besitzen. Er könnte sich damit doch verletzen.' Und da hab ich ihm den Colt weggenommen.«

»Was hast du?«, rief Harry mit großen Augen.

»Ich hab ihm die Waffe weggenommen«, erwiderte Johnny, als wenn er von Plastikspielzeug sprechen würde.

»Du hast sie ihm weggenommen, einfach so?«

»Ja, wie gesagt, er hätte sich damit ja selbst verletzten können. Schusswaffen gehören doch nicht in Hände von Kindern und Jugendlichen.«

»Aber Johnny, er hätte dich doch dabei töten können!«, warf Amy ein. »Wenn er den Abzug durchgezogen hätte, dann ...«

Johnny machte eine wegwerfende Handbewegung. »Ach, dafür hatte der Junge keine Zeit. Ich hab so getan, als wollte ich ihm meine Brieftasche geben und als er auf meine Hand schaute, hab ich blitzschnell den Colt zur Seite gedrückt und ihm dann aus der Hand gehebelt. Ihr könnt euch gar nicht vorstellen, wie belämmert der Typ aus der Wäsche schaute, als ich ihm seine Waffe plötzlich unter die Nase hielt.«

Die anderen schauten sich an und schüttelten den Kopf.

»Johnny«, sagte Harry, »du bist ein verrücktes Huhn. Wer außer dir würde auf den Gedanken kommen, einem Straßenräuber die Waffe wegzunehmen, weil er sich damit selbst verletzten könnte. – Aber erzähl weiter. Was ist dann passiert?«

»Ein Polizeiwagen kam gerade um die Ecke. Ich hab ihn angehalten und den Jungen abgeliefert. Darauf hat man mich zum Hilfssheriff gemacht. In den letzten Wochen wurden schon mehrere Touristen hier in Miami ausgeraubt und auch zwei Deutsche erschossen. Vielleicht habt ihr davon in den Nachrichten gehört.«

Harry und Amy nickten.

»Ja, und nun sollte ich in den Hotels ein Auge auf die Touristen werfen. Tatsächlich hat sich seitdem kein Überfall ereignet. Man hat über mich in den Zeitungen und im Fernsehen berichtet. Ich sei ein knallharter Typ, der mit dem Gesindel auf der Straße kurzen Prozess macht. Das hat die Ratten wohl in ihre Löcher getrieben. Obwohl ich eigentlich doch ein friedlicher Mensch bin. Aber das wissen die Straßengangs nicht.«

Harry blickte ihn nachdenklich an.

»Ist schon interessant«, sagte er, »wir sind Zwillinge und arbeiten wieder einmal an derselben Sache, nur mit unterschiedlichen Methoden. Du schüchterst die Straßenkids ein, um sie vom Verbrechen abzuhalten. Amy und ich versuchen sie umzuerziehen, ihnen einen neuen Lebensinhalt zu geben. Welche Methode ist wohl die bessere?«

Johnny lachte ungezwungen.

»Eure natürlich. Das haben wir doch beide aus der Bibel gelernt. Liebe, eine neue Einstellung und Hoffnung auf eine bessere Zukunft sind immer der beste Weg für die Lebensänderung. Angst vor Strafe ist keine Motivation. Aber manche Leute haben ein solches Brett vor dem Kopf, dass man ein Beil braucht, um zu ihrem Verstand durchzukommen. Muss nicht auch Gott manchmal mit Gericht drohen, damit der Mensch zu Einsicht kommt? Wie war das bei uns, Harry? Haben wir uns nicht auch gegen seine Stimme gewehrt, weil uns unser Weg besser erschien? Musste er uns nicht auch erst auf die Finger klopfen, ehe bei uns der Groschen fiel? Vielleicht brauchen die Kids auf der Straße deshalb auch beides: auf der einen Seite die Abschreckung, auf der anderen Seite das Angebot?«

Harry nickte nachdenklich.

»Mmh, manche Menschen sind tatsächlich so vernagelt, dass ihnen erst eine Grenze gezogen werden muss. Trotz aller Liebe und Vergebungsbereitschaft hören sie nicht auf, ihren verkehrten Weg weiterzugehen. Sie treten sogar dem besinnungslos auf dem Boden Liegenden noch in den Bauch. Schuldgefühle und Mitmenschlichkeit kennen sie nicht mehr. Das ist der Menschentyp, aus denen sich auch Terroristen rekrutieren.«

»Aber Abschreckung hilft doch bei solchen Typen auch nicht mehr«, warf Amy ein, »das macht sie vielmehr rasend. Dann knallen sie oft endgültig durch. – Ich versteh das nicht, wie Menschen so unmenschlich werden können.«

»Vom psychologischen Standpunkt aus gesehen, bleibt es auch unbegreiflich«, erklärte Johnny. »Es kann nur theologisch erklärt werden.«

»Theologisch?«, fragte Amy.

»Ja, diese Menschen sind besessen. Sie werden von der Macht des Bösen beherrscht und machen sich deshalb immer wieder schuldig, ohne dabei etwas zu empfinden. Durch ihr Gewissen kann Gott sie nicht mehr erreichen und auch durch schlimme Ereignisse kommen sie nicht zur Besinnung. Ihnen kann Gott nur durch Gewalt Einhalt gebieten. Deshalb spricht die Bibel auch vom Gericht. Das Gericht Gottes wendet sich nicht gegen Menschen, die Gott lieben und ihm gehorchen, sondern gegen diejenigen, die taub für seine Stimme geworden sind. Die, die Welt immer wieder in Leid und Unglück stürzen. Wenn Gott die Welt wieder richtig machen will, muss er gegen diese Menschen vorgehen und ihnen für immer Einhalt gebieten. Sonst wird die Erde niemals Frieden finden.«

»Aber könnte Gott nicht alle unverbesserlichen Halunken, Tyrannen, Folterknechte und Mörder auf einen entfernten Planeten verbannen?«, wollte Amy wissen.

Johnny blickte sie an. »Ja, das könnte er, aber das wäre die Hölle für sie. Stell dir vor: Alle bösartigen Menschen aller Zeiten würden für alle Zeiten zusammen auf einen Planeten gesperrt werden. Was würde geschehen? Wären sie im Stande eine neue, gerechte Welt aufzubauen? Nein! Sie würden sich gegenseitig quälen und foltern, misshandeln und martern und dies ohne Ende, ohne sterben zu können. – Ein solcher Planet wäre tatsächlich ein Ort endloser Qual. Nein, ich glaube, da ist der Tod für solche Menschen gnädiger.« Er machte eine Pause. »Aber Gott will nicht den Tod der Menschen. Er will, dass jeder lebt, für alle Zeiten. Sie brauchen ihm doch nur sagen: ‚Herr vergib mir, dass ich immer wieder schuldig werde. Mache mich zu einem neuen Menschen. Schenke mir deine Liebe und die Kraft, nach deinem Willen zu leben.' – Gott hat es uns so einfach gemacht. Er hat selbst durch Christus für unsere Schuld gebüßt. ‚Die Strafe liegt auf ihm', sagt Jesaja. Wir brauchen nicht mehr für unsere Sünden zu leiden. Wir tragen höchstens noch die Folgen unseres Verhaltens. Aber wir dürfen aufatmen, weil Gott unsere Schuld vergeben und uns das ewige Leben geschenkt hat. Das ist doch ein sagenhaftes Angebot! Dumm, wer es nicht annimmt und lieber sterben will!«

Es war still um sie herum geworden. Johnny hatte so laut gesprochen, dass auch die Gäste an den Nachbartischen still geworden waren und zuhörten.

Ein Jugendlicher erhob sich und sagte spöttisch: »Amen, Bruder!« Seine Begleiterin begann zu kichern. Johnny wandte sich ihnen zu und sagte ernst, aber freundlich: »Kennst du den Gruß der römischen Gladiatoren? Ave Caesar. Morituri te salutant! Heil dir, Caesar. Die Todgeweihten grüßen dich. – Ist das auch deine Parole? Möchtest du unbedingt sterben? Glaub mir, der Lebenskampf ist außerdem gar nicht so lustig und er ist sehr kurz und dann kommt das heulende Elend. – Gott hat doch aber den Daumen nach oben gedreht. Ihr könnt raus aus der Arena dieser Welt. Ihr könnt leben. Warum wollt ihr da sterben? Ohne Hoffnung, ohne Zukunft, ohne Lebenssinn?«

»Komm, wir gehen!« Der Jugendliche zog seine Begleiterin mit blassem Gesicht hoch. »Der Spinner geht mir auf den Keks.«

Johnny wollte noch etwas erwidern, aber Harry sagte: »Lass ihn, Johnny. Der ist dicht. Den kannst du jetzt nicht erreichen. Aber er hat etwas zum Nachdenken und vielleicht erinnert er sich eines Tages daran.«

Amy blickte Johnny nachdenklich an. Dann sagte sie: »Dein Bruder hat Recht, Johnny. Du bist kein Sheriff-Typ. Du bist ein Evangelist. Du sagst den Menschen, wo es langgeht und du sagst es so, dass jeder es verstehen kann. Warum bist du kein Pastor geworden?«

Johnny runzelte die Stirn und hob hilflos seine Arme.

»Irgendwie habe ich den Anschluss verpasst und jetzt ist es zu spät dafür.«

»Wieso zu spät? Nein, Johnny, dein Bruder hat noch einmal neu angefangen. Wieso nicht auch du? Noch bist du nicht zu alt. Du könntest den Menschen so viel geben. Warum willst du Gottes Schäferhund sein, wenn du sein Hirte sein kannst?«

Johnny schaute verblüfft auf seine Uniform. Dann lächelte er.

»Das ist ein starkes Wort, Amy, ein starkes Wort. Ich glaub, darüber muss ich nachdenken.«

Bankdirektor Herbert Kajun war wütend und weil er wütend war, hatte er Magenbeschwerden. Die stechenden Schmerzen im Oberbauch aber machten ihn erst recht rasend. Er funkelte Caesare Manzella böse an: »Erst klaut uns unser Verbindungsmann, dieser Hansen, eine Million Dollar und verschwindet damit spurlos vor euren Augen. Und dann kommt dieser Johnny und versucht unsere Pläne zu boykottieren. Seit Monaten schon spuckt uns dieser Kerl in die Suppe und ihr seid unfähig, ihm das Handwerk zu legen. Immer wieder schlüpft er euch durchs Netz. Das ist Schlamperei oder Unfähigkeit oder beides zugleich!«

Caesare Manzella betrachtete Kajun ausdruckslos. Der Mann war sonnengebräunt und durchtrainiert. Die blonden Haare hatte er kurz gestutzt und zurückgekämmt. Seine stahlblauen Augen waren stechend. Caesare schätzte ihn auf fünfzig Jahre. Kajun war für ihn ein eiskalter Manager, der notfalls über Leichen ging – wie jetzt.

»Wir haben es hier mit einem Profi zu tun«, versuchte er sich herauszureden.

»Ob Profi oder nicht Profi ist mir völlig egal!«, schäumte Kajun. »Hast du nicht auch behauptet, Profi zu sein? Die Unterwelt zittert vor den Mazziori der Mafia. Ha! Über euch aber kann man nur lachen!«

Caesare Manzella zuckte mit den Schultern.

»Wir haben versucht …«

»Versucht ist mir zu wenig! Blast diesem Kerl endlich das Licht aus!«

»Dazu müssen wir ihn erst mal finden.«

»Finden?«, Kajun lachte trocken auf. »Schaltest du denn nie deinen Fernseher oder das Radio ein, Mann?«

»Wieso?«, wollte Caesare wissen.

»Lebst du etwa hinter dem Mond?« Kajun schaltete den Fernseher ein und startete den Videorekorder. »Vielleicht hilft dir das auf die Sprünge. Es kam heute bei RTL explosiv. Aber seit zwei Tagen ist es schon Thema in den Nachrichten. Der Hilfssheriff von Miami, Beschützer der Touristen, deutscher Held und Superman.«

Auf dem Bildschirm des Fernsehers erschien Johannes Maurer.

»… der Jugendliche drückte mir den Lauf seiner Waffe an die Schläfe und zischte: ‚Her mit den Moneten!' Da hab ich ihm den Revolver weggenommen und ihn der Polizei übergeben. Solche Leute darf man ja nicht frei herumlaufen lassen.«

»Sie nahmen ihm die Waffe einfach weg?«, fragte der Fernsehreporter Johannes Maurer.

»Ja, ich dachte, er könnte sich damit verletzen …«

Caesare stand wie vom Donner gerührt.

»Wie kommt der denn nach Miami?«

»Wie kommt ...?«, äffte Herbert Kajun ihn nach. »Während ihr hier eure Zeit vertrödelt, euch sogar einlochen lasst, sodass ich Kaution und den teuren Anwalt zahlen muss, jagt Maurer in Amerika Touristenmörder. Wie ich schon sagte, sie haben ihn dort inzwischen zum Hilfssheriff gemacht.« Kajun schaltete den Fernseher wieder aus. »Du weißt, was du zu tun hast?«

Der Mafioso nickte wortlos. Was sollte er auch sagen? Kajun war der Boss. Ihm zu widersprechen, brachte nur Ärger.

»Noch etwas. Während deine Leute Johannes Maurer in Florida einen Besuch abstatten, wirst du dafür sorgen, dass der Mann hier unmöglich gemacht wird. Spiel der RTL-Moderatorin Informationen zu, dass Maurer ein Schwein ist. Mach ihn zum Homosexuellen, der Jungen vom Bahnhof Zoo quält. Eine Handvoll Strichjungen wirst du sicherlich noch bestechen können.« Kajun blickte Caesare Manzella ironisch an. »Wenn alle Welt auf Johannes Maurer spuckt, wird niemand Fragen stellen, wenn ihr ihm das Lebenslicht ausblast. Jeder wird einen Racheakt der Misshandelten vermuten. Niemand wird ihm eine Träne nachweinen – hast du verstanden?!«

Caesare nickte. »Okay, Boss, ich mach mich sofort an die Arbeit. Meine Brüder fliegen morgen nach Miami. Ich kümmere mich um das Fernsehen und die Strichjungen.«

»Gut, aber diesmal möchte ich Erfolge sehen! Verstanden?!«

Der Mafioso nickte erneut, erhob sich aus dem Sessel und verließ ohne ein weiteres Wort den Raum.

Die Jagd hatte erneut begonnen.

Harry war allein im Motel, während Amy und die Kinder in ein Einkaufs-Center gefahren waren. Harry hatte dazu keine Lust gehabt. Er lag im Fernsehsessel und las Zeitung. Draußen schien die Sonne. Ihr Licht brach sich in den Vorhängen des Fensters neben der Eingangstür. Obwohl es schon November war, schien sie noch angenehm warm.

Ein Glück, dass unser Appartement nicht im ersten Stock unter dem Dach liegt, dachte er träge. Dort ist es jetzt sicherlich unerträglich warm. Die Bewohner müssen sicherlich den Ventilator laufen lassen.

Jemand klopfte an die Tür des Appartements. Harry schwang sich aus seinem Sessel und ging zum Eingang hinüber. Er öffnete die Tür. Draußen stand ein Mann im schwarzen Anzug. Er sah aus wie ein Südeuropäer.

»Hallo Johnny!«, überfiel ihn der Mann, noch ehe Harry etwas sagen konnte. »Nett, dich wiederzusehen.«

Harry schaute ihn verdutzt an. Der Mann hatte fast akzentfreies Hochdeutsch geredet! Doch dann fasste er sich.

»Wer sind Sie?«, fragte er ihn.

»Du kennst mich doch, Johnny. Ich bin Tonio Manzella. Wir sind uns immer wieder über den Weg gelaufen. Nein, natürlich nicht hier, sondern drüben in Hamburg. Sag bloß, du erinnerst dich nicht mehr an mich?«

»Tut mir Leid, Mr. Manzella, ich heiße nicht Johnny und bin Ihnen auch nie begegnet. Sie verwechseln mich sicherlich mit jemandem.«

Harry wusste sofort, wen er vor sich hatte. Das war einer der Typen, von denen ihm Johnny erzählt hatte. Manzella. Richtig, das war einer der Mazzieri der Drogenmafia in Deutschland! Sie waren Johnny auf die Spur gekommen. Wahrscheinlich durch seinen großen Auftritt bei der RTL-Sendung ‚Explosiv'. Und nun wollten sie mit ihm abrechnen! Harrys Gehirn arbeitete fieberhaft.

Er blickte den Parkplatz entlang, aber sah keinen zweiten Mann. Vielleicht war Manzella tatsächlich allein.

»Sie sind nicht Johnny?« Der Mann blickte ihn zweifelnd an und hob ein Bild, das er in seiner linken Hand hielt. »Sie sehen ihm aber verdammt ähnlich.« Tonio Manzella stutzte, dann blitzte es in seinen Augen auf. »Ah, jetzt versteh ich alles! Sie sind Johnnys Bruder, nicht wahr?«

»Wer ist Johnny?«, versuchte Harry zu bluffen.

»Komm, Mann, du kannst mir nichts erzählen. Du bist Johnnys Bruder. Da kannst du mir sicherlich auch verraten, wo ich ihn finden kann.«

Harry schüttelte seinen Kopf und wollte die Tür schließen. Doch Tonio Manzella schob seinen linken Fuß vor.

»Halt, so geht das nicht! Du kannst mir doch nicht einfach die Tür vor der Nase zuknallen!« Der Mann schob seine rechte Hand unter das Jackett.

»Doch ich kann«, sagte Harry ruhig. Dann trat er Manzella mit aller Kraft auf den Fuß. Der Mann schrie vor Schmerz auf und tanzte auf einem Bein. Im selben Augenblick schlug Harry die Eingangstür mit aller Kraft ins Schloss. Er hörte wie Manzellas Kopf gegen die Tür krachte, riss sie wieder auf und knallte ihm eine Gerade gegen den Kiefer.

Tonio Manzella schlug der Länge nach hin und rührte sich nicht mehr.

Ein Männergesicht erschien in der Tür des nächsten Appartements. »What's the matter?«

»Rufen Sie die Polizei«, antwortete Harry ihm. »Dieser Kerl hier wollte mich überfallen. Ist sicherlich einer dieser Touristenmörder.«

Der Kopf verschwand und die Tür wurde zugeschlagen. Doch nur wenige Sekunden später hörte Harry, wie eine aufgeregte Stimme in dem Motelzimmer schrie. »Help! Hold-up! Mugging! Please come at once! – Hilfe! Überfall! Bitte kommen Sie sofort!«

Er bückte sich und blickte unter das Jackett des Bewusstlosen. Tatsächlich, der Mann hatte eine Waffe. Wenn er nur eine Sekunde langsamer gewesen wäre, hätte ihm Manzella den Lauf in die Magenkuhle gedrückt!

Harry nahm ein Papiertaschentuch, zog sie damit aus dem Schulterhalfter und legte sie hinter sich auf den Fußboden des Appartements. Es war eine italienische Beretta. Er wollte kein Risiko eingehen. Tonio Manzella konnte jeden Augenblick zu Bewusstsein kommen und ihn dann mit der Waffe bedrohen.

Doch er brauchte nicht lange zu warten. Sirenen näherten sich und dann schossen kurz hintereinander zwei Streifenwagen auf den Parkplatz des Motels. Vier Beamte sprangen mit gezückten Waffen aus dem Wagen. Harry winkte sie zu sich und erklärte mit gefasster Stimme:

»Gut, das Sie so schnell gekommen sind. Dieser Kerl hier hat mich mit seiner Waffe bedroht. Aber ich habe ihn niedergeschlagen, bevor er schießen konnte. Seine Pistole liegt hier auf dem Boden.«

Die Polizisten schauten ihn verwundert an. Doch dann kam Leben in die Männer. Einer hob mit Handschuhen die Beretta auf und steckte sie in einen Plastikbeutel. Zwei drehten den stöhnenden Manzella auf den Rücken und legten ihm Handschellen an und der Vierte begann Harry zu befragen.

Harry erzählte ihm, dass er den Mann nicht kenne. Er sei einfach an seiner Tür aufgetaucht und habe ihn bedroht.

Plötzlich blickte der Polizist ihn fragend an.

»Sagen Sie mal, Sie sehen unserem neuen Hilfssheriff aber unglaublich ähnlich.«

Harry lächelte.

»Ja, Ihr Hilfssheriff ist mein Bruder. Mein Zwillingsbruder. Ich habe ihn gestern hier vor dem Motel getroffen. Wusste gar nicht, dass er in Miami die Touristen beschützt.«

»Jetzt verstehe ich auch, wieso Sie diesen Gangster hier einfach niedergeschlagen haben. Sie sind genauso ein Draufgänger wie Ihr Bruder.« Er drehte sich um und rief den anderen zu: »Hey, Leute, darf ich euch den Bruder von Johnny vorstellen?«

Einer der Polizisten kam zu ihm und klopfte Harry auf die Schulter.

»Gut gemacht, Buddy, hast du nicht noch mehr Geschwister? Mit euch könnten wir die gesamte Unterwelt von Miami aufmischen!«

»Nein«, schüttelte Harry den Kopf, »zwei von uns reichen. Außerdem arbeite ich viel lieber als Lehrer. Die Kids sind nicht ganz so problematisch wie das Volk, mit dem ihr oft zu tun habt.«

Die Polizisten lachten.

Zwei Stunden später tauchte Johnny auf. Er war sichtbar erregt, als er aus seinem Firebird sprang.

»Ich habe alles von meinen Kollegen erfahren, Harry. Ihr müsst hier sofort verschwinden! Die Leute der Mafia arbeiten niemals allein. Sicherlich laufen hier noch seine Brüder herum und versuchen ihre amerikanische Connection zu aktivieren und dann haben wir die Unterwelt der USA am Hals. Du hast einen von ihnen in den Knast gebracht. Auch wenn er bald wieder auf freiem Fuß sein wird, das werden sie dir niemals vergeben. Es wird also Zeit, dass ihr abhaut, ehe sie spitz kriegen, wer du wirklich bist und wo du lebst.«

»Und was ist mit dir?«

»Ich packe auch meinen Koffer. Das Pflaster wird mir hier zu heiß. Außerdem hat Amy mir ja gestern klargemacht, was meine Bestimmung ist. – Gottes Hirte, nicht sein Schäferhund.«

»Du weißt es selbst schon seit Jahren, Johnny.«

»Ja, aber ich habe es immer wieder verdrängt. Ich spüre jetzt, dass ich mehr tun sollte, als nur mit dem Mann auf der Straße über meinen Glauben zu sprechen, wie ich es in Hamburg getan habe. Deshalb möchte ich als Vollzeit-Evangelist oder Pastor arbeiten.«

»Dazu brauchst du aber eine theologische Ausbildung«, warf Harry ein.

»Ich habe heute Morgen darüber nachgedacht, Bruderherz. Ich werde mir ein Diplom holen und eine feste Anstellung suchen. Bisher wollte ich frei sein, einfach mein Leben genießen, Abenteuer erleben. Aber inzwischen ist mir manches klar geworden. Ich kann nicht wie Jona Gott länger davonlaufen. Du siehst ja, was ich bisher davon hatte: ein Leben ohne Sinn und Ziel, eine Ehe, die keine Zukunft hat, Ärger mit der Drogenmafia – und jetzt jage ich Straßenräuber, statt Menschen zu Gott zu führen. Nein, so darf es nicht weitergehen. Sonst werde ich eines Tages Bilanz ziehen müssen und mich fragen: ‚Johnny, was ist dein Leben gewesen? Hast viel gesehen von der Welt. Hast viel erlebt. Manches war zum Lachen, manches zum Weinen. Aber was ist, wenn du nun abtrittst? Wirst du jemandem fehlen? Hast du Menschen glücklich gemacht? Haben sie durch dich gelernt, was Leben ist? Haben sie Hoffnung, Glauben, Liebe, Gott durch dich gefunden? Oder war dein Leben nur ein missglücktes Theaterstück vor leeren Sitzplätzen?' Und dann werde ich in den Spiegel schauen und mit Verachtung mir selbst ins Gesicht spucken. ‚Hast viele Chancen gehabt, mein Lieber', werde ich mir sagen, ‚du wusstes, was deine Berufung ist. Gaben und Fähigkeiten wurden dir von Gott geschenkt. Aber du hast deine Talente im Morast der Welt verbuddelt und in den Tag hineingelebt. – Nein, du hast nicht gelebt. Du hast nur vegetiert!' Und wenn Christus wiederkommt, dann wird er mich fragen: ‚Johannes, du warst einer meiner Lieblingsjünger. Durch dich wollte ich Menschen zum Leben führen. Was ist nun mit den Gaben und Fähigkeiten, die ich dir gab? Was hast du daraus gemacht?' Dann werde ich sie wieder ausbuddeln und sagen: ‚Hier, hier sind die fünf Talente, Herr, die du mir gabst. Ich hatte keine Lust, mit ihnen zu arbeiten. Ich wollte lieber mein Leben genießen, einfach so in den Tag hineinleben.' Und Jesus wird meine Talente nehmen und sie dem geben, der nur ein Talent erhalten und damit seine Mitmenschen froh gemacht hat. Und dann wird er zu mir sagen: ‚Hinweg mit dir, du fauler und unnützer Knecht. Du bist über vieles untreu gewesen. Geh mir aus den Augen!'«

Johnny zitterte am ganzen Körper. Tränen der Verzweiflung standen in seinen Augen.

»Harry, was habe ich getan!«, schluchzte er auf. »Ich habe mein Erbe verspielt, meine Talente in den Schmutz geworfen. Ich bin verloren, schuldig vor Gott, ohne Hoffnung. Und doch muss ich die anderen warnen. Ich muss ihnen von Gott erzählen und ihnen sagen: Macht es nicht so wie der verrückte Johnny. Hört, wenn Gott euch ruft. Tut, was er euch sagt!«

Harry legte den Arm um die Schulter seines Bruders und drückte ihn an sich.

»Noch ist es nicht zu spät, Johnny. Solange du deine Fehler siehst, solange du noch darüber weinen kannst, ist Umkehr möglich. Gott wartet auf dich. Und schau mal, bist du nicht schon auf dem Weg nach Hause?« Er spürte, wie Johnny ruhiger wurde. »Seit ich wieder Halt im Leben gefunden habe, keine krummen Wege mehr gehe und eine sinnvolle Arbeit habe, fühle ich, wie es mir von Tag zu Tag besser geht. Glaub mir, Johnny, es ist für dich nicht zu spät und dein Entschluss, ganz für Gott zu arbeiten, ist die beste Entscheidung, die du treffen konntest.«

Johnny putzte sich die Nase und lächelte wieder. Wie schon so oft wechselte seine Stimmung unvermittelt von Regen auf Sonnenschein.

»Du, Harry, kann ich dir mit einigen Dollar unter die Arme greifen? – Nein, nein, keine Sorge, das ist diesmal ehrlich verdientes Geld! Deine

Schule braucht doch sicherlich noch dies und das.« Und dann erzählte er von seinen Geschäften mit den Bruchstücken der Berliner Mauer. Sie hatten als Souvenirs tatsächlich einen beträchtlichen Gewinn gebracht.

»Du bist schon ein cooler Typ«, lachte Harry, als Johnny fertig war. »Verkaufst Schutt für teures Geld!«

»Hey, das war kein Schutt!« Johnny spielte den Empörten. »Das waren Teile der Berliner Mauer. Was meinst du, welchen Wert die in 30 Jahren haben werden?! Die Mauer war ein Symbol von Hass, Gewalt, Trennung. Sie steht für Diktatur, Unfreiheit, für den kalten Krieg. Wer diese Souvenirs gekauft hat, wird sich eines Tages noch glücklich schätzen!«

»Hast Recht, Brüderchen«, lachte Harry, »aber das war wirklich Unternehmergeist! Ich muss dich ehrlich bewundern. Auf diese Idee wäre ich nie gekommen.«

Johnny kramte in seiner Jackentasche, zog einen Scheck über hunderttausend Dollar heraus und gab ihn seinem Bruder. Harry staunte nicht schlecht.

»Mann, das hat sich ja wirklich für dich gelohnt!«

»Ja, es war recht einträglich und es soll sich auch für dich lohnen. Keine Angst, du kannst ihn nehmen. Ich hab noch genug Geld.«

Harry fiel seinem Bruder um den Hals.

»Vielen Dank, Johnny! Dafür können wir die fehlenden Möbel kaufen und einen Basketballplatz hinter dem Haus anlegen. Unsere Schule wird damit noch attraktiver für die Straßenkids. Du weißt gar nicht, was das für mich bedeutet.«

»Doch, ich weiß es, Harry, und es macht mich glücklich.« Er befreite sich aus der Umarmung und schaute auf seine Armbanduhr. »So, jetzt muss aber ich los. Ich will noch heute aus der Stadt verschwinden und ihr müsst es auch! – Frag mich aber nicht, wohin ich gehe. Ich weiß es selbst nicht.«

»Willst du nicht mit uns kommen?«

Johnny schüttelte den Kopf.

»Nein, das würde nicht gut gehen. Auch wenn wir uns oft ergänzen, sind wir doch wie Feuer und Wasser. Nein, lass mich lieber meine Straße ziehen. Außerdem will ich jetzt ein theologisches Diplom haben, damit ich predigen kann. Das verstehst du sicher.«

Harry nickte. Er wusste, Johnny war nicht zu bremsen, wenn er eine Idee hatte. Ob er sie aber auch verwirklichen würde, war nicht sicher. Schon drei Stunden später könnte ihn ein Umweltschützer für die Erhaltung des Lebensraumes der Robben begeistern und Johnny würde alles stehen und liegen lassen, um sich für die bedrohte Schöpfung zu engagieren. So war er eben.

Johnny ergriff seine Hand und blickte ihm fest in die Augen.

»Mach's gut, alter Knabe. Ich lass von mir hören. Deine Adresse hab ich ja nun.«

Dann sprang er in seinen Firebird, ließ den Motor aufheulen und ordnete sich mit quietschenden Reifen in den Straßenverkehr ein.

Harry schaute ihm nach, bis er zwischen den Autos verschwunden war.

Wann werden wir uns das nächste Mal sehen, Johnny, fragte er sich. Wird es überhaupt ein nächstes Mal geben?

Ein Gefühl von Traurigkeit und innerer Leere erfasste ihn, als wäre dieser Abschied für immer.

Die Sekretärin des Rektors am Telefon stutzte.

»Wie lautet bitte Ihr Name?«

»Maurer. Johannes Maurer. Ich bin Deutscher.«

»Ah, Deutscher. Meine Freundin lebt auch in Deutschland. Sie ist Medizinisch-Technische-Assistentin und hat vor fünf Jahren einen Deutschen geheiratet. Sie wohnt in der Stadt, in der die Volkswagen gebaut werden.«

»In Wolfsburg, also.«

»Ja, in Wolfsburg. Eine schöne Stadt. Sie fühlt sich dort sehr wohl. Es ist nur nicht so warm wie bei uns. Aber sie haben dort ein tropisches Badeparadies. Dort geht sie oft hin. Kommen Sie auch aus Wolfsburg?«

»Nein, aus Frankfurt. Das liegt 400 km weiter südlich.«

»Frankfurt, davon hat meine Freundin mir auch geschrieben. Dort ist sie in Deutschland gelandet. Entschuldigung, ich rede zu viel und stehle Ihre Zeit. Was kann ich für Sie tun Herr ...?«

»Maurer, ich möchte mit dem Rektor des theologischen Seminars sprechen.«

»Dr. José Imada?«

»Ja, Herrn Dr. Imada.«

»Worum geht es, Herr Maurer?«

»Ich möchte das Seminar mit einer Geldsumme unterstützen. – Können Sie mir einen Gesprächstermin mit dem Rektor geben, möglichst bald?«

»Ich denke, das lässt sich machen«, sagte die Sekretärin dienstbeflissen. Johnny hörte, wie sie in einem Kalender blätterte. »Ja, er hat heute Nachmittag noch einen Termin frei. Können Sie um 16.00 Uhr ins Rektorat kommen?«

»Ja, das geht, ich bin um 16.00 Uhr bei Ihnen.«

Johnny musste grinsen, als er den Telefonhörer zurücklegte. Sicherlich hatte er den Gesprächstermin mit Imada nur deshalb so schnell bekommen, weil er die Geldspende erwähnt hatte. Eine kleine protestantische Hochschule in den katholischen Philippinen litt ohne Zweifel ständig unter Geldnot. Da war ein reicher Ausländer immer willkommen und darauf baute er.

Am Nachmittag fuhr er mit einem Jeepney zur Hochschule. Er liebte diese fantasievoll bemalten und mit vielen Lampen und Spiegeln verzierten Kleinbusse. Sie waren nicht so langweilig wie die europäischen Taxis oder Stadtbusse. Außerdem machte der Fahrtwind, der durch die offenen Seitenfenster blies, die Sommerhitze erträglicher.

Johnny trug ein weißes Hemd mit schlichter Krawatte, eine graue Flanellhose und schwarze Halbschuhe. Jeans und Lederjacke waren unpassend für dieses Gespräch und wenn der Rektor auf seinen Vorschlag einging, würde er sich das nächste halbe Jahr weiter so kleiden müssen.

Zehn Minuten vor dem vereinbarten Gesprächstermin meldete er sich bei der Sekretärin. Sie hatte die Figur eines sechzehnjährigen Mädchens, war aber sicherlich schon Mitte dreißig. Ihr strahlendes Lächeln steckte Johnny an und so begann er mit ihr zwanglos zu plaudern. Pünktlich auf die Minute unterbrach sie jedoch das Gespräch und führte ihn nebenan in das Büro des Rektors.

Es war ein kleiner Raum mit abgetretenem Parkettboden und ausgeblichenen Büromöbeln. Neben dem Schreibtisch stand ein Ventilator, der die nach Staub und alten Akten riechende Luft in Bewegung versetzte und das Raumklima erträglicher machte.

Dr. José Imada war ein kleiner, untersetzter Mann mit grauen Schläfen und Nickelbrille. Trotz der Hitze trug er Anzug und Krawatte. Sicherlich wollte er damit bei seinem Gast Eindruck machen. Als Johnny den Raum betrat, sprang er von seinem Sessel auf und eilte ihm mit ausgestreckter Hand entgegen.

Die Geldnot muss wohl sehr groß sein, dachte Johnny mit einem Lächeln.

»Herzlich willkommen, Mr. Maurer«, begrüßte ihn José Imada mit festem Händedruck. »Kommen Sie, setzen Sie sich. Darf ich Ihnen etwas zu trinken anbieten? Ein Mineralwasser oder ein ...«

»Danke schön, über ein Mineralwasser würde ich mich freuen. Bei dieser Hitze ist jede Erfrischung willkommen.« Johnny setzte sich auf einen bequemen Stuhl mit hoher Lehne und stellte seinen Aktenkoffer neben sich.

»Doro, sei so freundlich und bring unserem Gast bitte ein Glas Mineralwasser mit Eis. Ja?«, hörte er den Rektor sagen, während er mit einem Blick den Raum überflog.

Imadas Sekretärin nickte, verließ den Raum und kehrte wenige Minuten später mit einer Flasche und zwei Gläsern zurück. Nachdem sie beiden eingeschenkt hatte, verließ sie das Büro wieder lautlos. Die beiden Männer nahmen einen Schluck des perlenden Wassers.

»Das tut gut bei solch heißem Wetter«, nickte Johnny dem Rektor zu.

»Ja, bei diesem Klima muss man viel trinken, wenn man nicht vertrocknen will«, antwortete ihm Imada. »In Ihrer Heimat ist es sicherlich kühler. Was führt Sie eigentlich auf die Philippinen? Gefällt Ihnen unser Land?«

»Ja, sehr«, antwortete Johnny höflich. »Ich bin in den letzten Jahren auf meinen Geschäftsreisen ein wenig herumgekommen und habe viele Länder kennen gelernt. Aber die Inselwelt Ihres Landes, Herr Dr. Imada, ist schon faszinierend. Auch die Menschen hier habe ich schätzen gelernt. Sie scheinen mir freundlicher, höflicher und unbeschwerter zu sein als viele Europäer. Kein Wunder, dass sich hier Urlauber immer wohl fühlen.«

José Imada lächelte bei diesen Komplimenten.

»Das freut mich zu hören, Herr Maurer. Auch ich liebe dieses Land, aber ich habe gehört, dass es den Menschen in Ihrer Heimat viel besser geht als unserer Bevölkerung.«

»Materiell gesehen, mögen Sie Recht haben, Herr Dr. Imada. Aber trotz unseres Wohlstandes leiden mehr Deutsche unter Depressionen als in jedem anderen Land der Erde. Auch die Selbstmordrate in Deutschland ist ein trauriger Rekord. Unser Geld und unsere Freiheiten haben uns nicht glücklich gemacht.«

Der Rektor blickte erstaunt auf.

»Und ich dachte immer, die Deutschen seien ein von Gott gesegnetes Volk.«

»Sie sind es nicht mehr, Herr Dr. Imada, sie sind es nicht mehr.« Johnny schüttelte den Kopf. »Die Menschen haben Gott über Bord geworfen und beten nun die Götzen Erfolg, Lust und Geld an. Dafür opfern sie sogar Gesundheit und Familienglück. Ja, sie werfen sogar ihre Kinder dem Moloch in den Rachen, wie damals die Völker Palästinas.«

José Imada blickte ein wenig verwirrt auf Johnny. Doch dann huschte ein Lächeln des Verstehens über sein Gesicht.

»Ach, Sie sprechen von Abtreibung.«

Johnny nickte. »Millionen ungeborene Kinder werden skrupellos getötet.«

»Ja, das ist schrecklich.«

»Es ist eine schreckliche Schuld und das ist nur eine der vielen Sünden, die unser Volk in den Untergang treibt. Wir zerstören gewissenlos die Schöpfung – auch in anderen Ländern – und bedecken uns mit dem Feigenblatt umweltfreundlicher Produkte. Wir kennen keine moralischen Grenzen mehr. Was Spaß macht, ist erlaubt, solange es anderen nicht offensichtlich schadet oder solange man nicht ertappt wird. Sexuelle Perversionen, die vor vierzig Jahren noch vom Staat bestraft wurden, werden heute in Zeitschriften und im Fernsehen als normal gezeigt. Unehrlichkeit, Betrug, kleine Diebstähle sind noch nicht einmal mehr Kavaliersdelikte. Auf offener Straße werden harmlose Passanten zusammengeschlagen und alle schauen weg. Wir laden von Tag zu Tag mehr und mehr Schuld auf uns. Und das Schlimme dabei ist, die Leute meinen, sie seien anständig und normal.«

Johnny hatte sich regelrecht in Fahrt geredet, während ihm Imada fasziniert zuhörte.

»Viele, die früher an nichts geglaubt haben, wenden sich dem Okkulten zu, werden abergläubisch. Nur was sie selbst erlebt haben, ist für sie wahr. Und die okkulten Erlebnisse sind deshalb für sie wahr. Die Bibel, Gottes Wort, ist für sie nur noch ein Märchen- und Legendenbuch, sogar für viele Pastoren. Wenn sie sagt: Geschlechtsverkehr gehört in eine rechtmäßig geschlossene Ehe, dann wird dies wegdiskutiert, als kulturell überholt und nicht mehr aktuell vom Tisch gefegt. Der Glaube der Christen beruht nicht mehr auf einem So-spricht-der-Herr, sondern nur auf Ich-habe-aber-erfahren. Und weil jeder andere Erfahrungen gemacht hat, kann auch jeder glauben, was er will.«

»Das ist ja schlimm«, warf Imada ein. »Wie kann man da als Pastor arbeiten, wenn nichts mehr gilt? Wenn jeder glaubt, was er will?«

»Genau deshalb komme ich auch zu Ihnen, Herr Dr. Imada. Ich habe gehört, dass Ihre Hochschule noch auf dem Boden der Bibel steht.«

»Ja, das ist die Grundlage unserer Ausbildung. Wie Luther sagte: Sola Scriptura – Allein die Schrift«, nickte der Rektor.

»Ich habe mich aus diesem Grund entschlossen, Ihre Hochschule mit einer kleinen Spende zu unterstützen.« Johnny öffnete den Aktenkoffer und nahm einige in Plastikfolie eingeschweißte Geldpäckchen heraus und schob sie über den Schreibtisch. »Bitte schön, hier sind dreihunderttausend Dollar.«

Der kleine Mann schluckte hörbar. Schweißperlen standen plötzlich auf seiner Stirn.

»Dreihunderttausend Dollar? Aber das kann ich doch nicht annehmen, Herr Maurer. So viel Geld?«

»Doch, können Sie, Herr Dr. Imada. Es gehört Ihrer Hochschule. Damit können Sie Ihre Bibliothek vergrößern oder die Unterkünfte der Studenten renovieren oder was gerade nötig ist. Ich möchte die Ausbildung Ihrer Studenten unterstützen. Ich denke, Sie können das Geld gut gebrauchen.«

»Gebrauchen, ja schon, aber so viel Geld?« Der Mann schaute Johnny verunsichert an.

»Gott hat es mir möglich gemacht, Ihnen dieses Geld zu geben. Betrachten Sie es als Geschenk von Ihm«, lächelte Johnny.

José Imada sprang von seinem Bürostuhl auf, lief um den Schreibtisch herum, ergriff Johnnys Rechte mit beiden Händen und schüttelte sie wie einen Pumpenschwengel. Tränen standen ihm in den Augen. Er war sichtlich berührt.

»Gott segne Sie, Herr Maurer, für das, was Sie für uns getan haben. Sie wissen ja nicht, was für eine Freude Sie unserer Hochschule damit bereiten. Wir haben ernste finanzielle Sorgen und beten schon lange um eine Lösung. Sie hat der Himmel geschickt.«

Nachdem Imada sich ein wenig beruhigt hatte, setzte er sich wieder hinter seinen Schreibtisch.

»Kann ich irgendetwas für Sie tun?«, fragte er, während er sich die Augen wischte.

»Ich hoffe es, Herr Dr. Imada. Eigentlich ist dies mein eigentliches Anliegen. Sehen Sie, ich bin schon über fünfundvierzig, zu spät, um noch etwas Neues anfangen zu können. Aus jugendlichem Übermut habe ich mein theologisches Studium abgebrochen, ehe es angefangen hatte. Eigentlich wollte ich Pastor werden.«

»Sie wollten Pastor werden?«

»Ja, aber irgendwie hat es nicht geklappt. Zu viele Ideen, Abenteuerlust, Fernweh – ich weiß nicht, was es genau war, das mich von meiner Berufung abgehalten hat.«

Dr. Imada schaute ihm direkt in die Augen.

»Als Sie vorhin über die Glaubenslosigkeit in Ihrem Land sprachen, da redeten Sie nicht wie ein Geschäftsmann, Herr Maurer. Da waren Sie ein Evangelist. Das ist mir gleich aufgefallen. Ich kann die Spreu vom Weizen unterscheiden. Ich spüre sehr schnell, wer wirklich von Gott berufen ist und auch die nötigen Gaben besitzt, um diese Berufung auszufüllen.«

»Das ist nun mein Problem. Ich spüre immer stärker in mir, dass ich predigen muss. Geschäfte können andere machen. Geld ist mir nicht wichtig. Aber ich habe weder die Zeit noch die Möglichkeit in meiner Heimat ein theologisches Studium aufzunehmen. Der Zug ist für mich abgefahren. In meinem Land ist man da sehr streng. Sehen Sie eine Möglichkeit, dass ich mein Studium an Ihrer Hochschule abschließe? Sagen wir innerhalb von zwei Semestern?«

Der Rektor tat, als dächte er nach. Dann nickte er zustimmend.

»Ich glaube, dass können wir machen. Doch ich muss vorher ein wenig Ihr theologisches Grundwissen testen, damit ich weiß, was wir Ihnen noch vermitteln müssen. Schließlich müssen Sie ja die Abschlussprüfung bestehen. Sind Sie damit einverstanden?«

»Aber ja doch, Herr Dr. Imada. Mir wäre es lieb, wenn Sie mich gleich prüfen könnten. Also fragen Sie nur«, lächelte Johnny ihn an.

»Gut.« José Imada richtete sich in seinem Bürostuhl auf. »Nennen Sie mir die hebräischen Namen Gottes und ihre Bedeutung.«

»Elohim, das ist der Plural von El. Man könnte es mit ‚die Gottheit' übersetzen«, kam es wie aus der Pistole geschossen. »Von diesem Wort gibt es mehrere Ableitungen, beispielsweise: El Shaddaj – Gott der Allmächtige, El Äljon – Gott der Höchste, El Zebaoth – Gott, der Herr der Heerscharen. Jahwe ist ein weiterer Name Gottes und auch der wichtigste. Er leitet sich von dem hebräischen Verb ‚äjäh' ab. Dieses Wort bedeutet ‚Ich bin'. Der Name Jahwe ist die dritte Person Singular dieses Verbs und bedeutet ‚Er ist', das bedeutet, Gott ist unveränderlich. Was er damals war, tat und wollte, das ist, tut und will er auch heute. Im Neuen Testament tauchen diese Namen nur in griechischer Übersetzung auf, beispielsweise in ...«

»Schon gut, schon gut«, unterbrach ihn Imada, »ich sehe, Sie kennen sich mit dem Hebräischen aus. Bitte erklären Sie mir nun die Aussage Jesu in der Bergpredigt, er sei nicht gekommen, das Gesetz und die Propheten aufzulösen, sondern sie zu erfüllen.«

»Nun, Jesus wurde immer wieder von den Theologen seiner Zeit argwöhnisch belauert, weil er als scheinbar ungebildeter Zimmermann die Menschen mit seinen Predigten erreichte. Mit anderen Worten: Sie meinten, er würde ihnen die Show stehlen. So versuchten sie ihm immer wieder etwas anzuhängen. Eine dieser Anklagen lautete sicherlich: Jesus von Nazareth ist der von Daniel in Kapitel 7 angekündigte Antichrist.«

»Warum das?«, wollte Imada wissen.

»Der Antichrist sollte laut Daniel Gott lästern und sich an seine Seite stellen, Gottes Gesetz verändern, die Heiligen verfolgen und dreieinhalb Zeiten herrschen. Ja, und das traf für die damaligen Theologen alles auf Jesus zu. Er bezeichnete sich als Sohn Gottes und das war für sie Gotteslästerung. Er missachtete ihre Vorschriften, die sie als Gottes Gebote betrachteten. Jesus wandte sich gegen die Schriftgelehrten, die sich als Gottes Heilige fühlten und er wurde auch nach dreieinhalb Jahren gekreuzigt. – Nun gut, das wussten sie damals noch nicht. Aber alles andere schien zu passen. Deshalb sagte Jesus in seiner Bergpredigt deutlich, dass er nicht gekommen sei, Gottes Gesetz abzuschaffen oder zu zerstören. Er wolle ihm vielmehr die volle oder wahre Bedeutung geben. Das griechische Wort ‚plero', das viele Übersetzer mit ‚erfüllen' wiedergeben, meint eigentlich, ‚die volle Bedeutung geben'.

In den folgenden Versen zeigt Jesus seinen Zuhörern, welche Bedeutung die alttestamentlichen Gesetze und Anweisungen in Wirklichkeit hatten. Dafür nimmt er zwei Beispiele aus dem Dekalog, nämlich die Gebote ‚Du sollst nicht töten' und ‚Du sollst nicht ehebrechen' und er zeigt, dass Sünde nicht mit der Tat beginnt, sondern schon mit dem schlechten Gedanken und dem bösen Gefühl. Das will ich jetzt weiter ausführen, …«

José Imada versuchte Johnny zu bremsen, aber der kam jetzt erst so richtig in Fahrt und begann aufzuzeigen, dass Jesu Gebot von der Nächsten- und Feindesliebe schon im Alten Testament zu finden war.

»‚Liebe deinen Nächsten wie dich selbst' finden wir also schon bei Mose, und Salomo sagte: ‚Ist dein Feind hungrig, so gib ihm zu essen, ist er durstig, so tränke ihn' – nicht: ertränke ihn.«

Der Rektor lächelte.

»Die Theologen zur Zeit Jesu haben also die Aussagen des Alten Testamentes oft verdreht und falsch interpretiert. Das Gesetz ‚Auge um Auge, Zahn um Zahn' stammt beispielsweise aus den Judizialgesetzen, den Anweisungen der Richter. Im Textzusammenhang geht es um Wiedergutmachung bei körperlichen Verletzungen. Hatte ein Herr seinem Sklaven ein Auge oder einen Zahn ausgeschlagen, musste er ihn deswegen unverzüglich die Freiheit schenken und …«

»Halten Sie an!«, rief nun Imada dazwischen. »Sie sind ja nicht mehr zu bremsen. Es reicht. Sie haben mich wirklich überzeugt. Ihr theologisches Wissen ist auf einem hohen Niveau. Sie kennen sich in der Bibel aus. Keine Frage! Ich kann Ihnen hiermit versichern: Ich freue mich, dass Sie bei uns Ihr Theologiestudium abschließen werden.«

Abschließen ‚werden', dachte Johnny erleichtert, nicht ‚können'. Ich hab es also geschafft. Noch zwei Semester und ich habe mein Diplom!

Er erhob sich langsam und sagte: »Ich danke Ihnen, Herr Dr. Imada, dass Sie mir mit Ihrer Entscheidung ermöglichen, meiner Berufung zu folgen.«

»Ich habe Ihnen zu danken, Herr Maurer, und ich bin stolz, einen so fähigen Prediger wie Sie auf unserer Hochschule begrüßen zu können.«

»Ich möchte kein fähiger Prediger sein, nur ein Werkzeug Gottes.«

»Das sind Sie, glauben Sie mir. Deshalb werden wir Ihnen helfen, wo wir nur können.«

Johnny konnte es noch gar nicht recht fassen, dass alles so einfach gewesen war. Freude erfüllte ihn, als er die Hochschule verließ. Erst spät am Abend fragte er sich, ob er hier die Führung Gottes erlebt hatte oder die Macht des Geldes. War er nicht wieder schuldig geworden, weil er den Rektor mit Geld in Versuchung gebracht hatte? Oder wollte Gott durch das Geld der Hochschule helfen und ihm den Weg ebnen, seiner Berufung zu folgen? Er wusste es nicht zu sagen.

Sein sanguinisches Temperament wischte schließlich alle Bedenken fort. Er wollte einfach nicht länger darüber nachdenken.

Eine Woche später begann Johnny sein Studium an der kirchlichen Hochschule. Eigentlich war es kein Studium, denn schon noch wenigen Tagen begann er auf Veranlassung des Direktors Seminare über biblische Prophetie zu halten. Hier konnte keiner der Professoren ihm das Wasser reichen. Für seine Lehrer waren die Bücher Daniel und Offenbarung verschlüsselte Bücher.

»Warum nennen Sie das letzte Buch der Bibel ‚die geheime Offenbarung des Johannes'?«, hatte Johnny einen Professor für Neues Testament unterbrochen. Er hieß James Kendall und kam aus den USA. Der Mann war hager, blass und hatte stark gelichtetes Haar. Kendall war wegen seiner Strenge und Empfindlichkeit bei den Studenten nicht beliebt.

»Wie meinen Sie das?«, hatte ihn der Mann gefragt.

»Nun, wenn es eine Offenbarung ist, dann kann sie nicht geheim sein. Das ist doch ein Widerspruch. Das ist unlogisch. Hier steht aber nicht ‚das Geheimnis des Johannes', sondern ‚die Offenbarung Jesu Christi, seinen Knechten zu zeigen, was in Kürze geschehen soll'. Also, Jesus offenbart uns, was geschehen wird. Da ist nichts Geheimes.«

»Verstehen Sie denn, was die Bilder der Offenbarung bedeuten?«, hatte sich Kendall zu retten versucht.

»Aber ja. Das ist doch gar nicht so schwer.«

Alle Studenten hatten gefeixt, als Johnny dies im Brustton der Überzeugung sagte. Von hinten hatte jemand gerufen: »Na, dann los! Lass hören, was unser Prof nicht weiß.«

Der Mann am Katheter war rot angelaufen. Doch dann hatte er sich zusammengerissen und gesagt: »Ich bitte um Ruhe, meine Damen und Herren. Ruhe bitte! Ich werde auf Mr. Maurers Aussage ein anderes Mal zurückkommen. Jetzt aber werden wir im Unterrichtsstoff fortfahren. Ich darf Sie daran erinnern: Einige Klausuren stehen an! Was Sie jetzt versäumen, müssen Sie sich sonst in der Bibliothek zusammensuchen.«

Das hatte gewirkt und die Vorlesung war weitergegangen. Aber sofort nach Unterrichtsschluss hatte James Kendall bei Dr. José Imada angeklopft und sich mit erregter Stimme über den vorlauten Deutschen beschwert.

»Versuchen Sie den Mann doch zu verstehen«, hatte ihn der Rektor beschwichtigt. »Er ist eben kein Twen mehr, sondern hat Lebenserfahrung und eine Menge theologisches Wissen. Wenn er meint, er wüsste in der Bibel Bescheid, dann lassen Sie ihn doch ein Seminar über die Offenbarung halten. Sie werden ja dann herausfinden, ob er ein Schaumschläger ist oder nicht. Entweder er kann die Offenbarung überzeugend erklären oder er macht sich lächerlich.«

So hatte Johnny begonnen, selbst Seminare abzuhalten. Das erste war von Anfang an ein voller Erfolg. Die Studenten verfolgten mit Begeisterung seine Erklärungen und auch James Kendall musste zugeben, dass der »vorlaute Deutsche« mehr wusste, als er ihm zugetraut hatte.

»Die Offenbarung war für die Menschen damals leichter zu verstehen als für uns heute. Sie kannten noch die Bilder und Symbole, die Gott dem Johannes zeigte«, erklärte Johnny seinen Zuhörern. »Sie stammen zum größten Teil aus dem Alten Testament, der Bibel der ersten Christen. Wollen wir die Offenbarung richtig erklären, müssen wir uns also immer zuerst fragen: Wo finden wir dieses Bild oder Symbol in den anderen biblischen Büchern und welche Bedeutung hat es dort. Wer das nicht beachtet, spekuliert munter drauflos und wird die verrücktesten Ideen entwickeln.

Außerdem spielt das Heiligtum eine zentrale Rolle in der Offenbarung. Wer sich nicht mit dem israelitischen Tempel, mit seinen Zeremonien und den jährlichen Festen auskennt, wird vieles nicht begreifen, was die Offenbarung sagt.«

In Wirklichkeit war Johnnys Seminar nichts anderes als eine evangelistische Veranstaltung. Immer wieder aktualisierte er die erarbeiteten Aussagen und übertrug sie auf die heutige Zeit. Dabei kam er manchmal richtig in Fahrt.

»Wir sind die Gemeinde Laodicea im dritten Kapitel der Offenbarung. Wir sind reich und satt und meinen alles zu haben. Unser Wohlstand hat uns träge gemacht, selbstzufrieden. Unser Wissen lässt uns überheblich auf unsere ‚dummen' Vorfahren oder unterentwickelte Völker herabblicken. Aber das alles ist doch nur Fassade, meine Freunde, alles nur bunte Pappmaschee, hinter der wir unsere Kläglichkeit verstecken. Unser ganzes Leben ist nur ein schriller Jahrmarkt, dessen Lichter und lauten Töne uns blind und taub für unseren wahren Zustand machen. In Wirklichkeit sind wir arm, jämmerlich, blind und nackt. Darüber kann der ganze Bühnenzauber des Wohlstands und der Wissenschaftsgläubigkeit nicht hinwegtäuschen!

»Wir meinen besser zu sein als die Ungläubigen, die Atheisten und die ‚Heiden'. Wir nennen uns Christen, weil wir ja getauft und konfirmiert sind. Aber was bedeutet das schon? Unser Taufschein ist doch nichts anderes als Makulatur und unsere Kirchen mit ihren Festen und Feierlichkeiten bieten nur religiöses Tamtam! Warum? Weil Jesus draußen vor der Tür steht! So sagt es der Vers 20 im dritten Kapitel. Und das trifft zu! Jesus ist nicht in der Gemeinde. Er ist nicht der Herr der Gemeinde. Er ist nur das fromme Aushängeschild!

Er ist nicht in unserem Leben. Er ist nicht Herr unseres Lebens. Er ist nur ein christliches Mäntelchen, das wir uns umgehängt haben. Aber damit können wir Gott nicht beeindrucken. Er nennt die heutige Christenheit ‚Laodicea' – Volk des Gerichts. Und das sind wir tatsächlich, wenn wir nicht Jesus in unser Leben lassen. Wenn er uns nicht Selbsterkenntnis, Glauben und Gerechtigkeit schenkt.

Wir alle sind schuldig vor ihm. Wir alle brauchen Vergebung. Wir haben sie bitter nötig, wenn wir nicht am Leben vorbeigehen wollen. Es wird also Zeit, dass wir aufhören mit dem Theoretisieren, dem Theologisieren, dem Dogmatisieren, dem Kritisieren. Es wird Zeit, dass wir Jesus in unser Leben hineinlassen, damit er uns verändern kann. Damit Liebe uns erfüllt und ein brennender Glaube.

Die Offenbarung ist also kein Buch der Sensationen, auch wenn sie sensationelle Aussagen enthält. Sie ist ein Buch, das uns verändern soll. Wer es nur mit den Augen des Theologen betrachtet, mit dem sezierenden Blick eines Wissenschaftlers und nicht mit der Frage ‚Herr, was willst du, das ich tun soll?', dem wird dieses Buch für immer verschlossen bleiben.«

Auch Dr. Imada hatte an diesem Seminarabend teilgenommen. Was Johnny ohne Konzept und schriftliche Unterlagen aus dem Bibeltext herausgeholt und ins Leben übertragen hatte, klang immer noch in ihm nach.

In Gedanken versunken schlenderte er über das Gelände der Hochschule. Er hatte keine Augen für den blauen Himmel, der sich langsam orangerot zu färben begann. Er bemerkte nicht den Gruß einiger Studenten, die ihm begegneten. Er hatte nur einen Gedanken: Dieser Johannes Maurer musste möglichst bald zurück nach Deutschland, in das Land der Reformation, wo Wohlstand und Wissenschaftsgläubigkeit, Gleichgültigkeit und Unmoral das geistliche Leben erstickt hatten. Wo Schuld und Sünde als normal betrachtet wurden.

Noch am gleichen Abend schrieb Dr. Imada einen Brief an seinen alten Freund Bischof Krusius, den er auf einer Sitzung des Lutherischen Weltbundes kennen gelernt hatte.

»Wenn Sie einen Pfarrer gebrauchen können, der nicht die Karteikarten seiner Kirche hütet, sondern die Gemeinde zu neuem Leben erweckt, dann kann ich Ihnen einen Absolventen unserer Hochschule empfehlen. Er heißt Johannes Maurer ...«, schrieb er in seinem Brief. Noch am selben Abend steckte er ihn in den Kasten.

Ein Jahr später überreichte er Johnny das Abschlussdiplom und eine Einladung von Bischof Krusius, nach Deutschland zu kommen, um dort eine frei gewordene Pfarrstelle im Odenwald zu übernehmen.

Das Portal öffnete sich, und drei Männer betraten die Kirche. Sie trugen schwarze Mäntel und Hüte, die sie tief in die Stirn gezogen hatten. Ihre Augen waren hinter Sonnenbrillen versteckt. Mit schweren Schritten gingen sie das Kirchenschiff hinunter, die Hände in den Manteltaschen vergraben. Zehn Schritt vor dem Altar blieben sie stehen.

Pfarrer Maurer beachtete sie nicht und predigte weiter.

»Die Flut ist früher gekommen, als wir dachten. Doch diese Katastrophen sind nur Warnzeichen des Endes, nicht das Ende selbst. So sagt es uns die Schrift. Sie wollen uns aufrütteln aus unserem Schlaf der Selbstgerechtigkeit. Sie wollen uns aufrütteln aus unserem Konsumwahn und unserer Lethargie. Uns soll klar werden: Das Gericht Gottes kommt! Ja, es kommt – aber es gibt Gnade für uns.«

Johannes Maurer machte eine Pause. In der Stille räusperte sich einer der Männer und trat vor. Er war groß und hager und trug einen schmalen Oberlippenbart.

»Du irrst dich!«, sagte Caesare Manzella und zog langsam seine Hand aus der Manteltasche. »Du irrst dich, Johnny. Das Gericht Gottes kommt nicht, es ist da! Und es gibt keine Gnade für dich!«

Er hob seinen Revolver.
»Keine Gnade, Johnny!«
Totenstille breitete sich im Kirchenschiff aus. Es schien, als hätten die Menschen aufgehört zu atmen. Johannes Maurer war blass geworden, aber er schaute dem Mafioso fest in die Augen.
»Nicht du bist mein Richter, Caesare«, sagte er so leise, dass es nur die Kirchenbesucher in den ersten Reihen hören konnten, »Gott ist es und er ist gnädig und vergibt Schuld.«
Manzella lächelte nur hönisch und krümmte seinen Zeigefinger.
Der Schuss peitschte durch die Luft. Johannes Maurer wurde herumgerissen, sank in die Knie und kippte zur Seite. Dann lag er still neben dem Altartisch.
»Und ich sah unten am Altar, die umgebracht worden waren um des Wortes Gottes Willen. Und sie schrien mit lauter Stimme: Herr, Allmächtiger, wie lange rächst du nicht unser Blut ...«
Die Worte der Offenbarung dröhnten Bischof Krusius in den Ohren. Er saß wie gelähmt in seiner Kirchenbank. Ihm war, als träumte er den schlimmsten Albtraum seines Lebens. Er sah, wie die Männer aus der Kirche eilten, hörte das Schlagen von Autotüren. Ein Motor wurde gestartet. –
Dann zerriss eine Detonation die Stille. Das bleiverglaste Fenster des Kirchenportals brach splitternd und überschüttete den Eingang mit Glas. Flammen schossen draußen zum Himmel. Eine weiße Autotür flog durch das Fenster, krachte auf den Steinfußboden und schlitterte funkenstiebend den Mittelgang entlang. Eine Frau schrie gellend auf. Dann brach der Tumult los.
Voll Panik drängten sich die Menschen zum Ausgang. Die Kirche hallte von Flüchen, Weinen und angsterfüllten Schreien. Dann war es wieder totenstill.
»Und vergib uns unsere Schuld«, hörte Bischof Krusius die alte Frau hinter sich beten. Sie saßen allein im Kirchenschiff.
Die Eingangstür öffnete sich und ein Mann im Rollstuhl kam herein. Gesicht und Kleidung waren von Rauch geschwärzt. Eine rote Narbe verlief quer über seinen kahlen Schädel.
»... wie auch wir vergeben unseren Schuldigern«, murmelte die alte Frau.
Der Mann im Rollstuhl fuhr den Mittelgang entlang und blieb vor Bischof Krusius stehen.
»Was ist mit ihm geschehen?«, fragte der Mann heiser.
»Sie haben ihn erschossen, direkt vor unseren Augen. Und wir haben zugeschaut und nichts getan. Nichts! Wir waren wie gelähmt.«

Der Mann nickte schweigend, als verstünde er, was Krusius meinte, aber in diesem Moment nicht aussprechen konnte.

»Warum haben sie das getan? Ich verstehe das alles nicht«, fragte Krusius.

»Er hat sich mit der Drogenmafia angelegt und das haben sie ihm nie verziehen«, erklärte der Mann im Rollstuhl.

Krusius blickte ihn an. »Kannten Sie Pfarrer Maurer?«

»Er hat mir gezeigt, was Leben bedeutet.«

»Wie vielen«, nickte Krusius.

»Wie vielen«, wiederholte der Mann. »Gestatten Sie, dass ich mich vorstelle. Bernhard Schulz, Polizeikommissar in Ruhestand. Bin ein alter Freund des Pfarrers.«

»Was ist mit den Männern?«

»Ihr Wagen ist explodiert«, sagte Schulz hart. »Sie haben es verdient. Sie hätten nie Ruhe gegeben. Doch ich bin zu spät gekommen. Leider.« Er machte eine Pause. »Wo ist er?«

Bischof Krusius wies zum Altartisch. »Da vor...«

Er sprang erregt auf und lief zum Tisch hinüber.

»Wo ...?«

»Was ist?«, wollte Schulz wissen.

»Er lag doch gerade noch hier.«

»Wer?«

»Na, Pfarrer Maurer. Er lag gerade noch hier. Jetzt ist er weg.« Krusius schüttelte seinen Kopf. »Ich versteh das nicht. Der Mann hat auf ihn geschossen, und er fiel getroffen zu Boden. Aber hier ist er nicht mehr.«

Bernhard Schulz fuhr seinen Rollstuhl neben ihn und blickte prüfend auf den Steinfußboden.

»Wo hat er genau gelegen?«, wollte er wissen.

»Na, hier. Sehen Sie das Blut?«

Schulz nickte und suchte mit seinen Augen die weitere Umgebung ab.

»Er ist nicht tot«, sagte er schließlich.

»Woher wollen Sie das wissen?«, fragte Bischof Krusius ungläubig.

»Er wäre noch hier.«

»Und wenn ihn jemand während des Tumultes mitgenommen hätte?«

»Warum sollte das jemand tun?«

Beide schwiegen und starrten auf den Boden neben dem Altar, als könnten sie dort die Antwort finden.

Die Orgel begann zu spielen. Wehmütig klang ein Choral Charles Wesleys durch das leere Kirchenschiff. »... groß, o Herr, ist meine Schuld ...«

»Er war ein ungewöhnlicher Mann«, sagte Bischof Krusius leise, »ein wirklich ungewöhnlicher Mann.«

»Er ist es, Bischof, glauben Sie, er *ist* es«, widersprach ihm Bernhard Schulz.

»... größer aber deine Huld«, schien die Orgel zu singen.

In der Ferne klang die Sirene eines Polizeiwagens auf.

Als Harry den Brief von Bernhard Schulz las, standen ihm Tränen in den Augen. Er fror plötzlich und fühlte sich schwach und elend. Schwer ließ er sich auf das Sofa fallen und stützte seinen Kopf in die Hände.

»Johnny«, flüsterte er heiser, »Johnny, mein Bruder. Mein armer, verrückter Bruder.«

Amy setzte sich neben ihn, nahm den Brief aus seiner Hand und las ihn selbst.

»Glaubst du wirklich, dass er tot ist?«, fragte sie ihn schließlich sanft und streichelte seine Schulter. »Warum ist er dann verschwunden? Sie müssten ihn doch gefunden haben.«

Harry schwieg.

»Schau mal«, fuhr sie fort, »wenn Johnny schwer verletzt worden wäre, hätte er sich vielleicht davonschleppen können. Weit wäre er aber nicht gekommen. Man hätte ihn doch finden müssen!«

Harry blickte auf. In seinen Augen schimmerte es feucht. Amy sah, wie es in ihm arbeitete. Schweigend schaute er aus dem Fenster, als könnte er dort Trost und Hoffnung finden. Draußen brach die Sonne durch die Wolken. Ihr Licht spielte in den Gardinen und huschte über Harrys Gesicht. Plötzlich begann er zu lächeln. Er richtete sich auf. Es war als würde Johnnys Temperament in ihm aufleuchten.

»Nein!«, sagte er mit fester Stimme, »Nein, er ist nicht tot! Du hast Recht. Johnny lebt! Er ist da draußen ..., irgendwo ..., in Skandinavien, in Südamerika oder Australien, um dort zu den Menschen von Gott reden. Eines Tages wird er uns wieder über den Weg laufen, plötzlich, ohne dass wir damit rechnen. – Ja, so ist es! Und er wird genauso unbeschwert lachen wie immer.«

hänssler

Clay Jacobsen

Interview mit dem Bösen

Pb., 340 S., Nr. 394.055, 3-7751-4055-7

Dieses Interview ist die große Chance für Mark Taylor, eine Gelegenheit, wie sie sich einem Journalisten nur einmal im Leben bietet. Er wurde ausgewählt, um mit Ahmad Hani Sa'id zu sprechen. Der Name dieses saudischen Terroristenführers bestimmt neben dem von Osama bin Laden die Schlagzeilen nach dem 11. September. Es gibt keine Fotos, keine Details über diesen Muslim, der sich auf die fast religiöse Verehrung seiner Anhänger verlassen kann.
Es gibt nur ein Problem. Nicht nur die Presse jagt Sa'id, sondern auch der CIA würde viel dafür geben, seinen Aufenthaltsort zu kennen. Mark muss sich entscheiden: Soll er dabei helfen, einen Massenmörder zu fassen und dabei sein eigenes Leben aufs Spiel setzen?
Irgendwo im Niemandsland der Kurdengebiete zwischen Türkei und Syrien trägt Mark die Konsequenzen seiner Entscheidung. Denn etwas läuft furchtbar schief und sein Leben gerät in ernste Gefahr.

Bitte fragen Sie in Ihrer Buchhandlung nach diesem Buch!
Oder schreiben Sie an den Hänssler Verlag, D-71087 Holzgerlingen.

hänssler

Athol Dickson

Tödliche Nächte in New Orleans

Pb., 380 S., Nr. 393.987, ISBN 3-7751-3987-7

Athol Dickson entführt seine Leser in diesem spannenden Roman in den tiefen Süden der USA.
Vor 25 Jahren bezeugten die Jüdin Ruth Gold und ihre christliche Freundin Kathy O'Connor, dass Salomon Cantor im jüdischen Gemeindezentrum eine Evangelistin ermordet habe.
Nun hat Cantor seine Haftstrafe abgesessen und ist wieder frei. Ruth Gold, jetzt Rabbinerin, begegnet Cantor in ihrer Gemeinde wieder. Kurz nach der Freilassung Cantors wurde ein Freund von Ruth ermordet. Sie hat Angst, dass Cantor dahintersteckt und nimmt Kontakt zu ihrer alten Freundin Kathy auf. Kathy ist verwitwet, hat zwei Kinder und führt das Antiquitätengeschäft ihres Mannes fort. Nach der Entfremdung beginnen die beiden Frauen, ihre Freundschaft zu erneuern. Als weitere Morde geschehen, wenden sich die beiden mit ihrem Verdacht an die Polizei. Auch Salomon Cantor ist nicht verborgen geblieben, dass alles auf ihn als Täter hinweist. Nach seiner Haftentlassung versucht er, sein Familienleben zu ordnen und den neuen Täter zu finden.
Athol Dickson verwebt die verschiedenen Handlungsstränge zu einem mitreißenden Roman, der bis zur letzten Seite spannend bleibt. Gleichzeitig thematisiert er die Beziehungen zwischen Juden und Christen mit ihren Unterschieden und Gemeinsamkeiten in der Grundlage ihres Glaubens.

Bitte fragen Sie in Ihrer Buchhandlung nach diesem Buch!
Oder schreiben Sie an den Hänssler Verlag, D-71087 Holzgerlingen.